KB065454

아꿈叢書 01 염창권 평론집

몽유의 시학

| 우리 시대의 시적 논리와 시인들 |

염창권 평론집

몽유의 시학

우리 시대의 시적 논리와 시인들

어꿈

글을 통해서 그대를 생각할 때가 있다
만난 적이 없는
모르는
그대여,

멀리 있으나,

내 의식의 내부로 깊숙이 스며드는
내 안의 많은 모습으로 나타나
그 힘으로 나에게 글을 읽고 쓰게 하는

나를 키우는,

나의 나이자 전부인 그대여
내 영혼의 빈 가지에 앉은 새여

꺼지지 않는 불꽃인 시여,
그대여!

| 차례 |

제3부 몽유의 발목들
- 우리 시대의 시인들 1 -

제4부 새의 영혼
- 우리 시대의 시인들 2 -

제5부 시의 현장과 원탁시 동인

제6부 시가 만드는 풍경

시론■

제1부
시의 **위의**威儀

시의 위의(威儀)를 생각하다

2월은 서늘한 달이다. 겨울에서 봄으로 옮겨가기 위해 추위가 멈칫거리는 달이다. 영어 February의 어원인 Februa에는 정화(淨化)의 의미가 내포되어 있다. 겨울의 막바지에서 부정한 모든 것을 일소하고 새롭게 시작하는 달이 2월이다. 그러므로 한 해의 진정한 시작은 입춘이 있는 2월에서부터 비롯된다. 올해는 설날이 입춘에 겹쳐 있어 2월을 시작하는 의미가 각별하다.

기지개를 켜면서 2월을 시작하는 시인들은 어떤 시적 위의(威儀)를 지녀야 하는가. 정월 대보름에 온갖 묵은 것들을 불살라 보내면서 새 생명을 기다려야 할 때, 시에 어떤 생명의 기운이 움트기를 기대해야 하는가. 이 지점에서 정지용의 말을 다시금 되새길 필요가 있다.

> 안으로 熱하고 겉으로 서늘옵기란 일종의 생리를 壓伏시키는 노릇이기에 심히 어렵다. 그러나 시의 위의는 겉으로 서늘옵기를 바라서 마지 않는다.
> 슬픔과 눈물을 그들의 심리학적인 화학적인 部面 이외의 전면적인 것을 마침내 시에서 수용하도록 差配되었으므로 따라서 폐단도 많아 왔다. 시는 소설보다도 善泣癖이 있다. 시가 솔선하여 울어버리면 독자는 서서히 눈물을 저작할 여유를 갖지 못할지니 남을 울려야 할 경우에 자기가 먼저 대곡하야 실소를 폭발시키는 것은 素人劇에서만 본 것이 아니다. 남을 슬프기 그지없는 정황으로 유도함에는 자기의 감격을 먼저 신중히 이동시킬 것이다.
>
> 정지용 「詩의 威儀」에서

위의 인용은 1920~30년대의 시에 나타난 감상벽에 대하여 정지용의 시적 태도를 보인 것이다. 그의 이와 같은 발언은 독자와의 소통 방식에 관한 것으로 효용론적인 측면에서 바라본 것이다. 감정이나 심정을 겉으로 드러내기보다는 의미의 공백을 두어, 독자로 하여금 적절한 긴장 속에서 그것을 채워나가면서 의미를 완성하고 정서적 통합을 이루도록 하자는 뜻이다.

이를 21세기의 현실에 맞게 환치를 하면, 시인의 무자비한 폭로나 자기응시의 지나친 노출을 경계하는 말이 될 것이다. 자기 노출에는 시인의 선민의식이나 과장이 개입하게 마련이다. 즉 나는 이처럼 생각하고 느끼게 되었는데, 독자 당신도 마땅히 시를 통해 이처럼 생각하고 느껴야 한다고 주장하는 셈이다. 그러나 아무리 뛰어난 사상성을 지니고 있고 고귀한 감성을 보여준다고 할지라도 이를 독자에게 강요할 수는 없다. 더구나 시에 나타난 사상이나 정서가 특별하거나 새로운 인식을 보여주지 못할 때 독자는 실망하고 만다. 예술에서 독자나 관객의 반응은 강제될 수 없다. 작품과의 만남이라는 이해의 과정을 통해 독자마다 서로 다른 개인적 현전(現前)을 이룰 수 있을 뿐이다.
표현론적 관점에서도 시의 위의를 생각해 보아야 한다. 시인은 무릇 세상의 고통과 고독에 직면하는 예민한 감각을 지니고 있어야 한다. 언어의 감옥에 은폐되어있는 세계를 다시 언어라는 장치를 사용하여 발가벗길 수 있는 예민한 감각과 기법을 터득하고 있어야 한다. 그러기 위해서는 부지런해야 한다. 독서와 사색을 통한 몰두는 시인의 사상성을 확대시켜 준다. 시인은 구더기처럼 욕망으로 들끓는 자본시장의 저열한 논리를 간파해야 한다. 그리고 더럽고 냄새나는 것들에 고통 받아야 한다. 요설과 난삽한 잡생각이 전위라는 이름으로 포장되어서는 안 된다. 전위는 시인의 예민한 감각으로 인해 충분히 고통을 받고 난 연후에 신음처럼 솟아나야 생생하다. 들끓는 생각을 주체하지 못해 오락처럼 쏟아내는 잡스러운 언어의 나열이 전위라는 이름으로

13

수식될 수 없는 까닭이다. 눈 밝은 독자라면 그 정도는 분별할 수 있지 않은가.

시의 진정성은 시인의 성실한 자세에서 비롯된다. 시인은 우선 대상을 존중하고 충분히 이해하여야 하며, 표면적인 이해를 넘어 심층으로 들어가야 한다. 이러한 추구를 통해 마침내 대상과 합치하였을 때 대상에 대하여 새로운 언어로 명명할 수 있는 자격을 부여받게 된다. 때문에 시의 위의는 세계에 대한 끊임없는 호기심과 탐구 정신, 그리고 깊이 있게 몰두하는 자세에서 지켜질 수 있다. 우연히 떠오른 박약한 생각이 독자에게 감동적으로 전달될 리가 없다. 역으로 시인은 세계에 대해 모두 알아차린 신처럼 행동하면서 독자를 가르치려 들어서는 안 된다. 시인은 신과 인간의 중간 지점에서 오이디푸스처럼 운명과 진리를 갈망해야 한다. 그 갈망에 대한 답이 아직 부족하다는 것을 알아야 한다.

나무의 나이테에는 벌써 물기가 돌고 있다. 2월의 탄생석은 자수정이다. 신성한 색깔인 보라색에는 하늘의 푸른색과 인간 피의 붉은색이 섞여 있다. 이처럼 진리를 갈망하면서 경계에 서기를 주저하지 않고 스스로 유랑민을 자처하는 중간자적 존재가 시인이다. 시인은 단순한 글재주로 치장되지 않고 명료한 정신과 맑은 영혼을 가진 자이어야 한다.

올해는 대지에 뿌리를 든든히 내리고 하늘을 향해 팔을 펼쳐 운명을 갈구하는 당산나무처럼 시의 위의가 지켜지는 한 해가 되기를 바란다.

서정과 리리시즘(lyricism)에 관한 몇 가지 언급

*

서정시에 관한 글을 쓰라는 청탁을 받았을 때, 특별하게 연상되어 떠오른 단어로는 심미적, 정감적, 감정적이라는 말과 전통적, 자연 예찬, 회고적, 심지어 보수적이라는 말들이 무리를 지어 뇌리를 스쳐갔다. 그리고 소월, 영랑, 미당, 박재삼, 송수권 등의 시인의 이름이 떠올려졌고, 더불어 만해, 백석, 청마, 윤동주 등의 이름도 이 자리를 비켜가지 않았다. 그리고 다른 많은 시인들의 이름도 '서정시'라는 명칭과 뒤섞여서 이 자리를 벗어나지 못하고 있었다. 이를테면, 어떤 시인을 특정의 근거로 해서 서정시의 영역에서 제외시킬 뚜렷한 명분을 찾기도 어려웠다.

더구나, 나는 현시점에서 리리시즘(lyricism)이라는 단어가 새로운 유파를 형성할 정도의 큰 물결이 될 수는 없을 것이라는 점과 한 개인이 자신의 시적 취향을 추구하는 논리의 기반 정도로 어울리지 않을까 하는 유보적 관점에 서 있기도 하다.

다만, 이 글에서는 내 시가 '서정시'의 범주에서 일정 부분 빚지고 있다는 점을 항변 삼아 서정시에서 말하는 '정서(서정성)'와 '가락'의 문제를 점검하여 보고자 한다.

시의 명칭 변화에 따른 추론적 언급

알려진 바와 같이, 서정시(抒情詩)라는 명칭은 고대 그리스 시대부터 사용되어 왔던 'lyric'의 우리말 번역어이다. 'lyric'은 원래 그리스 악기의 명칭인 'lyre'-수금(竪琴), 칠현금(七絃琴)-에 어원을 두고 있

15

는데, 이는 서정시가 노래로 가창되면서 'lyre'의 반주에 의탁하였기 때문에 연유한 것이다. 그러므로 서정시(lyric)이라는 명칭은 주로 노래, 노랫말, 반주, 악극 등의 의미와 연결되며 시대적으로 향유되어 왔다.

오세영(2003: 352~354 참조)은 이러한 문학사적 명칭 전개를 근거로 하여, 오늘날 사용되고 있는 '서정시'에 관한 개념적 범위를 다음과 같이 확정한 바 있다.

① 고대 상위 장르로서의 서사시(epic), 드라마(drama) 등과 대응되는 서정시 즉, 'Lyric'은 오늘날 현대적으로 수용되어 '시(poerty)'라는 명칭으로 바뀌었다.
② 오늘날에도 그리스 시대와 그 이후에 씌어지던 상위 개념의 서정시(Lyric)의 하위 양식들이 명목상 존재한다. - 예를 들면, 찬가(hymn), 송가(ode), 비가(elegy), 서정시(이 경우에는 소문자 lyric으로 표시한다), 발라드(ballad), 쏘넽(sonnet) 등등
③ 하위 양식으로서 서정시(lyric)는 고조된 감정을 짧은 진술에 함축시킨 일인칭 독백체 형식의 시로 오늘의 '시(poetry)'의 하위 장르를 구성하고 있는 시유형의 하나이다. 오늘날에 보편적으로 쓰여지는 시(poetry)의 하위 양식은 새롭게 시도된 전위시나 실험시를 제외할 때 대부분 서정시(lyric)이다.
④ 그런 까닭에 서정시(lyric)는 시(poetry 즉, Lyric)의 하위 개념이지만 시를 대표하며 시 그 자체를 뜻하는 말이 되어 버렸다.

정리하자면, 서정시(lyric)는 오늘날 시(poetry)라는 명칭과 거의 동의어로 사용되고 있는 운문 양식의 글로, 그 특징은 일인칭 독백체, 고조된 감정을 짧은 진술에 함축시킨 글이다.

그런데 여기서 새롭게 시도된 전위시나 실험시를 서정시의 범주에서 제외하려면, 서정시와 전위시를 구별할 수 있는 기준은 무엇인가. 이에 대한 답은 서정시의 특성을 토대로 하여 다음과 같이 작성할 수

있을 것이다. ⓐ 시적화자는 일인칭 독백체의 형식으로 설정되어 있는가, ⓑ 정서적 표출은 어느 정도 이루어지고 있는가, 그리고 그 표현은 심미적으로 추구되고 있는가, ⓒ 표현은 함축적이며 어느 정도 운문체의 가락을 가지고 있는가, 등의 세 가지 측면에서 '서정시'를 판별하는 기준으로 삼을 수 있겠다.

「시1」
연탄재 함부로 발로 차지 마라
너는
누구에게 한 번이라도 뜨거운 사람이었느냐.

안도현 「너에게 묻는다」 전문

「시2」
김종수 80년 5월 이후 가출
소식 두절 11월 3일 입대 영장 나왔음
귀가 요 아는 분 연락 바람 누나
829-1551

〈중략〉

나는 쭈그리고 앉아
똥을 눈다

황지우 「심인」 부분

위에 인용한 두 시는 모두 논리적인 구조를 가지고 있다.
「시1」에서, 함축적 화자인 '나'는 '너'에게 요청하고 있다. 연탄재를 차기 전에, 그 연탄재가 뜨겁게 타올라 누구에겐가 따뜻함을 나누어 주었던 희생적인 의미를 각성하라는 것이다. 특히 2행에서 "너는"이라는 단어 하나만 제시함으로써 시간적 간격을 벌려, 청자를 호출하고 강렬하게 다그치는 어조를 보여준다. 여기서 '너'는 타자화된 '나'일 수도 있고, 다수의 '누구'로 읽혀질 수 있다. 이 시의 논리 전개는 다음과 같다.

연탄재 → 뜨겁게 타올라 따뜻함을 나누어 주고 한 번에 재가 되었다.
나, 너 → 연탄재처럼 남(누구)을 위해 한 번이라도 뜨거웠던 적이 있느냐.
추론적 결론(당부) → 남을 위해 한 번이라도 뜨거운 사람이 되어 보아라.

「시2」의 경우는, 전체적으로 대립적인 체계를 이루는데 '심인/나'의 경우가 그렇다. '심인자: 알림 → 나: 읽음'이라는 일방적 정보 전달의 관계에 있다. 여기서 '나: 읽음'의 태도에 문제가 있다. 나는 화장실에서 똥을 누며 심인광고를 읽는다. 즉 '심인자: 절박함/ 나: 일상적 비루함'의 태도에서 불협화음이 생긴다. 다른 사람들의 절박한 이야기가 개인화된 나에게는 '똥 누는' 행위보다도 의미가 되지 못한다. 사실 일상적 생활 속에서 '똥'을 잘 누는 행위만큼 중요한 일도 드물 것이다. 그러나 이 일은 일상적으로 반복되는 행위이지 특별한 의지를 가지고 행하는 일은 아니다.

시적 화자인 '나'는 이 글의 서술 주체이지만, 곧 심인광고의 독자인 '나'이다. 심인자의 절박한 사연들은 나에게 아무런 영향도(?) 미치지 않는다. 그들은 나의 생계에 어떠한 걱정도 끼치지 않는 것이다. 그러므로 이러한 공동체적인 관심이 결여된 인간의 일상적 삶은 '똥을 누는' 것처럼 누추하고 비루함을 비판하거나, 아니면 똥처럼 더러운 세상에 대한 풍자나 조롱을 보내는 셈이 된다.

「시1」은 서정시의 범주에서, 「시2」는 그동안 실험시의 범주에서 논의되어 왔다. 두 시의 의미 구조는 모두 논리적이며, 정서적 태도는 비판적이다. 다만 차이가 있다면 「시1」이 1인칭 화자의 목소리를 통한 서술을 보여주고 있고, 「시2」의 경우는 어느 정도 가공되었을 심인광고와 개인적 일화의 병치를 통한 서술을 보여준다는 점에서 차이가 난다. 즉, 「시1」은 독자에게 안내하여 설득하려고 한다면, 「시2」는 독자들에게 장면을 제시하여 판단하도록 한다.

정리하여 말한다면, 「시1」과 「시2」 모두, 앞에서 제기한 서정시의 분류 기준 ⓐ~ⓒ에 온전하게 들어맞는다고 보기는 어렵다. 두 시의 서술 기법의 차이는 시인의 개성에 따른 것이고, 이를 서정시로 읽거나 그렇지 않거나 하는 것은 독자들의 몫이다.

그러면 한국의 독자들은 어떤 유형의 시를 주저 없이 서정시라고 말하려고 하는가.

서정시에 관한 경험적 언급: 한국의 경우

독자반응비평이나 수용미학 등에서 말하는 독자로서의 역할을 다하려면, 이상적 독자(ideal reader)의 능력을 구비하고 있어야 한다. 우리 문단에서 그와 같은 역할을 할 수 있는 사람은 평론가에 해당할 것이다.

① 서정시와 서사시는 전달 내용의 차이에 의해 구분된다. 서정시는 흔히 감정이라고 통칭되는 마음의 움직임을 전달하는 양식이다. 여기에 비해 서사시는 어떤 이야기를 전달하는 것이 목적이다.(이숭원, 1998: 100~101)
② 서정시의 중요한 규정이 '나'라는 주관성이 있는 곳에서의 글쓰기라면, 현재적/역사적 장소에서의 진솔한 자기 고백이자 자기 논리에 의한 미적인 렌즈를 적극적으로 고수할 수 있는 영역이라고 할 수 있을 것이다.(허혜정, 2004: 48)
③ 서정시의 문학적 정의는 개인의 주관적 정서를 표현한 시이다. 좁은 의미에서 서정시란 순수한 감정 체험을 나타낸 것으로 언

어의 의미 전달기능보다는 읽는 이들에게 감동을 주는 순수시와 관계가 깊다. 따라서 서정시와 자연은 밀접한 관련을 맺을 수밖에 없다. 자연이야말로 객관적 대상이면서 주관적 감정을 투사할 수 있는 보편적 상관물이기 때문이다.(이용욱, 2002: 81)

위의 세 평론가에 의한 언급은 주로 시의 내용 측면에 국한된 것이다. 서정시의 주요 내용은 정서 체험의 표현과 소통이 주가 된다. 그리고 좁은 의미에서는 이 정서 표출 방식을 심미적으로 추구하는 것으로 나타난다. 즉, '서정시'라는 단어에서 유추한 '서정적(抒情的)'이라는 작용태의 명칭을 사용하면서 같은 정서적 표출이라도 하더라도 분노나 비판적인 것보다는 그리움, 사랑, 애틋함, 아름다움의 체험을 통한 쾌미, 때로는 애절함, 정화된 슬픔, 자연 관조, 계절 실감 등의 우아미(優雅美) 쪽으로 기울어 있다. 즉, 추미(醜美)의 대립항에 있는 것을 서정적인 상태로 보는 것이다. 서정시에서 개념 범위가 가장 좁은 '순수 서정시'에서는 시어로써 '똥', '개새끼', '대가리', '섹스' 등과 같은 비속어나 노골적인 표현은 매우 어울리지 않은 것으로 본다.

그러나 위 세 평론가의 언급을 토대로 하여, 잠재적 억압 기제인 '순수'라는 유표소를 제거하기만 하면 '서정시'의 개념 범위를 아래와 같이 상당한 정도로 확장하여 해석할 수 있을 것이다.

즉, 서정시는 ⓐ 시인의 주관적 정서를 표출한다.(1인칭 독백체일 수도 있고, persona를 통한 3인칭도 가능하다.) ⓑ 시를 통하여 주관적 정서를 소통시키려고 한다. ⓒ 소통의 결과는 독자에 의해 환기된 정서 체험이다.

이상의 논급을 통하여 볼 때, 서정시는 주관적 정서의 체험과 그 소통이 매우 중요한 과제임을 알 수 있다. 이는, 사조로 보아서 심미주의나 낭만주의에 어울리는 듯하다. 워즈워드가 말한 "시는 강한 감정의 자연스런 범람"이라는 명제가 그와 흡사하다.

아! 그립다
내 혼자 마음 날같이 아실 이
꿈에나 아득히 보이는가

향 맑은 옥돌에 불이 달아
사랑은 타기도 하오련만
불빛에 연긴 듯 희미론 마음은
사랑도 모르리 내 혼자 마음은

김영랑 「내 마음을 아실 이」 부분

지우고 보고 지우고 보아도
새까만 밤이 밀려나가고 밀려와 부딪히고,
물 먹은 별이 반짝, 보석처럼 박힌다.
밤에 홀로 유리를 닦는 것은
외로운 황홀한 심사이어니,
고운 폐혈관(肺血管)이 찢어진 채로
아아, 너는 산새처럼 날아갔구나!

정지용 「유리창(琉璃窓) 1」 부분

　김영랑과 정지용은 1930년대 '시문학'의 중심 멤버였다. 위 두 편의 시는 공통적으로 대상의 부재에서 오는 외로움이나 상실감이 주요 정조로 나타난다. 대상과의 단절감이나 소통 불가능성에서 오는 서정적 자아의 고통이 고스란히 드러나 있다.

　그런데, 두 시의 정서 체험의 서술 방식에서 차이가 있다. 김영랑 시의 경우, "아! 그립다", "사랑도 모르리, 내 혼자 마음은."에서처럼, 주관적 정서의 노출이 처음부터 끝 행까지 일관되게 드러나고 있다. 시 전체가 감정의 소용돌이에 푹 빠져 있는 셈이다. 이 경우 독자의 입장에서는 정서의 진폭이 일정하기에 혼란 없이 서정적 자아가 제시하는 "그리움만 절절한 사랑의 상태"에 접근할 수가 있다.

정지용 시의 경우, "밤에 홀로 유리를 닦는 것은/ 외로운 황홀한 심사이어니,"에서의 행위항에 대한 해석을 거쳐, 끝 행 "아아, 너는 산새처럼 날아갔구나!"로 폭발되는 정서적 체험에 이르기까지는 논리적 독서 과정을 거쳐야 한다. 그러므로 독자의 입장에서는 공감각적 이미지를 동반한 서정적 자아의 행위 체험을 따라가다가 최종에 가서야 슬픔이 폭로되는 심리적 과정을 거치게 된다. 거기에 덧붙여 이 시가 어린 자식을 잃은 극한의 슬픔을 문면 뒤에 감추고 있다는 것을 알려면, 또 다른 해석소를 끌어들여야 한다. 즉, 이 시는 정서적 질곡을 직접적으로 제시하고 설명하는 것이 아니기 때문에, 함축되어 있는 "자식을 잃은 슬픔의 상태"를 추체험하기 위해서는 이중의 지적인 독서 과정이 필요하게 된다.

> 길이 끝나는 곳에 산이 있었다
> 산이 끝나는 곳에 길이 있었다
> 다시 길이 끝나는 곳에 산이 있었다
> 산이 끝나는 곳에 네가 있었다
> 무릎과 무릎 사이에 얼굴을 묻고 울고 있었다
> 미안하다
> 너를 사랑해서 미안하다
>
> 정호승 「미안하다」 전문

앞의 시에 비해 반세기가 훨씬 지난 뒤에 발표된 정호승의 시는 의미 확정의 시간이 좀 더 지연된다. 의미가 크게 세 단락으로 나누어진다. 즉, '길/산'의 반복 → '울고 있는 너(산이 끝났으므로 길이 시작되는 곳)' → '사랑해서 미안하다(서정적 자아인 나)'와 같은 구조이다. 여기서 화자와 청자는 길과 산이라는 공간적 배경을 두고 대립적이다. 즉 "내 사랑 때문에 울고 있는 너; 사랑해서 미안한 나"와 같은 구조이다. 그러면, '너와 나'는 어떤 사이인가, 어떤 일이 벌어진 사이인가.

독자의 입장에서는, 시인의 자전적 요소가 삭제된 상태에서 독서를 진행해야 하기 때문에 애초에 확정된 의미라는 것을 기대할 수는 없다. 다만, 이 시는 사랑 때문에 울게 되는 청자와 또 이로 인해 미안해하며 사과를 하는 서정적 자아인 '나'를 지시하고 있을 따름이다. 이 사랑을 둘러싼 대립적 구조는 하나의 기표로서 역할을 할 뿐, 어떤 의미도 확정 짓지 않는다. 독자의 입장에서는 추구해야 할 정서적 추체험이 없으므로, 자신을 둘러싼 사랑의 경험을 이 기표의 틀 안에 집어 놓고, 한때는 대립적이었던 사랑의 순간을 회상하면서 사랑 때문에 미안했던 감정 놀이를 할 수밖에 없다.

다시 서정시를 위하여: 가락의 회복과 심미적 가치의 고양

서양의 서정시(lyric)가 노랫말과 유사한 의미를 가진 채 변천을 거듭해 왔듯이, 동양에서의 시(詩)라는 양식도 가창이나 음영의 방식으로 향유되어 왔다. 포우가 말한 바, "시는 아름다움의 운율적 창조"라고 했을 때, 이는 시의 전통을 언급한 것이다.

근대 이후, 시가 정형률에서 일탈하면서 시의 의미와 맞물릴 수 있도록 자유로운 율격을 추구하기 시작하였고, 더욱이 최근 우리 시단에서는 산문체형의 시가 많이 창작되고 있다.

대체로 현대시가 내재율을 추구한다는 점에 일치된 견해를 보이고 있다. 그 내재율을 추구하는 데 있어 시인마다 특색 있는 보격을 추구할 수 있고, 산문시형을 취할 수도 있다. 그것은 시의 외형이 내용과 맞물릴 수 있도록 시인이 추구해야할 문제이다.

그러나 서정시에서 시인의 주관적 감정 표출이 우선이 될 때, 그 감정의 결이 만들어내는 가락을 무시할 수는 없을 것이다. 이것은 소통의 효과 때문이다. 인간의 정서적 긴장이나 이완은 심장 박동이나 호흡기 감각에 영향을 미치게 된다. 그러므로 서정시에서 감정의 결을 효과적으로 전달하기 위해서는 가락을 살리는 것이 효과적이라는 것이다. 독자의 입장에서는 가락을 자연스럽게 타는 시가 보다 기억하기가 쉬우며, 낭송을 통한 심미적 즐거움을 창조해 내기도 쉬워진다.

> 내 마음의 어딘 듯 한편에 끝없는 강물이 흐르네
> 돋쳐 오르는 아침 날빛이 빤질한 은결을 돋우네
> 가슴엔 듯 눈엔 듯 또 핏줄엔 듯
> 마음이 도른도른 숨어 있는 곳
> 내 마음의 어딘 듯 한편에 끝없는 강물이 흐르네
>
> 김영랑 「끝없는 강물이 흐르네」 전문

> 한 여자 돌 속에 묻혀 있었네
> 그 여자 사랑에 나도 돌 속에 들어갔네
> 어느 여름 비 많이 오고
> 그 여자 울면서 돌 속에서 떠나갔네
> 떠나가는 그 여자 해와 달이 끌어 주었네
> 남해 금산 푸른 하늘가에 나 혼자 있네
> 남해 금산 푸른 바닷물 속에 나 혼자 잠기네
>
> 이성복 「남해 금산」 전문

반세기가 넘는 시간적 거리를 두고 창작된 위의 두 시는 상호 유사한 가락을 가지고 있다. 종결어미 '~네'를 사용하여 전체적으로 반복적인 가락을 만들어내고 있다. 각 행은 전구(前句)와 후구(後句)가 대응되면서 시간적 흐름에 따른 의미 진행을 순조롭게 한다. 또한 의미 전환부가 되는 곳인 "가슴엔 듯 눈엔 듯 또 핏줄엔 듯/마음이 도른도른 숨어 있는 곳", "어느 여름 비 많이 오고/그 여자 울면서 돌 속에서 떠나갔네"에서는 정서적 긴장을 수반하면서 가락이 짧아졌다.

*

　시가 감동을 창조하고 소통시키는 하나의 문학 형식이라면, 독자의 입장에서는 시를 읽으면서 불쾌의 감정보다는 쾌미의 감동을 추구하는 것이 당연하다. 현실이 비록 누추할지라도 시를 읽는 동안 고상하고 순전한 감수성을 즐기고 싶어 할 것이다. 이는 서정시가 가지고 있는 위안의 방식이지 독자를 우롱하거나 사기 치는 일은 아니다.

　현대에서 문학이 세상사 모두를 해명하고 질서 지우는 역할을 담당할 수는 없는 일이다. 서정시의 역할 또한 제한적이라고 보아야 한다. 다만, 짧은 글로써도 인간 정서의 흐름을 타는 가락을 찾아내고 심미적 가치를 고양시킬 수 있다면, 인간성 회복과 위안이라는 측면에서 리리시즘(lyricism)을 주장할 수 있는 타당한 명분을 갖게 될 것이다.

21세기 초의 인문정신과 시 정신

– 비명이 없는 이상한 징후로서의 비명

*

시도 문학의 갈래 중 하나이다. 그렇다면 우선 "문학의 정신은 무엇인가?"와 같은 질문에 답을 해야 한다. "21세기 초의 인문정신과 시 정신(詩精神)"이라는 제목을 붙인 것도 이러한 점을 염두에 둔 것이다.

인문학(人文學)은 인간이 처해진 조건에 대해 연구하는 학문 분야이다. 자연 과학과 사회 과학에서 경험적인 접근을 주로 사용하는 것과 구별되는 양상으로, 분석적이고, 비판적이며, 또는 사변적인 방법을 넓게 사용한다. 인문학의 분야로는 철학, 문학, 언어학, 여성학, 예술, 음악, 역사학, 고고학, 종교학 등이 있다(위키백과). 일반적으로 인문학의 주요 분야에는 文·史·哲을 포함한다. 문학, 역사, 철학이 인간 삶의 조건에 대한 인식과 통찰력, 가치 판단에 영향을 준다고 보기 때문이다.

문학은 인류가 언어를 통하여 사상이나 감정을 표현할 수 있게 된 이래로 존재하여왔을 것이다. 최초에는 음성적 표출을 통한 구비적 양상으로 이루어졌을 것이고, 이어서 문자의 발명과 함께 기록 문학이 나타나게 되었을 것이다.

문학에 대한 인식은 시대와 민족에 따라 다르게 나타나므로 문학을 객관적이고 보편적인 논리로 정의할 수 없다. 같은 갈래일지라도 언어와 민족적 특수성에 따라 강조하고 향유하는 바가 다르게 나타난다. 시의 경우를 예로 들면, 일본 하이쿠에서 정형적 음수율의 사용이 여전히 강조된다거나, 한시에서 성조를 통한 음성적 율동감을 실현한다든가, 팔레스타인에서 인티파다(Intifadah)의 내용을 담은 시가 사회적 역할을 떠맡고 있다든가, 우리 시의 최근 경향으로 의미의 중층성과 알레고리적 기법의 활용이 부각되고 있다든가 하는 것처럼, 당대의 미학적 기준이나 문학적 관습은 그 문화 향유층에게 의식화된 상태로 나타나고 그 자체로서 미적 자질을 규정하게 된다.

따라서 "문학은 무엇이며, 우리는 왜 문학을 하는가?"에 대한 질문은, 현재의 우리 마음속에 내재하고 있는 관념과 가치 부여의 태도를 규명함으로써 얻어질 수 있는 것이다.

그렇다면 우회적인 방식으로, "우리는 문학을 통하여 무엇을 보답받는가, 다른 예술 영역과 구별되는 문학의 특성은 무엇인가" 등에 대한 화답을 통하여 우리의 관념으로 존재하고 있는 문학의 형상을 추출하여 볼 수 있을 것이다. 즉, 문학이 가지고 있는 효용과 특성을 추출해 봄으로써 문학의 본질에 다가갈 수 있다는 생각이다. 이에 대해 주요한 점만 간략히 살핀다면, 다음의 다섯 가지를 제시할 수 있을 것이다.

① 문학 작품은 언어를 매체로 하여 창조되고 소통된다는 점
② 문학은 삶을 의미 있게 형상화하는 한 방법이자 이를 통해 삶의 총체성을 획득할 수 있다는 점
③ 상상력을 통해 허구적 세계를 구성하고 새로운 세계에 대한 이상을 설정한다는 점
④ 문학의 갈래에 따라 형식미를 추구하고 예술적 의장을 발전시켜 나간다는 점
⑤ 감동과 쾌감을 통해 메시지를 전달한다는 점

쉽게 말하면, 문학은 우리 인간들이 사는 문제에 대하여 감동적인 방식으로 즐겁게 또 의미 있게 탐구하는 예술의 한 분야라는 것이다. 이를 위해, 문학은 상상력을 통하여 허구적 세계로 진입하는 다소 비

실용적인 추구를 통하여 인간 군상의 적나라한 삶의 진면목을 찾아내고 그 의미를 더듬어 간다. 우리가 문학의 길에 들어서서 문학 작품과 만나고, 또 감동을 받고 즐거움을 느끼면서도 인간에 대한 깊은 이해에 이르지 못한다면 진정한 문학을 했다고 볼 수 없다. 왜냐하면, 문학은 예술이면서도 한 발짝 비켜서면 인문학적 연원을 찾아볼 수 있기 때문이다. 따라서 문학은 미의 세계에 봉헌하려는 예술의 영지와 인간 이해라는 인문적 영지에 양다리를 올려놓고 있는 다소 자유롭지 못한 형국이다.

1. 서정시의 정신적 경향과 흐름

알려진 바와 같이, 문학의 한 갈래인 시(詩)의 영단어는 poetry이다. 여기서 poetry는 집합적 의미를 가지며, 그 중 특정의 한 편을 말할 때는 poem이다. poesy는 시적 영감(poetic inspiration)이나 시가 가지는 정서적 취향 등을 일컫는 말로 쓰인다. 이와 같은 개념 범주로 앞의 용어들을 사용할 때, poetry는 독자에게 정서와 감각적 경험을 전달하는 운율 있는 글(metrical writing)이라는 시의 경향성을 지칭하는 것으로 본다.

일반적으로 시(poetry)라고 하면, 근대 이후로 개인의 주관과 정서를 드러내는 서정적인 내용의 글을 일컫는 것으로 통용되고 있다. 다시 말하면, 서정시(lyric)는 오늘날 시(poerty)라는 명칭과 거의 동의어로 사용되고 있는 운문 양식의 글로, 그 특징은 일인칭 독백체, 고조된 감정을 짧은 진술에 함축시킨 글이다.

즉, 서정시는 ① 시인의 주관적 정서를 표출한다.(1인칭 독백체일 수도 있고, persona를 통한 3인칭도 가능하다.) ② 시를 통하여 주관적 정서를 소통시키려고 한다. ③ 소통의 결과는 독자에 의해 환기된 정서 체험이다.

이상의 언급을 통하여 볼 때, 서정시는 주관적 정서의 체험과 그 소통이 매우 중요한 과제임을 알 수 있다. 이는, 사조로 보아서 심미주의나 낭만주의에 어울리는 듯하다. 워즈워드가 말한 "시는 강한 감정의 자연스런 범람"이라는 명제가 그와 흡사하다.

> 아! 그립다
> 내 혼자 마음 날같이 아실 이
> 꿈에나 아득히 보이는가
>
> 향 맑은 옥돌에 불이 달아
> 사랑은 타기도 하오련만
> 불빛에 연긴 듯 희미론 마음은
> 사랑도 모르리 내 혼자 마음은
>
> 김영랑 「내 마음을 아실 이」 부분

위의 시는, "아! 그립다", "사랑도 모르리, 내 혼자 마음은."에서처럼, 주관적 정서의 노출이 처음부터 끝 행까지 일관되게 드러나고 있다. 시 전체가 감정의 소용돌이에 푹 빠져 있는 셈이다. 이 경우 독자의 입장에서는 정서의 진폭이 일정하기에 혼란 없이 서정적 자아가 제시하는 "그리움만 절절한 사랑의 상태"에 접근할 수가 있다.

> 1
> 향료를 뿌린 듯 곱-단한, 노을 위에
> 전신주 하나하나 기울어지고
>
> 먼- 고가선(高架線) 위 밤이 켜진다
>
> 2
> 구름은

보랏빛 색지(色紙) 위에
마구 칠한 한 다발 장미

목장의 깃발도 능금나무도
부을면 꺼질 듯이 외로운 들길

김광균 「뎃상」 전문

　위의 시는 시각적 이미지가 두드러지게 나타나는 시로 잘 알려져 있다. 공간적으로 '노을→ 전신주(고가선)→ 구름→ 깃발→ 능금나무→ 들길'과 같이 '상방 공간→ 하방 공간'으로 이동을 하며, 노을녘의 외로움을 시각적으로 묘사한다. 주요 진술 방법은 묘사이고, 시적 화자의 태도가 가장 잘 드러난 부분은 끝 행인 "부을면 꺼질 듯이 외로운 들길"이다. 앞의 시행들은 모두 장식적이다. 즉, "부을면 꺼질 듯이 외로운 들길"에서 말하고자 하는 지상적 존재의 외로움을 수식하기 위해서 앞에다 묘사적 시행들을 배치한 것이다. 앞선 시행들을 장식적이라 일컫는 이유는 서정적 자아의 심리적 정향이 마지막 행에 집중되어 나타나기 때문이다. 만약에 이 끝 행이 없었다면, 앞선 시행들은 수사적 취향을 나타낸 것에 불과하게 된다. 시집 『기항지』가 출간된 1947년과 그 이전의 사회상을 보더라도 '향료, 전신주, 고가선, 보랏빛 색지, 장미, 목장, 능금나무' 등은 서구 취향의 시어 사용이라 할 수 있다. 비유의 활용 방식은 이미지즘의 영향을 강하게 받았고, 당시로서는 상당한 도시적 감수성을 보인 것이라 말할 수 있다.

연탄재 함부로 발로 차지 마라
너는
누구에게 한 번이라도 뜨거운 사람이었느냐.

안도현 「너에게 묻는다」 전문

위의 시에서, 함축적 화자인 '나'는 '너'에게 요청하고 있다. 연탄재를 차기 전에, 그 연탄재가 뜨겁게 타올라 누구에겐가 따뜻함을 나누어 주었던 희생적인 의미를 각성하라는 것이다. 인용한 시는 서정시의 범주에서 독자의 관심을 불러일으켰다. 이 시의 의미 구조는 모두 논리적이며, 정서적 태도는 비판적이며, 독자를 안내하여 설득하려고 한다.

일찍이, 에즈라 파운드는 시의 전개 과정을 "음악시→ 회화시→ 논리시"와 같이 제시한 바 있다. 위의 세 편 시는 이에 대응하는데, 공통의 특성이 있다면 "절절한 정서, 외로움의 묘사, 설득적 의지의 표현" 등과 같이 시인의 주관과 지향이 분명히 드러난다는 점이다. 즉 각각의 시는 대상 세계의 정서에 동참하며, 사물과의 관계에서 일체감(세계의 자아화)이 형성된 상태이다. 타자의 시선으로 볼 수 있는 눈, 사물을 물질로서가 아니라 자체의 본질에 틈입하여 가치를 발견할 수 있는 시선은 시적 발상의 본질이라고 할 수 있다.

2. 시에서 전위적(아방가르드, avant-garde) 경향
- 유희 충동의 발현

1930년대, 李箱詩에서 내공간의 房은 신체적인 속성을 갖고 있다. 그는 이 자궁과도 같은 내밀성의 공간에서 자아의 내면세계를 독해한다. 집의 축소 공간인 이 신체의 방에 웅크리고 있는 화자의 모습을 통하여, 母胎 공간으로 퇴행한 나약하고 쇠잔한 지식인의 얼굴을 만나게 된다. 그러나 그는 수염(鬚髥)을 기른 태아이기에 그 퇴행 공간이 아늑한 휴식처로만 비쳐지지는 않는다. 子宮은 아늑한 수면의 공간이지만 한편으로는 날카로운 이빨을 가진 窟이라는 양가성을 가지고 있다. 이상의 시에서 내공간의 방은 후자에 속한다고 볼 수 있다.

房거죽에極寒이와다앗다. 極寒이房속을넘본다. 房안은견된다. 나
는讀書의뜻과함께힘이든다. 火爐를꽉쥐고집의集中을잡아땡기면유리
窓이움폭해지면서極寒이혹처럼房을눌은다. 참다못하야火爐는식고차
겁기때문에나는適當스러운房안에서쩔쩔맨다. 어느바다에潮水가미나
보다. 잘다저진房바닥에서어머니가生기고어머니는내압흔데에서火爐
를떼여가지고부엌으로나가신다. 나는겨우暴動을記憶하는데내게서는
억지로가지가돗는다. 두팔을버리고유리창을가로막으면빨내방맹이가
내등의더러운衣裳을뚜들긴다. 極寒을걸커미는어머니—奇蹟이다. 기
침藥처럼 딱근딱근한火爐를한아름담아가지고내體溫우에올나스면讀
書는 겁이나서근드박질을친다.

이상 「火爐」 전문

이 시에서 집의 벽은 가죽으로 되어 있다. 이 가죽의 벽은 외공간
에 신축적으로 대응한다. 그러나 이 격벽의 유약함 때문에 외공간의
極寒은 내공간까지 침투해 있다. 화자가 이 자궁과 같은 방에서 하고
자 하는 행위는 독서이지만, 내공간의 추위는 독서의 진행을 제약한
다. "나는讀書의뜻과함께힘이든다 → 讀書는겁이나서근드박질을친다"
와 같이 전혀 독서를 이루지 못하고 있는 실정이다.

한편, 그의 삶의 길에서는 성행위조차도 失足으로 본다. 그는 이 성
행위 자체를 지극히 비정상적인 것으로 혐오한다.

①
脫身. 신발을벗어버린발이虛天에서失足한다.

「危篤」: 「買春」 일부

②
白紙는 까맣게 끄슬려 있었다.그 위를 땀의 行列이 千斤 같은 발
을 끌고 지나갔다.

분주한 발걸음소리가 나고 窓들의 帳幕은 내려졌다. 紫色光線이 요염하게 반짝거렸다.하지만 그것은 온통 黃色이었다.

손가락은 가야 할 곳으로 갔다. 눈을 감은 兵士는 개흙진 沼澤地로 발을 들여 놓았다. 뒤에서 뒤에서 자꾸 밀려드는 陶醉와 같은 失策. 피의 빛을 五色으로 華麗하게 하는──자신의 힘으로는 도저히 어찌할 도리가 없는 어린애와 같은 失足── 進行해 감으로써 그것은 完全히 停止되어 있었다.

「哀夜 – 나는 한 賣春婦를 생각한다.」 일부

이 시들은 性을 사고 파는 타락한 관계를 이야기하고 있지만, 사실은 그의 성욕 충족에 관한 태도와 무기력을 나타낸 것이라 볼 수 있다. 그는 성욕의 충족 자체에 죄의식을 느끼고 있다. "그 위를 땀의 行列이 千斤 같은 발을 끌고 지나갔다"에서 보듯, 그의 발걸음은 여기에서도 무겁기만 하다. "눈을 감은 兵士는 개흙진 소택지(沼澤地)로 발을 들여 놓"고, "뒤에서 뒤에서 자꾸 밀려드는 陶醉와 같은 失策"을 되풀이 할 뿐이다. 여기서, 그가 만나는 여성성은 "개흙진 沼澤地"로 표상된다. 이러한 신체 표상의 지표적 은유는 「街外街傳」에서도 나타난다. 내분비 기관의 질척임은 그의 시 곳곳에서 볼 수 있는 혐오의 상징이다. 그는 이곳에서 어찌할 수 없는 어린애와 같은 失足을 하게 되었다고 하였다.(염창권, 1999: 188, 177~178 참조)

2000년대 초반, 자아에 대한 독해는 자아가 참여하는 게임을 관전하거나 즐기는 것으로 대체된다. 李箱詩가 자궁과도 같은 내밀성의 공간에서 자아의 내면 세계를 독해하였다면, 이즈음에는 퇴행성의 빈 방에서 게임을 하듯, 또는 자아의 방기된 모습을 해부하듯 내면 세계를 독해한다. 이는 자아에 대한 진지한 추구나 반성적 의식에서 발생하는 것이 아니라 지극히 유희적이며 자아조차도 부정하고 방기하려는 태도나 다름없다. 자아 혹은 자신조차도 거추장스럽고 책임지고 싶지 않는 세대의 시, 이들은 李箱詩의 정신적 유전이다. 자아 방기는, 과다한 자아도취감과 지극히 축소된 자아 무력감과 같은 조증과 울증이 혼재된 정신의 처소에서 충동적으로 드러난다.

이들에게 세계는 사회의 정회원으로 소속되기도 어렵고 책임질 수도 없는 대상이다. 접근하기 어려운 이 고통의 세계는, 판타지의 상태에서 냉소적으로 평가 절하된다. 이와 같은 경향이 20대의 태반이 백수라는 현실 세계에서 시대정신을 반영하는 것이라면 이들 시는 충분히 현실에 대응하는 가능성을 지녔다고 볼 수도 있다.

다음 두 편은 권혁웅에 의해 미래파 시로 분류된 작품이다.

> 나는 거의 도달한다 이젠 무엇에 대한 의식을 끄고 싶다 停電.
> 스위치를 누를 때마다 일정한 밝기로 감동하고 싶지 않다 약속한 장소에 가고 싶지 않다 停電.
> 아주 늦게 가서 그가 남긴 분통에 미지근한 물 부어주고 싶다 이해해.
> 이젠 잠시 停電하고 싶다 그런데 잠이 안 오네.
> 스위치스위치스위치스위치스위치... ...나는 거의 도달한다.
> 반복이 잠을 불러올 것을 경험으로 안다 나는 충분히 지루하다 停電.
>
> 너무 많은 빛이 쏟아져 들어온다.
> 나는 구겨진 은박지 같다 나는 뒤척인다.
>
> 김행숙, 「두 개의 전선」 전문

> 나의 진짜는 뒤통순가 봐요
> 당신은 나의 뒤에서 보다 진실해지죠
> 당신을 더 많이 알고 싶은 나는
> 얼굴을 맨바닥에 갈아버리고
> 뒤로 걸을까 봐요

나의 또 다른 진짜는 항문이에요
그러나 당신은 나의 항문이 도무지 혐오스럽고
당신을 더 많이 알고 싶은 나는
입술을 뜯어버리고
아껴줘요, 하며 뻐끔뻐끔 항문으로 말할까 봐요

부끄러워요 저처럼 부끄러운 동물을
호주머니 속에 서랍 깊숙이
당신도 잔뜩 가지고 있지요

부끄러운 게 싫어서 부끄러울 때마다
당신은 엽서를 썼다 지웠다
손목을 끊었다 붙였다
백 년 전에 죽은 할아버지도 됐다가 고모할머니도 됐다가……

부끄러워요? 악수해요

당신의 손은 당신이 찢어버린 첫 페이지 속에 있어요.

황병승 「커밍아웃」 전문

위의 두 편의 시는 자아를 대상화시킨다는 점에서 이상시의 발상법
과 유사하다. 세미화를 그리듯 해부되는 신체의 자기 점검, 그리고 자
아를 대상화(타자화)시키는 방식은, 서정시의 발상법을 배반하고 있다.
주체는 사라지고 상황의 제시만 두드러지게 등장하며, 판단은 유보되
고 그 유보된 지점에 묘사적 진술만 다시점적으로 혼잡스럽게 나열된
다.
「두 개의 전선」에서 스위치를 꺼버릴 수 없는 다른 하나의 전선
은 자아가 붙잡고 있는 신경줄이며, 이 신경줄은 정전을 불러오지 못
해 "나는 충분히 지루하다"를 반복하게 된다. "나는 거의 도달"하기

직전의 갈망 상태인데, 그것은 불감증과도 같은 것이어서 끝내 정전(잠)에 이르지 못한다. "나는 구겨진 은박지 같다 나는 뒤척인다."에서와 같이 욕망은 좌절되고 자아는 고통을 받는다. 그러나 그 고통조차도 자아가 분열된 상태이므로 관찰의 대상이 된다.

「커밍아웃」의 경우에는 나와 당신, 혹은 인간 존재가 가지고 있는 욕망을 전면에 부각시킨다. 자아의 기표인 '얼굴'이 사라지고, 욕망의 기표인 '항문'이 전면에 부각된다. "커밍아웃"은 욕망을 대변하는 '항문'의 리비도적 속성을 전경화하고 있다. 이에 대하여 다음 평을 참고할 필요가 있다.

> 나는 얼굴이 아니라 "뒤통수"에, 입이 아니라 "항문"에 있다. 뒤통수와 항문은 보이지 않으나, 사실 얼굴과 입은 그것들의 거울일 따름이다. 그곳은 욕망의 영역이고. 나는 욕망에 따라서 움직이는 자여서, 맨정신의 당신은 그게 부끄러울 뿐이다. 하지만 당신은, 나라는 "부끄러운 동물"을 "호주머니 속에 서랍 깊숙이" 가지고 있다. 호주머니와 서랍은 무의식의 자리를 지칭하는 분명한 비유다.(권혁웅, 2005: 56)

여기까지는 이상시에 나오는 정신분석적 편린을 확인하는 듯하다. 질펀한 신체 상징은 이상시에서 전면에 두드러지게 나타났고, 좌절된 욕망의 충동은 질척거림[1]이라는 용매적 속성으로 제시된 바 있다.

이밖에도 이상의 소설 「날개」에서 보았던 유희적인 모습은, 서사가 등장하는 시(서술시)에 연결되는데 다음은 그 예이다.

> 나는 아수라 백작의 팬이었다 고철 덩어리 마징가 Z나 봉두난발의 헬 박사, 제 머리를 옆구리에 끼고 다니는 브로켄 백작 모두 아수라의 매력을 앞설 수는 없었다 아수라는 원래 제석천과 싸운 전투의 신이다 양성구유인 그는 두 명의 성우를 데리고 다녔고 왼쪽에서 등장할

---

1) "키스—척척해, 척척해"(황병승, 「똥색 혹은 쥐색」 부분)

때와 오른쪽에서 등장할 때 다른 목소리를 냈다 좌익과 우익을 그에
게서 배웠다

권혁웅 「모순 1」

유희는 생산을 기계에게 내맡긴 현대인에게는 또 다른 생산방식이
다. 진정으로 유희야말로 인간이 유일하게 생산할 수 있는 부가가치일
수도 있다. 동물도 유희를 즐기지만 그것을 문화적 방식으로 구조화시
키지는 못한다. 「모순」은 만화영화의 생산 방식을 매개로 하여, 아
수라 백작이 가진 양성구유의 매력을 이야기하고 있다. 시에서 아수라
백작의 팬이었던 이유는 그가 양성구유의 상당히 전능한 존재(두 명
의 성우가 필요했기 때문)였고, 그를 통해 "좌익과 우익"을 배울 수
있었기 때문이다. 여기서 시인이 의도하는 바는 "좌익과 우익"의 구별
자체가 별다른 가치를 내포하지 않는다. 실상 그들은 아수라 백작이라
는 양성구유의 한 존재로부터 흘러나오는 것으로, 공통점은 싸움을 좋
아한다는 것이고 싸움 자체를 세상에서 가장 진지하게 수행할 과업으
로, 존재의 이유로 여긴다는 점이다. 따라서 "좌익과 우익"은 차이를
갖지 못하는 부정(아수라)의 대상일 뿐이다.

삶을 유희에 빗대어 표현하는 것은 권혁웅 시인이 현시대의 상징을
찾는 방식이자 표현 스타일이다. 그러나 대부분의 경우 가치 판단이
유보되어 있다. 가치 판단의 유보는 현실 세계의 지향점에 대해 말하
기를 주저한다는 뜻이다. 방관자적 세계 독해는 때로 시니컬하지만,
최종적으로는 어떤 것에도 끼어들지 않겠다는 태도이다.

일반화된 의제(agenda)를 섣불리 제시한다면 교술시적 특성으로 나
타나게 되어 오히려 문학을 예술미학으로부터 탈맥락화시킨다. 그러나
어떤 일반화된 의제(agenda)도 생산하지 않겠다는 태도 또한 유희 충
동에 매몰되어 문학 자체를 나르시시즘에 빠뜨릴 위험이 높다.

3. 비명이 없는 이상한 징후로서의 비명

비명은 아무 때나 터져 나오는 것이 아니다. 실존이 심각하게 위협을 받고 있거나, 기대가 처참하게 무산되었을 때, 예기치 않은 상황이 가져오는 놀라움 등이 비명을 터트리게 한다. 비명은 유리에 금이 가듯 실존에- 정신적 혹은 신체적으로- 상처를 입거나 심각하게 훼손되는 상황이 발생하였을 때 터져 나오는 신체적 반응이다.

금세기 초의 위기 상황들은 도처에 널려 있다. 보이는 곳에서, 또는 보이지 않는 방식으로 우리는 조종당하고 있지는 않은가. 위기를 알리는 징후와 관련하여 몇 가지만 정리해 보면 다음과 같다.

- 우리를 움직이고 있는 보이지 않는 손들
- 삶의 해석과 관련되어 점차 보수화되어가는 시선들, 혹은 강요된 시선들
- 우리가 관전하는 국가적 혹은 국지적 전쟁, 그리고 각종 미디어의 관전평
- 허무적 감성: 잘못 발사된 미사일처럼 자기를 파괴시키려는 욕망에 사로잡힌 자살 사이트의 유행
- 쉽게 파급되는 전염성 질환
- 지구 온난화와 균형을 잃은 생태계

이러한 모든 징후들이 새로운 인문정신의 출현을 요구하고 있다. 왜냐하면, 인문정신이란 체제 내부에 잠복해 있는 비평 정신이기 때문이다. "인문정신은 일종의 현실개입 태도이며, 지식인들의 세계와 사회에 대한 독특한 이해 방식이자 개입 방식이다. 때문에 그것은 체제의 논리를 승인하기보다는 그것과 불화하고 비판해왔다. 동신에 인문정신은 더 나은 세계에 대한 創案의 정신을 의미한다. 인문정신은 이러한 창안의 정신을 발휘하면서, 다른 세계가 가능하다는 것을 역설해

왔다."(이명원, 2008: 8)

이러한 대상 파악의 정신 가운데 시정신이 있다고 보는데, 앞에서 언급한 대상과(그것이 비록 사물일지라도) 정서적으로 일체감을 형성하고 그것을 역으로 자아의 것으로 전환시킬 수 있는 힘, 그것이 시정신의 발로가 아닐까!

필자가 본 주제를 해결하기 위해 가장 먼저 찾은 자료가 『표현주의』라는 사조를 설명한 책이다. 20세기 초의 독일을 중심으로 한 정신사와 근대 문명의 "광기와 부르짖음, 그리고 비명"을 들을 수 있기 때문이다. 그 중 일부를 인용하면 다음과 같다.

유럽에서 19세기에서 20세기로의 이행은 예술과 운동과 그 스타일이 풍요롭게 넘쳐났던 만큼 선명한 경향이나 방향을 짚을 수 없는 화려한 혼란으로 특징지어진다. 온갖 '이즘'들이 꼬리를 물거나 나란히 병존하며 또는 포개어진다. 자연주의, 인상주의, 상징주의, 신낭만주의, 아르 누보(art nouveau), 미래주의, 표현주의 같은 명칭들이 1880년대 후반과 1920년대 초반 사이에 응결된 여러 가지 사상과 감정에, 곧 자신을 에워싼 세계에 반응하는 상상력의 깊은 불확실성을 드러내는 사상과 감정의 갖가지 갈래에 대해 불투명한 의미로 제기되었다.

......

자연주의 및 인상주의의 경향은 인생 속에서 기술하고 언급할 가치가 있는 자료를 구하였고, 상징주의 및 신낭만주의의 입장은 현실 세계로부터 도피하여 가공의 천국과 탈속의 아름다움을 창조하고자 하였다. 그러나 이 두 가지 입장이 근본적으로 만족스러운 것이 될 수 없다는 사실이 드러났다. 자연주의와 인상주의는 사물의 표면에 너무 가까이 머물렀고, 상징주의의 신낭만주의는 탈속과 세련을 향한 도피를 획책하는 과정에서 지나친 탐미, 퇴폐, 빈곤에 빠졌다. 새로운 시각, 새로운 정력, 새로운 동요가 요청되었다.

......

인습적 형식의 해체, 색채의 추상적 사용, 강렬한 감정의 우위, 무엇보다 모사원칙에 등 돌리기 등이 회화에서, 또 그 뒤를 따라 문학에서 새로운 의식, 새로운 접근의 태동을 선포한 것이다. 점차로 독립성을 띠는 이미지, 절대화한 은유, 작가의 강렬한 주관성과 극단적 심리상태의 천착, 특히 창조자로서의 예술가, 회오리치는 소용돌이의 격정적 중심으로서의 예술가- 이 모든 것들이 날이 갈수록 명백해지면서 자연주자들의 객관성과 상징주의자들의 예술지상주의(l'art pour l'art)적인 측면은 멀리 뒷켠에 처지게 되었다.(R. S. Furness, 1985: 2~5)

잘 알려진, 에드바드 뭉크(Edvard Munk)의 유명한 1894년의 석판화 「절규」는 표현주의의 배경 범주 하에 이야기 될 수 있는 실존적 공포가 자아내는 비명을 담은 그림이다. 공포와 인간 실존의 절규를 담은 20세기 초의 작품 경향과 비교해 볼 때, '지금, 우리, 여기'의 현실에서는 인문정신의 자취로서 시의 정신사는 형성되지 못한 상태이다. 이는 분명 21세기 초의 특징적인 모습이다. 다음은 독일 표현주의시 가운데 대표작으로 알려진 게오르크 하임(Georg Heym)의 「전쟁」이라는 시다.

일어섰다, 오랜 잠으로부터.
일어섰다, 깊은 지하실 묘소로부터.
크고 알 수 없는 황혼 속에 그는 선다.
그리고 검은 손으로 달을 잡아 부순다.

도시의 밤 시끄러움 깊숙이 떨어져 내린다.
이상스런 어둠의 서리와 그림자가 내린다.
둥근 시장의 소용돌이가 얼음으로 얼어붙는다.
고요가 온다. 그들은 둘러본다. 그런데
아무도 모른다.

좁은 거리에서 그것은 그들의 어깨를
가볍게 건드린다.
질문 하나. 대답 없다. 얼굴 하나 창백해진다.
멀리서 여린 종소리가 떨면서 울린다.
그때 뾰죽한 턱에서 그들의 수염이 떨린다.

게오르크 하임 「전쟁(Der Krieg)」 전문

전쟁이 가져오는 공포는 비명조차 삼켜버린다. 극단의 두려움은 '창백해진 얼굴', '떨리는 수염'과 같이 비명소리조차 낼 수 없는 형국이다. "그리고 검은 손으로 달을 잡아 부순다."와 같은 역동적이며 시각적인 표현은 전쟁의 파괴적인 속성을 악의 원형으로 심화시킨다. 표현주의 극본과 시들에서 나타나는 광기와 절규, 그리고 말더듬이의 표현 등은 그 자체로서 비명이다. 그러나 비명조차 얼어붙게 하는 공포는 극한의 외침이자 질식의 상태를 나타낸다.

2000년대 초반, "비명이 없는 이상한 징후로서의 비명"은, 두려움의 대상조차 찾아낼 수 없도록 잠복되어버린 혼돈의 시대를 일컫는 말이다. 우리의 정신은 절대적 시장권력이 만들어낸 점성이 강한 논리의 흡착제에 붙어서, 개개의 인간들 대다수가 물질 경제의 포로가 되어버린 것은 아닐까. 근대 예술미학이 성취했던 '세계 내 존재로서의 총체성'의 상실, 인식의 출발점이었던 비평적 감각은 상실되고 역으로 욕망 충족을 위한 감각의 과잉 현상 등이 현대적 기표로 두드러지게 나타난다. 우리의 대부분은 욕망의 결핍 현상에는 과민 반응을 보이지만, 사회의 진보와 개조에는 무관심하다.

근대적 문화예술이 20세기를 전후하여 인류사에서 지배적인 심미적 소통과 반성적 성찰, 이를 기반으로 한 현실 응전력을 높일 수 있었던 것은, 시민들의 공통적인 또는 일반화된 의제(agenda)를 생산해 왔기 때문이다. 그런데, 더 이상 이러한 요구를 문학예술에 요구하지 않아도 될 뿐만 아니라, 오히려 요구할 필요성조차 존재하지 않는다는 주장이, 예술계 내부와 외부에서 모두 들려온다.

여기서 나는 이런 질문을 던지고 싶다. 그렇다면, 그때 당신들이 생각하는 문화예술의 존재 근거는 대저 무엇인가? 다시 그랬을 때, 도대체가 비평의 임무, 역할, 의미를 당신은 어디에서 찾을 수 있는가? 그래서 비평의 근원적 재성찰이 필요한 게 아닐까?(이명원, 2008: 165)

일찍이 제임슨은 포스트모더니즘이 가진 함정을 경계한 바 있다. "모더니즘이 독점 자본의 제국주의 하에서 번성한 문화양상으로 그 파급 면에서 종속적 지배 논리를 따를 수밖에 없음에 비해, 포스트모더니즘은 다국적 자본의 시대인 후기자본주의의 문화양상이기에 전지구적으로 교묘하게 파고들며, 비록 탈중심적이기는 해도 다국적 제국주의 형태로 은밀히 팽창되는 것이 아닌가(박상배, 1994: 107 참조)." 하는 의구심을 떨쳐버릴 수 없기 때문이다.

중심과 지향점을 잃어버린 소비 지향의 다원화 시대인 이즈음에, 삶의 원리와 지향점을 섣부르게 말하는 것은 촌스러움을 감내하는 일이다. 특정의 일반화된 의제(agenda)를 생산하려는 시도 자체가 무식하고 교양이 없는 행동으로 취급받기 십상이다.

이런 관점에서, 시인은 후기자본주의 사회의 이방인 역할을 감내해야 한다. 이 시대의 비명 소리는 시를 통해서 흘러나와야 하기 때문이다. 미학적 나르시시즘이라 불릴만한 자기도취적인 스타일의 추구와 이에 대한 관객들의 경탄이 불러오는 희극적인 모습에서 벗어나야 할 때인 것이다.

*

후기자본주의 사회의 진정한 가치는 효율적인 기계가 되는 것이다. 효율적인 기계인 우리의 몸에도 공업용 원료가 일정 부분 섞여 있을 법하다. 소비문화는 유희성을 극대화하고자 한다. 따라서 시도 소비 가치를 획득하지 않으면 아니 된다.

그러나 문학은 이러한 소비 사회에서 탈맥락화됨으로써 비판적 세력으로 등장할 수 있어야 한다. 보편적 이성, 인권, 휴머니즘은 인문적 가치이자 교양에 해당한다. 인간으로 하여금 효율적인 기계로 살아가기를 강요하는 자본 시장의 정글 법칙에서 자유로워지기 위해서는 인문적인 상상력이 필요하고 또 시정신이 여기에 뿌리를 두어야 한다. 시 혹은 문학이 스타일-기계에서 제작되어 마구 쏟아져 나와서는 안 되는 까닭이다.

장인 정신에 바탕을 둔 스타일의 성숙도, 그것은 효율적인 제작 기계로 완성될 때 나타나는 특성이다. 물론 이러한 부분도 예술미학적 입장에서 필수적이지만, 그 자체가 시인들이 추구하는 목표가 되어서는 곤란하다. 시정신의 거점으로서의 순수성의 회복과 동시에, 인문정신으로서의 리얼리즘적 방법론과 비판 정신의 회복이 동시에 필요한 시기이다.

제2부

버림받은
시인의 방

집의 원형, 회귀와 안주에의 꿈

- 버림받은 시인들

1. 집을 위한 序說

우리가 흔히 집이라 할 때, 거기에는 사람이 거처하는 家屋과 그 속에서 살아가는 家族을 가리킨다. 설문해자에 의하면 家는 집모양을 본뜬 部首 宀와 그 안에 살고 있는 사람을 나타내는 글자 豕로 이루어진 것으로 되어 있다.(居也从 宀豕叚聲) 또한 家屋의 의미 속에는 제물을 바치는 신성한 장소라는 뜻도 내포하고 있다.

유교적 전통에서 家의 역할은 생산적 기능, 교육적 기능, 의례적 기능, 종교적 기능 등을 가지고 있는 복잡한 공간이다. 따라서 집은 단순히 신체가 거주하는 물리적인 장소를 나타내는 것일 뿐만 아니라, 생활의 場으로서 혹은 영혼의 피난처로서 가족과 같은 혈연적인 개념과 고향과 같은 지리적인 개념을 포괄한 광의의 개념이다. 다시 말하면, 집이란 정신적인 세계와 물질적인 세계를 모두 포함시킬 수 있는 공간인 것이다.

집의 상징적 의미를 간추리면 다음과 같다.

첫째, 거주의 장소로서 집이다. 공간의 인식 가운데서 집처럼 구체적인 것은 없다. 우리가 '산다'는 것은 곧 집(家屋)이라는 물리적인 장소를 배제해 놓고 생각할 수 없기 때문이다. 집은 우리들이 살아가는 삼대 요소(衣食住)의 하나로서 삶의 중심이며 또한 공동체의 상징(家族, 家門)이다. 하이데거는 우리에게 '거주', '보호', '평화', '자유'라는 말이 어원적으로 하나임을 상기시켜준 바 있다. 자유는 여전히 보호를 전제로 하며, 보호는 단지 인간의 同一性 있어야 가능한데, 實存的 空間은 이러한 인간적인 동일성이 갖는 하나의 측면인 것이다. 볼노프는 아늑한 집의 공간과 모험적인 진출의 개방된 공간 간의 긴장을 통해서 인간은 온전한 인간 존재를 전개해 갈 수 있다고 하며, 인간으로 하여금 그 본성을 실현할 수 있게 하기 위하여, 정주하는 법을 가르쳐 주어야 한다고 하였다.

둘째, 집을 소유함으로써 우리는 마침내 삶의 안락함과 평안함을 물론 행복을 누릴 수가 있으며 또 인간은 서로 서로가 더불어 사는 존재로서의 사랑의 공간을 넓혀 갈 수가 있다. 집은 사람을 유동의 삶으로부터 정주시키고, 밤과 겨울 추위와 같은 외부세계의 무서움과 협박으로부터 보호해 줄뿐만 아니라, 남녀가 만나서 자식을 낳고 함께 사는 행복한 삶을 보장해 주고, 안식과 위안을 주는 체험적 생활공간으로서의 기능을 가지는 것이다. 그래서 바슐라르는 『공간의 시학』에서 집을 '행복의 공간'으로 규정하고 있으며, 볼노프는 '피호성의 공간(被護性의 空間)'이라 일컫는다. 이들은 모두 집이란 대상이 가지는 따뜻한 모성의 가치와 보호 내지 비호의 기능을 지적하는 말이다. 바슐라르는,

집은 인간의 삶에 있어서 우연적인 것들을 제거해 주며, 지속의 조언을 수다히 들려준다. 집이 없다면, 인간 존재는 산산이 흩어져 버릴 것이다. 집은 하늘의 雷雨와 삶의 雷雨들을 거치면서 인간을 붙잡아 준다. 그것은 육체이자 영혼이며, 인간 존재의 최초의 세계이다. 인간은 '세상에 내던져'지기에 앞서, 집이라는 요람에 놓여지는 것이다.

라고 말하며, 집은 인간의 사상과 추억과 꿈을 한 데 통합하는 가장 큰 힘이라고 한다. 집은 몽상을 지켜주고, 몽상하는 이를 보호해 주고, 우리들로 하여금 평화롭게 꿈꿀 수 있게 해주는 행복의 공간이라는 것이다.

셋째, 인간은 본질적으로 집 속의 존재라고 말할 때, 집은 원형 상징으로서 의미를 갖는다. 인간 사유의 뿌리는 의식적이든 무의식적이든 모두 집으로부터 출발하게 된다. 인간은 원초의 집이라고 할 수 있는 모성의 자궁으로부터 결별되어 나오는 순간부터 또 하나의 집이라는 자궁을 확보해서 살뿐만 아니라 죽어서는 다시 무덤이라는 집을 갖게 된다. 따라서, 원형적인 상징으로서의 '집'을 이야기 할 때는 거주 공간으로서의 '장소'라는 의미를 넘어 폭넓은 의미로 사용될 여지를 갖는다. 예를 들면 어머니의 품안은 식욕의 해결과 구순의 충족, 안락한 잠자리로서 그리고 현실적인 책임이나 결정으로부터 해방될 수 있는 최상의 은신처로서의 '집'이라는 성격을 갖게 된다. 이러한 해석은 프로이트적인 근친상간의 욕구보다 훨씬 보편적인 의미를 획득할 수 있다. 마찬가지로 대지는 모성적인 자연의 집이 되며, 우주 또한 확산된 집이라는 속성을 갖는다. 반면에 밀폐된 누에고치의 조그만 집은 몸에 딱 맞은 '옷'을 입은 인간의 집을 연상하게 되며, 또한 그것은 '옹관(甕棺)'을 연상시키기도 한다.

넷째, 수많은 전설 속에 나타나는 '세계의 중심'이 수직적인 '세계축 (世界軸, axis mundi)'을 상징하는 수목이나 기둥으로 구체화되었다면, 인간의 공간은 '主體를 軸으로 하여 中心化'되어 있다고 할 수 있다. 즉, 세계의 중심이 이상적이며 공공적인 목표, 즉 실락원을 가리킨다면, 개인적인 집(home)도 역시 이와 비슷한 구체적인 의미를 갖는다. 이에 대하여 슐츠는 '집'이라는 말은 어떠한 사람이라도 그 사람의 개인적인 세계에는 중심이 있다는 것을 의미한다고 하였다. 신화적인 중심이든 개인적인 세계의 중심이든, 그 중심은 초월적인 속성을 내포하고 있는 것이다. 따라서 집은 지상의 중력을 초극하고자 하는 인간의 몽상이 도달한 최상의 공간이라고 볼 수 있다.[2] 그런데 개인

---

2) 엘리아데에 의하면, 노력 없이 '세계의 중심'에 이르고자 하는 특성을 가진 전통과 중심에 이르는 과정의 어려움을 강조하는 그래서 그 공적이 강조되는 전통으로 구분할 수 있는데, 이 양자는 엄격히 분리될 수 있는 것이 아니며, 인간은 이 두 가지 특질을

적이든 신화적이든 그 중심(집)에 도달하기는 어렵다. 그런 점에서 인간은 영원한 노스탤쟈가 되는 것이다.

다섯째, 여기서 우리는 길 위의 집을 생각할 수도 있을 것이다. 길 위에서 머무름은 자신을 세계의 중심에 정위시키는 것이며, 스스로의 육체를 빌어 영혼의 집을 구축하는 것이다. 바슐라르도 그의 연구가 휴식의 몽상에 집중된다 하더라도, 걸어가는 인간의 몽상, 길의 몽상이 있다는 것을 잊지 말아야 한다고 이야기한 바 있다. 나그네의 길 위에서의 머무름은, 그 정지의 순간에 휴식의 집을 얻게 되며, 스스로가 세계의 중심으로 서게 된다. 이때 인간은 지상 최대의 '낙원에의 노스탤지어'가 된다.

여섯째, 머무름이나 휴식은 근육의 이완을 가져온다. 상상력에 의해서 초월적 비전을 갖게 된다 할지라도 우선 세계에 놓여진 존재의 위치에서부터 출발해야 할 것이다. 어머니의 자궁이나 요람이 최초의 집이라 할 때, 그것은 세계에 처음의 피투이다. 집의 몽상은 기투(企投)의 행위조차도 결국 원형적 피투의 세계를 가정하고 그 회복을 상상한다. 따라서 '집'은 주로 피투(被投)의 세계를 표상한다고 볼 수 있다.

일곱째, '집'을 '家屋'이라는 외적인 형체에 국한시키지 않고, 원형 상징적인 의미까지를 포함하는 용어로 사용한다면, 로트만의 경계에 의해 분절되는 내공간은 모두 집이라는 속성을 갖게 된다. 즉, 로트만의 內/外의 대립 관계를 중심으로, 집이 포괄하는 범위에 따라 다음과 같이 포함 관계를 만들어 볼 수 있다.

모두 가지고 있다고 한다. 초월적인 형태(성스러운 공간)에 대한 인간의 욕망은 가장 비속한 레벨에서조차 원형을 실현하고자 하며, 쉽게 접근할 수 있는 '중심의 등가물'이 그 예라는 것이다. 중심을 용이하게 건설하는 것은 자연적인 수단을 매개로 하여 인간의 조건을 초월하고 신적인 조건을 회복하고자 하는 소망에 다름 아닌 것이다. 그런 점에서 인간은 '낙원에의 노스탤지어'가 된다는 것이다. 따라서 우리가 찾아 나선 원형 상징들도 그런 의미에서는 연장선 위에 선다.

집 {신체⊂방⊂家屋⊂마을·고향⊂나라⊂우주}

또한, '집' 속의 실존적 존재(텍스트 시점을 형성하는 화자나 서정
적 자아, 또는 대상)는 명사의 세계를 이끌게 된다. '집'이라는 어휘
속에는 정지와 휴식의 의미를 내포하고 있으며, 우리는 이러한 정지의
양상을 중심으로 아래와 같이 '집'의 유형을 세 가지로 나누어 볼 수
있다.[3]

불안의 집(폐쇄되다) - 길 위의 집(머무르다) - 안식의 집(보호되다)

2. 집의 원형 - 버림받은 자들의 집

시인이여 그대들은 버림받은 자들이다.
귀소의 집은 없다. 몸으로 이불을 삼아라.

원형이라 함은 일단 반복적으로 드러난다는 속성을 갖는다. 즉, 재
현의 유전 가능성을 증명하는 일이야말로 원형을 확인하는 기초 작업
에 해당한다. 이 글에서는 적어도 두 편 이상의 시를 상관 쌍으로 설
정하여 그 재현의 측면을 설명하고자 한다. 사실, 원형의 반복이란 단
순한 선후 관계나 영향 관계를 지칭하지는 않는다. 따라서 재현의 검
증이라 할지라도, 그것은 선배의 작업 결과를 후배 시인의 시를 통하
여 확인하는 차원이 아니라, 집단 무의식으로 유전되어 온 민족의 원
형을 바탕으로 정서와 꿈의 보편성을 확인하는 차원의 것이어야 한다.

로베르 드즈외이유에 의하면, 원형이란 개인의 구체적인 경험 세계
자체에 머무르지 않고, 모든 사람에게 주어질 수 있는 상황에서의 인

---

3) 이상의 내용은 염창권,『집없는 시대의 길가기』,(한국문화사, 1999), pp.17~35를 참
고하여 정리함.

간의 옛 경험을 요약하는 일련의 이미지를 말한다. 이와 관련하여 바슐라르는 원형이란 전형적인 상황에서 인간의 옛 경험을 요약하는 일련의 이미지(실제 경험이 없어도 되는 이미지) 혹은 원동 상징(symboles moteurs)이라고 하였다.

융(C. G. Jung)은 우주의 생활사를 통하여 축적된 원형적 경험이 의식의 표면에 솟아오른 것을 상징으로 보았고, 바슐라르는 이러한 원형 상징을 문학작품의 이미지 속에서 확인하고자 하였다. 그렇다면, 범위를 좁혀 우리 민족의 생활사 속에서 축적되어 무의식의 저변에 형성되어 있는 '원형'의 모습은 어떠한가.

비평적 심의 경향이 집의 원형에서도 확인된다면, 우리 시인들에게 나타나는 집의 원형은 행복하지 못하다. 이는 바슐라르가 말하는 행복한 집의 몽상에서 크게 벗어나는 점이다. 안식이 결여된 집에서 나르시시즘의 끝을 바라보듯 우울하고 불길한 집의 몽상을 되풀이한다. 행복은 아직 다가오지 않았고, 응시의 고통만이 일그러진 집의 나날들을 증명한다. 그런 점에서 한국의 시인들은 리얼리즘적이다. 집 안에서의 안주는 시인들의 몫이 아니다. 설사 안식에 대한 졸음이 밀려오더라도 시인들은 이를 좀체 인정하려 하지 않는다. 이러한 불온한 집의 몽상은 김상용 시인의 "남으로 창을 내겠소"라는 희망의 언설조차 하나의 가정법적 탄식으로 들리게 한다. 우리 시인들의 집은 '불안의 집(폐쇄되다)'이나 '길 위의 집(머무르다)'이 아니고서는 언급하기 어렵다.

「물 속의 집 – 나르시시즘의 세계」

물의 원형만큼 유동적이고 부드러운 이미지는 드물 것이다. 그것은 젖과 꿀처럼 달콤한 양육의 이미지를 내포하고 있다. 그러나 물은 전혀 상반된 이미지를 가지고 있기도 하는데 공포와 불안 등을 드러내는 좌절과 자책의 전형으로 사용되기도 한다는 점이다. 물의 이미지는 내밀한 무의식의 심층을 염탐함으로써 깊이의 세계를 지향한다. 다시 말하면 나르시시즘의 냄새가 짙고 자기반영적 속성이 강하다는 것이다.

또한 폭풍우를 동반하는 파괴와 공격의 전형도 있을 수 있다. 그러나 우리 시가에서는 광포한 물과 대결하는 항해의 이미지를 만나기는 쉽지 않다. 윤선도의 「어부사시사」에서조차 바다는 조용히 출렁이고 있지 않은가.

시인들은 물속에서 집을 찾으려고 한다. 이 자기 반영적 집의 속성은 우리 시인들의 집의 지향이 내면을 향해 열려 있음을 증명한다. 그러므로 집의 일반적인 형태는 건축학적인 접근(house)이 아니라 안주처로서의 생활 공간(home)에 가깝다.

아래 장정일의 「물속의 집」은 내면 지향의 집을 보여준다. 그의 건축공학에서 집은 대지 위로 솟아오르는 인공의 형상으로서의 구조물이 아니다. 다만, "아늑하고", "어질고 순한 꽃게와 송사라가 들날날락거리"는 곳이고, "밀린 때가 굳은 등짝을 밀고 싶"은 곳이다.

> 냇물 속에 집이 있다.
> 냇물 속의 집은 물풀에 쌓여 아늑하고
> 잘 씻은 자갈 위에 기초 놓아
> 튼튼해 보였다. 그리고
> 어질고 순한 꽃게와 송사리떼가
> 물속의 집을 들날날락거렸다.
> 언제나 나는…… 물……
> 속의 집에 가고 싶었다. 그
> 집에 들어가 밀린 때가 굳은
> 등짝을 밀고 싶었다
>
> 장정일 「물속의 집」 부분

그러므로 물속의 집은 자기반영적 성격이 강하다. 가령 시의 다른 부분에서 "아궁이 지피는 불쏘시개같이/ 끝이 까만 나무들이 우뚝우뚝 솟은 산중턱에/ 물속의 집이 있었다./ 아, 모든 건 환영이었구나!" 와 같은 고백에서 보듯이, '냇물 속의 집'은 유아기적 몽상의 흔적조차 내비치고 있다. 현실의 집은 "아궁이 지피는 불쏘시개"가 필요하고, 불을 지피면서 매운 연기를 피워 올리는 생활공간이다.

> 갑자기 그 집에서 울리는 듯한
> 개 짖는 소리가 이오처럼 들렸고
> 밥 타는 매캐한 냄새가
> 코끝을 끌어당겼다.
> 그렇습니다.
> 나르시스가 살러 간 것같이
> 우리가 물 속에 집 지을 수는 없습니다.
>
> 장정일, 「물속의 집」 끝부분

그러면 그는 왜 '냇물 속의 집'을 들여다보게 되는가. 그것은 아마도 현실 공간에 대한 두려움 때문이 아닌가. "끝이 까만 나무들", "개 짖는 소리", "밥 타는 매캐한 냄새" 등에서 보듯 현실적 삶의 조건은 두려움과 좌절에 닿는다. 그러나 그의 퇴행 공간인 나르시시스트의 세계는 좀처럼 그에게 개방되지 않는다. "물 속으로 첨벙 뛰어들어/ 문을 연다. 물의 고리를 잡고/ 문을 연다. 열리지 않는다/ 문도. 물도. 도무지/ 열리지 않는다." 그렇다, 시인은 유아나 모태 공간으로 회귀하고 싶어 하지만, 그에게는 어떠한 문도 허락되지 않는다. "수염을 기른 태아"(李箱)는 얼마나 흉측한 몰골인가. 그러므로 현실 공간에서 집을 찾으려는 노력을 포기할 때, 그에게는 어떠한 회귀나 안주에의 희망도 찾아볼 수 없게 된다.

나르시시즘의 세계는 점차적으로 심화되어 집을 자신의 신체 상징으로 사용하게 된다. 그러므로 폐허의 집은 육체의 폐허이고, 흐르는 집은 방황하는 생애의 대유물이다.

> 내 마음, 어떤
> 알 수 없는 悲哀를 떠받치려
> 사원의 두 기둥처럼
> 저만치 떨어져
> 서로 마주 보고 섰네
> 못질 안 한 그 마음의 기왓장 밑으로
> 또 한바탕 비가
> 들이치네, 아닌 듯 즐겨
> 정정한다곤 해도
> 슬픔은 두 발이 함께 나아가는 것
> 우리 마음의 물불
> 뒤섞여 흐르는 그 아래,
> 헤쳐진 길들의
> 그 기슭에 녹아내리는
> 오라, 삶이라는 이름의 저 비등하는 외설
> 가득 살얼음 잡힌 물풀들
> 사이로, 그 마음 굽이치네
> 떠내려가네

김명리 「흐르는 집」 전문

두 다리는 사원의 두 기둥과 같이 슬픔을 떠받치면서 쏟아지는 빗속에 선다. 그리고 강물처럼 흘러내려가는 그 사이, 마음은 뒤섞이는 물불의 시간을 지나 물풀 사이로 흘러내리고 悲哀의 살얼음도 잡히리라. "헤쳐진 길들의/그 기슭에 녹아내리는/오라, 삶이라는 이름의 저 비등하는 외설"에서 보듯 삶은 물 속처럼 함께 흘러갈 수밖에 없으며, 그 물 속의 집에서 길들은 헤쳐지고 삶 자체를 긍정하는 것이 외설에

다가가는 것임을 인정한다. 이러한 인식은 흘러가는 육체성의 집이 갖는 문제이다. 즉, 마음의 거주처인 몸, 그러나 마음이 주인인 그 집에서 몸은 어디에다 이불을 펴고 편안한 잠을 이룰까가 문제이다.

그러나 이러한, 나르시시스트의 세계는 너무도 흔히 일상적 세계로 전이되기도 한다. 아래 시는 물 속 집에 대한 환상은 시인들만이 아닌 집단 무의식으로 유전된 원형의 문제임을 보여준다. 도피 공간으로서 물은 죽음이자 재생에 대한 희구이다. 물에 던져진 심청이 죽음을 건너서 연꽃잎에 띄워 올려지듯, 물 너머로 죽음의 건너편을 들여다보는 눈에는 재생에 대한 간구가 담겨져 있다. 여성의 잉태한 자궁의 형상을 하고 있는 우리의 무덤 모양만 보아도 재생에 대한 기구가 얼마인지를 충분히 짐작할 수 있다.

> 그해 겨울 영랑호 속으로
> 빚에 쫓겨온 서른세살의 남자가
> 그의 아내와 두 아이의 손을 잡고 들어가던 날
> 미시령을 넘어 온 장엄한 눈보라가
> 네 켤레의 신발을 이내 묻어주었다
> ......
> 그래도 저녁마다
> 설악이 물 속의 집 뜨락에
> 아름다운 놀빛을 두고 가거나
> 산그림자 속 화암사 중들이
> 일부러 기웃거리다가 늦게 돌아가는 날이면
> 영랑호는 문을 닫지 않는 날이 많았다
>
> 그런 날은 물 속의 집이 너무 환하게 들여다보였다
> 　　　　　　　　　　　　　　　　이상국 「물 속의 집」 부분

자살의 유형 가운데, 우리나라에 많은 것이 '물 속 투신' 유형이다.

이 경우, 물 속은 나르시시즘의 극단이며 재생제의의 장소이다. 이를 바라보는 시인의 눈 또한 이러한 세계에 동화되어 있다. "장엄한 눈보라가/ 네 켤레의 신발을 이내 묻어주었다"거나 '설악이 물 속에 놀빛을 두고 가거나' '화암사 중들이 늦게 돌아가는 날'에 '영랑호가 문을 닫지 않는' 것은 다 시인의 마음 때문이다. 시인은 "그런 날은 물 속의 집이 너무 환하게 들여다 보"이면서 물 속의 집이 따사롭고 행복하기를 바란다. 즉, 이승에는 그랬으나 저승에서는 참으로 편안하기를 바라는 것, 이것은 이승의 현실에 대한 부정이자 저승 공간에 대한 희구를 나타내는 우리의 원형인 것이다.

「병든 신체의 방 - 어린 家長」

유년기의 추억은 인간 성장의 패턴에서 자아의 원형을 형성한다. 바슐라르는 구순적 충족의 상태를 단순한 행복의 원형으로 보고 존재의 우물로서 유년기를 설정한 바 있다. 그러나 몇몇 시인들의 유년기는 행복하지 않다. 감히 말하자면, 유년기 정신 외상의 흔적은 우리시의 특징이다.

특히, 불행한 유년기의 원형을 李箱詩에서 찾아볼 수 있다. 유전의 재현 가능성을 탐색하는 과정에서 이상을 지나쳐가는 것은 무모한 일이다. 이상시에서 내공간의 房은 신체적인 속성을 갖고 있다. 그는 이 자궁과도 같은 내밀성의 공간에서 자아의 내면세계를 독해한다. 집의 축소 공간인 이 신체의 방에 웅크리고 있는 화자의 모습을 통하여, 母胎 공간으로 퇴행한 나약하고 쇠잔한 지식인의 얼굴을 만나게 된다. 그러나, 그는 수염(鬚髥)을 기른 태아이기에 그 퇴행 공간이 아늑한 휴식처로만 비쳐지지는 않는다. 子宮은 아늑한 수면의 공간이지만 한편으로는 날카로운 이빨을 가진 질(窒)이라는 양가성을 가지고 있다. 이상시에서 내공간의 방은 후자에 속한다고 볼 수 있다. 그가 거주하는 어디에도 모성적인 보호의 공간은 드러나지 않는다. 그가 거주

56

하는 곳은 욕구 좌절의 결핍된 장소이며 죽음을 예감하는 고통의 장소이다.

필자는 1910년생 이상의 유전으로 반세기 후 출생인 1960년생의 기형도를 불러들이고자 한다. 자궁의 내상 흔적은 기형도에 이르러 가계사의 점철로 대체된다.

이튿날이 되어도 아버지는 돌아오지 않았다. 아버지는 간유리 같은 밤을 지났다.

그날 우리들의 언덕에는 몇백 개 칼자국을 그으며 미친 바람이 불었다. 구부러진 핀처럼 웃으며 누이는 긴 팽이 모자를 쓰고 언덕을 넘어갔다. 어디에서 바람은 불어오는 걸까? 어머니 왜 나는 왼손잡이여요. 부엌은 거대한 한 개 스푼이다. 하루종일 나는 문지방 위에 앉아서 지붕 위에서 가파른 예각으로 울고 있는 유지 소리를 구깃구깃 삼켜넣었다. 어머니가 말했다. 너는 아버지가 끊어뜨린 한 가닥 실정맥이야. 조용히 골동품 속으로 낙하하는 폭풍의 하오. 나는 빨랫줄에서 힘없이 떨어지는 아버지의 러닝 셔츠가 흙투성이가 되어 어디만큼 날아가는가를 두 눈 부릅뜨고 헤아려보았다. 공중에서 휙휙 솟구치는 수천 개 주사 바늘. 그리고 나서 저녁 무렵 땅거미 한 겹의 무게를 데리고 누이는 뽀빨린 치마 가득 삘기의 푸른 즙액을 물들인 채 절룩거리며 돌아오는 것이다.

아으, 칼국수처럼 풀어지는 어둠! 암흑 속에서 하얗게 드러나는 집. 이 불끈거리는 예감은 무엇일까. 나는 형겊 같은 배를 접으며 이 악물고 언덕에 섰다. 그리하여 풀더미의 칼집 속에 하체를 담그고 자정 가까이 걸어갔을 때 나는 성냥개비 같은 내 오른 팔 끝에서 은빛으로 빛나는 무서운 섬광을 보았다. 바람이여, 언덕 가득 이 수천 장 손수건을 찢어날리는 광포한 바람이여. 이제야 나는 어디에서 네가 불어오는지 알 것 같다. 오, 그리하여 수염투성이의 바람에 피투성이가 되어 내려오는 언덕에서 보았던 나의 어머니가 왜 그토록 가늘은 유리막대처럼 위태로운 모습이었는지를.

다음날이 되어도 아버지는 돌아오지 않았다. 그리고 그날 이후 나는 폭풍의 밤마다 언덕에 오르는 일을 그만두었다. 무수한 변증의 비명을 지르는 풀잎을 사납게 베어 넘어뜨리며 이제는 내가 떠날 차례였다.

기형도 「폭풍의 언덕」 전문

위의 시에 나타나는 집은 살벌하게 들떠 있다. "그날 우리들의 언덕에는 몇백 개 칼자국을 그으며 미친 바람이 불었다."와 같이 거주처로서 '폭풍의 언덕'은 유년기의 화해로운 공간이 아니다. 그들은 보호받지 못하고 있다. "구부러진 핀처럼 웃으며 누이는 긴 팽이 모자를 쓰고 언덕을 넘어갔다."가 "그러고 나서 저녁 무렵 땅거미 한 겹의 무게를 데리고 누이는 뽀뽈린 치마 가득 뻘기의 푸른 즙액을 물들인 채 절룩거리며 돌아오는 것이다."에서 보듯, 누이는 사랑스런 소녀기를 보내고 있지 못하는 것이다. 이 불온한 가계사에서 이항대립적인 세계가 보이는데, 그 중 하나는 '아버지→나'로 이어지는 가계와 '어머니→누이'로 이어지는 가계이다. 여기서 아버지는 떠나버리고 돌아오지 않는다. 나는 "어머니 왜 나는 왼손잡이여요."와 같이 아버지의 세계를 부정한다. 그렇지만 "너는 아버지가 끊어뜨린 한 가닥 실정맥이야."라는 어머니의 말을 들은 후에 저주스럽게, "나는 빨랫줄에서 힘없이 떨어지는 아버지의 러닝 셔츠가 흙투성이가 되어 어디만큼 날아가는가를 두 눈 부릅뜨고 헤아려보았다."와 같이 자신의 불안한 미래를 예측하며 고통스러워한다. 반면에 '어머니→누이'로 이어지는 가계는 '폭풍의 언덕'을 오르내린다. "오, 그리하여 수염투성이의 바람에 피투성이가 되어 내려오는 언덕에서 보았던 나의 어머니가 왜 그토록 가늘은 유리막대처럼 위태로운 모습이었는지를." 보면서도 이 허약한 집의 남성들은 가계에 아무런 도움이 되지 못한다.

허약한 집의 남성들로 인해, 여성들은 "공중에서 휙휙 솟구치는 수천 개 주사 바늘"과 같은 격통의 흔적을 온몸으로 받고 있지만 아버지는 돌아오지 않았고, "이제는 내가 떠날 차례였다."는 다짐만이 존재한다. 이와 같이, 헝겊 같은 배를 접으며 미성숙의 자아를 벗고, 광포한 바람이 불어오는 생활 세계로 진행하고자 하지만 어린 화자에게 인식되는 것은 공포와 두려움의 세계로 내팽개쳐짐이다. 이 내팽개쳐짐은 기아(棄兒)의식으로 변환된다. 이로써 이들은 병든 집을 떠맡게 되는 어린 家長의 역할을 해야 한다.

「추방된 자의 집 - 불구의식」

추방된 자에게는 회귀할 집이 없다. 왜냐하면 회귀란 안주를 보장해야 하지만, 추방 이전에 그곳은 불안한 집의 전형이었기 때문이다. 문패를 단 生家는 저당 잡혀 있고, 이를 생활로써 해결해야 할 책무를 지닌 화자에게는 그 집이나마 문을 잡고 매달려도 열리지 않는다.

> 門을암만잡아단여도않열리는것은안에生活이모자라는까닭이다. 밤이사나운꾸즈람으로나를졸른다. 나는우리집내門牌앞에서여간성가신게아니다. 나는밤속에들어서서제웅처럼작구만減해간다. 食口야封한窓戶어데라도한구석터노아다고내가收入되여들어가야지않나. 집웅에서리가나리고뾰족한데는鍼처럼月光이무덨다. 우리집이알나보다그러고누가힘에겨운도장을찍나 보다. 壽命을헐어서典當잡히나보다. 나는그냥門고리에쇠사슬 늘어지듯매여달렸다. 門을열려고않열리는門을 열려고.
>
> 이상 「가정(家庭)」 전문

화자는 문을 열고 들어갈 수가 없다. 그는 밖에 던져진 제웅(제융)이기 때문이다. 역설적으로 그는 가정을 위해 가정으로부터 추방된 자이다. 어둔 길 밖에 '내던져짐'으로 인하여, 그는 세계를 고통과 공포의 공간으로 인식하게 된다. 화자는 힘겨운 도장을 찍는 집이나마 그 내공간의 일원이 되고 싶어한다. 그러나 자신이 제웅처럼 자꾸만 감해 가듯, 그 집도 수명을 헐어서 전당을 잡히고 있다. 그는 제웅의 액(厄)막이 역할을 제대로 하고 있지 못하는 것이다. 그러므로 다음과 같은 인식은 자연스럽다. "勿論나는追放당하얏느니라. 追放당할것까지도업시自退하얏느니라.(「烏瞰圖 - 詩第六號」)"이로써 그는 추방된 자의 영혼을 갖게 되었고, 이는 불구의식으로 나타난다. 따라서, 그가 즐겨 사용하는 시어는 '목발'과 '위족', '척각(隻脚)" 등으로 나타나는데, 불안과 좌절의 심리적 표상이다. 이들 시어는 그의 시 곳곳에서 등장한다.

불구의식은 이윤학의 시에서도 나타난다. 집으로 돌아가는 데 '목발'이 필요하다는 인식은, 삶의 곳곳에서 그의 보행이 순탄치 않음을 나타내는 것이다.

> 낮 동안, 제 집을 쫓아다닌 그림자
> 저녁에 문 앞에 와서 보니, 그 그림자가
> 나였다는 생각이 든다. 잠긴 문 앞에서
> 기다리는 동안
> 나는 집으로부터 쫓겨난 영혼이다.
>
> 나는 지금도 집에 가기 위해 목발을 가지고 있다.
> 다른 집을 찾아가기 위한 목발,
> 내 영혼도 목발을 짚고 쫓아와 있다.
>
> 평생을, 아픔을 끌고 다녀야 하다니!
>
> 나를 생각할 때만큼 고통스러운 적은 없다
>
> 이윤학 「집」 전문

이 시에 나타난 그림자는, 생의 지표를 쓸고 다니는 시적 화자의 반영물이다. "낮 동안, 제 집을 쫓아다닌 그림자"는 중의적인 해석이 가능하다. 하나는 실제 집의 그림자가 시계 바늘처럼 매달려 옮아다니는 것으로, 낮 동안 외공간을 떠돌다 결국은 집으로 돌아올 수밖에 없는 화자에 대한 은유로 파악할 수 있다. 다른 하나는 화자의 신체가 그리는 그림자이다. '쫓아다닌'에 주목한다면 그림자의 집은 화자의 신체 영상에 해당한다.

후자에 따른다면, 화자의 육체는 그림자의 집인 셈이다. 그림자와 육체는 약간의 불화를 겪은 듯하나, 저녁에 잠긴 문 앞에서 자신의 그림자를 회복한다. 즉, 거주하는 집과 그 집의 그림자였던 자아, 자아가 빛에 투과되면서 땅 위에 그리는 그림자 등의 이미지가 겹치며 만나는 시간이 저녁이다.

화자가 집으로부터 쫓겨난 영혼인 동안, 그림자 또한 육체의 집을 쫓아다니는 영혼이 된다. 화자가 목발을 짚고 불구의 보행을 하는 동안 그림자인 영혼도 불구의 보행을 따라할 수밖에 없다. 그러므로 "나를 생각할 때만큼 고통스러운 적은 없다"는 '집을 생각할 때만큼 고통스러운 적은 없다'와 같은 의미가 되고, 여기서 시적 화자인 '나'와 '그림자의 집 혹은 영혼의 집'은 동격이 된다. 그런데, 그 '집'은 '本家'로부터 쫓겨난 상태이고 잠긴 문 앞에서 기다림에 지쳐 있다. 그래서 "평생을, 아픔을 끌고 다녀야 하다니!"와 같은 부르짖음이 자연스럽게 들린다.

지쳐있는 화자의 절망은 李箱詩에서 외침으로 나타난다.

> 이봐. 누가 좀 불을 켜 주게나.
> 더듬거리면서 겨우 여기까지 왔네 그려. 이렇게 캄캄해서야.
> 이젠 아주 글렀네. 무서워서 한 발자국인들 내놓을 수 있겠는가?
> 이봐. 누가 좀 불을 켜 주게나.
>
> 이상 「누가 좀 불을 켜 주게나」 전문4)

---

4) 「아포리즘」에 포함된 13편 가운데 하나이다.

이 작품에서는 그가 걸어온 길이 어둠으로 덮여 방향조차 알 수 없는 미로였음을 말하고 있다. 이 작품은 자아와 세계 사이에 설정되는 이상 식의 '거리 두기'가 사라지고 없다. 이상의 시 가운데 유다른 경우로, 서정적 자아가 허구적 퍼소나를 벗고 직접 자신의 목소리를 전면에 노출시킨다. 이상의 절망적인 외침을 듣는 듯하다.

이처럼, 시인들이 어둔 공간의 미로 상황을 벗어나고자 할 때, 찾게 되는 것이 門이다. 門은 이 고단한 길에서 벗어나 휴식의 공간으로 이전되는 경계선이기 때문이다. 그러나 앞의 시인들의 시에서 확인하였듯이 문은 암만 잡아다녀도 열리지 않는다. 그들은 추방된 자들이기 때문이다. 문은 안으로 잠겨 있다.

「탄생과 죽음 집 - 자궁에 대한 기억」

고대 신화의 대부분은 신이한 탄생 설화를 곁들이는데, 그 중에서 주몽 탄생 설화는 난생(卵生)이면서 그 현상에 대한 구체적인 언급이 있어 인간 탄생이라는 신비로운 현상을 고대인들이 어떻게 이해하였는가를 찾아보는 단서가 된다. 혹자는 알의 내부에서 태양의 형상을 유추하고 태양신 숭배와 연결시키기도 하지만, 여기서는 생명의 출발로서 '알'의 이미지가 어떻게 사용되는가를 밝히는데 중점을 두기로 한다.

왕이 천제의 왕비임을 알고 별궁(別宮)에 있도록 했더니 그녀는 품 속에 햇빛이 비치어 잉태했다. 신작(神雀) 4년 계해 여름 4월에 주몽 이 탄생했는데, 울음소리가 아주 크고 골격이 뛰어 났다. 처음에 날 때 왼쪽 옆구리에서 한 알을 낳으니, 크기가 닷되들이 가량이었다. 왕 이 이상타 하고 말하기를 "사람이 새 알을 낳았으니 불길한 일이다" 라고 하였다. 사람을 시켜 그를 말 우리에 두었더니 모든 말들이 밟지 를 않았고, 깊은 산 속에 버려도 온갖 짐승들이 모두 지켜 주었다. 구

름이 끼고 음침한 날이면, 알 위에 항상 햇빛이 비치고 있었다. 왕은
알을 가져오게 하여 그 어미에게 보내어 기르게 하였다. 알이 마침내
갈라져서 한 남아를 얻게 되었던 것이다. 낳아 달도 안 되어 언어가
아주 통하게 되었다.

이규보 「동명왕편」에서

위의 신화에서 잉태의 씨앗은 햇빛으로 나타난다. 하늘로 올라간
해모수가 변신한 것이 햇빛이다. 햇빛은 항상 알 위에 비치고 있고,
드디어는 탄생을 위한 에너지가 된다. 이와 같은 알과 햇빛의 신화는
김기택의 「꼽추」에서도 나타난다.

지하도
그 낮게 구부러진 어둠에 눌려
그 노인은 언제나 보이지 않았다.
출근길
매일 그 자리 그 사람이지만
만나는 건 늘
빈 손바닥 하나, 동전 몇 개뿐이었다.
가끔 등뼈 아래 숨어 사는 작은 얼굴 하나
시멘트를 응고시키는 힘이 누르고 있는 흰 얼굴 하나
그것마저도 아예 안 보이는 날이 더 많았다.

하루는 무덥고 시끄러운 정오의 길바닥에서
그 노인이 조용히 잠든 것을 보았다.
등에 커다란 알을 하나 품고
그 알 속으로 들어가
태아처럼 웅크리고 자고 있었다.
곧 껍질을 깨고 무엇이 나올 것 같아
철근 같은 등뼈가 부서지도록 기지개를 하면서

그것이 곧 일어날 것 같아
그 알이 유난히 크고 위태로워 보였다.
거대한 도시의 소음보다 더 우렁찬
숨소리 나직하게 들려오고
웅크려 알을 품고 있는 어둠 위로
종일 빛이 내리고 있었다.

다음날부터 노인은 보이지 않았다.

김기택 「꼽추」 전문

　노인의 누추한 죽음 위로 빛이 내리고, 이로써 그의 죽음은 단순한 소멸이 아니라 탄생을 위한 제의로 변환된다. "가끔 등뼈 아래 숨어 사는 작은 얼굴 하나/시멘트를 응고시키는 힘이 누르고 있는 흰 얼굴 하나"에서 나타나는 꼽추 노인의 얼굴은 그 자체로도 알의 형상에 가깝다. "등에 커다란 알을 하나 품고/그 알 속으로 들어가/태아처럼 웅크리고 자고 있었다."에서 보듯 그 흰 얼굴조차 온전한 태아의 형상이다. 이로써 노인은 알처럼 불룩하게 솟아 있는 등뼈 아래서 편안하게 잠을 자고, 재생의 꿈을 꾸게 된다. 지상의 누추한 삶의 형상을 벗어버리기 위해서는 모태 내 태아의 잠처럼 긴 꿈의 시간이 필요한 것이다. 「꼽추」는 지상의 헐벗은 노인을 통하여 卵生의 재생제의를 재현해 내고 있다. 여기서 노인은 영웅적이지는 않지만 충분히 서사적이고 신화적인 모습을 지니고 있다.
　'알'이 임신한 여성의 불룩하게 솟아오른 배의 형상을 닮아있다면, 자궁은 그 내적인 '차오름'을 통하여 무의식의 깊이에까지 이미지를 끌고 간다. 아래 「피 흘리는 집」은 황폐한 자궁에 대한 상징이다.

눈이 내려
집을 찬찬히 감는다
하늘나라의 붕대가

내려와 상처난 집을 찬찬히
감는다

피고름이 멈추지 않는다
집은 열이 몇 도나 될까
피 흘리는 집이 붕대를 녹인다
붕대 밖으로도 피고름이 흘러 넘친다

상처 속에서 뛰어나온 우리들이
눈 치우개를 들고
이놈의 더러운 붕대!
피 묻은 붕대를 밀어낸다

(눈 녹은 뒤
상처는 더욱 선명하다)

김혜순 「피 흘리는 집」 전문

　하늘나라의 붕대와도 같이 눈이 내려 상처 난 집을 찬찬히 감는다. 흰색 천이 갖는 붕대 이미지는 위의 '알'의 형상을 회복하는 듯하다. 그러나 붕대로 찬찬히 감겨지는 집은 원초적 보호성을 회복하는 듯하지만, 곧바로 피고름에 의해 부정되고 만다. 피고름이 흘러넘치는 상처 난 집이라니! 집은 대체로 피호성을 토대로 인간에게 모성적 양육의 가치를 일깨워 준다. 그러나 이 집에서 뛰쳐나온 우리들이 "이놈의 더러운 붕대!"라고 소리치면서 피 묻은 붕대를 치워내자 집은 감추어질 수 없는 상처를 드러내고 만다. 그러므로 집은 보호 기능을 잃어버린 누추한 육체에 다름이 아니게 된다. 여기서 집은 우리가 태어났지만, 그 모성적 양육의 기능을 상실해 버린 상처 난 자궁에 다름 아니다. 모태 부정은 **李箱** 시에서도 언급한 바 있지만, 이 시에서는 집이 가지고 있는 상처 자체를 기꺼이 드러내고 인정한다는 점이 모태 부정과는 다른 점이다.

「길 위의 집 - 추억의 탕진」

그러므로 시인들은 좀처럼 거주하는 모습을 보여주지 않는다. 시인들이 고향에 돌아올 때조차 안주를 전제로 하지 않는다. 안주란 시인의 사전에는 애초에 존재하지 않는 것일까. 이를테면 아래의 시에서 고향의 집조차 '집으로 가는 길'에 거쳐 가는 '길 위의 집'일 뿐이다. 영원한 집은 고향의 집이 아니라는 뜻이다.

> 많은 길을 걸어 고향 마루에 오른다
> 귀에 익은 어머님 말씀은 들리지 않고
> 공기는 썰렁하고 뒤꼍에서는 치운 바람이 돈다
> 나는 마루에 벌렁 드러눕는다 이내 그런
> 내가 눈물겨워진다 종내는 이렇게 홀로
> 누울 수밖에 없다는 말 때문이
> 아니라 마룻바닥에 감도는 처연한 고요
> 때문이다 마침내 나는 고요에 이르렀구나
> 한 달도 나무들도 오늘 내 고요를
> 결코 풀어주지는 못하리라
>
> 최하림 「집으로 가는 길」 전문

"마룻바닥에 감도는 처연한 고요"는 단독자로서 마침내 도달하고야 말 집의 형상이다. 그러므로 시인은 추억을 탕진하고 사는 셈이다. 그의 귀와 눈은 늘 탄생 이전의 본향으로서의 모태 공간과 죽음 이후의 영원의 거처를 향해서만 열려 있기 때문이다. 그러나 모태의 본향이었던 어머니마저 떠나고 없는 고향에서, "종내는 이렇게 홀로/ 누울 수밖에 없다"와 같은 상념에 이른다. 여기서 싸늘한 마룻바닥에 누워 떠나갔을 어머니와 그의 누워 있는 행위는 동일한 의미로 겹쳐진다. 싸늘한 마룻바닥 위에 누워 죽음의 건너편을 응시하는 눈을 거두기 위해서는 한 달이라는 시간도 나무들의 침묵조차도 부족하기만 하리라.

길 위에서 서성이는 자, 그에게는 안주란 없다. 다만 그가 가는 길은 영원한 휴식의 저편인 죽음의 집이다. 살아서 죽음의 집을 지으려고 시인은 끝없이 추억을 탕진한다. 추억은 시간의 힘이자 안주에의 유혹이다.

> 떠남도 허락하고
> 돌아감도 허락한다
> 떠나는 길과 끝나는 길이
> 만나서
> 모든 途中의 하늘에
> 별을 빛나게 하고
> 흘러가는 모든 것들을
> 한 번의 瀑布로 노래하게 한다
>
> 한 마리의 잃어버린 羊은
> 牧童이여 찾아 헤매는 그대 마음인데
> 부는 바람과 흐르는 시내가
> 慈悲와 쓸쓸함으로 온다 한들
> 어떤 편안한 잠이
> 그대의 所有와 喪失을 덮어줄까
> 어떤 길이 마침내
> 죽음에게 길을 열어줄까.
>
> 安定은 제 마음을 버리고
> 강물에 비치는 고향
> 때때로 無意識으로 우는 이마

깨어서도 젖는다

정현종 「집」 전문

　그러므로 집은 없고 끝없는 유랑의 길만이 시인 앞에 놓여 있다.
탕진하는 시간의 추억은 "흘러가는 모든 것들"에 불과하다. 그리하여
"단 한 번의 瀑布로 노래하게" 하는 지상의 기억들. 그 사이에서 집
은 없고 "떠나는 길과 끝나는 길"의 도중이 있을 뿐, 그러므로 시인은
줄곧 서성이는 포즈를 지우지 않는다. 왜냐하면, "所有와 喪失"이란
지상의 집의 모습일터인즉, 이는 결국 죽음에게 길을 터주는 일과성의
길 가운데 하나일 뿐이기 때문이다. 대상의 얼굴을 확인할 수 없는 막
연한 실존적 현기증, 그것은 바로 죽음에 대한 인식이다. 마지막 연
의, "安定은 제 마음을 버리고/ 강물에 비치는 고향"에서, '안정'과
'제 마음'이 대립하고 있다. 여기서 '제 마음'을 현존을 추구하는 현실
적 자아를 나타낸다고 하면, '안정'을 추구하는 것은 실존적 존재를
넘어서 나르시시즘의 끝인 물 속의 집에 대한 동경을 나타내는 것으
로 볼 수 있다. "때때로 無意識으로 우는 이마/깨어서도 젖는다"는
인간의 영원한 거처인 죽음의 집에 대한 두려움이자 각성이다. 시인은
이 두려움과 불안 때문에 지상의 시간들을 탕진하는 사람이다.

3. 시인의 집을 빠져나오며

> - 그는 누에실로 집을 지었다.
> 고치 속에 들어앉은 순진한 에고이스트,
> 그의 죽음에 옹관(甕棺)을 허락한다.

위의 말은 필자가 시인들에게 바치는 헌사에 해당한다. 시인들은 어느 곳에도 결코 안주할 수 없는 유랑민이자 노래를 멈추지 않는 보헤미안이다. 살펴본 대로 그들에게 거주처로써 지상의 집은 없다. 그들은 내면 깊이 들어가 나르시시즘의 우물을 파거나 강물 저편으로나 있는 죽음의 집을 응시한다. 그러므로 그들은 지상의 길 위에서 추억을 탕진하거나, 쫓겨난 채로 끝임없이 서성이다가 지치면 감겨 있는 문을 잡아당긴다. 암만 잡아당겨도 안 열리는 門, 시인은 버림받은 자이기에 그 앞에서 서성일 수밖에 없다. 그러므로 그에게는 유랑의 길에서 몸으로 이불을 삼는 '길 위의 집'만이 허락된다. 그의 죽음에는 옹관이 적당하다.

남도 민속의 시적 형상화

*

문화란 자연 환경에 대응하여 일정한 목적 또는 생활 이상을 실현하고자 사회 구성원에 의해 공유되고 계승되는 생활양식을 일컫는다. 문화의 범주를 크게 잡으면 정신적(무형), 물질적(유형) 관계를 모두 포함하는 것으로, 의식주 및 언어, 풍속, 종교, 학문, 예술, 사회 제도 등이 모두 문화 영역에 해당된다.

문화는 일차적으로 인간이 환경에 적응하는 과정에서 산출된 것이기 때문에, 그 지역의 기후와 토양, 지리적 환경에 크게 의존하는 모습을 보인다. 즉 추운 지역과 더운 지역, 산악 지역과 평야 지대 등은 서로 다른 환경을 배경으로 하고 있으므로, 이 환경에의 대응 모습도 다를 수밖에 없다. 시대적으로도 전통문화와 현대문화 사이에는 차이가 있는데, 전통문화가 환경 의존적이며 친화적이라면, 현대문화는 환경 응용적이라 하겠다. 현대문화에서는 기후 및 지리적 제약이 과학기술에 의해서 극복되고 있기 때문에 문화 의식의 면에서 지역적 특성이 현저하게 줄어든 것이 사실이다.

이 글은 남도(광주·전남)의 민속문화와 이들 문화소의 시적 변용에 관한 것이다. 자연스럽게 논의의 범주를 전통문화로 한정하여, 그 문화소(文化素) 가운데 민중적이며 기층적 자질을 찾아 현대시에서 어떻게 형상화되고 있는가를 살펴보고자 한다. 이는 민속적 원형이 지금 이 시간에 어떤 모습으로 변형되어 삶의 문법 속에 내재화되고 있는지를 밝히는 작업이 된다.[5]

---

5) '문화소(文化素)'라는 단어가 사용되고 있는지는 모르겠지만, 필자의 자의적인 판단으

이 글을 쓰기 위해 민속학 관련 저술을 수집하는 과정에서 만난 책들은 다음과 같다. 『광주·전남의 민속연구』(나경수), 『지역민속의 세계』(이경엽), 『남도민속문화론』(표인주), 『민속문화를 읽는 열쇠말』(임재해), 『한국문화코드 열다섯 가지』(김열규) 등이다. 이 가운데 앞의 네 권 저서는 모두 "민속원" 간행물이다. 이쯤 되면, 민속(民俗)이라는 단어 자체가 하나의 문화를 읽는 코드로 작용하고 있음을 증명하는 셈이다.

그렇다면 '민속(民俗)이란 무엇인가?' 앞의 저술들에서는 불행히도 이에 대한 정의가 분명하게 드러나 있지 못하다.

'민중의 생활양식'이라고 간략하게 지나칠 일이 아닙니다. …… 민속문화의 실체도 살아있어 계속 변할 뿐 아니라 학문적 역량이 축적되는 데 따라 질문의 깊이와 해답의 수준도 계속 달라지게 마련입니다. 그러므로 '민속문화'는 무엇인가? 하는 질문에 끊임없이 대답하는 것이 민속학의 오랜 숙제이자, 앞으로 계속 안고 뒹굴어야 할 민속학의 과제라 할 수 있습니다.(임재해, 2004: 머리글에서)

위의 논자는 민속학에 대해 정의를 내리기보다는, "민속학이 무엇인가에 대한 것은 계속적인 연구의 과정과 성과 자체가 민속학임을 보여줄 수 있을 것이다."와 같은 방식으로 민속학에 대한 개념 설정 자체를 지연시키고 있다.

로는 이야기체 글에서 분석 단위로 사용하는 '화소(話素)'라는 용어와 같은 방식으로 사용할 수 있다고 본다. 예를 들면, '씻김굿'과 같은 문화 양식이 있을 경우, 이는 죽음에 다다른 인간에 대해 살아 있는 사람들의 소망과 예의를 표현하는 의례에 해당하는 것으로, 계층이나 지역 간의 차이를 벗어나서 연행되었다. 이와 같은 경우 '씻김굿'은 독자적인 문화양식, 즉 문화소로 다루어야 한다고 보기 때문이다.

한편, 문화 차이를 나타내기 위하여, 중앙/지방, 표층문화/기층문화, 상층문화/민중문화 등과 같은 이항대립을 만들어 볼 수 있다. 광주·전남의 민속 문화는 모두 후항에 관련된다고 볼 수 있다. 또한, 민족문화의 보편성으로 인하여 전항과도 일정부분 공유하는 측면이 많다.

그렇다면 민속학에서 논의의 대상으로 선정하고 있는 것이, 민속에 해당하는 항목인 셈이 된다. 앞에서 열거한 몇 권 책에서 주요하게 거론된 광주·전남 지역의 민속적 대상들을 분류하면 다음과 같다.

- 민간 신앙(당제, 당산제, 씻김굿, 서낭당, 장승, 솟대, 주당맥이, 각종 무속, 기제사 및 시제, 여제)
- 민속 예술(서사무가, 민요- 진도 아리랑·강강술래·육자배기, 민화, 시나위, 농악, 판소리 등)
- 세시풍속과 민속놀이(각종 민간 행사, 달맞이, 연날리기, 줄다리기, 횃불싸움, 달집태우기 등)
- 민간 설화, 민간 생활양식 및 도구, 민간 어휘 등

이상의 항목들을 살펴보면, 민간 즉 민중(folk)들이 먹자 자고 마시고 노는 일과, 사계의 순환에 따른 일하기와, 병고나 우환이 생기거나 생길까 두려워서 치루는 제의적인 행위 등이 모두 민속문화라는 범주 안에 포함되는 것임을 알 수 있다. 즉, 민간 생활의 제 양상이 모두 민속문화에 해당하는 것이어서 특별히 우리 삶과 분리되어 설명될 수 없다. 따라서 민속 현상들은 특정의 민속(문화소)이 실현되는 공동체적 배경과 시스템적으로 연관되어 있다고 보아야 한다.

하나의 집단에서 민속적 행위가 실현되기 위해서는, 먼저 공동체로부터 필요성을 용인 받는 절차를 거쳐야만 한다. 다음으로 그 행위가 개인적, 또는 집단적인 차원에서 실현되는데 이는 삶의 체계와 일정한 의미연관을 가지게 된다. 그리고 행위의 끝은 공동체의 평가적 반응으로 종결짓게 된다. 그러므로 민속 실현의 전-중-후의 맥락을 거치면서 서사적 완결구조를 지탱하게 된다. 이러한 인식은 민속문화의 문학적 변용의 방식을 판단하는 데 있어서 매우 중요하다고 본다. 즉, 하나의 독립적인 문화소(민속 행위)는 자체적으로 서사적 완결 단위를 지향하는데, 이를 문학적으로 인용하는 데 있어서 소설이나 시가 갖는

형식적 장치와 맞부딪칠 수밖에 없다는 것이다. 소설의 경우에는 좀더 인용 가능성이 높아진다. 즉 하나의 문화소를 소설 내에서 하나의 에피소드로 인용하거나, 전체 구조(structure)의 측면에서 상동성을 추구할 수도 있을 것이다.

그러나 시 형식의 경우는 애매해진다. 시가 시적화자의 주관적 정서 표출에 치중하는 짧은 형식의 글이기 때문에, 서사적 완결 단위를 갖는 민속 행위를 어떻게 온전하게 인용할 것인가를 고려해야 하기 때문이다. 물론 서정주의 『질마재 神話』에 나오는 연작 시편들처럼, 시 한 편에 민간 설화 하나씩을 통째로 인용할 수도 있겠지만, 대부분의 시인들은 그와 같은 창작 태도를 취하지 않고 있었다.

광주·전남 지역 출신이거나 연고를 둔 시인들의 경우는 민속 문화소를 하나의 상징이나 비유적 상관물로 차용하는 경우가 가장 많았다. 다음으로는 민간의 삶의 형상이나 제의적 행위 등에 대한 체험을 토대로, 대상 세계와 신비적 일체감을 추구하는 경향을 보인 작품들이 있었다. 예를 들면, 김남주의 까치밥으로 남겨진 "홍시 하나"는, 미물들에게도 나누어 주고 사는 민중들의 생태학적 세계관을 보여주면서 결과적으로 시적화자가 추구하는 세계에 대한 공감적 반응을 촉구하는 상징으로 인용된다. 이에 비해 송선영의 "장터 산책"은 소란스럽지만 쇠잔해가는 장터 풍경을 풍속사적으로 보여주면서, 시적화자는 그 풍경 속에 녹아들어가 세계와 자아 간의 강력한 일체감을 형성하게 된다. 정리하자면 민속의 시적 변용에 있어서, 자아의 정향을 대변하기 위한 상징으로 민속을 사용할 것인가. 아니면 민속적 대상 세계가 풀어놓는 유장한 그늘 속에 자아가 빠져들 것인가 하는 두 가지 방식이 가능하다는 것이다. 덧붙인다면 절충적인 입장에서 양자를 동시에 사용하는 방식이 있을 수 있으니, 크게 세 가지 방식으로 민속이 시적 인용을 거친다고 볼 수 있다. 송수권의 「산문에 기대어」가 절충적 관점에서 논의 가능하다.

광주·전남의 민속적 사유 세계에 가장 근접하여 있고, 이를 빼어나게 시로 표현한 시인은 단연 송수권 시인이다. 그의 시적 세계는 호남 민속을 근간으로 하지 않고는 논의하기 어렵다. 그의 산문에서도 쉽사리 창작 배경을 알아낼 수 있는데, 그의 시에서 민속의 변용과 현재화는 그의 독특한 시 세계를 이루어낸 특장으로 작용하고 있다고 보아도 무리가 없다. 다른 시인들의 경우는, 민속적 주제 자체가 시적 추구의 중심으로 드러난 것은 아니다. 세상은 빠르게 도시화 되어갔고, 도시적 삶 자체가 생활의 터전이 되어버린 이상, 전통적 민속 세계를 잘 알아낼 수도 없을 터이다. 간혹 민속이 인용되는 경우가 있다하더라도, 자아 정향을 원형 상징적으로 심화시키기 위한 상관물로 차용하는 경우가 대부분이다. 이에 비해 송수권 시인은 전통문화의 소실점 부분에서 생 체험을 거친 세대로 민속문화를 시적으로 변용해내는 역할을 담당하였고, 이를 통하여 그의 시적 세계를 확고히 하는 기반을 마련했다고 볼 수 있다.

민속의 시적 변용과 형상화

서설이 다소 지루하게 흘러간 감이 많다. 이제부터, 모두 일곱 가지 민속적 주제를 뽑아내어, 이들 주제가 특정의 시 작품에서 어떻게 수용되고 기능하는지를 살펴보고자 한다.

1. 속신(俗信)과 성장기적 추억

인간은 모두다 성장기적 신화소를 가슴 속에 담고 있다. 그 신화적 풍경은 다름 아닌 고향의 모습이나 정서적 표정과 모양을 같이한다. 왜냐하면, 인간은 누구나 자아 성장의 과정을 거치게 마련이고, 전체 인생사를 놓고 볼 때 유년기의 자아경험은 개인사적으로 보아 자아중심기를 벗어나면서 세계와 자아의 관계에 눈을 뜨기 시작하는 시기이기 때문이다.

　우리가 어른이 되어 눈을 지그시 감고 "내가 어렸을 적에는 이런 일이 있었지…"하고 말을 한다면, 그건 틀림없이 개인적 신화를 떠올리는 것이며, 이는 회상의 영역 중에서 최초인 유년기적 경험을 되새기는 것이 된다. 인간은 성인이 되어가는 과정에서 누구나 성장기적 추억들을 가지고 있게 마련인데, 현재의 초등학생들은 성장기적 체험을 완성해 나가는 단계에 있다.

　　　　말없이 꿈꾸는 두 개의
　　　　섬은 즐거워라

　　　　내 어린 날은 한 소녀가 지나다니던 길목에
　　　　그 소녀가 흘려 내리던 눈웃음결 때문에
　　　　길섶의 잔 풀꽃들도 모두 걸어 나와
　　　　길을 밝히더니

　　　　그 눈웃음결에 밀리어 나는 끝내 눈병이 올라
　　　　콩알만한 다래끼를 달고 외눈끔적이로도
　　　　길바닥의 돌멩이 하나도 차지 않고
　　　　잘도 지내왔더니

　　　　말없이 꿈꾸는 두 개의
　　　　섬은 슬퍼라

　　　　　　　　　　　　　　　　송수권 「꿈꾸는 섬」 부분

　김준오는 「꿈꾸는 섬」의 분석을 통하여 "원초적 생명으로서 꿈꾸는 행위, 혹은 원초적 삶에 대한 꿈꾸기는 송수권이 갖는 순수하고 애절한 그리움의 실체, 즉 가장 절실하게 소망하는 삶의 형태"라고 파악한다. 여기서 꿈꾸기란 결국 유년의 공간을 몽상을 통하여 지향하는 것인데, 그가 기억이라는 흔적을 밟아가 만나게 되는 회상의 성에는 풍부한 민속과 설화가 살아 숨 쉬고 있다. 그러나 그는 단순히 이들을 재현하고자 하는 것이 아니라, 그러한 민속과 설화·고향 정경 등을 끌어와 오늘의 분열된 삶에 원초적인 통일성을 부여하려고 한다. 「꿈꾸는 섬」에서 그가 그려내는 세계는, "다래끼에 젖은 눈썹 둘"을 빼어 "돌 밑"에 눌러두면 그 돌을 차고 가는 사람에게 옮아간다는 俗信을 믿는, 매우 소박하고 한편으로는 낭만적인 세계이다. 화자는 다래끼에 젖은 눈썹이 감추어져 있는 돌을 소녀가 차고 가기를 기원한다. 소녀에게 다래끼가 들기를 바라는 것은, 화자의 사랑이 소녀에게 옮아가는 것을 바라는 것에 다름 아니다. "길가의 잔 풀꽃들도 모두 걸어나와 / 길을 밝히"는 화자의 세계는 바로 막 入社式을 치루는 사춘기적 사랑에의 눈뜸이다. 그러나 그 풋풋한 사랑은 실현되지 않는다. 현실의 삶 속에서는 "누가 그 몹쓸 돌멩이를 차고" 가버렸기 때문이다. 결국 화자의 내면 깊이에는 소녀에 대한 연모의 흔적이 두 개의 섬이라는 상징으로 남게 된다. 우리가 시를 통하여 그가 펼쳐 놓은 기억이라는 흔적을 밟으며, 그의 내면세계로 들어가면, 말없이 꿈꾸는 눈빛의 섬을 만나게 된다. 그 섬은 다름 아닌 순수한 세계를 그리워하는, 꿈꾸는 시인 자신의 내면 풍경이다.

송수권 시인의 「꿈 꾸는 섬」이나 「여승」 등은 사춘기적 성장기 신화로 읽힐 법하다. 누구나 눈에 다래끼가 한두 번은 들게 될 것이다. 지금은 곧바로 안과로 달려가서 피고름을 짜내면 되지만, 옛날에는 그렇지 못했다. 그래서 낮도록 기다릴 수밖에 없었는데, 빨리 낳기를 바라는 마음이 속신(俗信)을 만들어내고, 이는 감출 수 없는 비밀이 되고 이 가운데 자아 성장을 이루게 된다.

2. 연(鳶) 실 - 연(緣) 줄

세시라는 말에서 세(歲)는 한 해를, 시(時)는 춘하추동의 사계를 뜻한다. 세세풍속은 순환형의 동양적 시간관에 의거한다. 직선형 시간관은 시간을 일정한 방향으로 흐르는, 그래서 회귀나 반복이 불가능한 직선으로 보는 반면, 순환형 시간관은 일정한 시간 단위가 원점 회귀의 반복을 계속하는 구조로 파악한다(나경수, 1998: 509 참조). 민간의 세시풍속에서 빠질 수 없는 행위요소가 있다면, 조상에게 때를 보고하고 강복과 보호를 요청하는 '제례', 철마다 먹는 '음식', 그리고 기후에 따른 '놀이' 등 세 가지를 들 수 있을 것이다. 이 가운데 음식과 놀이도 건강과 길흉, 풍요에 관계되는 것이 대부분이므로 어느 정도 주술적 성격이 개입되어 있다고 볼 수 있다. 즉 세시풍속은 공동체의 풍요와 안녕에 직결되는 것이므로 그 풍속의 시행은 각 지역의 주술적 사유에 일치하여야 하고 자연 환경에 어울리는 것이라야 했다.

　세시풍속 중에서 시간적 단위가 가장 긴 시기는 섣달그믐(설날)에서부터 정월 대보름에 이르는 15일 동안의 기간이다. 이때는 농사철이 아니기 때문에 비교적 여유롭게 놀이를 즐길 수 있는 때며, 농사일에 대비하여 충분한 휴식을 이루는 기간이다. 특히 정월 보름은 대보름[上元]이라 하여 이 시기를 중심으로 세시풍속이 집중되어 있다. 당제나 달집태우기 등의 부락제가 이때 시행되고, 음식과, 놀이, 속신 등에 관련된 행사가 많다. 송수권의 "우리들의 잊혀진 고향"이라는 부제가 달린 연작시 「보름祭」에 등장하는 민속은 "가랫불 넘기", "부럼 까기", "솟대놀이", "茶禮", "功 불", "불 싸움", "달집 사르기", "地神굿", "農占", "伏 더위" 등의 열 가지이다.

　연작시 처음에 등장하는 「1. 가랫불 넘기」를 인용하면, "피마자 마른 울대/ 마당귀에 띄워 놓고/ 가랫불 피워/ 불을 넘자.// 하나 넘고/ 둘 넘고/ 지나온 길 돌아보면// 우리는 너무 춥게/ 살아왔구나// 셋 넘고/ 넷 넘고/ 가랫밥 퍼 내듯 나이를 퍼 내면// 우리는 너무 괄시받고/ 살아왔구나."와 같이 민속을 그대로 재현한 것이 아니라, 민속에 의탁하여 살아온 날들이 "춥고", "괄시받은" 시간들이라는 자각을 나타내고 있다. 즉, 민속 자체가 민간의 세속적인 생활상에 직결되어 있으므로, 그 생활상의 춥고 고단함을 나타내는 상관물이 된다. 그리고 이러한 인식은 곧바로 피지배층의 가혹한 삶의 조건을 나타내는 소도구로 의미화 되면서, 민속에 대한 점검과 차용 자체가 시인의 역사의식을 내면화하고 표현하는 문법적 기제로 작용하게 된다. 이는 민속을 현재의 의미로 재해석해내는 송수권 시의 문법이자 특징이다.

놀이 중에서 강강술래와 연 날리기가 시적 모티프로 차용되는 빈도가 높았다. 강강술래는 집단 놀이이고 연날리기는 개인 놀이이다. 강강술래는 이동주 시인에 의해서 빼어나게 시화되었고, 연 날리기는 여러 시인들에게서 개인적 운명을 대변하는 상징물로 변용되고 있었다.

광주·전남 지역에서 놀이에 사용했던 연의 종류로는 참연(방패연), 온장연(창호지 온 장으로 만든 참연), 홍애연(가오리연) 등이 있었다. 연날리기는 오락성이 짙지만 민속신앙적인 의미도 깔려 있다. 연날리기를 마치고 그 연을 날려 보낼 때는 '송액(送厄)', '송액영복(送厄迎福)'과 같은 글자를 쓰거나 연 주인의 주소, 성명, 생년월일 등을 써서 날린다.(이경엽, 2004: 172~173 참조) 민속놀이에서 액막이연의 기능은 놀이자의 액을 멀리 띄워 보낸다는 주술적인 성격을 가진 것으로, 연이 잘 떠올라 멀리 날아가는 상태를 토대로 길흉을 점치는 방식이다. 이는 시인의 운명에 대한 관념과 겹쳐지면서 고단한 현실을 점검하는 상징물로 등장한다.

> 좀평나무 높은 가지 끝에 얽힌 다아 해진 흰 실낱을 남은 몰라도
> 보름 전에 산을 넘어 멀리 가 버린 내 연의 한 알 남긴 설움의 첫씨
> 태어난 뒤 처음 높이 띄운 보람 맛본 보람
> 안 끊어졌드면 그럴 수 없지
> 찬바람 쐬며 콧물 흘리며 그 겨울내 그 실낱 치어다보러 다녔으리
> 내 인생이란 그때버텀 벌써 시든 상 싶어
> 철든 어른을 뽐내다가도 그 실낱 같은 병의 실마리
> 마음 어느 한 구석에 도사리고 있어 얼씬거리면

아이고! 모르지
불다 자는 바람 타다 꺼진 불똥
아! 인생도 겨레도 다아 멀어지더구나

김영랑 「연 2」 전문

『영랑시선』에 수록된 위의 시는 연실이 끊어져서 날아 가버린 뒤의 설움을 노래하고 있다. 실을 끊고 액막이연을 날려 보내는 것은 보름을 지나서의 일이다. 보름이 지나서도 연놀이를 계속할 수 있는데, 이 경우에는 '개연'이라 하여 정격의 놀이 행위로 인정하지 않았다. 그런데 보름이 되기 전에, 아직도 연을 가지고 창공을 쳐다보며 겨울을 보낼 날들이 많은데, 연실이 끊어져 버렸다면 그것은 길조가 아니라 흉조에 해당하는 셈이다. 더구나 의도하지 않은 상황에서 실이 끊어져 버렸다면, 그것은 단명(短命)을 나타내는 불길한 징조에 해당한다. 첫돌 잔치에서, 아이가 돌잡이를 할 때 실[絲]을 잡게 되면 오래 살 것이라고 축하를 해 준다. 삼신할미는 아이의 수명을 관장해주기도 하지만, 인연의 실을 서로 이어 혼인의 연분을 맺어주기도 한다. 이처럼 실은 끝없이 이어지는 속성에 따른 그 길이 감각, 그리고 끊어짐과 단절, 낱낱의 실을 묶어 이어줌 등이 복합적 의미로 겹쳐지면서 종종 수명과 인연의 상징으로 사용되어 왔다. 이와 같은 실의 상징을 따른다면, 시적화자는 분명하게 "남은 모르지만", "좀평나무 높은 가지 끝에 얽힌 다아 해진 흰 실낱"에 마음을 둘 수밖에 없고, 시를 쓰는 즈음에 생각해 봐도 당시의 흉조가 여전히 유효하지 않겠느냐는 불안감을 지울 수가 없다. "마음 어느 한 구석에 도사리고 있어 얼씬거리면/ 아이고! 모르지"와 같이 현재의 불운한 기운이 어렸을 때 연실의 끊김에서부터 징조가 나타났다고 확신하는 것이다.

연을 놓친 상실감은 문정희의 시에도 나타난다.

어릴 때 바닷가에서
놓쳐버린 연이 햇볕이 되어
우리방에 와 걸려 있다.

종이 울리면
지금도 설레이는 이 연을 잡으려고

꽃도 꽂아두고
죽은 여자도 바쳤지만
추위만 남고

그만 날려버리려고
무수한 담배를 피워대도, 연은
하얀 웃음으로 서 있다.

나는 바닷가로 뛰어가
부는 바람에도 별처럼 울먹이며
연을 따라 하늘로 하늘로 오르다가

끝끝내 아름다운
연 속에 빠지어
파랗게 익사하고 말았다.

문정희 「연」 전문

　문정희의 「연」에서는 "어릴 때 바닷가에서/ 놓쳐버린 연이 햇볕
이 되어/ 우리방에 와 걸려 있다."고 한다. "꽃도 꽂아두고/ 죽은 여
자도 바"쳐 보지만, 귀기스런 하얀 웃음으로 연은 방문 앞에서 화자의
운명에 대한 불길한 암시를 보내고 있다. 따라서 그는 연을 놓쳤지만
그 연을 다시 붙잡아야 한다는 절박한 과제를 떠안게 된다. 마침내

"연 속에 빠지어/ 파랗게 익사"함으로써 연 찾기는 결국 실패하고 마는데, 다만 사라진 연을 다시 붙잡으려는 강렬한 추구 의지는 익사를 통해 연과 일체가 됨으로써 여전히 유효하게 살아 있다.

어린 시절 연은 만들기 어려운 귀한 놀이기구였다. 기실 실패에 튼튼한 연줄이 가득 감긴 방패연은 어린이들 손으로 직접 제작할 수 없는 고도의 기술이 필요한 놀잇감이었다. 그것은 솜씨 있는 어른들의 도움이 필요했고, 그걸 다루는데도 노심초사하지 않으면 안 되었다. 방패연은 아이나 청년, 어른 할 것 없이 공통으로 날릴 수 있는 것이었고 그것을 조종하고 싸움하는 기술도 필요했다. 반면에, 아이들은 꼬리가 길게 달려 대충 만들어도 쉽게 중심을 잡아주는 가오리연을 만들고 날리는 것이 제격이었다. 그러므로 동시의 제재로 사용한다면 방패연보다는 가오리연이 더 적합하다.

3. 조용한 그녀 - 여성의 생활사

한국 여성은 남 앞에서 소리내어 웃지 말라고 배워왔다. 소리내는 것만 금기된 게 아니다. 웃는 입을 남에게 드러내 보이는 것도 마뜩찮은 짓이었다. 한국 여성은 웃을 때 얼굴을 외로 꼬거나 손으로 입을 가리거나 하면서 웃어왔다. 또한 그들의 시집살이는 가혹했고, 앉을 때조차 절반만 앉아있는 반 앉음의 자세, 즉 무릎을 세운 한쪽 다리, 그리고 그 위에 사뿐하게 얹혀 있는 깍지 낀 두 손은 일상의 의례였고, 여성다운 태도였다. 그러나 이 자세는 조심스러움만 나타내는 것이 아니라 언제든 필요하면 곧장 일어날 채비가 갖추어진 자세였다. (김열규, 1997: 17~18, 247 참조) 따라서 조용함 속에서도 부지런하다는 것은 부덕(婦德)의 징표였다. 조용하다는 것은 게을러서 가만히 있는 것이 아니라, 부지런함 속에서도 아무 불평이 없다는 것을 뜻하는 것이었다. "조용한 그녀", 그것은 희생과 인고의 별칭이었다.

이동주의 시에는 이와 같은 전통적인 여인상이 잘 나타나 있다.

새댁은 고시란히 말을 잃었다.

친정에 가서는 자랑이 꽃처럼 피다가도,
돌아오면 입 봉(封)하고, 나붓이 절만 하는 호접(蝴蝶).

눈물은 깨물어 옷고름에 접고,
웃음일랑 조용히 돌아서서 손등에
배알는 것.

이동주 「새댁」 부분

울어머니 시집살이는 소리가 없었다.
보고도 못 본 체 눈을 피했고, 듣는 것만으로 강물에 몰래 띄워야
했다.

박속같은 이로 눈빛같이 웃는 양하여도 손등으로 가려야 했고, 파
도가 치는 설움도 구슬로 받아 옷고름에 고이 접어두곤 했다.

이동주 「산조여록(散調餘錄) Ⅲ -2- 思母曲」 부분

시에서 화자가 이야기하는 새댁, 즉 어머니는 안타까운 긍정의 대
상이다. 어머니는 전통적 여성의 삶을 살아갔고, 그 결과 어린 자녀들
을 자애로 양육할 수 있었다. 집안에 풍파가 없었던 것은 모두 어머니
의 덕택이었고, 그녀의 희생으로 가족들이 평안할 수 있었다. 그러나
그녀의 삶은 긍정만도 할 수 없는 애잔하고 안타까운 것이었다. "잔디
도 깎지 못한 울어머니 무덤"에서 보듯, 그녀의 삶에 대한 가치 부여
는 단지 회한의 상태로 머무를 뿐이다.
　현대의 페미니즘 관점에서 보면, 이들 여성들의 삶은 속박되어 개
인적 가치가 전혀 드러나지 않는 상태로 보일 수 있다. 그러나 모든
것이 빈궁했던 농경사회에서 여성적 가치는 사랑을 실천하는 하나의
방식이었음을 간과할 수 없다. 겉으로는 조용하지만 실질적으로 가정

의 경제권과 집안의 질서 유지는 "조용한 그녀들"에 의해 이루어졌다. 일부 패륜 스타일의 남성을 남편으로 둔 경우를 제외하면, 일반적으로 내공간의 질서와 세시풍속의 관장은 모두 여성들의 몫이었던 것이다. 그러므로 신성을 발휘하기 위해서, 여성들은 더 많은 조심성을 요구받았고 남성들보다 더 많은 금기 사항을 실천하지 않으면 안 되었을 것이다.

이와 같은 역할 요구는 당시 삶의 진행이 가족이나 집안 단위로 이루어지지 않을 수 없었던 데에 기인한다. 근대 사회 이후 개인적인 가치와 자아의 실현이 중요한 삶의 지표로 대두되면서 전통적인 여인상에 대한 해석이 달라지고 있을 뿐이다.

4. 굿판 - 무녀의 피

남도 지방은 강신무보다는 세습무가 강한 곳이다. 세습무는 강신무와는 달리 원칙적으로 마을과 일정한 관계를 맺기에, 각 마을에 당골이 존재하게 마련이다. 이들은 대대로 고부 계승의 원칙에 따라 무계를 이어가면서 마을 안의 종교적인 행사를 도맡아 수행하였다. 현대에 접어들면서 이들 당골네의 계층이 사라지고 나서는 마을 여성들 중에서 손이 없고 비손을 잘하며 비교적 깨끗한 고령의 여성을 선발하여 사제자의 직분을 맡게 하여 마을 제사를 수행하였다(표인주, 2000: 152~153 참조). 당골네의 계층이 사라진 뒤에도, 여성 중심의 공동체 신앙에서 신성성을 부여받은 여성의 역할이 중시되었음을 알 수 있다.

당골네는 시어머니에서 며느리로 세습되는 것이 원칙이었기 때문에, 당골네의 시어머니가 그 며느리는 들일 때에는 굿을 잘하고 능력 있는 당골네의 집안에서 교육을 잘 받고 자란 처녀를 고르는 것이 중요했다. 당골판 등 지역 관할의 권한은 부계 전승이었지만, 의례는 모계 중심으로 세속 되었다. 이 당골네의 집안에서 남성들이 하는 일이란 북을 두드리거나 굿에 필요한 소도구를 챙기는 등의 별 것이 아니었다.

무속적 원형에서 이해한다면 모든 여성은 사실상 당골네의 기본적 속성을 지니고 있었다. 가정에서 생일상을 차려놓고 비는 사람도 어머니인 여성이었고, 정화수를 떠놓고 치성을 드리는 사람도 어머니인 여성이었다. 여성은 신과 쉽게 친해질 수 있었고, 비손을 통하여 신에게 간청을 드릴 수도 있었다. 이에 비해 남성들은 조상신 위주의 유교식 사제자로서 제관의 일을 집행하는 정도에 그쳤다. 즉 신과 접신을 이루거나 생태학적으로 우주적 몰아를 경험할 수 있는 사제자는 여성이어야만 했다.

굿판 중에서 최고의 연희는 단연 '작두타기'였다. 주로 강신무가 영력 과시를 위해 작두타기를 하였고, 세습무는 음악성이 높은 무가(巫歌)나 풍부한 사설, 제의적 행위, 춤 등을 통해 의례를 집행하였다. 시퍼런 칼날 위를 걸어가는 무녀의 신기는 보는 이들에게 전율과 함께 신의 현존을 믿게 하기에 충분하였다. 이 작두타기는 신 지핌이 강한 무당의 특별한 연희에서만 공연되었기 때문에 쉽게 구경할 수 있는 것은 아니었다. 특별히 굿을 좋아하는 사람들이 일생에 몇 번의 관람 기회를 가질 수 있었을 뿐이다.

> 젊은 날엔 내 몸 안에
> 눈뜬 짐승 한 마리 살고 있어
>
> 느닷없이
> 밤에도 울었는가 하면
> 사흘 낮 사흘 밤을 굶어도
> 배고프지 않아
> 우르르 모닥불로 타 올랐는데

문정희 「나이의 창(窓)」 부분

신(神) 지핌은 신열이라는 명칭의 미열과 함께 몸살기로 도진다고 한다. 이를 신병(神病)이라 하는데, 강신무들은 이 신병을 치유하기 위해 신 내림굿을 받아야 한다. 실상 이 신병은 영혼에 박힌 정신외상이 몸으로 나타난 것에 지나지 않는다. 따라서 이 신병은 육체적인 처방이 아닌 정신적인 치료에 의해서만 치유 가능한데, "내 몸 안에/ 눈 뜬 짐승 한 마리 살고 있"는 것을 풀어서 쫓아내거나, 그 짐승을 순하게 달래어 함께 살아가는 일이 그것이다. 즉 치유의 방법은, 스스로가 무속적 집행자가 되거나 아니면 다른 무녀의 매개를 통해 몸속에 있는 "짐승 한 마리(잡귀)"를 쫓아내거나 굴복시켜야 한다.

그렇지만, 아래 시에서는 "자비하신 신의 손길도/ 씻을 수 없는 죄의 여자"라고 표명함으로써 매개자의 중재가 불가함을 나타내고 있다.

> 어느 나라 어느 산매의
> 자비하신 신의 손길도
> 씻을 수 없는 죄의 여자
> 빛나는 칼날 위에 춤 추며
> 맨살 도려내는
> 폭풍 같은 무녀의 피
> 그런 속도 속에 서 있고 싶다.
>
> 문정희 「새 주소」 부분

기실 시에 불 지펴 사는 시인에게는 무녀의 피가 흐르고 있는지도 모른다. 왜냐하면, 끝없이 노래하고 싶고, 사물과 세계에 대하여 神的 비전을 찾아 말하고 싶어 하기 때문이다. 더구나 "이 세상 사람들의 울음/ 까무러치게 대신 우는 법/ 알아야 하리.(「哭婢」)"에서와 같이 시인은 남의 울음조차 대신 울어줄 줄 알아야 하지 않는가. 「새 주소」에서, 시인은 차라리 시와의 접신의 경지에 들어서기 위해, 작두 타기와 같은 가혹한 자기 시련도 감내하려는 자세이다.

싸리꽃 빛깔의 무당기 도지면
여자는 토문강처럼 부풀어
그가 와주기를 기다렸다

고정희 「관계」 부분

위의 시에서 여자의 무당기는 다름 아닌 여성의 성적 상관물로 대
치된다. 여자의 몸이 부풀어 올라 한 남성을 기다리는 것을, 일종의
신을 받아들이는 방식으로 환치하고 있다. "빼놓은 마음 가지러 간 그
는/ 다시 돌아오지 않았고/ 여자는 백여든아홉 통의 편지를 부치고/
갈대밭 둔덕에는 가끔가끔/ 들것에 실린 상여가 나갔다"에서 보듯, 그
(남성)는 여성을 이해할 수 없었고, 더불어 마음도 줄 수 없었다. 그
가 신화적인 여성성에 받아들여지기 위해서는 그의 마음이 필요한데,
남성은 자신의 마음을 토끼의 간처럼 빼놓고 살아간다. 그는 돌아오지
않고, 여자는 접신을 이루기 위해 "들 것에 실린 상여"처럼 지나가는
시간만을 견디고 있는 중이다. 여기서 남성적인 추구와 여성적인 추구
의 불일치가 드러나고 세계 간에 틈이 생긴다. 여성은 늙어가고 남성
은 그 세계에 감히 범접하지도 못한다.

5. 떠도는 넋 - 죽음의 현주소

한국의 민간 신앙에서는 원혼(冤魂)을 특별히 여기고 해원(解冤)을
강조한다. 원혼은 저승으로 편히 가지도 못하고 구천을 떠도는 외롭고
고달픈 영이다. 그들은 악귀가 되어 해악을 끼치거나 원한을 해결하기
위해 대상자에게 복수를 하기도 한다. 따라서 현세의 삶이 편안하기
위해서는 원혼을 저승으로 편안하게 보내주는 것이 살아있는 사람들
의 도리가 된다.

누이야
가을산 그리메에 빠진 눈썹 두어 낱을
지금도 살아서 보는가
정정(淨淨)한 눈물 돌로 눌러 죽이고
그 눈물 끝을 따라 가면
즈믄 밤의 강이 일어서던 것을
그 강물 깊이깊이 가라앉은 고뇌의 말씀들
돌로 살아서 반짝여 오던 것을
더러는 물 속에서 튀는 물고기같이
살아 오던 것을
그리고 산다화 한 가지 꺾어 스스럼 없이
건네이던 것을

누이야 지금도 살아서 보는가
가을산 그리메에 빠져 떠돌던, 그 눈썹 두어 낱을 기러기가
강물에 부리고 가는 것을
내 한 잔은 마시고 한 잔은 비워두고
더러는 잎새에 살아서 튀는 물방울같이
그렇게 만나는 것을

누이야 아는가
가을산 그리메에 빠져 떠돌던
눈썹 두어 낱이
지금 이 못 물 속에 비쳐옴을

송수권 「산문(山門)에 기대어」 전문

　위 시에서 지배소는 '눈썹'이다. 미당의 「冬天」에 나오는 '눈썹'이
집합적이고, 따라서 그만큼 관념적·상징적이라면, 송수권의 '눈썹'은 '
두어 낱'의 떠도는 눈썹이기 때문에 보다 구체적인 정황을 제시한다.
시인의 말대로 '눈썹'은 인간이 이승에서 못다 풀고 간 恨의 끈적끈적

한 덩어리다. 그는 이 한의 덩어리가 승화되길 꿈꾸고 있다. "가을山 그리메에 빠져 떠도"는 이 '눈썹'은 이승을 헤매고 있으며, 화자 또한 이승의 삶에 얽매어 있다. 화자는 누이에게 "살아서 보는가", "아는 가"와 같은 질문을 던짐으로써 누이의 '넋 되살리기'를 하고 있다. 이 '넋 되살리기'는 해원을 위해 구천을 떠도는 넋을 불러내는 작업이다. 이와 관련된 시인의 산문을 일부 인용하면 다음과 같다.

　　바람 부는 늦가을, 기러기가 공중에 길을 내는 것만 보아도 누이 (자살한 남동생)의 선험적 이미지인 눈썹(동생은 숯이 짙은 눈썹이었음)의 행방을 보게 되고, 동생의 무덤을 찾아가 술 한 잔을 나란히 따라 놓고 그가 와서 나의 빈 잔을 채워줄 때까지 기다리는 것이다. 이 대화체 형식의 독백 속엔 이 설움이 짙게 배어 있는 제의식(진오귀굿)의 재생적 시적 의지가 짙게 깔려 있는 것이다. 이는 곧 넋풀이로서의 해한(解恨)이며 역동적인 한(恨), 생기로 피는 한(恨)의 극복 의지다.

송수권 「연기법에 의한 소리 이미지」 부분

시 「산문에 기대어」는 전체적 보아, 먼저 누이의 넋을 불러와서 제를 지내고 다시 넋을 돌려보내는 형식으로 굿의 전반적인 구조와 유사하다.

1연에서 화자는 누이의 넋을 부른다. 넋 내림 을 祝願하는 화자에게는 눈물이 넘친다. 제의적인 행위이기 때문에 이 눈물은 정화된 슬픔이며 눈물이다. 그러나 화자는 恨의 정화 또는 삭힘으로만 끝내지는 않는다. "淨淨한 눈물"을 모질게 "돌로 눌러 죽이고" 일어선다. 정화된 恨조차 극복의 대상이 되는 것이다. 이러한 적극적인 의지의 개입으로 "그 눈물 끝을 따라가면 / 즈믄밤의 강이 일어서"는 재생의 공간이 열린다. 여기서 시간은 수평적인 흐름을 멈추고 수직적으로 분출한다. 그리하여 모든 종교적인 시간 관념이 그러하듯 이 시는 가역적(可逆的)인 시간 구조를 갖게 된다. 시간의 불가역성이 가역성으로 극복될 때, 우리가 체험하는 것은 새로운 존재로의 변화, 곧 삶의 재창조이며, 재형성이다. 그는 '즈믄밤의 강' 저쪽 과거의 공간에서 이승의 누이와 현세적인 만남을 이룬다. 그는 이 근원적인 시간 (primordial time)에 서서 "苦惱의 말씀들 / 돌로 살아서 반짝여 오"는 것을 보거나, "더러는 물 속에서 튀는 물고기같이 / 살아오"기도 하는 것을 보기도 하며, "山茶花 한 가지 꺾어 스스럼없이 / 건네이"는 누이와 만난다.

2연에서는 술잔을 바치는 祭儀 空間으로 돌아온다. "내 한 盞은 마시고 한 盞은 비워" 두는 제의를 통하여 살아 있는 이나 죽은 이 똑같이 그 육신을 비운다. 지상적인 삶의 입장에서는 이 '빈 盞'은 우리에게 존재의 공복감을 가져온다. 그러나 역설적으로 비움으로써 "잎새에 살아서 튀는 물방울같이" 이승의 화자와 저승의 누이가 영적인 만남을 이루는 순간을 맞이하는 계기가 된다. 술을 마시는 행위는 바로 누이의 영혼을 맞아들이는 것이며, 지상적인 관념을 비우고 누이의 관념을 닮아 가는 것이다. 여기서 비로소 화자는 자신의 영혼의 잎새에 누이의 영혼이 살아서 튀는 것을 느낀다. 그것은 건져 올려진 넋이다.

3연은 생성력의 상징인 못물 속에서 재생의 표상인 "눈썹 두어 낱"이 떠오른다. "지금"이라는 낱말에서 보듯 그것은 되살아난 넋이다. 대지의 자궁에 잉태된 "눈썹 두어 낱". 그것은 시인의 상상력을 통해 얻어진 재생적 표상물이다.

그러면 그의 응집된 재생의 힘은 어디에서 연유하는가. 그 해답 가운데 하나는 떠도는 넋을 되살리는 상상력의 구조에 있다고 할 수 있을 것이다. 그는 "가을山 그리메에 빠져 떠돌던", '눈썹'을 그 비극적인 음역(陰域)으로부터 생성력의 상징인 "못물 속"으로 가져온다. 자연의 주기에 의탁한 재생이 아니라 화자의 의지가 개입된 적극적인 행위를 통한 재생이다. 떠도는 넋의 건져 올림뿐만 아니라 넋의 되살림까지도 내포하고 있다. 따라서 이 시는 역동적이며, 사유의 뿌리는 무속적이다.

6. 들밥 - 나눔의 생활사

들판에 일을 나갔을 때 밥이나 새참을 먹기 전에, 나이 드신 분이 밥을 떠서 '고시레(또는 고수레)' 하고 말을 하면서, 던져주는 풍습이 있다. 이 때 던져주는 밥은 가급적 흰 쌀밥을 위주로 떠서 던지는 것이 상례이다. 일설에 의하면 자손이 없었지만 인심이 후했던 '고씨네'의 덕을 입은 사람들이 그의 영혼을 달래기 위한 것이라고도 하고, 신농씨 시대에 벼농사를 관장했던 '고술해'를 기리기 위한 것인데 그의 이름이 바뀌어서 된 것이라고도 한다.

아무튼 남도 지역의 들판에서 농사일을 하다가 밥이나 찬을 먹게 되면, 대부분 이 고시레를 하던 것이 풍속이었다. 그것은 흰 쌀밥만이 아니라 막걸리든 반찬거리든 상관이 없었다. 대다수의 사람들은 고시레를 하면서, 들판의 잡신에 대한 배려, 개미나 기타 곤충 등의 미물들과 함께 나누어 먹는다는 생각이 강했다.

고시레뿐만 아니라, 일을 하는 이웃이나 지나가는 길손이라 할지라도 불러서 함께 먹는 것이 들판에서 농사일을 하는 사람들의 예절에 해당하는 것이었다. "저 동네 사람들은 밥을 먹으면서 '같이 먹게 오시라'는 말도 없이 자기들끼리만 먹더라."는 험담은, 그쪽 동네 사람들이 이웃마을 멀리까지 농사를 지으러 온 사람을 불러서 함께 먹지 않았다는 동네 인심에 대한 평에 해당한다. 그러므로, 마을 인심을 잃지 않기 위해서라도 들판의 인심이라 말할 수 있는 들밥을 함께 나누어 먹어야 했다.

> 어둠 속에서 누구나 부른다
> 행인(行人)이 있으면 누구나 손짓을 한다
> 아무개 아니냐, 아무개 아들이 아니냐

또랑물에 발을 담근 채 노래도 그친 채
논둑에 앉아 캄캄한 밥을 먹는 농부들
일찌기 돈도 빽도 없이 태어난 농부들
사람이 죽으면 지붕 위에 속옷 던져 놓고 울던 농부들
정든 조상들이 죽어 묻힌 산줄기에 에워싸여
자식이나 키우며 감나무나 키우며 살아가더니
오늘은 어둠 속에서 누구나 부른다

김준태 「들밥」 부분

세월이 바뀌면서 세상의 인심도 변했다. 지나가는 사람들 모두 붙잡아두고 들밥을 먹이던 그네들은 이미 어둠 속에서나 만나볼 수 있다. 시 「들밥」은 애초에 그로테스크한 느낌이 들 정도이다. "도깨비불이 휘익 쏟아져 내리는 상수리나무 골짜기/ 호박같이 쭈그러진 얼굴로 감추면서/ 무거운 밥숟가락에 뻘건 김치를 올려준다."에서 만나는 사람들이란 꼬부랑 할멈들뿐이다. 그렇다면 "오늘은 어둠 속에서" 왜 이들을 만나게 되는가. 들판을 갈아엎고 물 아래 맑게 갈앉은 땅바닥에 모를 꽂으며 살아갔던 사람들이, 이 어두운 시간일수록 되비치기 때문이다. "풀바작을 짊어진 채 땅거미에 엎어진/ 파아란 넋들, 그 시절의 젊은이를 되뇌이며" 걷는 길에, 들밥을 함께 나누며 살았던 사람들이 무엇보다 안타깝게 되살아오는 것이다.

아래 시는 가지 끝에 매달아 둔 "홍시 하나"의 나눔에 대하여 이야기하고 있다.

찬 서리
나무 끝을 날으는 까치를 위해
홍시 하나 남겨 둘 줄 아는
조선의 마음이여.

김남주 「옛 마을을 지나며」 전문

「옛 마을을 지나며」에서는 따뜻한 서정과 함께 전통적인 시골 풍경을 묘사하고 있다. 찬 서리 내리는 날 날아올 까치를 위하여 "홍시하나 남겨 둘 줄 아는/ 조선의 마음"에서 보듯, 시인이 꿈꾸는 삶의 지형은 이웃과의 연대뿐만 아니라 자연과 날짐승에게까지 연대가 가능한 화해로운 공동체적 공간이다. 참으로 그가 바라는 삶은 터전은 억세지도 않고 가파르지도 않은 순결한 공간이다. 굳이 생태학적 세계관을 거들지 않더라도, 전통적인 삶은 사람과 미물과 자연이 함께 나누어야만, 즉 각박하지 않은 인심을 가지고 있어야 이후의 안녕과 풍요가 찾아온다는 마음을 가지고 있었다. 왜냐하면, 굶어 죽은 짐승이나 날짐승이 있다할 때, 이들의 원혼은 결국 나에게 돌아와 해가 될 것이기 때문이다. 즉 나 혼자만 잘 살 수 없고 함께 더불어 사는 삶, 그것은 자연과 마을의 삶이 모두 조화를 이룰 때라야만 가능하다.

7. 장터 - 인생유전

장터만큼 복잡하고 소란스러운 공간도 없다. 카오스와 코스모스가 공존하는 공간이다. 도시와 들판과 산마을과 바닷가의 생산품이 집결되고, 모여드는 사람들 또한 고개 너머에 사는 친정식구들까지 함께 섞인다. 만남의 장면뿐만 아니라 이별의 장면까지 만들어내는 까닭이다. 한쪽에서는 약장수의 가벼운 원숭이 쇼와 엿장수의 가락이 어울린다. 다른 한쪽에서는 박물 장수의 북소리와 술에 취한 장꾼들의 욕설소리가 오간다. 어물전에서는 한 푼이라도 더 깎으려는 아낙네와 어물전 장수의 흥정이 오간다. 예전의 이와 같은 장날 풍경을 떠올리며 장이 서는 곳을 찾기라도 하면 한산하기 그지없어 실망하기 일쑤이다.

아름다운 장날의 풍경은 그 시절을 살았던 시인들을 통해 회상의 영역에서 불러낼 수 있다. 송선영의 「장터 산책」은 장터의 새벽을 여는 "숲 속 성냥간" 소리에서부터 파장 무렵의 옹기전 풍경까지 시간의 흐름을 따라가면서 장날 풍경을 풍성하게 되살려 낸다.

가을 숲 속 성냥간/ 까투리 빙빙 돌고//
청댓잎 이슬 듣는/ 돌쇠네 풀무 소리//
모루채/ 똥 똥 땅땅땅/ 장은 부산히 눈을 뜬다.

열두 골 바람들이/ 들메하고 모인다//
새물내 물씬 풍기는/ 아침 햇살 출렁인다//
산자락/ 사방에 두른/ 저 화창한 개울 잔치

오면 가면 사투리로/ 묵힌 손금 펴고 접고//
어물전(魚物廛) 들락날락/ 눈 인사 주고 받고//
한갯댁/ 들레는 나들이/ 사흘 치의 환한 날빛.

쇠전머리 옻방석은/ 장돌뱅이 덕쇠판//
네모 걸로 방여 놓고/ 사발 술로 해갈하면//
객주집/ 해바라기가/ 괴발 딛고 굽어보고.

파장의 옹기들이/ 총총히 떠난 다음//
산바람 빈 전(廛)마다/ 낙엽을 궁글리고//
달구지/ 산 그리메 밟는다/ 육자배기 메아리…….

송선영 「장터 산책(散策)」 전문

장터 풍경이 많이 바뀌었다. 젊은 사람이 모여들지 않아 을씨년스럽게 변했다. 옻판이나 술주정꾼을 만나볼 수도 없게 되었다. 어쩌다 시골 장터에 가볼지라도 점심을 넘기기 전에 대부분의 품목은 파장이 되고 만다.

장터 풍경 중에서 가장 크게 모습을 달리한 건, 성냥간(대장간)이 없어지고, 공장에서 생산한 물건들을 파는 철물점으로 바뀐 것이다. 농경시대 최고의 기술자는 철을 다루어 농기계를 생산해내는 대장간의 대장장이였다. 대장장이는 현대 산업사회 이후에 그 일자리의 생산성이 현저히 낮아진 인생유전의 대표적 경우이다. "내 이웃에 연한 마음 하나를 가지고도 왼종일 쇠를 자르고 녹이고, 떡 주무르듯 하는 친구가 있거니. 착한 눈빛 하나로 쇠의 가슴을 찔러, 크낙한 어둠 속의 어둠을 잡아 찔러, 두루 쓸모 있게 만들어내는 친구가 있거니.(이성부 「조(曺)서방」)"에서와 같이 강건하고 굳센 노동력의 표상은 언제나 대장장이였다. 대장장이가 없는 장은 애초에 장이라고 할 수 없는 것이었다. 그러나, 장이 서는 곳이면 어디나 볼 수 있었던 대장장이는 이제 읍내 장터 이상에서만 간신히 찾아볼 수 있는 존재가 되었다.

> 그때 처음 사랑을 알았지
> 섬진강 푸른 강물과 지리산 산바람이
> 어느 산곡에서 속삭이다 함께 어둠에 드는지도 알았지
> 그 이쁜 전라도 가스나 동란 끝나고 죽었지
> 산사람 밥 한 솥 푸짐하게 해낸 죄로 강물되어 떠났지
> 탁수기씨 화개 장터에서
> 반달낮 갈며 한 오십년 살았지
> 고스레 고스레 거칠은 강바람에 소주 한잔 부으며
> 앞으로도 한 백년 운천리 백사장 별을 헤겠지.
>
> 곽재구 「화개 장터」 부분

곽재구의 「화개 장터」는 전라도와 경상도의 경계에 있는 화개 장터를 배경으로 전라도 가스나와 경상도 머스마인 탁수기씨 간의 애절한 사랑이야기를 들려주고 있다. "산사람 밥 한 솥 푸짐하게 해낸 죄로 강물되어 떠"난 그 이쁜 가스나를 위해 "고스레"를 하며 그 넋과 함께 소주를 마시는 풀무잡이 탁수기씨는 인생유전의 가장 애절한 사연을 간직하고 있다.

장은 신나는 날이기도 하지만, 아주 기다란 기다림의 시간이기도 했다. 장에서 돌아온 어머니의 장바구니를 들여다보는 것만큼 신비하

고 즐거운 일은 없었다. 간혹 살아 있는 게가 기어 나와 실로 묶어가
지고 놀기도 했다. 어떤 때는 어머니의 손 뼘으로 재어서 사온 신발이
맞지 않아, 다음 장을 기다려야 했다.

장보러 가신 어머니를 기다리는 것만큼, 지루하고 힘든 일이 없었
다. 눈깔사탕이라도 하나 얻어먹을까 하여 기다리지만 그 단맛의 길이
보다도 기다리는 시간은 더 길었다. 왜냐하면, 어머니는 물건을 빨리
팔아넘길 수도 있고, 그렇지 못할 수도 있기 때문이다.

새벽 서리 밟으며 어머니는 바구니 한 줄 이고 장에 가시고 고구마
로 점심 때운 뒤 기다리는 오후, 너무 심심해 아홉 살 내가 두 살 터
울 동생 손잡고 신작로를 따라 마중 갔었다. 이십 리가 짱짱한 길, 버
스는 하루에 두어 번 다녔지만 꼬박꼬박 걸어오셨으므로 가다보면 도
중에 만나겠지 생각하며 낯선 아줌마에게 길도 물어가면서 하염없
이……그런데 이 고개만 넘으면 읍이라는 곳에서 해가 덜렁 졌다. 배
는 고프고 으스스 무서워져 한참 망설이다가 되짚어 돌아오는 길은
한없이 멀고 캄캄 어둠에 동생은 울고 기진맥진 한밤중에야 호롱 들
고 찾아 나선 어머니를 만났다. - 어머니는 그날따라 버스로 오시고

아, 요즘도 장날이면
허리 굽은 어머니
플라스틱에 밀려 시세도 없는 대바구니 옆에 쭈그려 앉아
멀거니 팔리기를 기다리는
담양장.

　　　　　　　　　　　　　　　　최두석 「담양장」 부분

최두석의 「담양장」은 어린 날 어머니를 기다리던 어린 아들의 일
화와, 담양장의 죽세품의 시세가 형편없이 떨어져 시세도 없는 대바구
니를 펼쳐 놓고 멀거니 앉아 있는 허리 굽은 어머니의 모습이 대비되
면서 장날 풍경의 변화상을 극명하게 보여준다. 비록 눈물겨운 기다림

이 있었지만 어린 시절의 추억과 장날에 대한 기억을 애잔하게 펼쳐
보이는 시이다.

＊

　이상으로 일곱 가지 주제를 중심으로, 광주·전남 지역의 민속이 어
떻게 현대시로 변용되고 있는가를 살펴보았다. 이 글을 따라 읽은 고
마운 독자들도 이미 짐작한 바이겠지만, 사실 앞의 일곱 가지 주제는
남도 지역에만 국한된 민속적 주제는 아니었다. 지역 문화는 민족 문
화로 편입되면서 보편성을 획득하게 되는데, 현대시에서 다루는 것들
은 이 보편적 특질을 원형 상징으로 차용하는 방식이었다.
　"진도 아리랑"과 "정선 아라리"는 분명 가락이나 미학적 추구의 면
에서 독특한 특색과 함께 차별성을 갖는다. 그런데 이 두 노래를 시에
서 상징으로만 사용한다면 결(texture)이 생략되고 구조(structure)만
남게 된다. 시에서는 구체적이며 세부적인 미감을 차용하는 것이 아니
라, 그 보편성 즉 원형 상징을 차용하기 때문이다. 그러므로 민속적인
측면에서 보면, 시의 미학적 특질은 지역 민속에서 소재를 얻어 작품
화하더라도 이를 원형 상징에 투사하여 민족적 보편성으로 확대하는
방식이라고 말할 수 있을 것이다.

현대시에 나타난 원(圓, Circle)의 상징

1.

원(圓, Circle)은 자연과 우주에 대한 인간의 상상력을 통하여 관념화된 것으로, 기하학적인 형태와 함께 원형(原型) 상징적 가치를 갖는다. 기원전 3800년경 수메르인 들에 의하여 바퀴 달린 수레가 발명되면서 중력에 저항하여 물체를 운반하고자 하는 인간 사유의 발전을 가져왔는데, 이 바퀴를 통한 중심 이동은 아직까지도 인간의 위대한 발명품 중의 하나로 꼽힌다. 우주적인 관념에서도 해와 달의 완전한 모습은 원(圓)의 형태로 나타나며, 이 전체성의 변형은 불길한 조짐을 뜻하는 것이기도 했다. 인류의 문화와 문학에서 원은 기하학적, 우주적, 운명론적, 무의식적 연원을 갖는 하나의 상징체계로 기능하여 온 것이다.

2.

원은 시작도 끝도 없음으로 해서 영원성과 전체성을 나타낸다. 원은 태양의 전통적인 이미지였으며 불에 대한 예배가 베풀어지던 사원은 태양의 형태를 지니고 있었다. 기원전 6세기에 피타고라스는 원이 평면도형 중에서 가장 아름다운 것이라 생각했다. 그 뒤에 플라톤은 구(球)가 가능한 모든 형상을 그 안에 함유하고 있으며, 완전한 도형인 원은 이제까지 존재하여 왔고 또 언제나 존재할 존재 즉 신을 의미한다고 하였다.(나타프, 1992: 80 참조)

조선 시대에, 임금의 용상 뒤 병풍 그림이었던 일월오봉도(日月五峯圖)에는 청색의 하늘에 좌우대칭으로 달과 해를 그려 넣었는데, 이들은 크기가 같은 기하학적인 원의 형태에 백색과 적색을 칠하여 구분하였다. 이 그림에서 이 원형의 달과 해만이 왕비와 임금을 상징하였다.

한편, 만다라(산스크리트어로 '원'이라는 뜻)는 우주와 제신(諸神)의 거처를 의미하는 복합적인 그림이다. 이것은 명상 의식을 돕는 그림으로써, 사각형에서 원으로 옮겨가는 형상화된 진행 과정은 공간의 결정(結晶) 작용 혹은 '열반'을, 땅에서 하늘로의 이동, 그리고 물질에서 정신으로 옮겨 감을 의미했다.(나타프, 1992: 80) 불교에서 만다라 꽃은 흔히 연꽃을 가리키며 불상(佛像) 앞에 놓인 제단을 만다라라고도 한다. 만다라를 윤원구족(輪圓具足)이라 번역하기도 하는데, 윤원구족은 낱낱의 살[輻]이 바퀴축[轂]에 모여 둥근 수레바퀴[圓輪]를 이루듯

이, 모든 법을 원만히 다 갖추어 모자람이 없다는 것을 뜻한다. 만다라의 기본 형태는 정방형의 중심에 원이 있으며, 이 정사각형의 각 변의 중앙에 한 개의 문이 있는데 각 문은 대체로 T자 모양을 한다. 다음은 만다라 그림 중에서 하나를 가져온 것이다. (그림 출처: 위키백과)

「나로빠(Naropa) 전통의 만다라, 19세기」

3.

현대시에서 원(圓)의 상징성을 찾아내기 위해서는, 겉으로 드러난 형태적 유사성뿐만 아니라 무의식적 연관성과 같은 심층적 의미에도

주목하여야 한다. 흔히 원의 상징으로 분류되는 것에는, 수레바퀴, 물
레방아, 링(ring), 쟁반, 꽃, 달, 해, 별, 둥근 형태의 연못이나 술잔 그
리고 물의 파문, 맷돌, 항아리, 촛불, 자궁 혹은 동굴, 시계, 구멍, 공
기나 물방울, 눈물이나 인간의 동공, 구(球)나 원기둥형의 사물들, 양
성적 존재로서 전체성의 개념, 순환을 통한 영원성의 이미지(즉 四
季), 중심으로부터 평등한 거리를 갖는 원탁(roundtable) 등이 원(圓)
의 표상으로 사용될 수 있다.

위에서 나열한 원의 상징과 직, 간접적으로 연관되는 작품을 우리
현대시에서 찾아보면 그 수는 헤아릴 수 없이 많을 것이다. 그러나 이
글에서는 장황해지는 것을 피하기 위해, 예시 작품으로 이호우의 「개
화」(시조)와 이동주의 「강강술래」(자유시)의 두 작품을 중심으로
논의하고자 한다.

> 꽃이 피네 한 잎 한 잎
> 한 하늘이 열리고 있네
>
> 마침내 남은 한 잎이
> 마지막 떨고 있는 고비
>
> 바람도 햇볕도 숨을 죽이네
> 나도 아려 눈을 감네
>
> 이호우 「개화」 전문

「개화」는 외형적으로 3연 6행 53자로 된 단시조이다. 시조의 형
식적 측면에서 본다면 종장의 첫 음보와 둘째 음보가 통사적으로 연
결되어 있어서 율독적 긴장을 수반한다. 이 시에 나타나는 주요 대상
은 "꽃"과 "나" 그리고 "하늘"이다. "꽃"은 시의 맨 처음에 나타나 시
전체를 이끌고, "나"는 마지막 행에 나타나 의미를 집중시킨다. 여기

서 동태적 과정동사 "피네"는 꽃의 의미를 한정 지시하면서 이 시의 전체 흐름과 관계하며, "꽃"과 "나"를 연결하는 고리 역할을 한다. 한 편 관형사 "한"으로 한정 수식되는 "하늘"의 열림 공간은 '꽃이 핌'과 '화자의 상승 의지'에 대한 은유적 등가물이다.

꽃이 피는 것이 존재의 확대라면, 시인은 이 은유적 등가물로서 "한 하늘이 열리고" 있음을 제시한다. 꽃의 기하학적 형상은 원 (circle)이다. 닫혀 있음과 상사체로 만들어진 이상적인 완전한 공간(원 주는 중심으로부터 똑 같은 거리에 있는 점들의 집합)이 원의 세계이 다. 보다 큰 원의 형상으로 나가는 이 시의 세계는 화자에게 자아의 전체성 발견이라는 하나의 계기를 부여한다. 즉, 꽃이 핌은 시인에게 크고 넓은 한 우주에의 눈뜸을 가능케 하는 위대한 존재 구축의 순간 에 해당한다. 꽃이 피는 과정은 작은 원에서 큰 원을 만들어 가는 과 정이며, 이상 세계인 하늘로 확산되어 가는 과정이다. 이것은 존재에 의 눈뜸에 의해 가능할 수 있다. 그러므로 6행의 시어 "나"와 나의 제유물인 "눈"은 언어의 계열체에서 필연적으로 선택될 수밖에 없다.

인간의 눈은 둥근 형상으로 그것이 하늘과 땅의 둥근 형상과 닮았 다는 점에서 자못 함축적이다. 엘리아데에 의하면 인간이 거주하는 코 스모스(신체, 집, 종족의 영역, 이 세계 전체 등)는 자신을 초월하는 또 다른 차원과 교섭을 갖는다고 한다. 이때, 이들 코스모스는 하나의 출구를 갖게 되는데 예를 들면 사원의 눈[眼], 굴뚝, 연기구멍과 같은 것이다. 이들은 대체로 둥근 형상으로서, 신체의 출구인 눈[眼]과 유 사성을 갖는다. 「개화」에서는 이러한 원의 형상을 갖는 "하늘"과 화 자의 신체적 출구로서 "눈"의 교섭이 "개화"라는 동심원적 확산 과정 과 맞물리며 의미망을 형성하고 있다.

3연(종장)에서 꽃이 피는 절정의 순간을 바람과 햇볕이 숨을 죽이 며 응시하고, 화자는 응시의 차원을 넘어 눈을 감아버린다. "바람"과 "햇볕", "나"가 조사 "~도"로 나열되며 합일의 상태를 보여주지만 화 자인 "나"의 응시는 한결 심화되어 있다. 식물은 자체 내에서 끌어올린 상승의 물과 햇볕, 바람이 조응되면서 존재의 합성을 이룬다. 바람이 대지의 호흡이라면 햇볕은 천상의 호흡이라 할 수 있다. 천상과 대지가 운동을 정지하는 영원의 순간에 지상의 작은 수직성의 생명체가 마지막 고비에 떨고 있다. 이 상승의 극한점에서 화자는 우주로 통하는 눈을 감아버린다. 이 단계는 우주와의 차단이 아닌 역설적인 의미에서 내면화의 방법이다. 이 환희와 고통에 겨운 절정의 순간에 화자는 외계로 통하는 자신의 눈을 감음으로써 대상을 영원한 현재로 소유하고자 하는 것이다.

한국 시가의 전통적 정서는 슬픔, 원망, 정한 등으로 나타난다. 이 정한의 세계는 흔히도 달빛, 새벽 우물에서 길어 올린 정화수, 골무, 맷돌, 물레 등과 같이 원(圓)의 표상성을 띠고 있다. '물레'를 돌려서 한을 풀어내고 다시 갈무리하는 순환적 과정은 운명론적인 성격을 지니고 있다. 이동주 시인 자신이 밝히고 있는 바와 마찬가지로 우리시 정신은 한(恨)이며, 한을 한마디로 말하자면 하고자 하는 바람이요 욕심이다. 한은 생존의 의욕이 아니라 보다 나은 인생에의 열현(熱顯)이다. 그리고 그것은 현실의 어려움을 극복하려는 몸부림에서 우러나온 정신적인 방법으로 해석할 수 있다.

　　여울에 몰린 은어(銀魚)떼.

　　삐비꽃 손들이 둘레를 짜면
　　달무리가 비잉 빙 돈다.

　　가아웅 가아웅 수우워얼 레에
　　목을 빼면 설움이 솟고……

　　백장미(白薔薇) 밭에
　　공작(孔雀)이 취(醉)했다.

뛰자 뛰자 뛰어나 보자
강강술래.

뇌누리에 테프가 감긴다.
열두 발 상모가 마구 돈다.

달빛이 배이면 술보다 독한 것

기폭(旗幅)이 찢어진다.
갈대가 스러진다.
강강술래.
강강술래.

이동주 「강강술래」 전문

  이동주의 대표작 「강강술래」는 부녀자들의 민속적 원무(圓舞)인 "강강술래"를 회화적이며 음악적 수법으로 표현한 작품이다.
  강강술래는 서남해안에 분포하는 놀이노래이다. 강강술래는 협의로 보았을 때 "강강술래"라는 후렴을 가진 것만 지칭하지만, 광의의 강강술래에는 부수놀이가 포함되어 있는데 이 부수놀이요는 기본 34종에 변형을 포함하면 40여종이 넘는다. 널리 알려진 강강술래는 무형문화재로 지정된 진도와 해남 등의 남해안에서 주로 연희되는 것이다. 강강술래에서 원무형 놀이는 세 가지로 분류할 수 있다. 첫째는 가장 기본적인 형태로 원무를 그대로 추는 경우이며, 둘째는 원의 형태를 유지하면서 약간의 변형을 한 놀이이며, 셋째는 원을 깨어서 새로운 모양을 만든 경우이다. 첫 번째 유형에는 마당놀이를 비롯한 다수의 악곡이 있으며, 두 번째 유형에는 남생아, 발자랑, 등단이야, 세 번째 유형에는 덕석몰기와 바늘귀, 술래 등이 있다.(김혜정, 2006: 140, 144, 159 참조) 강강술래는 한가윗날이나, 정월 대보름에 주로 추는 군무이다. 이날 밤이 되면 곱게 단장한 여자들이 일정한 장소에 모여 손에 손을 잡고, 수십 인이 원진(圓陣)을 이루어 "강강술래"라는 후렴이 붙은 4·4조 노래를 부르면서 춤추며 논다. 이것은 임진왜란 때, 이순신이 왜군과 해전(海戰)을 하면서, 적군에게 위세를 보이고 적의 상륙을 감시하기 위하여 곳곳에 불을 놓고 "강강술래"라고 부른데서 유래되었다는 설과, 당시 민심을 안정시키고 통일시키기 위하여 처녀 또는 소부(少婦)들로 하여금 부르게 하였다는 설이 있다. 그러나 학계에서는 고대추수감사제 유풍의 하나로 보는 설이 유력하다.(김혜니, 2002: 124~166 참조)

이상의 설명을 참고하면 이동주의 「강강술래」는 가장 기본적인 원무형태의 놀이를 시적으로 형상화하고 있으며, 배경은 보름달이 밝게 뜬 한가위 달밤(갈대가 스러진다)으로 상정할 수 있다.

1연에서는 여울에 몰린 은어 떼처럼, 군무를 하기 위해 모여드는 여성들의 모습을 재현해 내고 있다. 은어는 맑은 강을 거슬러 오르는 물고기인데, 그 물고기가 갖는 동적인 특성과 색채감은 흰옷을 입고 모여드는 여성들의 모습을 공감각적으로 재현해 내는 효과를 갖는다.

다음으로 2연에서 여성들의 손을 "삐비꽃"이라는 희고 가녀린 풀꽃에 비유를 하고 있는데, 이 흰색의 이미지는 밤에 추는 군무인 달밤의 시간성과 원형(圓形)의 공간성을 공감각적으로 환기시킨다. 이로 인하여 "강강술래"의 연희 장면 자체가 시간과 공간성을 확장하며 상상 영역 속에서 유장하게 펼쳐지는 효과를 거두게 한다. 한편 "삐비꽃"이라는 소품은 당시의 배고픔을 이기기 위해 먹었던, 또 그 풀뿌리까지 캐어 먹으며 배고픔을 달래던 궁핍상과 연결되며 이는 자연스럽게 한의 정서를 불러낸다. 이로 인해 달빛 아래 손에 손을 마주잡고 원을 그리는 여성 군무자들의 손이 더욱 하얗게 느껴지며, 퇴색된 생의 색깔로 인해 서글픔의 깊이가 더 진하게 드러난다.

이윽고 3연에서는 강강술래의 가장 긴 가락인 진양조가 펼쳐지는데, 이를 의성적으로 표현하여 "가아웅 가아웅 수우워얼 레에"와 같이 소리 나는 대로 늘여서 표현하게 된다. 이는 한을 뽑아내어 길게 펼치는 형식이기 때문에 가창자(歌唱者)는 목을 길게 뽑아내면서 마음 저 밑바닥으로부터 소리를 건져 올려야 한다. 이 과정에서 배고픔과 한, 설움 등이 자연스럽게 연합되어 노래와 춤으로 표현되는 것이다.

그러나 이 진양조의 긴 풀이의 과정은 곧바로 "백장미(白薔薇) 밭에/ 공작(孔雀)이 취(醉)했다."와 같이 상징적인 의미에서 "취한다"는 춤의 상태로 몰입하면서, "뛰자 뛰자 뛰어나 보자/ 강강술래."와 같은 2음보의 동적인 가락으로 전환된다. 이와 같이 '자진모리'의 율동으로 급격히 전환되는 과정에서 "달빛이 배이면 술보다 독한 것"이라는 해석적 표현과정을 거치게 되는데, 이는 취함, 즉 춤에 몰입하여 세상사에서의 한과 설움을 초극하는 상태를 보여준다. 이윽고 춤에 몰입한 군무자들은 세상사의 온갖 시름을 잊고 오직 춤추는 상태에 전념하게 되는데, "기폭(旗幅)이 찢어진다./ 갈대가 스러진다./ 강강술래./ 강강술래."와 같은 2음보의 동적 가락의 연쇄와 함께 달빛 아래 원형(圓形)을 만들면서 춤사위를 펼치는 군무자들의 모습만 남게 된다.

군무 "강강술래"는 여러 사람이 모여 기하학적인 선을 만들며 뛰노는 춤이다. 여기서 한 사람은 일정한 영역을 갖는 하나의 점이자 짧은 선의 역할을 한다. 이 작은 점 혹은 짧은 선은 다른 점과 선에 연결되면서 점차 출렁이는 긴 선을 만들어내다가 나중에 처음도 끝도 없이 연결되었을 때는 하나의 커다란 원이 된다. 강강술래의 여러 대형 중에서 원형은 가장 기본적인 대형으로 춤의 진행에 따라 다른 대형으로 일시적으로 변화되었다가 다시 원형으로 되돌아가는 것이 많다. 이때의 원은 크게는 하늘이나 달의 형상을 닮게 되고 작게는 우물처럼 작아지기도 한다. 원심력을 향하여 팽팽하게 펼쳐졌을 때는 광장을 다 차지할 만큼 큰 원이 되었다가 구심축을 향해 당겨지면서 깊은 우물물을 퍼 올리듯 둥그런 울타리를 만든다. 이러한 동심원적 형상의 수축과 이완을 보여주는 강강술래의 원무는 이 춤이 필연적으로 여성적 가치에 집단 무의식적으로 연결되어 있음을 나타낸다. 더구나 강강술래의 연희는 보름달과 같은 밝은 달빛 조명이 동반해야만 가능하다.

이 달빛의 우주적인 기운을 끌어들여 대지를 무르익게 하는 여성들의 집단 춤사위는 만월(滿月)과 여성 풍요 기원이 결합된 우리 고유 전통 연희로 그 집단 무의식적 연원이 선명하게 드러난다.

4.

1967년 1월에 발기된 원탁시회(roundtable poet meeting)는 반세기에 가까운 연원만큼이나, 시회의 명칭 자체에도 민주화의 도시 광주에 대한 상징적 의미가 예언적으로 담겨져 있다. 개체로서의 꽃이 피어나면서 전체성의 원으로 확장되어가는 「개화」의 세계나 개별적 소우주가 모여 더 큰 우주적 원을 그리는 「강강술래」처럼, 원탁시회는 개인적 완성 추구와 함께 동인들 간의 상호 균형과 격려 속에서 나름의 역할을 추구해 나가고 있다.

끝으로 원탁시회의 변함없는 발전을 기원하면서 이 글을 마친다.

몸 언어로 말하기

– 체험의 지각 의존성에 관한 단상

이미지는 우리의 정신적 감각에 호소함으로써 사물에 대한 감각 경험을 불러일으킨다. 이때 이미지는 시인의 몸을 주체로 하여 발생하지만, 전달 과정에서 타자의 몸을 통제하려는 욕망을 갖는다. 즉 이미지의 기원은 시인의 감각에 있지만, 독자에게 지각되면서 그 경험을 복제하고자 욕망한다. 그러나 독자의 몸은 다른 연원을 갖는 장소이니 시인이 생산한 이미지가 그대로 소통되리라는 보장은 없다. 단지 그가 어떤 방식으로 대상과 사물에 반응하고 표현했는지를 추론적으로 확인할 따름이다.

1. 식물성의 몸: 꽃잎

인식적 주체의 감각은 언어를 통과하면서 전환(translation) 과정을 거치게 되는데, 이때 시인의 문체론적 특성이 드러나게 된다. 대상 세계를 지각하는 시인의 의식은 지각된 내용과 언어가 뒤섞임으로써 구체적인 형상성을 갖게 된다. 이와 같은 인식적 작용 그 자체가 시인의 시 문법이자 이미지의 기원이 된다고 볼 수 있다.

진정 사물을 본다는 것은 사물을 주체의 통제 하에 두는 것이 아니라, "보는 주체에서 벗어나 보이는 사물로 달아남(스며듦)"을 의미한다고 퐁티는 말한다. 이 경우 주체의 일부는 대상에 투사, 분할됨으로써 몸은 주체의 균열을 감수한다. 즉 바라보는 지각의 주체와 지각되는 주체로 분할되는 것이다. 이와 같은 지각의 이중성을 「가시연꽃」

이 보여준다.

불안은 몸을 부풀린다

저보다 큰 덩치의 개를 만난 고양이가
온몸의 털을 세우듯,

빈손일수록
허기질수록
가시는 잎맥마다 돋아난다

그러므로 가시연꽃, 저 가시는

돌멩이처럼 쉬이 가라앉지 못하는 자존심
어느 역에도 닿지 못하고 떠도는, 무임승차한 여자의 불안한 눈빛
한강다리 난간에 걸쳐진, 투신 직전 사내의 망설임
이다

끝내 자신을 향하는
응축된 상처
핏빛 冠이다
박명보, 「가시연꽃」 전문(『우리시』, 2010년 11월호)

　이 시는 유사성을 토대로 하여 "가시연꽃"에 대응되는 주체의 관념 상태를 보여준다. "가시연꽃은", "~이다"와 같은 은유의 방식으로 연결되는데, "~"에 해당하는 것이 주체에 의해 감각적으로 지각되고 해석된 의미이다. '가시연꽃'은 주체를 향하여 감각적으로 다가와 몸을 부풀리고 잎맥으로 돋아나면서 핏빛 가시관을 완성한다. 대상이 주체의 안으로 스며드는 동안 주체는 관찰자이자 관찰 대상이라는 이중성

의 상태를 경험하게 된다.

첫 행 "불안은 몸을 부풀린다"는 선언을 통해 시적 발상이 촉발된다. 이로써 의미의 자장은 불안의 범주에 포위되고 만다. 이어지는 시행들은 "불안"의 선언에서 자유롭지 못하다. 불안의 구체적인 형상들은 "큰 덩치의 개를 만난" 고양이의 부풀린 털, "무임승차한 여자의 불안한 눈빛", "투신 직전 사내의 망설임" 등으로 대체된다. 이 불안한 생의 형상들이 가시를 세우게 하고 "쉬 가라앉지 못하는 자존심"으로 스스로를 견디게 한다.

이 견딤을 바라보는 주체가 감각적으로 지각하는 것은 무엇보다도 "가시"이다. 불안의 징후인 "가시"는 주체의 내부로 틈입하여 촉각적인 자기 학대를 감행하게 하고 생의 극한을 떠올리게 한다. 촉각에 호소하는 가시는 몸을 부풀리며 잎맥마다 돋아나서 타자를 향해 두려운 존재가 되지만, 실상 내밀한 자기 불안과 상처에서 출발하고 있음을 보여준다. 가라앉지 못하고 물 위에 떠서 쓸쓸한 자존을 보여주는 가시연꽃은 주체의 내부로 이전되어, 주체의 현존에 뿌리내린 상처의 대유물임을 보여준다. 끝 부분에서 '가시 돋힘'은 "핏빛 冠"으로 치환되어 긍정되는데, '자기 학대'라는 말을 '자기 돌봄'이라는 말로 바꾸어도 의미가 통하는 까닭이다.

식물적 대상에 의탁한 자기 확인은 「직립으로 눕다」에서도 나타난다.

빗방울에 눌려 떨어져도 고요하다
소리 지르지 아니한다
입술 같은 꽃잎, 조금이라도 넓게 펴서
햇빛 녹신하게 빨아들여
몰약 같은 향기 절정일 때
바람에 날린다 해도 서럽지 않다
직립의 시간 허물어뜨리고
낮은 곳으로 내려와 눕는다

목단꽃 떨어져도 넓은 꽃잎 접지 않는다
꽃대에서 그대로 시들어
한 번도 날아보지 못한 꽃이어도 먼 곳까지 날았던
그림자의 기억이 있다
향기 환장하게 번져나는 꽃나무 아래 서서
꽃물 배이도록 젖어들다가
아, 나도 한 장의 꽃잎이 되어
네 꽃잎 위에 눕는다
포개어진 꽃잎 위로 스쳐가는
바람 부드럽다.

      김경성, 「직립으로 눕다」 전문(『와온』, 문학의 전당, 2010.)

이 시는 소멸하는 꽃의 모습이 대립적으로 나타난다. 꽃은 소멸을 향하여 존재를 개방함으로써 완성되는데, 그 완성의 방법은 공중을 날아서 낮은 곳에 떨어져 고요하게 눕는 것이다. 완성의 방식은 강팍하지 않고 순리적이며 고요하고 가볍다. 여기서의 세계 인식의 방법은 매우 유미적이다. 존재의 가벼움이 시간의 직립성을 벗어나 완성을 지향한다는 점에서도 소멸의 미적 인식을 보여준다. 미를 향해 열려 있는 꽃이 스스로를 완성하는 방식은 조용히 소멸하는 것이다. 그러니 유미성을 극대화하기 위하여 소리지르거나 서글퍼할 이유가 없다. 오히려 "목단꽃 떨어져도 넓은 꽃잎 접지 않는다"에서와 같이 어쩌면 자기 방기의 상태가 세계를 향하여 아름다움을 개방할 수 있는 유일한 방식일 수 있다.

그러나 "꽃대에서 그대로 시들어"에서 돌연 의미가 전환되면서 앞에서의 유미적 세계는 주체의 상황에 대응시키기 위한 설정이었음을 보여준다. "한 번도 날아보지 못한 꽃이어도 먼 곳까지 날았던/ 그림자의 기억이 있다"에서 선언되는 바, 꽃으로 날아보는 것이 꽃의 자기 완성 방법임을 확실히 한다. 이와 대립되는 세계로 날지 못하는 꽃,

그리고 꽃대에서 시들어버리는 꽃은 아무리 "향기 환장하게 번져나
는" 몰약 같은 절정의 상태일지라도 완성 직전에 멈춰버린 서글픈 존
재이다. 시적 주체는 이와 같이 "시들어버린 꽃"을 연민으로 바라보면
서 그 꽃 잎 위에 눕는다고 말한다. 제목에서 "직립으로 눕는다"고 했
을 때, 이는 과정적 성취이며 완성 직전에 정지 되어 버린 것에 대한
연민이자 자기화에 다름이 없다.

「가시연꽃」에서 두드러지는 감각이 촉각적 심상이라면, 「직립으
로 눕다」는 후각적이다. 촉각적 인식이 보다 구체적이며 현실성에 기
원을 둔다면, 후각적 인식은 관념적이며 유미적인 세계 인식과 결부되
어 있다. 몸은 자아와 타자를 매개할 수 있는 두께와 깊이를 가지고
있으며, 상호 교섭의 통로로 작용한다. 몸 지각을 통하여 세계는 주체
로 이전되며 이윽고 주체화된다. 즉 대상과 세계는 몸 감각을 통해서
만 주체의 내부로 스며들 수 있고, 주체는 몸 감각의 치환을 통해서만
자기 내부에 깃들어 있는 세계를 확인할 수 있다.

2. 몸의 객관화: 밥알

신체화된 의식이란 의식과 신체, 의식과 세계가 분리되기 이전의
원초적 자아요, 자연적 자아이다. 신체지각은 세계로 향하는 방식이며
세계와 관계하는 방식이다. 아래 시는 발에 밟히는 "밥알 하나"에서
생의 상관물을 찾아내고, 주체의 지각에 호소하는 물질성을 토대로 하
여 생의 의미를 반추한다.

> 아이가 흘린 밥알 하나
> 흐들흐들한 저 가운데
> 세상의 무게보다
> 더 강한 무언가가 있다

아이가 먹다
흘린, 유들유들한 밥알들
아이의 온기가 채 가시지 않은,
그러나 눈 찔금 감고
마음의 물기까지 말린다

눈물을 아는 것 아니냐
그 눈물 너머 단단한 삶이 놓여 있다는 것을,

어느 날 무심코 아이가 흘린 밥알을 밟았더니
가늘은 아픔 하나가 머리끝까지 잽싸게 오는 것이다

뼈만 앙상해진 밥알 하나
사느라 고열에 시달린 지난 시간들 뉘여
한 생애 거둘 새도 없이
막 풍장(風葬)을 끝내고 있는 것이다.
　　　　　　　고선주, 「밥알의 힘」 전문(『열린시학』, 2010년 가을호)

　위의 시에서는 "아이가 흘린 밥알 하나"에서 자아의 상관물을 찾아
낸다. 이 시의 지배소인 "밥알"은 주체의 삶을 대응시키는 환유물이
다. 그런데 이 "밥알"이 힘을 가지는 이유는 무엇인가. 그것은 "마음
의 물기", "눈물", "단단한 삶" 등의 시어들과 만나면서 의미가 가중
되고 있기 때문이다. 더구나 "세상의 무게보다/ 더 강한 무언가가 있
다"고 말한다. 아이가 "밥알 하나"를 흘려서 버려진 채 단단하게 굳어
가고 있는데, 이를 밟는 순간 "가늘은 아픔 하나가 잽싸게" 다가온다.
이 촉각적인 순간은 아주 짧으나 주체의 현존을 강하게 환기시키면서
시적 발상을 매개한다.
　이 밥알을 얻기 위해 기울였던 노고의 순간들이 "사느라 고열에 시
달린 지난 시간들"에서 확인되는 바, 그 노동의 형상은 "뼈만 앙상해

진 밥알 하나"와 같이 허약하다. 그러나 제목 "밥알의 힘"에서도 나타나듯이, 물기를 지우면서 단단해져가는 버려진 존재로서의 실존주는 그 "단단함"으로 인해 힘을 갖게 된다. 세상과 대결하면서 거듭 단단해지는 것은 그가 거느린 식솔들 때문이다. 그러나 아이가 흘린 밥알 하나에서 보듯 그 식솔들로부터도 약간은 소외된 상태이다.

끝 행에서 버려져 말라가는 밥알 하나를 "풍장(風葬)"에 비유하면서 주체는 대상을 통해 자신의 실존적 상황을 제시하고 있는데, "그 눈물 너머 단단한 삶이 놓여 있다"는 인식에서 보듯 생에 대한 피로감이 나타난다. 물기를 지우고 말라가면서 풍장을 치루는 밥알 하나와 단단한 세상을 살아가는 생의 고단함이 상호 대응을 이루면서 실존적 삶을 극복하려는 건강한 자기 확인을 보여준다.

3. 몸의 기억과 서사: 손

막스 셸러는 우리 몸의 구조 속에서 자아와 타자가 구별 없이 존재하고 있으며, 각 개인의 정체성은 사회적 관계에 의해서 형성된다고 말한다. 여기서 사람이 자기 안에서보다는 먼저 타자 안에서 산다고 말할 때, 타자의 시선, 그리고 공동체의 시선 속에서 자기를 발견하고 자기 정체성을 확립해 나간다는 의미이다. 그리고 무엇보다도 기억의 흔적을 가장 잘 드러내는 것이 몸이다. 영화 「메멘토」에서 보여준 것처럼 몸에 남기는 기록만큼 확실한 것은 없다. 몸에 남겨진 기록은 생의 매순간 참조되면서, 현실이 결국 과거의 지속임을 끊임없이 깨우쳐 준다.

아래 시는 기타 치는 한 사내의 남루함을 통하여 쇠잔하게 저물어가는 일상을 보여준다.

더럽게 물 묻은 옷을 껴입고서

저 사내, 꾸불텅거리는 손과 또는 발로서

숨죽일 듯 기타를 치고 있다네

마치 살아 있는 한 편의 죽음 같네

소리는 깊고도 가득하여 차마 움직일 수 없는 법

그만의 울음이 소용돌이쳐서 화음을 이루면서

뼈아픈 고독과 불안을 읊조리고 있다네

어디 한번 씻어보기라도 하였는가 후미진 팬티 속

우울한 습기를 털어내려는 듯 기타의 선율을 짚으면서

저 사내, 오늘 보다 더 푸른 내일을 노래하고 있다네

또는 내일 보다 더 조그만 소망의 모레를

읽어내고 있다네

끝없이 희미한 하루가 가고 있네
　　　　　　이수익, 「잘 가라, 안녕」 전문(『우리시』, 2010년 11월호.)

　"더럽게 물 묻은 옷을 껴입고서" 기타를 치는 사내의 경우는, 누추한 몸이 그 음원이다. 여기서 푸른 내일의 노래와 깨끗하지 못한 사내의 몸이 병치되면서 불화를 일으킨다. "어디 한번 씻어보기라도 하였는가 후미진 팬티 속/ 우울한 습기를 털어내려는 듯 기타의 선율을 짚으면서" 사내는 "푸른 내일"을 "또는 내일 보다 더 조그만 소망의 모레를" 노래하고 읽어낸다. 그러나 그 내일이 푸르지 않으리라는 걸 예감하듯이 시의 어조는 비관적이다. 어제는 오늘보다 더 깨끗하였을 것이고 푸른 내일이라고 지목했을 오늘을 노래하였을 것이다. 그러나, 그가 노래하였던 어제의 희망은 오늘 실현되지 않았으며, 오늘의 노래는 다시 실현되지 못하는 내일이 되리라는 것을 몸의 서사를 통해 보여준다.

"꾸불텅거리는 손과 발로서/ 숨죽일 듯 기타를 치고 있"는 사내의 남루함과, 그 누추한 음원에서 뽑아내는 "뼈아픈 고독과 불안"의 노래는 주체에게 이전된다. 주체는 이와 같은 타자 체험을 통해 그 노래와 사내의 현존을 스스로에게 겹쳐 입는다. 이로써 사내의 노래는 주체의 노래이며, 더 이상 푸르게 열리지 않을 내일에 대한 뼈저림도 주체의 현존을 나타낸다. 제목에서 "잘 가라, 안녕"이라고 했을 때, "끝없이 희미한 하루"에 대한 작별이자, 푸르지 않을 내일과 소망스럽지 않을 모레에 대한 작별을 예언적으로 보내는 것이다. 이와 같은 비관론은 사내로 대변되는 타자의 한계상황에 대한 인식을 통해, 그에 "뒤따르는 지각이나 느낌"이 주체로 투사되어 자신의 실존적 한계상황과 마주치기 때문이다. 그러므로 "잘 가라, 안녕"이라는 작별인사는 사내의 희미한 하루에 대한 것이자, 주체의 일상에 대한 선언이라고 볼 수 있다. 사내의 연주를 통해 "마치 살아 있는 한 편의 죽음"과도 같이 진행되는 생의 희미한 끝을 예감하는 탓이다.

「우울한 손」에서 "손"은 생의 환유물이다. 여기서 주체는 균열을 일으키며, 왼손이 오른손을 만지듯이 오른손은 느끼면서 다른 손을 통하여 느껴지는 상태가 된다. 즉, '손'은 현재 시를 쓰는 감각의 주체이면서 한편으로는 시적 관찰의 대상이 된다. 여기서 시인은 바라보는 지각의 주체이자 지각되는 대상인 주체로 분할된다.

새것으로 다가온 사랑을 번번이 쭈그러뜨린
은박지처럼 차고 날카로운 손을 바라본다
비애의 엽록소들이 마른 가지처럼 뻗쳐 있다

둔도로 내리치는 이 무거운 힘을
무엇이라 부르는가
그 힘으로 시 하나 낳으려고 끙끙거리는
천명을 모르는 작은 짐승을 시인이라 부르는가

사실 나의 손은 좀 미친 건지도 모르겠다
봄을 그렇게 다 날려 보냈다
그 아까운 입맞춤을……

나는 짚으로 만든 돼지[芻狗]*일 뿐이니
다가오는 시간을 미래라 부르지 않고
비겁하게 노후나 여생이라고 부르는
아, 무산자의 더러운 가을이 오고 있다

* 노자의 말
* 추구(芻狗): 중국에서 제사 때 쓰고 태워버리는 물건
　　　　문정희, 「우울한 손」 전문(『현대시학』, 2010년 10월호)

　　나의 존재를 보장하는 것은 타자와 관계를 맺는 나의 몸이자 손이
다. 이 시에서 "손"은 행위의 도구이자 내 의식의 대변자이다. 손은
주체의 인식과 의지를 대변하여 타자나 세계와 교섭을 하는 통로이다.
시적 화자는 타자와의 관계와 행위의 결과에 대하여 탄식과 후회를
보여주는데, 몸의 일부인 손을 독립적 개체로 객관화시키며 지난 일들
이 손이 해낸 일이라며 행위 자체를 부정한다. 시에서 자탄의 감정이
심화되는 부분은 "새것으로 다가온 사랑을 번번이 쭈그러뜨린" 일이

나 "그 아까운 입맞춤을……"을 날려 보낸 일이다. 자탄의 감정이 시간성에 닿아 있기에 지난날들은 소모되어 버려진 것으로 인식한다.

시인은 손을 바라보면서 "비애의 엽록소들이 마른 가지처럼 뻗쳐 있다"는 몸의 확인으로부터 소모된 시간에 대한 반성과 함께 "천명"이라는 한계상황을 인식한다. "봄을 그렇게 다 날려 보냈다"와 같은 자책은 남겨진 시간에 대한 거부로 연결된다. "다가오는 시간을 미래라 부르지 않고/ 비겁하게 노후나 여생이라고 부르는" 등과 같은 평가적 입장은 시간 앞에 선 단독자로서의 실존적 고독을 보여준다. 더구나 "무산자의 더러운 가을"이라는 선언에서 보듯, 주체의 자기 인식은 비관적이며 가혹하다. 보편적인 사랑에 대한 욕망과 유한자로서의 자기 확인 사이의 거리감이 회의와 비탄으로 끌고 가는 요인이 된다. 특히 스스로를 추구(芻狗)와 같은 제웅으로 전락시킨다는 점에서 "우울한 손"에 나타난 자기 응시는 가혹하기만 하다. 그것은 치열했던 젊은 날이 망가져서 되돌릴 수 없다는 상실감에서 연유한다. 몸은 주체의 현존을 가장 강력하게 환기하는 관찰 가능한 또 다른 주체로 표상되기 때문이다.

그런데, "사랑을 번번이 쭈그러뜨린" 일은 일회성의 포즈가 아니라, 무수히 시도했던 젊은 날의 행적이다. 여기서 추구(芻狗)는 물질적 외형을 나타내는 것으로 불태워 사라져 버리는 것이다. 그런 점에서 "은박지처럼 차고 날카로운 손"도 외형적인 표상일 뿐이다. 시간이 지나도 변하지 않는 열정은 다시 추구(芻狗)를 만들어 사랑을 불러들이고 주술사적인 굿판을 벌이고자 하는 주체의 의지에 해당하므로 이 시를 포기와 좌절로만 읽기에는 무리가 있다. "무산자의 더러운 가을"을 결코 불러들이지 않겠다는 주체의 강력한 반작용이 또 다른 의미 축으로 읽혀지는 까닭이다.

4. 몸의 가소성(可塑性): 자궁

　아래 시 「항아리 사설」에서는 "항아리, 극장, 배부른 여자, 밀봉된 검은 봉지"등이 유사성에 따라 대비되면서 상호주관성의 망을 형성한다. 이 시에서 몸과 몸은 서로 겹쳐지며 다른 몸에 담겨지고 태어난다.

　　항아리 속에 숨어서 목숨을 구한 사람이 있다
　　그 사람은
　　배부른 여자를 보면 울음의 방식으로 웃는다

　　극장은 세상의 밤이 담긴 항아리
　　사람들이 꼼짝 않고 앉아서 숨을 죽인다
　　팔다리를 떼어 내려놓고
　　조금씩 끓어오른다 가끔 소리를 지르며
　　아직 태어나지 않은 아이처럼 시간 밖으로 사라지려는 사람도 있다

　　극장이 서서히 부풀어 오른다
　　밀봉된 검은 비닐봉지 속
　　너무 컴컴하여 밤이 숨기에 좋은 곳
　　얼굴이 보이지 않는 밤이 가장 완벽하게 죽는다

　　극장은 뜨겁고 은밀한 자궁이다
　　몸과 마음이 축축하게 젖어 어둠의 껍질을 벗겨내면
　　갓 부화하여 발그레한 햇덩이가 걸어나온다

　　배부른 여자가 원형극장을 통째로 안고 간다
　　　　　홍일표, 「항아리 사설」 전문(『시와반시』, 2010년 가을호..)

"극장은 뜨겁고 은밀한 자궁이다"는 선언은 이 시의 중심 의미축이 되는데, 이 극장에 담겨진 사람들은 태아와 같이 수동성의 꿈을 꾸는 상태이다. 이 태아들은 "팔다리를 떼어 내려놓고/ 조금씩 끓어오른다"와 같이 위험한 지경에 처하기도 하지만, "몸과 마음이 축축하게 젖어 어둠의 껍질을 벗겨내면/ 갓 부화하여 발그레한 햇덩이가 걸어나온다"와 같이 새로운 탄생을 경험하기도 한다. 이 탄생은 역으로 죽음을 강력히 반향시키는데, "얼굴이 보이지 않는 밤이 가장 완벽하게 죽는다"와 같이 대립적인 세계를 배경으로 하기 때문이다. 여기서 "탄생/ 죽음"은 등을 맞댄 채 선택을 강요한다.

살아남은 사람이나 재생을 꿈꾸는 사람이나 간에, "밀봉된 검은 비닐봉지"와 같은 극장이나 항아리 속에 담겨져 밤의 시간을 견뎌야만 한다. 이윽고 밤이 가장 완벽하게 죽을 때, 죽지 않고 살아남은 사람만이 어둠을 비집고 나와 햇덩이 같이 발그레한 얼굴을 드러낼 수 있다. "얼굴이 보이지 않는 밤"이란, 그 어둠 속에서 익명으로 사라진 이가 있음을 함축하기도 한다. 그래서 배부른 여자를 보면, 그 자궁 안에는 "탄생/ 죽음"이 등을 기댄 채 웅크리고 있을 것이기 때문에 울 수도 없고 웃을 수도 없다. 그래서 "울음의 방식으로 웃"게 되는 것이다.

"극장은 뜨겁고 은밀한 자궁이다"는 최종적으로 "배부른 여자가 원형극장을 통째로 안고 간다"를 향해 병치되면서, 극장에 담겨 있는 사람들의 태아기적 수동성을 원형 심상으로 연결시킨다. 극장과 자궁은 은익의 장소이다. 은익은 피호성을 강화하지만, 한편으로 어둠과 감금 장치로 인하여 폭력에 노출될 경우에는 속수무책의 밤으로 사라지는 경우도 있다.

지금까지 몸의 은유나 상징을 보여준다고 생각하는 작품을 선별하여 읽고 나름의 해석을 붙여 보았다. 근래에 들어 몸 담론에 대한 관심이 증가하고 있다. 몸 담론에서는 주관과 객관, 주체와 객체가 상호 교섭하는 통로로서 몸을 중심에 두고, 인식과 감정이 어떻게 몸 지각을 통해서 소통될 수 있는가를 살핀다.

이 글에서는 시인마다 고유하게 야기되는 몸 지각의 양상을 살펴보고자 하였다.

현존과 부재의 틈에 관한 은유

1. 현존

현존재적 조건에 대한 각성은, 역설적으로 현존이 아닌 것에 의해서만 이루어질 수 있다. 생은 사와 대비되듯, 한 단어로 묶인'生死'는 개념상의 한 덩어리이다. 불안과 근심은 이와 같은 이항대립적 인식의 틈에서 발생한다.

이와 유사하게 '사랑'이란 감정 속에는 충만함과 기쁨을 내포하고 있지만, 더불어 일상의 피곤함과 사랑의 편집증적인 특성으로 인해 사소한 시빗거리가 항상 개입되어 있다. 그러므로 현존을 망각하지 않고 실존에 대해 반성적으로 인식한다는 것은 불편과 고통을 수반하는 일이다.

이 인식론적 틈은 들여다 봄, 즉 바라봄을 통해 발견된다. 이 틈 사이를 들여다보는 수고로움을 통해 시인은 참다운 실존을 발견하고 독자에게 길잡이가 되지만, 정작 시인은 외롭고 쓸쓸하다. 시인은 시빗거리를 만들면서 세상과 불편하게 살아가기 때문이다.

그래서 술자리에서 시인과 함께 하면 수고스럽고 뒷맛이 개운하지가 않다. 음식 중에서 술만큼 물질적인 것은 없다. 후기자본주의 소비 패턴과 잘 어울리는 술은, 순간적으로 발화하여 물질과 몸, 물질과 정신을 밀착시킨다. 휘발성의 액체인 술은 곧바로 몸에 반응하여 소비됨으로써 소비의 과잉을 일으킨다. 이 때 말을 걸어오는 사람이 시인이라면, 일상의 관념에 틈을 내고 그 틈에 시빗거리를 끼워놓을 것이다. 이로써 마취의 감정은 사라지고 몽롱했던 현존에 대한 각성이 일어나면서 술맛이 확 떨어진 것이다. 그럴 바에는 차라리 혼자 자작하는 편이 낫다!

2. 소멸에 관하여

그러나 우리가 살아가는 것이 어디 술 마시는 일뿐이랴. 재화에 눈이 멀어 그 길을 좇아 사는 사람들은 지독한 마취 상태에 빠져 있다. 물질에 대한 탐닉으로 참다운 실존에 대한 지향성이나 감각이 방기된 채이다. 이때 시인은 일상의 관성에 브레이크를 걸고, 자동화된 관념에 틈을 내어 성가시게 굴어야 한다. 즉 참다운 실존을 가로막는 제약들을 찾아내고 이들을 전경화시킴으로써 마취상태를 발가벗겨 이를 들여다보도록 해야 한다.

「어떤 종이컵에 대한 관찰 기록」은 소비사회의 일면을 면밀히 들여다본다. 1회용은 단 한 번의 소비로 사용 가치를 잃어버리는 고도 소비사회의 상징적인 표상이다. 1회성의 운명이므로 단 한 번의 부딪힘 이후에는 소멸의 절벽으로 떨어진다. 그러나 존재자의 입장에서는 그 단명한 1회성을 거부하고 현존의 조건 속에서 재생을 꿈꾼다. 단 한 번으로 존재 가치가 추락하였으므로 이후의 현존은 새로운 방식을 통해서만 가능하다.

> 그 하얗고 뜨거운 몸을 두 손으로 감싸고
> 사랑은 이렇게 하는 것이라는 듯
> 사랑은 이렇게 달콤하다는 듯
> 붉은 립스틱을 찍던 사람이 있었겠지
>
> 채웠던 단물이 다 비워진 다음엔
> 이내 버려졌을,
> 버려져 쓰레기가 된 종이컵 하나

담장 아래 땅에 반쯤 묻혀 있다

한때는 저도 나무였던지라
낡은 제 몸 가득 흙을 담고
한 포기 풀을 안고 있다
버려질 때 구겨진 상처가 먼저 헐거워져
그 틈으로 실뿌리들을 내밀어 젖 먹이고 있겠다

풀이 시들 때까지나 종이컵의 이름으로 남아 있을지
빳빳했던 성깔도 물기에 젖은 채
간신히 제 형상을 보듬고 있어도
풀에 맺힌 코딱지만한 꽃 몇 송이 받쳐 들고
소멸이 기꺼운 듯 표정이 부드럽다

어쩌면 저를 버린 사람에 대한
뜨거웠던 입맞춤의 기억이
스스로를 거듭 고쳐 재활용하는지도 모를 일이지
1회용이라 부르는
아주 기나긴 생이 때론 저렇게는 있다
　　복효근, 「어떤 종이컵에 대한 관찰 기록」 전문(『시와시학』, 2010년
　　　　　　　　　　　　　　　　　　　　　　　　　　　　여름호)

　이 시에서는 일회용 종이컵의 운명을 사랑에 비유하고 있다. "그
하얗고 뜨거운 몸을 두 손으로 감싸고/ 사랑은 이렇게 하는 것이"라
고 립스틱을 찍으며 어루만졌던 촉각적 기억이 생생하다. 그 입맞춤의
감각적 기억은 뒤에서도 반복된다. 여기서 컵은 사랑의 매개체가 아니
라 주체로 등장한다. 그러나 주체의 내부에 채웠던 단물이 빠지자마자
이내 팽개쳐지며 무가치의 나락으로 떨어지고 만다. 주체의 시선으로
보면 타자는 1회용 사랑을 낭비하는 자이다.

2연 3행에서 4연에 이르기까지 버려진 종이컵의 재생 방식을 보여준다. 쓰레기로 구겨진 채 던져졌다가 땅에 반쯤 묻혀 한 포기 풀을 제 품에 안고 꽃 몇 송이를 받쳐 들고 있다. 종이컵으로 대변되는 주체는 소멸해 가고 있으면서도 제 안에 풀을 품음으로써 타자를 수용하는 사랑의 모습으로 역전시킨다. 즉 '사랑'의 대상으로서 용도 폐기된 후에는 그 존재를 역전시켜 '사랑'을 품고 감싸는 적극적인 주체로서의 모습을 보여주면서 사랑의 의미를 각성시킨다.

끝 부분에서 다시 확인하듯 "어쩌면 저를 버린 사람에 대한/ 뜨거웠던 입맞춤의 기억"과 같이 사랑에 대한 선언이 반복된다는 점에서, 중층적인 의미의 겹이 작용하고 있음을 알 수 있다. 꺼풀을 벗기면 인간의 1회용 사랑에 대한 반성적 의식이 드러남을 곧 깨달을 수 있다. 시인이 종이컵을 '사랑'의 환유물로 사용한 까닭은 무엇인가. 그것은 우리의 생에서도 버려지면서도 다시 존재를 역전시켜 타자를 긍정적으로 수용하는 사랑의 모습을 찾을 수 있기 때문이다. "1회용이라 부르는/ 아주 기나긴 생이 때론 저렇게는 있다"는 시의 의미 선언에 해당하는데, 이는 우리 생 또한 1회용이 아닌가 하는 반성적 의식을 가져오게 한다. 이 시에서 환유장치로 등장하는 종이컵은 거듭 고쳐 재활용을 이루고, 1회성의 사랑이나마 소중히 기억하면서 서서히 그리고 부드럽게 소멸해 가는 생의 모습을 환기시켜 준다.

「차라투스트라를 기다리며」는 "비등점"에서 끓고 있는 여름날의 매장 풍경을 보여준다. 주체의 인식 작용은 언제나 대상으로 향하는 지향성에 의해 이루어진다. 메를로 퐁티는, 대상 인식은 순수 의식이 아닌 몸을 매개로 하여 진행 될 수밖에 없다고 한다. 몸과 세계는 '상호 얽힘'을 통하여 상호 침투하고 교차하기 때문이다.

김씨의 하관下官은 정오에 있을 것이다.
붉은 흙더미 사이에 광중壙中이 파여 있다.
반듯한 직사각형 저 죽음의 깊이까지

뜨거운 햇살이 들끓는다.
코끝이 빨간 풍수風水의 음양오행은
아침부터 대책 없이 취해 있다.
상복을 걸친 생면부지의 여자가
걸어놓은 솥에 관솔로 불을 지핀다.
물보다 생송진이 먼저 비등점에 닿는다.
핏물이 말라가는 쇠고기 덩어리
무정형의 슬픔 같다는 생각은 사치 같다.
누런 갈색의 쇠파리가 피 냄새를 맡았나보다
앵앵거리며 달려든다.
무덥다. 열대야가 예고된 폭염의 세례를 받으며
주검이 느릿느릿 오고 있다.
김씨의 관이 차에 실려 장지로 오는 사이
죽음의 의식儀式이, 눈물의 조문弔問이
땀에 젖어 불쾌하게 번들거릴 뿐이다.
머리 속이 소금사막처럼 하얗다.
그에게 읽어줄 마지막 시가 보이지 않는다.
나는 백지를 들고 정오 아래 서 있다.
　　　정일근, 「차라투스트라를 기다리며」 전문(『문학들』, 2010년 여름호.)

　위의 시는 니체의 저작인 『차라투스트라는 이렇게 말하였다』에서 모티프를 차용하여, 현존재의 한계적 상황에 질문을 던지고 있다. 장지(葬地)에 도착한 시인이 폭염 아래 서 있다. 몸이 느끼는 불쾌한 폭염과 "쇠고기 덩어리"를 향한 살아있는 것들의 의지는 죽음을 매장하는 의식의 엄숙성과는 매우 상반된다.

　시인은 뫼르소처럼 정오의 태양 아래 서서, "머리 속이 소금사막처럼 하얗"게 변색되는 실존의 현기증을 느낀다. "그에게 읽어줄 마지막 시가 보이지 않는다./ 나는 백지를 들고 정오 아래 서 있다."는 외침은 차라투스트라를 기다리는 이유이자 호출의 방식이다.

"폭염의 세례를 받으며/ 주검이 느릿느릿 오고 있"는 장지의 풍경 속에서, 취해 있는 풍수, 솥을 걸고 불을 지피는 생면부지의 상복 입은 여자, 피 냄새를 맡은 쇠파리, 땀에 젖어 번들거리는 얼굴들, 이 모두는 살아 있는 것들이 가지고 있는 의지의 표상이다. 그와 대립된 세계로는 김씨의 관이 "느릿느릿" 깊게 파 놓은 광중(壙中)을 향해 이동하고 있을 뿐이다. 시적 주체의 시선은 폭염 속에서도 결코 멈출 수 없는 생의 본능과 이를 위한 의지적 표상에 맞추어져 있다. 죽음 앞에서 혹은 정오의 폭염 아래서도 오히려 멈추지 않은 생의 의지와 비루한 모습들을 통해 실존에 질문을 던지고 있는 것이다.

이처럼 몸과 세계는 '상호 얽힘'을 통하여 상호 침투하고 교차한다. 따스한 봄날이나 서늘한 가을날이 아닌, 폭염의 세례 속에 매장을 진행하는 한계 상황 속에서 실존에 대한 각성이 극명히 드러나는 까닭이다. 니체는 인간은 죽음을 통해 소멸하는 것이 아니라 영원 회귀한다고 하였다. 그는 『차라투스트라…』에서 "가장 왜소한 인간조차도 영원히 회귀한다는 것! 이것이 모든 생존에 대한 나의 권태였다!"고 하였다.

시인이 "마지막 시가 보이지 않는다."고 절규했을 때, 생의 의지와 반복에 대한 권태의 표현이자 거부가 아니었겠는가.

3. 현존과 부재의 틈, 또는 사이

아슬아슬한 균형이 있다면, 그것은 틈이 견디는 방식이다. 결핍과 부재는 다른 말이지만, 일단 결핍이 일어나면 장애가 발생하고 이윽고 소멸을 향해서 '느릿느릿' 이동한다. 한계 상황에서 실존에 대한 각성이 극명해지듯이 결핍 또한 동일하게 한계 상황에 대한 인식을 가져온다.

「발」에서는 결핍으로 인해 아슬아슬하게 현존을 견디지만, 오히려 참다운 실존됨을 가져오는 조건임을 깨닫는다.

　　과일을 받쳐 든 소쿠리가 두 다리로 서 있다
　　다리 세 개 중 하나가 떨어져 나간 것도 모르고
　　발끝에 힘을 주고 있다
　　저 직립,
　　빈곳도 팽팽할 수 있다니

　　온몸으로 기어가는
　　시장 바닥의 저 사내
　　바닥과 구분되지 않는 직립의 생을 가졌다
　　허리를 굽혀 겸손히 떼어내는 발이
　　바닥을 밀어내고 또 끌어올릴 때
　　비어 있는 다리의 힘으로도
　　추락하는 내가 버틸 수 있는 것인지

　　소쿠리 한쪽이 비워지면서
　　텅 빈 모서리가 공중을 번쩍 들어올린다
　　생의 한쪽이 좌르르 쏟아지고 있다
　　　　　　　　박해림, 「발」 전문(『우리시』, 2010년 8월호)

　위의 시에서는 두 다리로 서 있는 소쿠리와, 온몸으로 기어가는 사내가 대비된다. 소쿠리는 다리 하나가 없어 삼각형의 안정을 취할 수 없고, 사내는 수직으로 직립하지 못하기 때문에 바닥과 구분되지 않는다. 그러나 이들을 바라보는 주체는 연민이 아닌 긍정의 시선을 지니고 있다.

　1연에서 소쿠리는 두 다리로 직립하여 서 있다. 이 때 빈 곳도 덩달아 팽팽하게 긴장하여 일어서는 느낌이다. 그 비어 있는 자리는 잃어버렸다는 점에서 결핍이지만 그 자체로 일어설 수 있다는 점에서 부재일뿐이다. 결핍이 있어야할 것이 없다고 인식하는 것이라면 부재는 괄호 속에 묶임으로써 현전(現前)하지 않지만 그 존재를 인정할 수 있는 것이다. 시인은 이 부재를 보아낸다. "다리"는 직립함으로써 사물로서의 존재 가치를 증명한다. 그러나 "빈곳도 팽팽할 수 있다니"에서 보듯, 한 쪽 다리를 잃고도 두 다리로 결핍을 채워냄으로써 빈자리는 부재의 기호가 된다. 2연에서 땅바닥을 온몸으로 밀고 가는 사내의 모습이, "바닥과 구분되지 않는 직립의 생"으로 환치되면서 추락을 견디는 의지의 표상으로 나타난다. 이는 결핍에 대한 인식이 '없음'에서 오는 것이 아니라 완성의 방식에서 오는 차이임을 말하는 것이다.

"비어 있는 다리의 힘으로도/ 추락하는 내가 버틸 수 있는 것인지"에서는 주체가 인식하는 직립의 고달픔을 간접적으로 내비치는데, 이 부분에서 인식의 전환을 가져온다. 3연에서 마침내 "텅 빈 모서리가 공중을 번쩍 들어올"려 "생의 한쪽이 좌르르 쏟아지고 있다"고 언명함으로써 시인이 애초에 직립의 의지만을 투박하게 설파하려고 하였던 것이 아님을 보여준다. 팽팽했던 긴장을 풀고 직립의 생을 다른 방식의 의지로 전환하는 것, 애초에 비워져 있었으므로 찾지 못했던 부재의 괄호를 풀어 생의 의지로 전환시키는 일이 이 시가 나가고자 하는 길이다.

「은유의 다리」는 현존의 건너편을 바라본다. 여기서의 "다리"는 구체성과 추상성의 양자에 '다리'를 걸치고 있다. "다리를 건너는 동안 날이 저물었다"고 시작하는 이 시는 차안과 피안의 경계 지점을 향하여 조심스레 다가간다. 그리고 현존과 괄호로 묶인 부재의 사이에 "은유의 다리"를 놓는다.

다리를 건너는 동안 날이 저물었다
발등이 부어올랐다
늦은 저녁 하산하던 사람들

다리 앞에서 잠시 멈춰 서곤 하였다

부은 발등 주무르며 생각한다
지난 생에서 우리 한 번은
이 다리를 함께 건넌 적이 있지 않았을까
아니면 이번 생에서 당신은 저쪽 나는 이쪽에서
단 한 번은 마주치지 않았을까

비틀리고 휘어지는 우련한 몸으로
이쪽과 저쪽에 걸쳐진 나무다리처럼
그 시간은 높이 보다는 깊이에 속하는 것이어서
다만 스쳐갈 뿐이었을 텐데……

얼마나 많은 이별의 하중들을 견디고서야
저 다리는 해탈에 들어서는 것일까
이별은 시간의 직유가 아니라 은유이다
다리의 이쪽에서 혹은,
지난 생과 이번 생의 차이에서 보자면
시간은 흐르는 게 아니라 돌아가는 것이다

무거운 걸음으로 오늘 저녁 사람들이 은유의 다리를 건너갔다
언젠가는 그토록 오래 외로웠던 당신도 돌아가리라
하루가 또 하루에게 자리를 내어주듯이
당신을 건네주고 다리는 내내 고요하리라

부은 발등 주무르다 드는 생각
다리를 견디게 하는 힘은 우연한 바람이 아니라
그토록 오래고 긴 이별의 은유이다
　　　　　　　신현락, 「은유의 다리」 전문(『우리시』, 2010년 8월호)

발등이 부은 사람들 앞에 다리가 놓여 있다. "발등"은 곧바로 신체성의 '다리'에 인접되어 있으므로, 여기서 "다리"는 이중의 의미부여가 이루어진다. '다리'는 나를 운반하는 신체에 속해 있는 몸의 일부분이고, 한편으로는 물질적 도구로서 골짝의 양안(兩岸)을 연결해 주는 통로의 역할을 한다. 이동을 통한 '운동'과 연결을 통한 '지속성'의 의미가 동시적으로 작용하는 셈이다. 그러므로 '다리'는 현존과 부재의 틈에 끼어 생의 정체성을 형성하는데 크게 도움이 된다.

이 시에서 "다리"를 매개로 하여 이루어지는 '만남'은 현존의 다른 이름이고 '이별'은 부재의 다른 이름이다. 그러므로 부재는 없는 것, 즉 절대 무(無)가 아니라 단지 만나지 못하는 상태일 뿐이다.

흔히 몽상의 시간은 초월적 계기를 마련하는데, 주체는 하산 길에서 부은 발등을 주무르다가 부산하게 흩어지는 사람들과 그들의 운동에 지속성 부여하는 "다리"를 바라본다. 다리가 없었다면 그들의 진행은 단절되고 말았을 것이다. 그러나 그들은 이 지속적인 진행 과정에서 스쳐지나가는 인연이 개입되어 있음을 알지 못한다. 깨닫지 못하기 때문에 스쳐지나가는 인연과 동시에 이별도 진행되었음을 알지 못한다. 그 가운데 "당신"이 있었을 것이다. 나는 당신을 간절히 그리워하고 있으나, 언제 이 다리 위에서 스쳐지나갔는지, 또는 진지하게 이별 의식을 치렀는지 알 수 없다. 다만 다리 위에 서 있는 현존의 지점에서 부재하는 "당신"을 느끼고 있다. 그 틈에 다리가 놓여 있다. 따라서 "다리"는 당신과 나를 매개하는 "시간의 은유"이자 "이별의 은유"가 된다.

시의 뒷부분인 "하루가 또 하루에게 자리를 내어주듯이/ 당신을 건네주고 다리는 내내 고요하리라"에서 보듯이, 결국 이 시는 이별과 부재를 등가적으로 연결시키며, 부재가 이루어지는 생 자체를 어둡지 않게 긍정한다. 슬픔에서 힘을 얻는 유미적인 감수성과 함께 현존의 너머를 동경하는 시인의 태도를 엿볼 수 있다.

4. 부재를 견디는 방식

대체로 부재를 견디지 못해 상처 받는 날들이 많다. 「나는 당신을
아껴 먹고 있다」고 했을 때, 나는 당신을 내 눈물로 핥아먹고 있다는
말이다. 「중독성 슬픔」에서 보여주는 바, 슬픔도 중독이 되듯이 당신
의 부재를 견디기 위해서는 더 지독한 중독의 상황이 필요하다.

너는 독하잖아
그런 말에도 슬픔이 밀려올 때가 있다
4·19 새벽이었고 비가 조금 내렸다
나는 개인적인 일로 치욕을 느꼈다
무의식이 아픈 새벽, 장기하의 노래처럼
당장 당신을 만나고 싶었다
우스운 이야기지만 나한테는 노래가 있다
섹스보다 음악이 위로가 될 때

마리안느 페이스풀의 같은 노래를 계속 들었다
새벽 세시에 듣는 This Little Bird는 독주 같았다
빼갈처럼 혹은 전갈처럼 음악이 몸속으로 파고들었다
한 번 두 번 세 번 네 번 다섯 번
여섯 번, 같은 노래를
평생이라도 같은 자세로 들을 수 있을 듯

그런 방식은 그런 자세는 너무 고전적인가
당신이 나는 궁금하다
한 번 두 번 세 번 네 번 다섯 번
여섯 번, 수십억 광년이라도 똑같은 노래로 똑 같은 자세로
나는 당신을 아껴 먹을 수 있다 혁명처럼 숭고하게
　　권현형, 「나는 당신을 아껴 먹고 있다」 전문(『시안』, 2010년 여름호.)

화자는 "개인적인 일로 치욕을 느끼는" 새벽에 "너는 독하잖아"와 같은 말을 떠올린다. 이 말을 상기하는 것 자체가 곧바로 슬픔을 밀려들게 하는 것으로 보아, 역설적으로 독하지 못한 내적 상태를 나타낸다. "4·19 새벽이었고 비가 조금 내"린 것과 상관없이 지극히 개인적이며 좌절된 무의식으로 인해 고통을 받는다. "당장 당신을 만나고 싶었"지만 그럴 수도 없었다. 이는 당신의 부재를 뜻한다. 화자는 부재를 독하게 견디는 방식으로 음악을 택한다. "섹스보다 음악이 위로가 될 때"가 있기 때문이다. 그렇다면 왜 음악에서 위로를 받는 것이 "우스운 이야기"가 되는가. 그것은 당신이 내가 위로받는 방식에 대하여 오해할 여지가 있기 때문이다.

이후 2연과 3연은 비슷한 구문이 병렬되지만 의미상으로는 대립된다. 2연은 화자가 중독성의 슬픔을 견디는 방식으로 음악을 듣는데, "한 번 두 번 세 번 네 번 다섯 번/ 여섯 번, 같은 노래를/ 평생이라도 같은 자세로 들을 수 있을 듯"이 반복적인 자세를 취한다. 그런데 역설적으로 음악이 위로가 되지 못하리라는 것, 독한 앓음을 더 독하게 앓게 하리라는 것을 느낄 수 있다. 그것은 "독주(毒酒)"처럼 "빼갈처럼 혹은 전갈처럼", "몸속으로 파고들"면서 중독성의 슬픔을 환기하기 때문이다. "마리안느 페이스풀"은 천사처럼 앳된 얼굴을 하고 음울한 색조의 이별 노래를 불렀으므로.

3연에서 "당신이 나는 궁금하다"고 한다. 술에 취하듯 음악에 중독되는 것처럼 똑 같은 자세로 나는 당신에게 중독될 수 있으므로. "수십억 광년이라도 똑같은 노래로 똑 같은 자세로/ 나는 당신을 아껴 먹을 수 있다"고 한다. 여기서 아껴 먹는다는 것은 당신이 음악처럼 자꾸만 재생될 수 없는 유한성을 가지고 있기 때문이다. 이는 충족과 부족의 애매한 처지에 있는데 이조차도 앞의 "4·19새벽"과 연결되면서 "혁명처럼 숭고"한 행위로 비쳐진다. 다만 부재하는 당신이 나는 궁금할 뿐이다. 중독성의 사랑은 너무나 일방적이어서 팜파탈의 상황까지도 예견할 수 있는데, "너를 아껴먹는" 일의 위험성이 혁명에 비유되는 까닭이다.

대상을 음식과 같이 먹는다는 구순성의 욕구는 오랫동안 성적인 비유로 사용되어 왔다. 「팜파탈」은 너를 완전히 먹어치워 내 것으로 소유하고자 하는 사랑의 중독성을 보여준다. 이는 부재의 상황이 오기 전에 가로막는 행위로 "나를 안고 있는 한/ 벗어 날 수 없을 거야"에서 보듯 대상을 완전히 소유하고자 하는 욕망의 분출이다.

> 나를 안고 있는 한
> 벗어 날 수 없을 거야
> 당신을 먹고 싶어
> 갈색 햇살에
> 당신 등이 말라가는 게 느껴져
> 머리부터 발끝까지 당신을 먹으면
> 나는 비로소 당신이 되는 거지
> 두려워하지 마
> 꿈을 꾸며 날던
> 푸른 두 날개는 먹지 않을게
> 아름다워라!
> 파르라니 떨리는 잎맥 같은 날개에 온기가 남아 있네
> 내 사랑을 지독하다고 말하지 말아 줘
> 당신,
> 남은 두 날개로
> 나를 안고 날아가 줄래
>
> 　　　　　　손수진, 「팜파탈」 전문, 『시와사람》 2010년 여름호.

화자인 나는 당신을 내면화하는 방법으로 "머리부터 발끝까지 당신을 먹으면/ 나는 비로소 당신이 되는 거지"와 같은 발상을 가지고 대상의 부재의 가능성을 삭제하려 한다. 이 시는 사마귀(버마재비)가 교미 후에 수컷을 잡아먹는 비유적인 예를 통하여, 대상의 완전 소유를

욕구한다. 그렇지만, "꿈을 꾸며 날던/ 푸른 두 날개는 먹지 않을게"라고 말함으로써 대상을 흔적도 없이 먹어치우고자 하는 완전성에는 도달하지 못한다. 남겨진 푸른 두 날개를 보고 "아름다워라!"라고 했을 때조차, 이걸 그냥 둘 수 없다는 판단에 이른다. 아직 온기가 남아 있는 두 날개로 어디론가 날아가버려서는 안 되기 때문이다. 그래서 지독한 사랑이 되기 위해서는 "당신,/ 남은 두 날개로/ 나를 안고 날아가 줄래"라고 요청함으로써 남은 두 날개조차 소유하려 한다.

사랑의 중독성은 아껴 먹어도 늘 갈증인 상태로 남기 때문에 허기가 진다. 그러나 완전히 소유한다고 해도 다시 부족한 것이 생겨남으로써 여전히 반복적으로 충족의 상태를 갈구하게 된다. 사랑의 특성 자체가 부재를 인정하지 못하고 항상 결핍에 매달리는 신경증을 수반하기 때문이다. 어떤 남성이나 여성이 칭얼거린다고 할 때, 그것은 사랑이 아직 충족되지 못했기 때문이다. 이와 같은 집착은 대상에게 치명적인 피로와 권태감을 불러일으킨다. 그래서 완전 소유 욕구는 오히려 대상 부재의 상황으로 몰고갈 위험이 있다.

양애경 시인이 「내가 암늑대라면」에서 "그리고 다음 해 봄에는/ 다른 수컷의 뺨을 깨물 거다/ 평생을 같은 수컷의 씨를 품는 암늑대란/ 없는 거니까"와 같이 말했을 때, 야생적이며 원형적인 사랑의 한 방식을 언급한 것이다. 여기에는 사랑이 갖는 건강함을 바탕으로 원초적 통일성이 부여되어 있다. 반면에 「너와 함께 – 핵 위험 시대의 교제법」은 길들여지지 않는 사랑이 가져오는 폭발성이 잠복되어 있다. 제목에서 환기하는 바, "너와 있는 것"은 핵 위험 시대에 폭발의 위험을 감수하는 것과 같다.

> 네가 있는 것이, 내게는 재앙이야
> 잠도 못 자고,
> 머리는 헝클어지고
> 옷깃마다 허연 부스러기가 묻어 떨어지지도 않아

너랑 한 번 문지르면 지독한 냄새가 배어
씻어지지도 않아
너는 길들여지지 않으니까
너는 세상의 질서를 네 식으로 바꾸니까

너와 함께 있으면 사람들은 나를 힐끔거리며
저만큼 피해 지나가지

그렇더라도, 네가 있는 것이 좋아
그렇더라도,
그렇더라도,
너와 있는 것이 좋아
너와 있는 것이 내게 재앙이라도
지구가 쾅! 하고 한 번에 사라진다 해도
너와 함께 간다면 괜찮아

그날
바다 위에 증발한 수증기처럼
우리 분자 구조가 섞여 버리지……
　　　양애경, 「너와 함께 - 핵 위험 시대의 교제법」 전문(『시와시학』,
　　　　　　　　　　　　　　　　　　　　　　　　　　2010년 여름호.)

　"네가 있는 것이, 내게는 재앙이"되고 사람들이 나를 "저만큼 피해
지나가지"만, "그렇더라도,/ 그렇더라도,/ 너와 있는 것이 좋"다고 거
듭 강조해서 말한다. 1~3연에서 제시되는 바, 너와 함께 있는 것은
너의 길들여지지 않은 예측 불가함, 청결하지 못한 느낌, 그리고 사람
들로부터의 고립을 감수하는 불편한 일이자 재앙이다. 그러나 "지구가
쾅! 하고 한 번에 사라진다"해도 "너와 함께 간다면 괜찮아"라고 확고
하게 말한다.

"핵 위험 시대의 교제법"은 의미가 이중으로 겹치는데, 하나는 타인에게 핵 위험 시대의 교제법을 안내하는 것이고 다른 하나는 주체의 사랑에 대한 자기 다짐과 확인을 보여주는 것이다. 흔히 사랑은 팜파탈의 위험성을 노출하게 되는데, 이 경우의 폭로와 폭발은 동일한 의미를 갖는다. "그날/ 바다 위에 증발한 수증기처럼/ 우리 분자 구조가 섞여 버리지……"에서, 현존하는 개체로서의 질서 개념을 부정하고 "분자구조"가 섞여 하나가 됨으로써 양성구유의 완전성에 도달한다. 이로써 개체가 추구했던 소유를 통한 충족의 개념이 사라지고, 대상에 대한 집착에서도 벗어나게 된다.

불행하게도 대상에 대한 욕망의 엔트로피가 소진되었을 때 사랑은 더 이상 존재하지 않는다. 그것은 자기화의 다른 이름이기 때문이다. 욕망이란 결핍을 인식하고 부재를 현존으로 바꾸고자 하는 의지 작용에서 비롯된다. 그래서 사랑의 충동은 자기 파괴적 속성을 동시에 가지고 있다. 그렇더라도, 일반적으로 폭발을 예비한 대상 추구는 항상 두렵고 긴장되는 일이다. 그래서 용기 있는 사람만이 부재를 인정하지 않고 사랑이라는 불바다에 뛰어들 수 있는 것이다.

5. 텍스트의 상호 개방성

지금까지 "현존과 부재의 틈에 관한 은유"라는 제목으로, 일곱 편의 시를 텍스트상호성(intertextuality)의 측면에서 읽어 보았다. 텍스트가 가진 개방성으로 인해 각자의 은밀한 속살을 드러내면서 필자의 경험적 요소를 받아들였고 의미적으로 다른 시인들의 경험 세계와 연결되었다. 앞에 오는 시는 뒤에 오는 시를 향해 길을 터 주었고, 뒤에 오는 시는 앞의 시를 변호해 주었다. 읽기의 과정에서 필자의 주관과 경험적 요소가 지나치게 작용함으로써 엄밀한 시 읽기를 방해받은 감이 없지 않다. 이 글의 미흡한 점이다.

이밖에도 이 글에서 거론하지 못한 텍스트의 쌍들을 발견했는데 그
것은 다음과 같다. 이들 텍스트의 내부에 글쓰기의 방식으로 잠입하지
못한 아쉬움이 있다.

- 권순자 「달과 개」, 박부민 「생선의 중앙」(『우리시』, 2010
  년 8월호)
- 장석원 「육체의 배웅」(『시로 여는 세상』, 2010년 여름호), 배
  용제 「바람의 내부」(『시안』, 2010년 여름호)
- 김지헌 「고양이 엄마」(『우리시』, 2010년 8월호), 정경란
  「고양이와 소녀」(『시와 사람』, 2010년 여름호)

제3부

몽유의 **발목들**

- 우리 시대의 시인들 1

몽유(夢遊)의 나무, 등을 켜다

- 최정란, 『여우장갑』, 문학의전당, 2007.

푸른 혀를 내밀어
슬픔의 간을 보는 날이 있다

「살다 보면」 전문

알다시피, 책읽기란 나의 내부에 타인을, 구체적으로는 당신을 생성하는 과정이다. 내 안에서 당신이 생각이나 몽유를 하도록, 아니면 탄식이나 욕설을 주고받으며 걸어갈 수 있도록 길을 내어주는 일이다. 이 과정은 무의식의 영지에 발을 붙이지 않을 수 없는데, 나의 내부를 열어놓고 당신이 떠들게 하기 위해서는 방심을 해야 하기 때문이다.

한편으로, 독자인 내가 시를 만나는 일은 시인의 내면에 잠복해 들어가는 하나의 과정이다. 허방에 빠지지 않기 위하여 시인이 만들어 놓은 징검다리를 잘 확인해야 한다. 시인이 만들어 놓은 표지를 따라가야 하는데, 그것은 덩굴 식물처럼 군데군데 뿌리를 내리고 있어, 시가 던지는 유혹은 시작도 끝도 없다.

책 읽기의 몽유 속에서 나는 자유와 강제를 동시에 경험한다. 독자인 나는 어디서나 시작할 수 있고 어디서든지 되돌아 나올 수 있다. 하지만 은밀은 존재자의 틈 사이로 얼비치는 것이어서, 친밀의 감정을 불러내야만 한다. 나는 시를 읽으면서 시인의 무의식으로 통하는 길에 들어서려 한다. 시인의 말을 빌리자면, "푸른 혀를 내밀어" 시(詩)의 "간을 보"려고 한다.

수유(授乳)는 양육의 자연스런 방법이지만, 한편으로는 익사에의 공포를 동반한다. 물에 빠져 허둥거려본 사람은 이 기억을 무의식에 저장하고 있다.

최정란 시인의 시편에는 불길이 지펴져 있다. '나무와 접 붙고 싶다'라고 말하는 시인의 세계는 폭발 직전의 불온함으로 가득 차 있다. 감히 말하자면, "익사에의 공포"를 견디려는 자세이다.

어머니가 내 머리 위에 물을 뿌리네// 어서 자라라 착한 아가야// 네가 자라야 내가 떠나지// 텃밭에 토마토가 자라고// 줄기에 주렁주렁 언니들이 매달리고// 꽃이 겨우 떨어진// 나는 연못 쪽으로 뿌리를 뻗네// 사람은 집 한 채를 지어봐야// 세상물리를 안단다// 지붕이 낮은 아버지가 말씀하시네// 곧 빨간 기와를 올릴 거야// 일기장에 토마토만한 무덤이 생기네

「토마토」 전문

위의 시에서 어머니의 수유 행위 자체가 죽음이나 가출을 예비하는 것으로, 성장에 대한 불안감이 잠재해 있다. "꽃이 겨우 떨어진// 나는 연못 쪽으로 뿌리를 뻗"는데 아버지는 간신히 "곧 빨간 기와를 올릴 거야"라고 말할 뿐이므로, 집은 아직 완성되지 않았다. 줄기엔 언니들이 주렁주렁 매달려 있고, 어머니는 나를 떠나기 위한 방편으로 물을 뿌린다. 아버지의 집은 지붕이 낮다. 나는 성장한다. 양육의 책임은 어머니에게 주어져 있고, 어머니는 이를 벗어나려고 한다. 나는 일기장에 토마토 무덤을 만든다. 토마토는 더 이상 성장하지 않는다.

수유의 공포는 물기 있고, 젖어 있는 것들에 대한 의혹으로 연결된다. "수상하다/ 이렇게 축축한 나무는 처음이다.(「목련」)"에서 보듯, 물기가 있는 것들은 처음부터 사람들을 홀리게 하고 나중에는 아무 혐의도 찾아내지 못하도록 그 흔적마저 지워버린다. 이윽고 "홀린 것들은 모두 꽃의 문턱을 넘어서/ 나무 안으로 걸어 들어가"서 실종되고 마는데, 여전히 나무는 다음 해에 다시 축축한 꽃잎을 피워 올린다.

강의 지류라는 이름을 가진,

낯선 이국 남자와
선본지 사흘 만에 결혼한 여자
절망에서 도망친 여자
도시의 그늘 속으로 숨어든 여자
곁을 주지 않는 고양이 여자
쌀국수 같은 여자
겁먹은 둥근 눈 안에 열대우림을 가진 여자
이마에 달빛이 불법체류하는 여자
생의 변두리에서
웃음을 전염시키는 여자
등 뒤에서 안아도 가슴으로 범람하는 여자
강물로 깊어지는 여자
마침내 바다가 되는 여자

「송다」 부분

물이 많다는 것은 다산을 가능하게 하는 여성 상징이다. 강물로 깊어지고 "마침내 바다가 되는 여자"인 베트남 아가씨 '송다'는, 생이 범람하여 여성성의 상징인 물 자체의 속성이 타인을 파괴하고 자신마저도 해체시킨다. 그녀는 "도시의 그늘 속으로 숨어"들어 낯선 타향의 삶을 이어가고 있으나, "겁먹은 둥근 눈 안에 열대우림을 가진 여자"에서 보듯 두려움과 각박함이 살붙이처럼 동행한다. 몸에 너무 물기가 많아 생이 질질 끌려가면서도, 그 물기를 거둘 수 없는 업장의 생이다. '송다', 그녀의 여성적인 삶은 이국의 신비스러움을 가지고 있으면서도 질척해져서 무거운 물의 세계에 고여 있는 셈이 된다. 무겁게 고여 있는 물, 깊어지는 물은 최정란의 시에서는 달갑지 않다. 고여 있는 것은 생의 무게를 환기시킴으로써 구속감을 느끼게 하고, 몽상에 있어 두통을 동반한다.

자유로움, 그것은 물기를 비우고 불꽃으로 연소될 때나 가능한 것이다.

> 한 열흘 걸어 잠그고 코피 터지게
> 섹스나 했으면 하던 청춘, 없다
> 시공을 초월한 만남으로 밤새운 새벽
> 하얀 눈 위에 동백꽃 피운 적, 없다
> 열정의 주먹을 주고받다가 큰 大 자로
> 사각의 링 가운데 누워본 적, 없다
> 비계덩이 강둑을 뚫고 흘러나오는
> 붉은 강, 질문을 그치지 않는다
> 싸우기도 전에 백기를 들어버린 몸이
> 바닥으로 스며든다 아득할 수밖에

「코피」 전문

그렇다, "비계덩이 강둑을 뚫고 흘러나오는/ 붉은 강"인 코피는 "질문을 그치지 않는다." 질문은 무거워진 몸의 내부로부터 아득하게 들려온다. 사랑으로 온몸이 불덩이 같을 꽃을 피울 때, 펀치가 작열하여 얼굴에 붉고 푸른 꽃을 아름답게 피워낼 때, 내부의 기화된 열은 코피로 분출된다. 그것은 내부의 마그마 같은 열기가 화산처럼 분출하여 몸을 잠시 식히는 과정이다. 그러나 물기에 젖어 있는 생, 물에 젖은 솜처럼 무거워진 생은 얼마나 가혹한가. 그것은 열기도 없이 코피를 쏟게 하고 몸을 낮추게 한다. 섹스와 격투는 형식을 바꾼 다른 이름의 열정이고, 밤을 지새우는 모색의 시간은 온몸을 점화시켜 몽상의 등불을 켜려는 의지의 표현이다. 시인은 아마 그랬을 것이다.

그 의지를 충동질하며 살아왔던 것인데, 삶은 어느덧 전환점에 서 있다. 시간은 불혹을 가리키고, 몸 안에 가두고 기르다가 내놓았던 것들에 대한 생각조차 희미해진다.

투정하고 보채는 세상 남자들이
내 젖 먹고 자란 아들 같다
꽃구름 들떠 바라본 사월 들판
잠시 가슴에 넣고 다녔든가
내 안에는 내가 알고 있는 것 보다
더 많은 입덧이 들어 있었다
변덕스런 서풍이 이마를 스쳐가고
낯익은가 하면 낯선 시선이 비켜간다
서늘한 눈썹이 삼나무 숲에 걸린다
수많은 상상임신 끝에 나는 마침내
많은 아들을 거느린 족장이다
누덕누덕 기운 나를 엄마라 불러다오
강 하나씩 건널 때마다 더 무거워지는
물 먹은 목화솜, 꽃무늬 이불을 걷어낸다
사십 년의 긴 헛구역질을 끝낸다

「불혹」 전문

「불혹」에서는 세상을 생성하려는 욕망이 너무나 강렬하여, "수많은 상상임신 끝에 나는 마침내/ 많은 아들을 거느린 족장이다"라고 선언한다. 물론 몽상을 통해서 말이다. 생래적으로 마음속에 품어 기르다가, 마침내 밖으로 내보이고자 하는 것은 시인의 본능이다. 이러한 모색의 결과 "내 안에는 내가 알고 있는 것보다/ 더 많은 입덧이 들어 있었다"는 자기 확인 과정을 거친다. 입덧은 생성의 과정에서 드러나는 중독 증상이며, 몸이 말하는 고통의 표현이다. 내 몸의 일부를 떼어내어 또 다른 하나를 만들어 내는 일은 몸이 헐거워지고 느슨해지는 과정을 동반한다. 이리하여 꽃무늬 이불을 걷어낸 뒤의 몸이란 물먹은 목화솜처럼 무거워져 있다.

이즈음에서, 시인이 두려워하는 무게에의 공포, 혹은 익사에의 공포는 바로 시간이 가져다주는 무게에서 연유하고 있음을 알 수 있다. 즉

"목마른 하늘 앞에/ 물 오른 젖가슴을 들이민다/ 장엄한 수유의 풍경 (「보리밭」)"과 같은 가볍고 충만한 물방울의 의지가 없는 것은 아니지만, 시편 전체를 통과하는 것은 물의 무게에 저항하면서 새로운 불꽃으로 점화되고자 하는 가연성의 의지이다.

> 제 몸의 스위치를 올려
> 가지와 뿌리를 닦고 기름 친다
> 나도 나무공장에 출근하고 싶다
> 숙련공 아니어서 정식으로 채용이 안 된다면
> 꽃 지고 난 뒷설거지라도
> 나무를 거들고 싶다
> 첫 월급봉투처럼 두근거리며
> 봄인 나무와 딱 한 번, 접 붙고 싶다
>
> 「나무에 이력서를 내다」 부분

그는 나무 공장에 취직하고 싶다. 취직을 해서 하는 일이란 임시직이라 해도 좋다. 왜냐하면 나무가 제 몸에 스위치를 올려 꽃불을 켜는 것을 볼 수 있기 때문이다. 나무가 꽃을 피우는 순간, 나무의 의지는 기화되어 공중으로 퍼진다. 이 소식을 듣고 벌과 나비가 찾아온다. 꽃을 피우는 것은 외부를 향해 나무의 내부를 개방하는 일이다. 이 일은 출산의 순간처럼 위험을 동반하며 수고스러운 일이다. 시인은 이 일을 하는 나무를 거들고 싶어 한다. 왜냐하면, 자신의 몸도 봄의 수액을 길어 올리는 나무의 속성을 닮아있기 때문이다. 그래서 나무는 부러움의 대상이자 동정의 대상이기도 하다.

이쯤에서 시인의 내밀을 언급하자면, 언젠가 꼭 한 번은 저지르고야 말 불온함이 가득하다. 이를테면, "첫 월급봉투처럼 두근거리며/ 봄인 나무와 딱 한 번, 접 붙고 싶다"데서 드러나는 무의식을 충동질하는 소망은 무엇인가. 한마디로 나무는 서 있는 촛대이다. 그는 이

나무에 접 붙어 한 번 폭발해 보고 싶다는 것인데, 그 꽃 피움은 가연성이며 촛대가 되는 나무를 전소시킬 수 있다는 점에서 파괴적이다. 이 지점은 가학과 피학의 양면에 걸쳐 있다는 점에서 매우 모순적이다.

유사하게, 그의 시 "한 발의 명중", "딱 한 번", "처음", "한 방향", "꼭 올 한 사람", "붉은 이름 하나", "대못 하나" 등에서 보이는 바, 전일성(全一性)에 대한 가혹한 의지는 매우 중독성을 띠고 있으며, 파괴적 결말을 암시하고 있다. 자연 속에서 방황하고 확산되어 있는 것이 에너지로 충만해질 수는 없다. 힘은 긴밀하고 응결된 것을 필요로 한다. 바슐라르에 의하면, 화력은 그것이 위축되고 수축될 때 가장 강한 것이 된다. 불은 모든 부(富)가 그러하듯이 집중을 꿈꾼다. 꿈꾸는 자는 그것을 지키는 데 보다 편리한 조그만 공간에 불을 가두어 놓는다. 그래서 "한 발의 명중(「화살」)"이 있기까지 집중을 풀지 못하는 것이다.

불을 피우는 일은, 종종 성적인 환상을 불러일으킨다고 한다. 원시인들이 나무를 마찰시키는 방법으로 불꽃을 찾아낸 것은, 나뭇가지의 부딪침에서 유추한 것이 아니라 몸을 맞대는 성적인 비유에서 발견된 것이라 한다. 인도네시아 원주민들은 축제가 끝나면 모닥불을 맨발로 흩트려 끄는 풍속이 있다. 불은 에너지를 생성하지만, 결과적으로 모든 것을 태우고 만다. 그 불이 내 몸에 옮아 붙기 전에 몸으로 대응하여 꺼뜨려야 하는 것이다. 그들의 행위는 내 몸으로 불을 이길 수 있다는 것을 증명하기 위함이다.

그러면, 불의 연원은 어디에 있는가. 동양의 오행설에 의하면 '목생화(木生火)'이니, 불의 근원은 나무의 내부에 저장되어 있다. 그런데, 수생목(水生木)이므로 나무를 키워낸 것은 물이다. 모든 생성은 물에서 비롯된다. 즉 물이 나무를 키워내고, 자라난 나무는 그 내부에 불씨를 품고 있다. 나무는 그 어머니 되는 물기를 자양으로 하여 내부의 열량을 키워나간다.

시인의 몸은 신목(神木)이 되어 들과 바람과 이웃들과 함께 할 터인데, 내부의 열량을 키워나가기에는 물이 턱 없이 부족하다.

늘 목이 마르고 이따금씩
마음이 물속으로 걸어 들어간다

사주에 불이 많아
물가에 가서 살거나 물하고 친해져야 한다

백 년만의 폭설이
하늘을 떠돌던 물을 미리 당겨 써서
가뭄이 닥칠 것이다

「물 水 자를 베고 자는 잠」 부분

운명의 표상이 되는 사주에는 불이 많다. 시인은 몸의 내부에서 기화되는 열로 인하여 늘 목이 마르다. 그는 이 불기를 견디기 위해 "물을 미리 당겨" 쓰는데, 그로 인해 "가뭄이 닥칠 것이다"는 예언을 내린다. 나무는 시인의 대리자인 우주목이고, 이 나무는 하늘로 가지를 솟구쳐 접신(接神)을 이룬다.

다니엘 키스터(Daniel Kister)는 부조리극과 무당굿을 비교하면서, 양자가 모두 어떤 불가사의한 힘에 농락당하는 미약한 존재로서의 인간에서 벗어나 우리가 살고 있는 현재와 미래를 완전히 꿰뚫어보고자 하는 희구 속에 공통적으로 뿌리박고 있다고 하였다. 즉, 자신의 운명을 예견하고, 죽음 저 너머까지 투시하고자 하는 지극히 인간적인 발로가 예술적으로 승화된 것이 부조리극이나 무당굿이라는 것이다.

시인이 시를 쓰는 행위는 "신(神) 내림"을 집행하는 무녀의 중얼거림과 유사하다. 나무와 꽃, 새 등의 자연물과 일체감을 형성하면서 찾아내는 예언자적 감수성은 바로 최정란 시인이 갖고 있는 기질적 특성으로, 그의 시가 언어로써 신화적 상상력을 구축하는 한 방법임을 보여준다.

물은 나무를 기르고, 나무를 불꽃을 물고 있는데, 그 중 풍부한 물방울의 양육 의지는 젊은 엄마의 본질적 속성이다. 여성적인 풍부한 양육의 원형은 달빛을 통해 대유된다. 달빛에는 차고 기우는 나름의 길이 있다. 전래동화 「우렁 각시」에서 나오는 바, 물 속의 모든 패류와 갑각류들은 달빛을 닮아 몸이 가득 차오르거나 홀쭉하게 비워진다. 따라서 "달의 수위가 낮아진다"는 표현은 내 몸 안에 키운 것들이 썰물처럼 빠져 나가고, 새로운 것을 채워 넣기 위해 공허를 견디는 중이라는 말과 같다. 도대체, 지상을 비추는 달빛은 비우고 채우는 과정을 단 한 번이라도 소홀히 한 적이 없었던 것이다!

꽃그늘을 넘나들며
잉잉거리던 벌들 오지 않는다
달빛 그윽하게 깊어지던 과수원
기다려도 달빛 고이지 않는다
누수가 진행된 틈으로
달의 수위가 낮아진다
텅 빈 분화구 붉은 흙먼지가
자옥하게 눈을 찌른다
물 밖에 나온 물고기처럼
바닥이 배를 뒤집어 보인다
내 몸에도 자세히 보면
달빛 새어나간 틈이 무수히 많다
철모르는 사과꽃들 피어나던
마음 한 채 들어낸다

「과수원이 있던 자리」 전문

146

시인은 어느덧 불혹의 나이를 지나면서 "내 몸에도 자세히 보면/ 달빛 새어나간 틈이 무수히 많다"고 한다. 개체의 몸인 한 여성은 자연물인 달빛처럼 무한히 순환의 연쇄를 이루어낼 수 없다. 유한한 삶이며, 유한한 삶에 대한 인식은 고통을 수반한다. "텅 빈 분화구 붉은 흙먼지가/ 자옥하게 눈을 찌"르는데, 더 이상 달빛은 고이지 않는다. 내적으로 가득 차올라 충만한 상태가 양육의 성질을 가지고 있다면, 누수가 진행되면서 흙먼지가 자옥한 텅 빈 분화구는 물고기 한 마리 키울 수 없는 불모의 상징이 된다. 텅 빈 분화구 바닥이 물고기처럼 배를 뒤집어 보이기 때문이다.

그런데, 이와 같은 인식은 실상 몸보다 마음이 먼저 알아채는 것이 문제이다. 마음이 먼저 사막의 길을 가고 있다. "철모르는 사과꽃들 피어나던/ 마음 한 채 들어낸다"에서 그동안 자주 꽃을 피워보았던 것은 철모르는 마음이 시킨 일이니, 그 마음 한 채를 들어내어 또다시 누수의 반복을 겪지 않으리라는 다짐을 하게 되는 것이다.

나무는 꽃 피우려는 본성을 가지고 있다. 그러나 나무가 철을 놓쳐 꽃을 피운다면 스스로를 상하게 한다. 이를 제어하려는 의지, 이미 시간이 지났다는 확인, 이러한 사유는 단단한 목질처럼 깡말라 있다. 나무에게는 성장기의 흔적이 있는데, 그 흔적을 하나씩 벗겨내어 생의 물무늬를 확인하는 작업이 대패질이다. 대팻집나무는 자라나서 몸에 칼을 품고 자신의 누추한 속살을 벗겨내는 일을 한다. 이는 뫼비우스 띠처럼 내가 나를 더듬어 내력을 확인하는 일이 된다.

> 오래 참은 말처럼 입을 꾹 다물고 있는
> 옹이를 깎아낸다
> 위태로운 내력을 한 장씩 들춰내며
> 가슴을 훑어 내려가는 이 날카로운 것이
> 영혼의 누추한 속살을 샅샅이 뒤져본 대팻날이라니

햇빛을 보지 않은지 오래 되어 녹슬었던가
바람이 숲을 지날 때마다
향기대신 비명이 깎여 나온다
대팻밥처럼 얇게 밀리는 바람소리, 귓가에 쌓인다

누가 내 안에 대팻집나무를 심었을까
나에게 말고는 아무에게도 날을 들이댈 수 없는데

「대팻집나무」 부분

내 안에 대팻날이 지나가는 곳에, 오래 참은 말과 같은 옹이가 있고, 위태로운 내력이 있고, 영혼의 누추한 속살이 있다. 그런데 이 대 팻날은 녹슬어 있어, 내 안의 향기가 아닌 비명이, 얇게 밀리는 바람소리가, 깎여 나온다. 이는 대패질 자체가 내 안의 나를 엄하게 다스리는 한 방법이기 때문이다.

메말라 있는 것들은, 생의 조건이 가혹했음을 나타내는 표지이다. "덜 마른 눈물자국", " 마른 잔", "물이 마른 강", "모래폭풍", "사막", "모래의 시간" 등의 어휘는 삶의 조건이 고단하고 각박함을 나타낸다. 하루치의 삶은 사막을 건너는 것과 같고, 갈증의 시간은 몸을 메마르게 한다.

삶의 터전에 관한 모든 은유는 어머니의 자궁과 같은 것이지만, 그 터전은 각박하고 단단하여 생이 틈입할 기회를 주지 않는다. "뽑아낸 못들은 하나같이 굽어있다(「거푸집」)" 곡진한 생의 의지는 하나같이 구부러지고 휘어진다. 그것은 어머니의 자궁이 너무나 단단하기 때문이다. 시적화자의 태도로 미루어 보아, 메마름은 여성성에서 유추한 것이고, 적어도 그 일부는 시적화자의 몫에도 기인한다.

나무는 꽃을 피울 수 없을 때조차 꽃을 피우는 꿈을 꾼다. 꽃 피움

의 몽유를 거치지 않고는 살아있는 나무라 할 수 없다. 꽃은 나무가
매다는 등불이기 때문이다.

> 어김없이 꽃 핀다
> 메말라서, 멀리 있어서
> 한 마디 핑계 없다
> 수 백 킬로 떨어진 바다에서
> 증발한 안개를
> 온 몸으로 빨아들인다
> 사막을 꽃으로 덮는 것은
> 그립다는 엄살과
> 보고 싶다는 투정이 아니다
> 아직 태어나지 않은
> 꽃들의 목마른 영혼이
> 혼신의 힘을 다해 빨아들이는
> 사랑의 흡.인.력
> 마른 모래에 꽃을 피운다.
> 일 년 내내 비 한 방울
> 내리지 않는 나미브 사막,
> 장엄한 꽃밭이다

「웰위치아」 전문

"수 백 킬로 떨어진 바다에서/ 증발한 안개를/ 몸으로 빨아들"여
"사막을 꽃으로 덮는" 웰위치아는, 시인이 마른 물과 땅을 이야기하면
서도 꽃에 대해 말문을 닫지 않는 연유이다. 투정과 핑계는 성장기를
완성하지 못한 사람의 구실에 불과하다. 그러므로, 시인이 현재 "마른
땅"을 이야기하고 있다 하더라도, 그것은 꽃을 피워보려는 의지를 시
험하는 또 다른 언술에 불과한 것이 된다.
이는 그의 데뷔작 「두실 역 일 번 출입구」에서, 말을 못 하면서

도 삶의 느낌표를 만들어낼 줄 아는 농아부부를, 느꺼운 시선으로 바라보는 것에서부터 예정되어 있다.

> 보드랍게 말랑거리는 말을 받아든 나는
> 목에 걸린 고등어 가시 같은 누추한 설움에
> 목 메인 일상을 천천히 목으로 넘긴다
> 무성한 차가운 말들이 파놓은
> 캄캄한 지하도 같은 숨은 함정들 용서한다
> 오늘도 두실 역 일 번 출입구 농아 부부
> 소리 없이 따뜻한 느낌표를 굽는다
>
> 「두실 역 일 번 출입구」 부분

즉, 말 없음이 자라나서 "무성한 차가운 말"을 이기고 "보드랍게 말랑거리는 말"을 만들어 "따뜻한 느낌표"로 건네어 오는 것이다. 그러므로 시인이 말하는 메마름의 물기 없는 현실적 조건은, 그 없음으로 인하여 "사랑의 흡.인.력"이 더욱 강해져서 마침내 "마른 모래에 꽃을 피"우고 싶은 강렬한 의지를 담고 있는 것으로 보아야 한다.

이쯤해서, 표제시 「여우장갑」에 대한 해설을 붙일 수 있으리라. 이 시는 그의 시집 전체를 관통하는 무거운 주제에서 벗어나, 활달한 동화적 상상력을 보여주는 시이다. 그의 메마름과 현실에 대한 핍진한 인식은 이 시에서 나타나지 않는다.

솜털이 보송보송한 앞발이 쏘옥 들어가는 작은 주머니 같은 장갑입니다. 여우가 앙증맞고 깜찍한 앞발을 밀어 넣습니다. 눈 덮인 하얀 겨울산을 향해 귀를 세웁니다. 눈 위에 콩콩 발자국을 찍으며 작고 예쁜 여우가 뛰어갑니다.

이제 발 대신 손이라고 불러야하는 앞발을 엉거주춤 들고 여우는 직립을 시작할지 모릅니다.

장갑 한 켤레 때문에 여우가 직립을 시작한다면 사람들은 더 이상 중학교 일 학년 교과서에 직립이 인간을 다른 짐승과 구별하는 요소라고 쓰지 않을 것입니다. 앞발을 사용하게 된 여우들의 문명이 시작될 것입니다. 여우들은 여우문명의 발상 원인을 한 마디로 장갑 때문이라고 밝힐 것입니다. 최초로 장갑을 낀 여우를 기억할 것이고 그의 영생을 위한 피라미드를 세울 것입니다.

「여우장갑」 부분

여우장갑을 낀 여우는, 시인의 또 다른 시적자아이다. 여기서는 메말라 있지 않고 동화적이며, 나이를 먹지도 않는다. 현대적 문명의 흔적도 없고, 고작해야 직립과 피라미드를 이야기할 정도이다. 자유롭고 편안하며 유희적이다. 여우 장갑의 주인은 현명하여 제 몸을 드러내지 않고 덫에 걸리지도 않는다. 여기서 여우는 다시 여성적인 것으로 환치되며, 삶의 우여곡절에서 완전히 해방되어 순수 자연으로서의 본성을 회복해 있다. 이를 위해서는 여우 장갑이라는 마술적 소도구를 인정하고 시를 읽지 않으면 안 된다.

이 글을 쓴 독자인 나는, 최정란의 『여우장갑』을 통하여 행복한 시 읽기를 경험하였다. 나는 시집에 놓여진 망상(網狀)의 길들 중에서, 단 하나의 길을 선택하여 걸어갔을 뿐이다. 그 길이 오솔길 모양으로 호젓하였으므로, 독자로서 몽상을 키우기에 적합하다고 판단했기 때문이다. 내 나름의 관념에 충실하면서 길에서 만난 풍경들을 이야기했을 터이니, 해석상 많은 오류가 있을 것으로 생각된다. 아무튼 시 읽기가 즐거울 수 있도록 시인의 내밀에 닿으려는 시도를 멈추지 않았고, 시를 읽어가는 과정에서 이 글에서 표현 불가능했던 어떤 무한한 느낌도 선사받을 수 있었다.

풀레는 텍스트가 가지는 형식적인 특징보다는 작가와 독자 사이의 긴밀한 유대관계의 특징을 강조하였다. 다른 독자들도 『여우장갑』과 유대를 이루는 과정에서, 자신이 소유한 내밀성과 시인의 내밀성이 만나면서 행복한 대화의 시간을 갖게 되기를 바란다.

『여우장갑』은 최정란 시인의 첫 번째 시집이다. 시인은 그만큼 기쁨과 기대에 차 있을 것이다. 이 시집에서 거둔 성과를 바탕으로 다음 시집에서는, 수사(修辭)와 상상력의 양면에서 새로운 영지를 개척해 주리라 믿는다.

이번 生을 기록하기 위한 몇 가지 단어

– 신현락, 『히말라야 독수리』, 북인, 2012.

*

– 당신과 나 사이를 이번 생이라 하리라–(「自序」)

신현락 시인과 필자는 20년 지기이다. 둘은 많이 비슷하고 다르다. 가난한 성장기를 보냈으며 나이도 같았다. 같은 대학원 지도교수 밑에서 박사학위도 했다. 딸들 나이도 같아서 같은 해에 대학에 들어갔다. 그렇지만, 서로 다르다. 그는 선언적이어서 늘 확신에 차 있었으나, 나는 논리적으로 가닥이 잡히지 않아서 우물주물했다. 내가 세상의 틈을 찾아 아귀를 맞추려 애쓰고 있을 때, 그는 저만치 벗어나서 담배를 피워 물고 있었다. 그는 노래도 잘하고 나보다 머리도 좋았다. 시인으로서 태도도 돼 먹었다. 이런 그가 시인으로서 명성을 얻지 못한 것은 세상사에 눈길이 머무르지 않은 탓이다.

이 글에서는 여섯 개의 단어를 징검돌로 놓고, 이를 중심으로 시의 行蹟을 따라가 보기로 한다.

1. 사경(寫經)

꽃이 핀다고 하겠다 고요를 이 세상으로 운구하는 바람이라고 하겠다 사랑이라면 어쩌다 꽃 핀 자리에도 구름이 인다고 하겠다 아직 내려놓지 않은 꽃눈 같은 사연은 늦은 겨울과 이른 봄 사이라고 하겠다 나무는 겨울의 쇠약해진 바람을 처음으로 알아본 연둣빛 봄의 입술이라고 하겠다 살과 뼈는 우듬지에 걸린 연처럼 헐거워진 바람의 말이라 하겠다 불꽃은 그리움의 직립이라 하겠다 슬픔이라면 이따금 구름으로 흐른다 하겠다 재가 된 몸의 문자들이 하늘로 이식되는 구름의 사리라 하겠다 사람들은 생의 이전으로 날아가는 시간이라 하였으나 꽃 진 자리에 다시 꽃이 피는 건 구름만이 할 수 있는 일이라고 하겠다 구름나무 평상 아래 무소유를 다비하는 이 세상의 꽃이라 하겠다.

「무소유의 사리- 법정 스님의 다비식을 보며」 전문

그의 화법은 독자와의 불화를 야기하는 조건이다. 독자에게 매개하려는 것이 아니라, 현존의 직접성을 무차별적으로 제시하기만 한다.

우선 이 시는 의미구성의 단계성을 거부한다. 즉 "대상인식 → 진행 → 의미의 전환 → 결론"과 같은 기승전결의 논리를 애초에 가지고 있지도 않다. 무차별적으로 11개의 문장이 나열된다. 물론 앞의 10개 문장은 "구름나무 평상 아래 무소유를 다비하는 이 세상의 꽃이라 하겠다."에 오기까지의 과정에 해당한다. 다비식은 주체의 "보"는 행위에 의해 언어로 이전되는데, 이 보는 행위는 사유를 매개로 하기보다는 직관적으로 육박하는 느낌을 선언함으로써 발화된다. 즉 이해할만한 어떤 계기도 주어지지 않은 상태에서, 언어 자체가 발화되면서 감각적 상태로 재현되는 것이다. 각 문장이 은유적인 것은 논리화될 만큼의 시간적 간격을 확보하지 못하고 있기 때문이다. "하겠다."와 같은 언명은 감각의 즉자성을 나타내면서 의미 결정을 보류 상태로 남겨둔다. 따라서 기표는 기의와의 결합을 포기한 채 다비식의 전 장면을 즉시성을 가진 언어의 상태로 떠돌게 하는 것이다.

티베트 신도들이 마니경을 마니륜(윤장대) 안에 넣고 돌리듯이, 독자는 11개의 문장을 처음도 끝도 없는 고리로 연결하여 읽어 가면 각 문장의 은유가 가져다주는 미묘한 울림을 느낄 수 있을 것이다. 다비식을 보는 것은 어떤 논리나 언어로 표현될 수 없는 현존체험이다. 왜냐하면, 그 자체가 언어화되는 순간 다비식의 의미는 고정되어 화석화

되고 말 것이기 때문이다.

이 경우 시인의 작업은 사경(寫經)에 해당하는 것일 텐데, 받아써야 할 경전은 언어의 상태가 아닌 다비식이라는 현존체험의 상태이다. 이때 경전의 필사자는 어떤 의욕에 사로잡힌 의식자가 아니라 언어 자체가 즉자적으로 발설되도록 입을 빌려주는 펜과 같은 도구이어야 한다. 퐁티에 의하면 "발자국들이 몸의 운동을 나타내는 것과 같이 언어는 그 자신의 의미를 전달한다."고 한다. 풀이하면, 존재하는 언어란 사유를 번역하는 언어가 아니라 언어를 통하여 사유를 만들고, 다시 대상과 표현된 언어 간의 공백으로 인해 새로운 표현으로 이행한다는 것이다.

한편으로, 우리는 시인의 언어가 극한(極限)의 양쪽에 걸려 있음에 주의하지 않으면 안 된다. 잘못하다간 세상을 걸고넘어지려는 그의 의지 앞에 맞서기 어려워진다. 내가 안다리걸기를 당해봐서 알지만 그의 다리에 걸려 '꽈당' 뒤로 자빠질지도 모르기 때문이다. 한마디로 그의 언어는 지순(至純)과 극독(劇毒)의 양자를 걸고넘어진다. 그의 순한 언어의 후면에는 극독의 비애가 배접되어 있으니까,

"발화지점은 추위에 얼어버린 심장을 만져보면 안다/ 재가 되지 않은 극지의 우연이란 없다"(「불타버린 폐가를 가만히 들여다보면」),

"안개를 그 지역의 명물이라고 하는 건 외지인이 지어낸 이야기이다 안개의 지도에서 이역이란 처음부터 존재하지 않는다"(「안개상습지역」),

"화상 입은 모래알처럼 굴러다닌 어떤 생을,/ 상처라 하고, 누구는 출가라고도 하겠지만/ 나는 그것을 사막이라고 부른다",(「화두」),

"어떤 만남이든 우연이란 없다 우연한 길도 없다", "도상에서 초하루를 맞는 사람들도 있었으나 시간의 흐름에서 우연이란 없다"(「그믐」)

"나이를 짐작할 수 없는 사내, 누구나 할 것 없이/ 막차를 탄 사람들은 아름답다" 「막차를 탄 사람들은 아름답다」

에서와 같이, 그의 언어에 당해보지 않은 사람은 그가 얼마나 큰 슬픔의 무게를 감당하고 있는지 알아차리지 못한다. 그는 큰 비애를 무기삼아 나에게 씨름을 하자고 협박을 할 때도 있었다. 나는 감당할 수 없는 상처받았다. 내가 수원에서 살 때 두 번쯤……. 이후로 세월이 흘러, 옛날로 치면 이제는 둘 다 중늙은이가 되었다.

2. 배꼽

인식적 주체의 감각은 언어를 통과하면서 전환(translation) 과정을 거치게 되는데, 이때 시인의 문체론적 특성이 드러나게 된다. 대상 세계를 지각하는 시인의 의식은 지각된 내용과 언어가 뒤섞임으로써 구체적인 형상성을 갖게 된다. 이와 같은 인식적 작용 그 자체가 시인의 시 문법이자 이미지의 기원이 된다고 볼 수 있다.

> 그것은 태몽의 별자리를 봉인한 흔적
> 아득한 생가에 새겨진 첫울음의 인장
> 배냇저고리의 젖빛 매듭을 풀면
> 신생의 물방울 쏟아지던 때가 있었다
>
> 탄생 이전이 있었으니 처음은 아니지만
> 탄생 이후에는 다시 돌아갈 수 없는
> 마른 우물의 문장, 복제가 불가능한
> 인감도장은 누구나 자기의 배꼽을 닮은 것이겠다
>
> 배꼽을 자세히 들여다보는 사람은
> 경건해진다 이별로부터
> 시작되는 생이라는 것을, 누가 가르쳐주지 않아도
> 평생을 울어도 넘어가지 못하는 국경인지 아는 까닭이다

울다가 지쳐 잠이 든 아이의 우물배꼽이 깊다
가끔 별빛만 두레박을 내리고
아득한 생가의 우물에서 차르르차르르
울려 퍼지는 숨결소리 물결소리 퍼올린다

「우물배꼽」 전문

생가(生家)는 세계와의 첫 대면이 이루어지는 피투(彼投)의 공간이다. 이 생성의 공간을 통해 인연의 매듭을 한 번 더 묶는 새로운 윤회가 시작된다. "배꼽을 자세히 들여다보는"것은 생성의 의미를 배꼽의 매듭을 통해 거듭 확인하는 것과 같다. 여기서 "우물배꼽"이라 명명하는 까닭은 우물에서 물을 퍼 올리듯이 탯줄을 통해 생의 근원인 물길에 닿을 수 있었기 때문이다. 이 시의 인식론적인 기틀은 일정 부분 인연론에 기대고 있는데, 생이 그 이전의 물길을 따라 흘러든 것처럼, 탄생은 그 이전의 생과 이후의 생의 사이에 끼어 있다. 따라서 탄생의 순간에는 "태몽의 별자리를 봉인한 흔적"과 같은 우주적 기호를 남긴다. 이 봉인을 열어보기 전에는 생과 생의 연결고리를 다 알아차릴 수 없다. 그래서 누구나 자신의 운명에 증거를 대려면 이 "마른 우물의 문장"으로 인감도장을 삼아야 한다. "아이의 우물배꼽"에서 이를 바라보는 주체가 지나온 생가의 우물물 소리를 듣는 것도 그 물길의 유전을 헤아려 보는 탓이다.

이처럼 생과 생을 걸고 결속되는 이어받기의 흔적을 "우물배꼽"의 매듭을 통해 확인할 수 있듯이, 인류사에서 최초의 문자도 "결승문자"라고 선언한다. "인류 최초의 문자는 매듭이었다/ 금기와 결속의 끈을 확인하고자 하는 욕망이/ 낳은 결승문자", "그 빈 곳으로 가서 태어나는 최초의 문자가/ 비로소 당신의 매듭이다"(「매듭」)라고 했을 때, 매듭문자는 신성불가침의 신탁과 같은 신비성을 띤다. 배꼽을 통해 "이별로부터/ 시작되는 생", "평생을 울어도 넘어가지 못하는 국경"이 있다는 언명은 윤회의 일회성에 갇힌 현존재의 한계에 대한 명백한

선언이다. 아득한 우물의 깊이에서 전존재의 현기증을 길어 올리고 있
는 것이다.

3. 구멍

진정으로 사물을 본다는 것은 사물을 주체의 통제 하에 두는 것이
아니라, "보는 주체에서 벗어나 보이는 사물로 달아남(스며듦)"을 의
미한다고 퐁티는 말한다. 이 경우 주체의 일부는 대상에 투사, 분할됨
으로써 몸은 주체의 균열을 감수한다. 즉 바라보는 지각의 주체와 지
각되는 주체로 분할되는 것이다. 이와 같은 지각의 이중성을 「얼음구
멍」이 보여준다.

> 저수지에 얼음구멍이 뚫려 있다.
> 누군가 저 물 속을 오래 들여다보고 갔나 보다
> 차갑게 가라앉은 그 눈빛을 기억하기 위해
> 저수지는 온몸을 꽁꽁 얼리고 있다
> 얼음구멍 가장자리로 살얼음 조각이 떠 있다
> 물방울에도 어떤 모서라기 있어서 둥근 얼음구멍 밖으로
> 투명한 결의를 드러내고 있는 것일까
> 아니면 빙어의 어신으로 고요한 그의 응시가 단 한 번 깨졌다는 것
> 일까
> 단지 빙어가 기다림의 내용이 될 때는 아름답다
> 그의 내면을 회유하던 빙어가 한 번은 물 밖으로 나왔다는 듯이
> 둥근 얼음구멍이 잠시 출렁인다
> 얼음구멍을 통해 나는 그의 내면을 본다
> 말하자면 그가 가지고 있는 내면의 흔들리는 고요가
> 그와 나 사이에 놓인 기다림의 형식인 셈이다
> 발밑으로는 수심을 알 수 없는 낭떠러지인데
> 얼음구멍에 맑은 물이 찰랑거린다

문득 살얼음 엷게 깔리던 그의 눈빛을 생각한다
나는 얼음구멍을 다시 들여다본다
얼음구멍을 들여다보는 사람은 기다리는 사람이다
두 눈이 얼면서 오래 기다려 본 사람은 안다
사람은 기다리면서 비로소 기다림의 내용이 된다
세상에서 사람이 기다림의 내용이 되는 것보다 외로운 일은 없다
　　　　「얼음구멍」 전문

　저수지의 얼음구멍을 통하여 타자인 "그"를 들여다보게 되고, 반대로 얼음구멍을 통해 그는 주체인 "나"의 내면으로 스며든다. 그러나, "두 눈이 얼면서 오래 기대려 본 사람"이라는 극독(劇毒)의 비애는 나의 들여다보는 행위가, "문득 살얼음 엷게 깔리던 그의 눈빛"으로 타자화 되어 있음을 알 수 있다. 기실 주체가 호명하는 "그"의 기다림은 "그의 내면을 회유하던 빙어가 한 번은 물 밖으로 나"온 데서 끝나는 것이 아니다. "그가 가지고 있는 내면의 흔들리는 고요가/ 그와 나 사이에 놓인 기다림의 형식"이기 때문이다. 즉, 화자는 그가 빙어를 잡았느냐 보다는, 얼음구멍을 들여다보는 기다림의 형식에 주목하고 있으며, 그 자체를 주체화한다.
　이 시의 의미를 간략화시키면, 얼음구멍을 뚫어놓고 빙어잡이를 하던 그가 있다. 그는 빙어를 낚기 위해 오랜 시간 동안 얼음구멍을 투시했을 것이다. 그가 떠난 후에는 얼음구멍이 살얼음을 깔고 있다. 주체는 얼음구멍을 통해 현존하지는 않지만 그 수심을 들여다보고 있었을 "그"를 호출해 낸다. 그리고 그 고요의 내면을 환기하면서 주체는 타자인 그에게 스며든다. 그가 빙어를 기다렸던 것과 주체가 사람을 기다렸던 것 사이에는 엄연한 차이가 있으나, 기다림이 내면의 흔들리는 고요에 맞서는 일이라는 데는 동의한다. 그리고 눈에 "살얼음 엷게 깔리던 그의 눈빛"이나 "두 눈이 얼면서" 오래 기다리는 그 형식조차 긍정한다. 그러나 시의 마지막에서 반전이 이루어지면서, "사람은 기

다리면서 비로소 기다림의 내용이 된다"고 한다. 이 잠언적인 선언을 통해 주체가 가진 극독의 비애가 폭로되고 만다. 여기서 주체는 "기다림의 내용"이 됨으로써 행위의 수동적 존재가 되는 것이다. 즉 내가 빙어가 되어 당신에게 포획되기를 기다리고 있을 때, 기다림의 내용이 되면서 가장 외로운 순간이 임박한다.

4. 당신

당신은 떠나버리고 없다. 따라서 "두 눈이 얼도록" 기다림의 내용으로 남아있다 해도, 당신을 보려면 한 생 정도는 건너야 한다. 이로써 만남은 간접화되고 시인의 눈은 소멸 쪽으로 기울어진다.

「은유의 다리」는 현존의 건너편을 바라본다. 여기서의 "다리"는 구체성과 추상성의 양자에 '다리'를 걸치고 있다. "다리를 건너는 동안 날이 저물었다"고 시작하는 이 시는 차안과 피안의 경계 지점을 향하여 조심스레 다가간다. 그리고 현존과 괄호로 묶인 부재의 사이에 "은유의 다리"를 놓는다.

> 다리를 건너는 동안 날이 저물었다
> 발등이 부어올랐다
> 늦은 저녁 하산하던 사람들
> 다리 앞에서 잠시 멈춰 서곤 하였다
>
> 부은 발등 주무르며 생각한다
> 지난 생에서 우리 한 번은
> 이 다리를 함께 건넌 적이 있지 않았을까
> 아니면 이번 생에서 당신은 저쪽 나는 이쪽에서
> 단 한 번은 마주치지 않았을까

비틀리고 휘어지는 우련한 몸으로
이쪽과 저쪽에 걸쳐진 나무다리처럼
그 시간은 높이보다는 깊이에 속하는 것이어서
다만 스쳐갈 뿐이었을 텐데……

얼마나 많은 이별의 하중들을 견디고서야
저 다리는 해탈에 들어서는 것일까
이별은 시간의 직유가 아니라 은유이다
다리의 이쪽에서 혹은,
지난 생과 이번 생의 차이에서 보자면
시간은 흐르는 게 아니라 돌아가는 것이다

무거운 걸음으로 오늘 저녁 사람들이 은유의 다리를 건너갔다
언젠가는 그토록 오래 외로웠던 당신도 돌아가리라
하루가 또 하루에게 자리를 내어주듯이
당신을 건네주고 다리는 내내 고요하리라

부은 발등 주무르다 드는 생각
다리를 견디게 하는 힘은 우연한 바람이 아니라
그토록 오래고 긴 이별의 은유이다
                                「은유의 다리」 전문

　발등이 부은 사람들 앞에 다리가 놓여 있다. "발등"은 곧바로 신체
성의 '다리'에 인접되어 있으므로, 여기서 "다리"는 이중의 의미부여가
이루어진다. '다리'는 나를 운반하는 신체에 속해 있는 몸의 일부분이
고, 한편으로는 물질적 도구로서 골짝의 양안(兩岸)을 연결해 주는 통
로의 역할을 한다. 이동을 통한 '운동'과 연결을 통한 '지속성'의 의미
가 동시적으로 작용하는 셈이다. 그러므로 '다리'는 현존과 부재의 틈
에 끼어 생의 정체성을 형성하는데 크게 도움이 된다.

이 시에서 "다리"를 매개로 하여 이루어지는 '만남'은 현존의 다른 이름이고 '이별'은 부재의 다른 이름이다. 그러므로 부재는 없는 것, 즉 절대 무(無)가 아니라 단지 만나지 못하는 상태일 뿐이다.

흔히 몽상의 시간은 초월적 계기를 마련하는데, 주체는 하산 길에서 부은 발등을 주무르다가 부산하게 흩어지는 사람들과 그들의 운동에 지속성 부여하는 "다리"를 바라본다. 다리가 없었다면 그들의 진행은 단절되고 말았을 것이다. 그러나 그들은 이 지속적인 진행 과정에서 스쳐지나가는 인연이 개입되어 있음을 알지 못한다. 깨닫지 못하기 때문에 스쳐지나가는 인연과 동시에 이별도 진행되었음을 알지 못한다. 그 가운데 "당신"이 있었을 것이다. 나는 당신을 간절히 그리워하고 있으나, 언제 이 다리 위에서 스쳐지나갔는지, 또는 진지하게 이별의식을 치렀는지 알 수 없다. 다만 다리 위에 서 있는 현존의 지점에서 부재하는 "당신"을 느끼고 있다. 그 틈에 다리가 놓여 있다. 따라서 "다리"는 당신과 나를 매개하는"시간의 은유"이자 "이별의 은유"가 된다.

시의 뒷부분인 "하루가 또 하루에게 자리를 내어주듯이/ 당신을 건네주고 다리는 내내 고요하리라"에서 보듯이, 결국 이 시는 이별과 부재를 등가적으로 연결시키며, 부재가 이루어지는 생 자체를 어둡지 않게 긍정한다. 여기서 슬픔에서 힘을 얻는 유미적인 감수성과 함께 현존의 너머를 동경하는 시인의 태도를 엿볼 수 있다.

5. 발목

불교의 가르침에는 제법무아(諸法無我)라는 법구가 있다. 모든 존재는 시간에 따라 변해가므로 결국 '나'라는 존재도 실체가 없다는 것이다. 이 실체 없음과 소멸하는 시간관념에서 괴로움이 발생하는데, 이를 깨닫는 것이 무명(無明)을 벗어나는 일이 된다. 그러나 무명의 껍질을 뚫고 나오는 것은 어려운 일이다.

　당신이 떠나는 동안 안개와의 혼숙을 풀고 나온 죽은 자들의 발목
은 자신의 몸을 찾으려고 떠도는데, 이상하게도 그들은 타인의 발목
은 쉽게 알아보지만 자신의 것은 알아보지 못한다

　당신의 발목 위에 누군가 다른 사람이 있다고 느낀다면 그것은 안
개이다 정말이지 안개는 풍경의 잉여물이 아니다 안개의 시정거리가
얼마인지 알려진 바는 없으나 습한 관절에 접붙어서 익명의 빙의를
상습적으로 반복하는 게 안개의 속성이다

　당신이 안개를 벗어나지 못하는 건 풍경 탓이 아니다 자신의 발목
을 의심해 보지 않은 사람은 단 한 번도 자신을 떠나본 적이 없는 사
람이다

　그러므로 자꾸만 신문지 밖으로 흘러나오는 노숙의 발목을 지우고
서성이는 안개꽃이 허공에서 모가지를 꺾듯이 당신의 몸을 벗어날 때
다시 안개는 상습적으로 싱싱해지는 것이다.

「안개상습지역」 부분

　이 시에서 '발목'은 하나의 상징이다. 안개는 발목의 현장성을 강조
하는 하나의 배경에 해당한다. 흔히 발목의 아래 부분인 발과 부은 발
등은 지표에 닿아 있으므로 하나의 실존적 증거이자 현존의 거점을
마련한다. 그러나 상부의 무릎이나 상체 부위는 발목을 경계로 하여
지표면과 분리되어 있다. 그러므로 발목 아래의 발을 제외하고는 리얼
리즘에서 멀어진다. 안개가 이들을 일체 허상이라는 혼몽의 공중에 매
달아 두고 있기 때문이다. 그래서 지상의 사물들은 발목 아래의 것만
이 진실이자 현존의 증거이다. "자신의 발목을 의심해 보지 않은 사람
은 단 한 번도 자신을 떠나본 적이 없는 사람이다"라는 언명은, 한 번

도 진여(眞如)가 무엇인지 궁금해하지 않은 사람을 일컫는다.

보통! 안개는 우리의 시야를 가리면서 사물에 대한 순수한 이해를 왜곡하는 기체 현상으로 생각한다. 그러나 우리는 존재론적으로 안개 상습지역을 벗어나지 못하고 있는 무명의 상태에 있다고 보아야 한다. 저 부은 발등과 발목이 떠받들어 주는 허상의 세계에 빠져 있는 것이다.

발목을 바꾸어 걸어가는 일은 그로테스크하다. 그러나 좀 신나는 일이지 않는가. 발목인 나는 발목의 원래 주인이 아닌 다른 사람을 운반하여 줄 수 있다. 누추한 나를 벗고 발목은 더욱 신나게 길을 걷는다. 평소의 나는 이윽고 더욱 누추해진다. 발목은 누군가의 의지에 따라 습관적으로 숱하게 관절을 꺾는다. 반면! 발목이 나를 실어다 준다면 발목의 능동성에 의탁하여 수동적인 상태로 나의 운명을 즐길 수도 있으리라. 그것은 잉여의 부산물이 아니므로.

혼몽을 단죄하기 위해서는 소금을 쳐야 한다. 발목이 바뀌어 접붙지 않도록 소금을 쳐서 혹독한 정련의 과정을 거쳐야 한다. 기실 소금은 물기를 말려서 건져낸 광물질의 일종이다.

모래의 여자는 정갈한 소금으로 밥상을 차리고 바람을 기다린다
사막에서 바람을 많이 먹은 종들은 종종 변이를 일으키는데 그들이
사랑을 할 때는 서로의 입안에 소금을 조금씩 흘려보낸다 사랑을 구
하기 위해서 남자들이 여자를 찾아오는 건 소금에 중독된 까닭이다

사랑을 많이 가진 남자의 입안을 들여다보면 소금바다가 출렁거린
다 그들은 죽어서도 썩지 않는 사랑을 찾아 흰 뼈만 남은 몸으로 사
막을 노 저어 간다 모래의 여자가 가시나무로 소금을 찍어 인간의 간
을 맞추는 것은 이 세상으로 사막이 번져오는 이치와 다르지 않다

「소금사막」 부분

사막은 시인이 즐겨 사용하는 하나의 상징이다. 르클레지오의 소설 「사막」에서 보듯, 사막은 원시적이며 원형적인 그리고 종교적인 직관에 대한 은유이자 상징이다. "소금에 중독"되는 것은 "여자에 중독"되는 것과 별반 다르지 않다. 실상 사랑의 주체는 남자가 아니라 여자이다. "모래의 여자가 가시나무로 소금을 찍어 인간의 간을 맞추는 것"처럼 여자가 인간(남자)을 조리한다. 그러므로 사랑의 구걸자는 남자이지만, 여자는 실행자이거나 봉사자이다. 그런데 그러한 세상이 "사막이 번져오는 이치"로 변환되면서, 여자들이 저지르는 사랑놀이가 혹은 소금으로 간을 맞추는 일련의 행동들이 사막의 상징으로 환치된다. 여기서 사막은 불모나 폐허의 상징은 분명 아니다. 오히려 일체의 가감을 배격하는 원시적이며 절대적인 시공간에 대한 하나의 상징으로 보아야 한다. 물기를 거두고 순수한 것만 정제시켜낸 것에 시인의 유미적 감성이 닿아 있는 것이다. 그가 그토록 자명한 독성의 그리움에 빠져 있는 것도 "당신"이라는 아니마를 거두지 못하고 있기 때문이 아닐까.

6. 상처

"독약처럼 자명한 시"라고 손현숙 시인이 말한 것은, 그의 시에 나타나는 말들이 투명한 상처인 '날 것' 그대로 드러나기 때문이다. "정서를 과장하거나 자극적인 이미지로 언어를 꾸미지 않고 소통되지 않는, 없는 요설을 풀어내어 사유의 깊이를 가장하지 않는다.(황정산)"고 말했을 때도, 그가 보여준 시적 진정성에 바탕을 둔 것이다.

그가 '죽음' 말했을 때는, 그냥 죽는 척 하는 것이 아니라 '죽음'을 몇 번이나 건너본 경험을 반추하는 것이다. 이상이 말한 바 "極寒을 걸커미는어머니—奇蹟이다.(「火爐」)"라고 했을 때 이를 유희로 읽어서는 안 되는 것처럼. 진지한 사람이 아프다고 할 때 아픈 것이지만,

유희적인 사람도 아프다고 할 때 정말로 가끔은 아픈 것이다.

그러나 신현락 시인의 시에서 상처는 투명하게 드러나 보이는 것이어서 별다르게 해석할 필요조차도 없다. 표제시 「히말라야 독수리」에서 나타나는바, 시적 주제가 곧잘 '죽음'에 닿아 있는 것은 그의 상처와 무관하지 않다.

> 계곡에서 날아오는 한 무리의 독수리를 보며 나는 누구의 몸을 얻어 어느 정신으로 죽을 것인지 생각합니다 죽음이란 가장 가벼운 숨결 하나 날개 위에 올려놓는 일이란 걸 어릴 적 빠졌던 우물물을 다 마시고서도 어렴풋한 기억인데요
>
> 「히말라야 독수리」 부분

이 시를 통해 드러나는바, '죽음' 의식은 "어릴 적 우물에 빠졌던" 초기기억에 해당하는 것이다. 이 초기기억은 자신이 기억하는 가장 어린 시절의 기억으로 생애를 통해 영향을 미치는 것으로 정신분석에서 보고되고 있다. 이러한 관점에서 본다면 우물에 빠진 일은 죽음에 관한 최초의 체험이자, 어머니의 우물인 자궁으로부터 빠져나온 원초 체험에 관련된다. 즉 우물에 빠졌던 체험을 통해 그 이전 출생기의 흔적을 회복해냄으로써 탄생과 죽음이 등가성이나 동시성을 획득하게 된다. 그래서 "죽음이란 가장 가벼운 숨결 하나 날개 위에 올려놓는 일"이란 걸 스님의 법어처럼 일갈할 수 있게 된 것이다.

그의 이와 같은 체험은 다가올 죽음조차도 날개에 올라타듯 가벼워질 수 있다는 충족적인 경험으로 이전되면서 현재의 두께와 가능성을 확대시킨다.

> 눈길에 미끄러져 어머니의 팔이 부러졌다
> 그 보이지 않는 뼈와 뼈를
> 관통하는 비명처럼

눈 그친 푸른 하늘에 금을 그으며
새들이 날아간다
저렇게 날아가는 것들은
세월처럼 금세 사라져 어두워진다
날아간 새들의 맨발자국 찍혀져 있는
그 섣달의 음각화 속으로
얼어붙은 조각달이 하나 빠져나갔다
저녁으로 다시 눈이 내리고
어머니의 그믐은 후생의 먼 마을로
눈송이 같은 불빛 한 장씩 부치고 있다

「어머니의 그믐」 전문

시적 화자는 어머니의 상처와 후생을 말하고 있지만, 실상 지상의
생명체들이 가진 유한성과 무한성을 넘겨보고 있다고 보아야 한다.
"그 보이지 않는 **뼈와 뼈를**/ 관통하는 비명처럼/ 눈 그친 푸른 하늘
에 금을 그으며/ 새들이 날아간다"와 같이 상처와 통증은 우주적인
공명을 불러일으킨다. 날 생(生)은 생로병사의 괴로움 속에서 비명을
지르지만, 우주적인 시간은 이를 허공에 기록해 두는 친절함을 지니고
있다. 그래서 후생의 시간을 미리 마련해 두고 있는 것이다. 그의 시
적 특징인 "독약처럼 자명한 시"는 이 통증을 친절하게 어루만져 주
는 데서 비롯된다. 우주는 원래 좋은 것도 없고 싫은 것도 없다. 죽음
은 또 다른 생명을 예비한다는 점에서 좋은 것이다. "어머니의 그믐은
후생의 먼 마을로/ 눈송이 같은 불빛 한 장씩 부치고 있다"와 같은
표현에서 말갛게 고여 있는 독약의 색깔을 건져낼 수 있다. 극독이야
말로 가장 순수한 물질에 해당하는 것이다.

*

　신현락 시인의 세 번째 시집 『히말라야 독수리』를 읽으면서, 이 시집을 지탱한다고 보는 여섯 개의 단어를 선정하여 필자 나름으로 해설을 붙이고자 하였다.

　필자가 백담사 만해마을에 와서 좀 쉬려는 의욕으로 기쁨에 겨웠을 때, 그는 나를 불러서 당신의 발목 위에 올려놓고 말았다. 여기서 내가 말한 것은 내 말이 아니라 안개 속에서 흘러나오는 당신의 말을 따라서 했을 뿐이다.

　다만, 「시간의 허사」에서 "임연수"나 「아내의 생가」, 「여우」, 「흑석동으로 보내는 편지」 등에서 할 말이 더 있을 것 같았지만, 여기서 말문이 닫혀버리고 말았다. 눈 밝은 독자들이 자신의 몫을 해 주리라 믿는다.

　그의 시적 특성을 "깊이 있는 허무(황정산)"라고 하거나, "독약처럼 자명한 시(손현숙)"라고 하더라도, 이들의 명명 또한 은유의 방식을 통해서만이 가능하다. 아래와 같이 그의 시는 은유적인 비의(秘意)를 깔고 있어 섣불리 해설을 달기도 쉽지 않다.

　　　　한때 나는 구름을 향해 무어라고 소리를 쳤으나
　　　　새들만이 그 너머로 날아갔음을 안다
　　　　꽃잎 위에 비 내리고 어제가 오늘이 되었다
　　　　　　　　　　　　　　　　　　「구름 위의 발자국」 부분

사회적 실존을 향한 문 밖의 사유

- 최형태, 『어느 무명 파두 가수의 노래』, 책 만드는 집, 2015.

1.

우리의 삶이 어떻게 인식되고 되풀이되는가에 대한 질문은 다양한 의미를 함축하게 된다. 특정의 'X'라고 하는 사람은 '얼굴사진', '지문', 혹은 'DNA' 등을 통해 그 '있음'을 확인할 수 있다. 그러나 그것은 그 자체로 존재하는 것이며, 현존재나 존재자로서의 각성이나 의식의 상태를 보여주는 것은 아니다. 육체성을 넘어 '나'를 인식하는 것은 대상들로부터 분리된 고독한 개별적 존재임을 각성하는 것이자 이를 통해 자기를 둘러싼 세계를 통찰함으로써 실존을 추구하는 일이다. 즉, 하이데거가 말한 "세계-내-존재"란 말은 현존재가 그 세계 안의 대상들과의 관계를 바탕으로 촉발되는 자기 인식의 양태를 일컫는다. 그러므로 타자나 대상을 몰각한 상태의 순수 주체는 익명이거나 비인격적인 추상 명사에 불과하다.

'너'는 또 다른 '나'이다. 또 다른 '나'로부터 '너'라고 불리는 '나'는 '너'의 세계를 구성하는 요소이자 한 타인이다. 그러나 현실의 수많은 사건들, '나'를 제외한 모든 것을 물리쳐야 할 대상으로 전락시킨 자본시장의 유아(唯我)론적 상황에서는 '나'를 기울여 '너'를 호명하기란 쉽지 않은 일이다.

2.

　최형태 시인이 첫 시집 『눈발 속의 쾌지나 칭칭』(1999)에 이어, 16년 만에 두 번째 시집 『어느 무명 파두 가수의 노래』를 상재한다. 이번 시집이 엮이기까지 녹록지 않은 시간적 간격이 개입하고 있다. 그러나 이와 관련하여 그의 개인사를 추적할 필요는 없을 것이다. 창작의 결과인 시 작품은 이미 시인으로부터 독립하여 타자의 영역에 놓여 있기 때문이다. 시인은 독자의 위치에 물러앉아 자신의 작품이 스스로 이야기를 들려주도록 귀를 열어두어야 한다. 첫 시집에서 "아무도 아는 이 없지만/ 실은 그가 있어서/ 나는 사네."(「그」)라고 '그'를 호출한다. 여기서 '그'는 부정칭의 단수로서 내 호출의 영역에는 보이지 않으나, 어디에선가 '나'를 부르고 있을 막연한 존재자이다. '나'와 '너'라는 근원적 관계 밖에 있는 '그'를 향해 상호연대를 이야기하는 것이다. 이와 같은 태도는 두 번째 시집에서도 여전히 유효하다. 이는 다음 시에서 분명해진다.

> 25세의 한창 나이에 그는 죽었다
> 한 때 나는 그의 희곡* 속 한 등장인물이었다
> 딴사람이라는 이름을 가진
> 그 배역을 맡았을 때는 세상에,
> 내 나이 약관 스무 살이었다!
> 국문과 신출내기들이 겁도 없이 덤벼들었던,
> 그러나 결국 무대에 올려보지도 못한 그 연극 대본을
> 40년도 더 지난 지금
> 흐린 눈 비벼가며 다시 읽는다
> 주인공 베크만하사와, 전장에서 그의 연대장이었던 대령과,
> 대령의 가족과, 그리고 또 누구였던가,
> 기억 속에서 가물거리는 배역들을 더듬으며

요절한 천재 작가의 광기서린 작품을 읽는다
전쟁의 악몽에서 헤어나지 못하는
문 밖에서 떠도는 자의 충혈된 눈이 새삼 아프게 다가온다
노트북 화면 속 대본 위로 부유하는 또 다른 무대의
또 다른 문밖을 배회하는,
이 밤은 나도 생의 오랜 전선에서 돌아온
패잔병이다

「보르헤르트를 읽는 밤」 전문

　이 시에서는 젊은 시절, 무대에 올리지 못했던 연극 대본을 호출한
다. 보르헤르트의 희곡 「문 밖에서」 라는 작품이다. "국문과 신출내
기들이 겁도 없이 덤벼들었"지만 무대에 올리지 못하고 그 의욕만을
남겨둔 채 접었던 작품이다. 그런데 그걸 "40년도 더 지난 지금/ 흐
린 눈 비벼가며 다시 읽는다"고 한다. 왜 그걸 반복하는가? "25세의
한창 나이에" 극작가인 그는 죽었지만, 그가 띄워놓은 질문은 오늘날
에도 여전히 유효하기 때문이다. "전쟁의 악몽에서 헤어나지 못하는/
문 밖에서 떠도는 자의 충혈된 눈이 새삼 아프게 다가온다"고 했을
때, 방법만 달라졌을 뿐 자본시장의 논리는 전쟁터나 다름이 없다. 이
를 우리 시대의 삶에 겹쳐 읽는다면, 누구든 자본시장의 정글법칙에서
자유롭지 못한 상태이며, "문 밖으로" 밀려난 순간 패잔병과 다름없는
처지에 놓인다. 시인은 대본의 삶을 무대 위에서나마 한 번도 살아보
지 못하였기에 아쉬움이 크다. 그나마 그가 예정했던 배역의 이름조차
"딴사람"이었으니, 무효화된 연극적 상황 못지않게 오히려 현실적 삶
은 대본에서 예언된 대로이다. "대본 위로 부유하는 또 다른 무대의/
또 다른 문밖을 배회하는" 군상들의 모습이 이 시에 겹쳐 그림자를
드리우는 것은 결코 우연이 아니다. "주인공 베크만하사와, 전장에서
그의 연대장이었던 대령과,/ 대령의 가족과, 그리고 또 누구였던가,/
기억 속에서 가물거리는 배역들" 그리고 '나'의 배역이었던 "딴사람"

171

이 어울려 "문 밖에서" 전쟁터의 상황을 언급한다. 즉 개별적 주체인 '나'는 다른 배역들이 모여 있는 사회적 실존의 영역을 벗어나면 의미를 잃게 된다.

이러한 사회적 실존에 대한 그의 질문은, 결국 우리에게 부과된 삶의 양상이 정의롭지 못하다는 인식에서 비롯된다. "김수영시인의 외침을 빌어"라는 부제를 단 「시여 다시 침을 뱉어라」에서는 휴머니즘이 상실된 현실을 비판적으로 조명한다. "시여/ 다시 침을 뱉어라/ 박장대소로 웃는/ 파렴치에 대하여/ 파렴치의/ 계산된 눈물에 대하여"와 같은 반복된 호출은 김수영의 직정적인 어법을 차용하고 있거니와, "참"이 아닌 "거짓"이 위세를 떨치고 있는 현실을 점층적으로 나열함으로써 여기에 "침을 뱉"는 부정의 정신을 전면화한다. 이와 같은 판단은 윤리적인 것, 즉 인간적 품위와 관련된 문제이다. 레비나스는, 타자의 위치에 서는 것, 즉 대체(substitution)를 통해서 타자에 다가감으로써 비로소 나는 진정한 주체가 될 수 있다고 한다. 그러나 "물신에 들린/ 성과지상주의"는 타자를 배제한 유아론적 경쟁에 몰두한다. 이로써 한 사람의 승리를 위해 대다수의 패잔병을 만든다. 그러니 패잔병 앞에서 함부로 승리를 자축할 수 있을 것인가?

레비나스는 "타자에 대한 책임은 모든 수동성보다 수동적인 수동성이다. 책임은 이전의 어떤 관련이 없어도 발생하는 것이다."라고 언급한다. 이와 더불어 바흐친은 "타자 윤리에 있어서 주체로서의 나는 항상, 이미 타자들과의 사건적 관계에 연루되어 있으며, 따라서 책임 있는 사고와 행동이 '나'의 존재 이전에 이미 요청되어 있는 상태"라고 한다. 그러니 누가 누구를 향해 폭소할 수 있으랴! 어느 순간 "그"는 나에게 다가와 "너"라고 호명하며 '나'를 불러내는 존재자가 된다. 그러나 '나'의 인식은 '너'의 표정이나 몸짓과 같은 '표면'에 머무를 뿐 '너'의 안에 자리 잡을 수 없다. 다만, '나'를 방기한 상태로 '너'의 안에서 '너의 나'인 어떤 상태로 머무를 수 있을 따름이다. 그러므로 진정한 교섭은 '너'를 향해 '나를 방기함'으로써만 이루어진다.

어두운 마음들이 촛불을 켠다
여린 마음들이 촛불을 든다
촛불들이 모인다
시대의 어두운 광장에
촛불의 작은 빛살들이 퍼진다
촛불들 사이의 온기로
스산하던 광장이 덥혀진다

소리가 일어난다
촛불의 소리다, 촛불의 소리는
촛불의 소리를 부른다
촛불의 소리는
샘물같이 솟아나는 소리이다
신문이 못 듣는 소리이다
TV가 귀 막은 소리이다

촛불은 촛불을 부른다
촛불은 꺼지지 않는다
누가 누군지도 모르는 채
촛불들은 서로의 불을 켠다
촛불들은 서로의 어둠을 밝힌다
촛불들은 서로의 마음을 밝힌다
촛불들의 만남은 행진이 된다
촛불들의 만남은 환호가 된다

촛불이 돌아온다
마음이 밝아져 돌아온다
희망의 불씨로 돌아온다
희망의 불씨는 살아 있다
희망의 불씨는 모진 비바람에도

꺼지지 않는다

「촛불」 전문

이 시에서 주체는 "어두운 마음들"이자 "여린 마음들"이다. "누가 누군지도 모르는 채" 이들은 모여 "소리"와 "촛불"로 일어선다. 이와 같이 무차별적인 무한의 신뢰와 헌신은 상호연대의 가능성을 열어간다. "신문이 못 듣는 소리", "TV가 귀 막은 소리"는 현실 세계와 단절되어 있는 소리임을 전제한다. 여기서 시인은 김수영 시인의 화법을 빌려오는데, 그것은 반복에 의한 나열을 통하여 "촛불"의 의지와 상호연대의 감정을 증폭시키는 역할을 한다. 또한, 이 시는 "희망의 불씨는 모진 비바람에도/ 꺼지지 않는다"와 같이 결론을 유보한 채 진행형으로 끝나는데, 이는 타자와의 무차별적 연루에 의한 '함께' 살아가는 것, 그 자체를 통해 진정한 주체로 설 수 있다는 믿음을 나타내는 것이다.

3.

실존적 고독은 개별적 존재가 타인과 분리되어 있음을 느끼는 데서 야기된다. 여기서의 고독은 사회적인 고립에서 비롯된 것과는 다르다. 모든 인간은 단독자로서 죽음 앞에 서게 된다. 누구나 신 앞에서는 유일자이며 타인을 동반할 수조차 없다. 이러한 고독의 한계 내에서 타인을 참된 존재로 확인하게 되며, 다른 자기를 인정하고 그가 가지고 있을 고독을 통해 참된 관계를 이룰 수 있다.

어머니 손을 잡고 걸었다
생신날에
집 근처 식사장소를 오가며

얼마만이던가
아니 언제
어머니 손을 잡아 보기나 했던가

한 손엔 지팡이 짚고
다른 한 손으로는
내 손 꼭 쥐고

천천히 한 발 두발
야야 다와 가나?
숨찬 걸음 멈추며
물어보시던 어머니

예전 같으면
한달음에 오갔을 길
그래도 오랜만에 아들 손잡고
마냥 행복한 표정으로
걸으시던 어머니

어머니 이제사 알겠습니다
어머니 손이 왜 세상에서
가장 따뜻한 손인지

어머니 손이 왜 세상에서
가장 그리운 손인지

「어머니의 손」 전문

나에게 몸을 나누어 준 어머니조차 나와 분리된 개별적 주체일 따름이다. "오랜만에 아들 손잡고" 걸어가는 어머니는 무상한 시간 속에서 존재가 축소되어 간다. "한달음에 오갔을 길"이 "숨찬 걸음 멈추며" 가는 길이 되고 말았다. 어머니를 향해 나를 개방하는 일은, 내가 걸어갈 미래를 예언하는 일과 동일하다. 누구나 어머니 몸으로부터 분리된 이후로 일회적인 유한자의 고독을 지니고 살아간다. 이 과정에서 태생적 지점인 어머니의 몸을 통해 자기의 연원을 확인하고, 그 손을 잡은 채 "세상에서/ 가장 따뜻한 손"이자 "가장 그리운 손"이라는 의미를 부여하게 되는 것이다. 자신의 몸에서 분리된 타자인 아들을 바라보는 어머니의 마음, 그 마음 안에서 일어나는 고독감은 자식에게 투사된다. 그래서 그 사랑은 본질적으로 고독한 인간에 대한 헌신이자 연민이다. 이에 대해 자식은 원초적 경험을 환기하지만 오랜만에 손을 잡아드리거나 생신날 잔칫상을 차리는 것과 같은 표층적인 차원의 응답일 뿐이다. 이는 당연한 것으로 신의 사랑이나 어머니의 사랑은 무한한 것이어서, 그 무한성에 보답하는 것은 불가능하기 때문이다.

4.

반성적 사유는 자기 점검의 한 양태이다. 역사적으로 억압된 자기를 초월하여 무한한 시간 앞에, 혹은 절대자 앞에 자기를 개방시키는 과정에서 진정한 반성이 가능해진다. 그곳에 자연의 순환이 있고 '나'라는 존재를 지그시 들여다보는 무언의 눈길이 있다. "막사발"은 일용할 목적으로 거칠게 만들어진 그릇이다. 일용하는 과정에서 외부의 거친 결이 닳아가면서 윤기가 도는 그릇처럼 우리의 마음도 사는 방식에 따라 닳아가며 손때가 묻거나 윤기가 흐를 것이다.

> 내 마음의 막사발에는 이맘때쯤
> 말갛게 아침나절의 고요가 고인다네
> 자주 자주 비가 오고
> 빗방울들이 음표처럼
> 지표면을 때리는 이맘때쯤

비 갠 산허리에 나직나직
조각구름들이 떠돌고
그 아래 계곡물들이 팔뚝에
울끈불끈 힘줄을 돋우는
이맘때쯤

풀섶에 앉았던 나비들
팔랑팔랑 한가로이
날아오르고
내가 기다리던 능소화가
마침내 피고
새로 태어난 물오리들
아장아장
물살을 헤집고 다니는 이맘때쯤

내 마음의 막사발에는
말갛게 아침나절의 고요가 고인다네
누군가의 손길이 따라주시는
찻물처럼

「내 마음의 막사발」 전문

사회적 관계에서 돌아와 본질적인 '나'와 대면하는 시간은 "이맘때쯤"
일 것이다. 이 시간만큼은 비워낸 마음의 그릇에 자연의 순환과 우주의
섭리가 신의 계시처럼 말갛게 고인다. 여기서 시적화자가 말하는 "이맘
때쯤"은 "자주 비가 오고", "조각구름들이 떠돌고", "나비들"과 "능소
화", 그리고 "새로 태어난 물오리들"이 헤엄을 치는 "아침나절"의 맑은
고요 속이다. 자연의 만물들이 생명 탄생의 신비감과 함께 봄 느낌으로
그릇을 가득 채운다. 계시의 순간과도 같은 이 고요의 시간에 '텅 빈 충
만함'이 출렁인다. "누군가의 손길이 따라주시는/ 찻물처럼" 몸의 그릇

에 샘솟아 오르는 생명의 기운을 느끼게 되는 것이다.

이와 같은 초월적 계기는 다른 시에서도 나타나는데, "비 그친 구름 하늘엔/ 청아한 먹빛으로 새로 번지는/ 모바일 폰 문자 같은/ 불립문자 한 말씀"(「여름날 저물녘의 귀가」)이나, "우리가 조금씩 서로를 담는/ 가을입니다"(「가을」)에서와 같은 계시적 순간이 불현듯 다가오는 것을 느끼며, 자연의 섭리에 따라 삶의 질서를 회복하려는 의지를 보인다.

5.

역사나 세계는 시인의 마음을 불편하게 한다. ""「시인이여 다시 침을 뱉어라」"고 김수영의 어법을 호출했을 때에도, 시인의 1차적 사명은 허위의 세계를 탈(脫)은폐, 폭로하는 예언자적 각성에 있다는 태도를 견지하고 있기 때문이다.

> 발 밑 물웅덩이에
> 구름이 흐른다
> 쑥쑥 키가 자라는 나무들
> 무성한 잎새들 사이
> 언뜻언뜻 비치는 구름하늘을
> 슬쩍 건넌다
> 어디선가 안하무인으로
> 매미가 운다
> 그 왁자한 울음에
> 세상천지가 한번
> 부르르 몸을 턴다
> 세찬 비 그치고 난 뒤
> 우산 접어들고 걷는
> 여름 한낮
>
> 「여름 한낮」 전문

시적화자는 "세찬 비 그치고 난 뒤" 물웅덩이를 건넌다. 이 웅덩이에는 구름과 나무들과 잎새들이 담겨져 있다. 이 웅덩이 속의 풍경은 하늘이 지으신 대로 평화이자 순리에 가깝다. 그런데 이 풍경을 휘젓기라도 하듯, "어디선가 안하무인으로/ 매미가" 울고 있다. 여기서 "매미"를 문자적인 의미로만 읽어서 안 되는 까닭은, 그의 시가 기본적으로 현실 비판적인 태도를 바탕에 깔고 있기 때문이다. 이 경우에는 김수영에서 볼 수 있듯이 세계와의 불화의 방식을 시 쓰기의 전략으로 삼게 된다. 온갖 허위와 부정을 폭로하기 위하여 나열법이나 점층법을 사용하는 것이나, 시니컬한 자기비판이 직정적인 호소를 통해 표출되는 것과 같다. 이로써 시의 어조에는 파토스가 강렬하게 노출된다. 이는 시인의 성정과 관련되는 것으로, 통일문학포럼에 참여하는 일과 같이 사회적 관심을 놓치지 않는 시인의 행동주의적 일면을 보여준다고 하겠다.

최형태의 시에서 전반적으로 드러나는 것은 현실 비판적인 성찰과 자기 헌신에 바탕을 둔 사회적 연대의 모색이다. 문 안으로 진입하지 못한 사람들이 함께 꿈꾸는 세상은, 개별자들이 헌신과 봉사를 통해 타인들, 즉 딴사람들과 함께 얽혀 사는 세계이다. 이들이 벌이는 풍자와 비판, 그리고 사회적 실존을 이야기하는 방식을, 이 글에서는 "문밖의 사유"라고 명명하여 보았다. 최형태 시인의 두 번째 시집 발간을 축하드리며, 앞으로의 건필을 기원한다.

겹으로 짠 우주그물에서 날아온 나비

- 이상인, 『툭, 건드려주다 』, 천년의시작, 2016.

떠 있는 세계에서,

주제 사라마구의 『돌뗏목(The Stone Raft)』은 유럽 대륙의 일부가 떨어져나가 바다 위를 뗏목처럼 표류한다는 가상의 상황을 전제로한 소설이다. 이러한 상상력을 확장시킨다면 지구를 포함한 태양계도 눈에 보이지 않는 중력장의 영향권 내에서 우주를 표류하는 돌뗏목과 같은 상태라고 볼 수 있다. 아주 큰 전체성과 아주 작은 부분의 질서는 사라마구의 상상력을 넘어서는 곳에 있다. 이를테면, 우주적 상상력이다. 겁 혹은 겹의 우주를 생각할 때 우리의 인식 가능 범주는 현실이 닿지 않은 먼 곳으로 초월한다. 혹은 미시적으로 우리의 현실 속에도 겹으로 짜인 우주가 내재되어 있다.

불교적 상상력은 처음부터 무한의 시공간에 정초하고 있다. 21세기 물리학의 '초끈이론(super string theory)'을 빌려오면, 우주는 역동적인 중력장 혹은 자기장으로 얽혀있는 그물과 같은 모양이다. 지구의 모양이 그물코의 색에 해당된다면 행성 사이의 공간은 공이다. 그러나 그 색과 공은 한 덩어리로 존재하므로, 공과 색의 구별은 없어진다. 즉 태양계의 행성이 각기 따로 존재하거나 위치를 바꾸면 개체적 질서는 유지될 수 없다. 공이 없다면 색도 없어지는 것이다.(우리가 마시는 물방울조차도 이와 유사한 원리로 이루어진다.) 일례로, 내가 그대와 분별없이 함께하게 된다면 개체인 그대의 우주는 사라지고 만다. 나와 그대 사이의 거리가 없이는 개체는 존재할 수 없는 것이다. 그래도 좋은가?, 그렇다면 그대는 예속된 삶을 즐기는 종[僕]의 유전자를 가지고 있는 셈이다.

날개 그물

자유라는 말은 참으로 개념 정의하기 어려운 단어이다. 일례로 이 자본시장에서 그대에게 돈만 지불하면 어떤 것이든, 혹은 권력까지도 살 수 있다고 하자. 그럴 권리가 그대에게 있다면 정말 자유인가? 여기서 도덕적인 면을 제외하고라도, 구매할 수 있는 능력을 갖지 않고는 자유롭지 못함을 금방 깨닫게 될 것이다. 예술적 감수성에서 자유로움은 기존의 인식 양상으로부터 벗어남 혹은 일탈을 의미한다. 이를 통해서 초월적인 세계를 개시(開示)하게 되고, 의식의 수동적 관념에서 벗어날 수 있다. 흔히, 날개는 자유와 같은 초월적 비전을 성취하는 이미지로 사용된다. 아래 시에서 날개는 우주적 인과 그물에 걸려 펄럭이면서 현존을 야기하는 생의 기표이다.

나비 한 마리가 무밭을 뒤집다.
손바닥 푸른 손금 안에, 생각을 낳는지
소리도 없이 몇 초씩 머물러서
내 등허리 간지럽다.

문득 어깨를 들썩여보니
노란 알에서 깨어난 추억들이 스멀스멀 기어 다닌다.

얼마를 아슬아슬 디디며 견디어야
둥근 하늘에 구멍이 뚫리고 새로운 세상이 열리나

나부끼는 생, 몇 장 독파하고 나니

펼치는 힘찬 나비의 날개 짓
허공에 물결무늬 투명하게 새겨진다.

「둥근 하늘」 전문

이 시에서는 나비의 날갯짓을 통해 생의 과정을 하나의 무도(舞蹈)
와 같은 출렁임으로 은유한다. 생(生)하는 것은 고정된 실체가 아니라
물결 모양으로 현존재를 이끌어가는 과정을 통해서만 드러나는 것이
다. F. 카프라는 도교나 불교 등의 신비주의적 전통에 나타나는 것으
로, "생은 하나의 무도와 같은 연속적인 자기갱신을 뜻하며 이는 무한
한 윤회의 단계를 나타낸다. 이와 같은 관념은 우화나 비유 혹은 시적
상상을 통해 전달된다."고 하였다.

이와 같은 상상을 통해서 "무밭"은 하나의 우주적 파장을 이루는 공
간이며, 나비는 자아의 상관물이다. 여기서 푸른 잎사귀는 "노란 알에
서 깨어난 추억들이 스멀스멀 기어 다"니는 기억의 저장소이자, "손바
닥 푸른 손금"을 새겨 넣고 있는 운명적인 장소이다. 첫 행의 "나비 한
마리가 무밭을 뒤집다."는 선언적 진술은, 나비의 날개 파장과 이파리
가 너울대는 무밭의 우주적 기운이 전체적인 단위에서는 큰 차이가 없
이 상응하고 있음을 나타낸다. 여기서 시적화자인 "나"와 무밭의 "이파
리", 공중에 떠 있는 "나비" 등이 무차별적으로 섞여들며 전일(全一)한
우주장 안에서 통합된다. 나비가 날개그물을 흔들며 날아가는 것이나,
푸른 이파리에 새겨진 잎맥의 손금이나 이것을 갉아먹고 둥근 하늘을
만들었던 나비의 전생인 알 혹은 애벌레 시절이나, 아직 우화하지 못하
고 있는 시적화자의 생각이나 간에, 이들은 서로 넘나들면서도 서로 걸
려 당겨지는 일이 없는 겹으로 짜인 우주그물 안에 포함되어 있는 것
이다. 마침내 "나부끼는 생, 몇 장 독파하고 나니"와 같은 견성의 순간
에 도달하거니와 그 결과로서 얻는 답은 "힘찬 나비의 날개 짓/ 허공에
물결무늬 투명하게 새겨진다."와 같은 것이다. "나비의 날개 짓"에는 차
원이 다른 몇 장의 생이 겹쳐 있다. 그 그물들이 서로 얽혀서 방해받지

않은 것은, "허공"에 물결처럼 투명하게 새겨져 있으며, 서로 다른 차원의 시간적 계기에 근거를 두고 있기 때문이다.

> 광주 망월 무덤가에
> 혼자 피어있는 노란 콩꽃을
> 두 손 모아 감싸고 오다가
> 옛 전남도청 앞에서 살며시 펼치자
>
> 노오란 나비 한 마리
> 멈칫하더니
> 팔랑팔랑 아픈 기억을 폈다, 접었다
> 훨훨 날아간다.
>
> 어둡고 찬 세월 속에 오래 갇혀있던
> 그 맑디맑은 이름 하나
> 이제 막 푸른 하늘 속으로
> 손뼉 치듯 날아갔다.
>
> 「콩꽃」 전문

이 시에서 원관념인 "콩꽃"은 "노오란 나비"로, "맑디맑은 이름"으로 몸바꾸기를 하며 은유적 연쇄를 이룬다. 기실 콩밭에 피어 있는 "콩꽃" 하나는 너무도 작은 꽃잎일 뿐이다. 그러나 우주적 파장을 일으키고 있는 환생물을 통해서 볼 때, 결코 작은 것이 아니라 우주적 인과의 모든 질서를 내포하고 있는 하나의 전체로 성립된다. 생의 한 순간을 환기하는 콩꽃은 "옛 전남도청 앞에서" 시간의 사슬을 풀고 "노오란" 색채의 나비로 날아올라 "팔랑팔랑 아픈 기억을 폈다, 접었다/ 훨훨 날아간다."고 한다. 마치 그 모습은 망자의 넋이 현생에서 다시 노랗게 환생하는 것과 같다. 이윽고 "그 맑디맑은 이름 하나"가 "이제 막 푸른 하늘 속으로/ 손뼉 치듯 날아갔다."고 하는 우주적 진동을 보여준다. 이때 생의 시간은 직선이 아니라 나선형으로 순환하는 것이며 이 곡선의 어느 지점에서 차원이 다른 겹으로 짜 놓은 허공그물과도 같은 연기(緣起)를 직감하고, 하나의 작은 "콩꽃"을 통해서 우화하여 하늘로 날아가는 이름을 떠올리게 되는 것이다. 그것은 소멸이 아니라 자기전환에 해당한다.

> 지금까지
> 나는 따뜻한 사랑으로 그대를 건너왔다.
> 여기서 만난
> 흔적 없이 저편으로 건너간 모든 인연이
>
> 은은하게 빛나는 추억 위로
> 무수히 쏟아져 내리는 흰 나비 떼처럼
> 온 세상을 가득 메웠다
>
> 「백설」 부분

"무수히 쏟아져 내리는 흰 나비 떼"는 분분하게 쏟아지는 "백설"에 대한 직유이자 현존의 한때를 드러내는 기표이다. 그러나 그 인식은 너무도 찰나적이며 소멸에 기울어 있다. 여기서 현존은 지나가는 한때일 뿐이고, 근원적인 시간은 "저편"에 있는 겹이 다른 우주적인 장소이다. 이처럼 현존을 일과적인 시간과 장소로 여길 때, 자아는 떠돎을 멈출 수 없으며 밤중에라도 깨어나서 홀로 길을 가거나 택시를 불러타고 다른 도시로 훌쩍 떠나게 되는 것이다. 어느 새벽, 낯선 도시에서 이상인 시인을 발견하는 것은 어려운 일이 아니다. 갑자기 시신(詩神)과의 접신이라도 이루어진다면, 한 도시에서 다른 도시로 뜀뛰듯 건너갈 수 있는 초월적 비전을 이상인 시인은 보여주는 것이다. 그는 공기의 파장을 감지하는 날개를 가슴에 품은 채, 불가해한 도형으로 그려진 날개그물을 펼쳐 겹의 인연을 만나고자 한다.

연기적(緣起的)인

"우주의 모든 사물은 그 어느 하나라도 홀로 있거나 홀로 일어나는 법이 없다."고 한다. 무한의 시공간 속에서 서로는 서로의 원인이자 결과이며, 대립을 초월하여 하나로 융합된다는 것이 화엄에서 가르치는 무진연기(無盡緣起)의 법칙이다. "연화장세계(蓮華藏世界)"는 현상계와 본체, 또는 현상과 현상이 서로 대립하는 모습을 보이면서도 서로 융합하여 그침 없이 약동하는 큰 생명체이다. 이와 더불어 전체와 부분, 부분과 전체가 상호 간에 일체로 넘나들고 있다는 것이 육상원융의 법칙인데, 이는 현대물리학에서 말하는 부분 속에 전체가 포함되어 있다는 홀로그램이나, 모든 우주적 입자들이 그물처럼 짜여 있다는 '구두끈(boots strap) 가설'과도 상통한다.

> 저물 녘 대숲에 슬그머니 숨어드는
> 비둘기 한 마리
> 대나무가 푸른 깃을 펼쳐 안아 들인다.
>
> 「여명」 부분

하늘에는 눈에 보이지 않은 그물이 있어 "저물 녘 대숲에 슬그머니 숨어드는/ 비둘기 한 마리"의 행적조차 놓치지 않는다. "대나무가 푸른 깃을 펼쳐" 비둘기를 안아 들이는 것은 허공에 섬세한 신경선을 펼쳐놓고 있기 때문이다. 그래서 비둘기가 대숲에 깃들일 때는 댓가지와 함께 허공도 잠시 휘어졌다 일어나는 것이다.

> 단 한 번의 밀어줌으로
> 간단없이 급한 비탈의 경계를 넘어
> 다음 생에 당도한 바위 조각,
> 거기서 또 다시

누군가 툭 건드려주는 일이 또 생길 듯이
깊은 꿈을 꾸듯 기다려야 한다.

「툭, 건드려주다」 부분

인과의 그물은 산비탈을 구르는 바윗돌에까지 이어져 있어, "누군가 툭 건드려주는" 일만으로도 "경계를 넘어" "다음 생"에 가닿는다. 그러므로 누군가 툭 건드려 주었기에 현생의 '나'가 있고, 이 현생을 또 누군가 툭 건드려 준다면 다음 생의 어딘가에서 머물게 될 것이다. 이처럼 인연의 그물을 인식하고 이를 생의 이법으로 삼게 되면, 현생조차도 하나의 환(幻)이자 그림자에 비유될 수 있다.

밑줄 그으며 몇 번씩 침 묻혀 넘겨본 생을 뒤적여 보면 한길 건너 모퉁이에 얼른 어른이 되고 싶은 내가 서성거리고 있었지.

한 번도 본 적 없는 그대를 애타게 기다리다가 다 자라지 못한 생각들을 이듬해 봄 탐스런 꽃으로 만들어 매달아보곤 하였네.

하르르 그 꽃잎들 지고, 그대도 없이 주렁주렁 품에 안아 키운 다 자란 작은 애인들이 너도나도 얼굴을 붉히는 동안 벌써 시린 발목을 동여매고 가는 야금야금 벌레 먹은 백 년 세월의 그림자.

자꾸만 어른이 되지 못한 푸른 비애와 당신을 만나지 못한 노란 그리움들이 군데군데 차돌 박힌 땅바닥을 치며 뚝뚝 떨어져 나뒹굴고

그렇게 흔들리는 세연世緣의 가지를 붙잡고 속이 시커멓게 타들어 가고 쭈글쭈글 말라비틀어질 때까지 죽어라 손을 놓지 못하던 하, 수상한 세월이 있었네.

「푸른 사과를 기억함」 전문

연기의 그물을 인식하고 그대를 기다리지만, "하, 수상한 세월이 있었네."와 같이 회상되는 것은 인연의 업이 한 겹의 생애만으로는 쉽사리 성사되기 어려운 까닭이다. "얼른 어른이 되고 싶은" 것은 그대를 만나는 것 자체가 어른이 되어서 할 일이기 때문이다. 들뢰즈에 따르면, 자아는 동일성을 가지고 있으면서도 분열 혹은 양태변화를 통해서 이전과 그 이후라는 시간의 틈에 따라 서로 분리된다고 한다. 자아는 직선형의 동일선상에서 지속되는 것이 아니라 8자 운동과 같이 순환하는 시간의 중간 지점에서 분리됨으로써 과거의 나와 현재의 나는 차이와 틈을 갖게 되는 것이다. 그래서 과거의 나를 이해하기 위해서는 "밑줄 그으며 몇 번씩 침 묻혀 넘겨본 생을" 다시 "뒤적여 보"아야 한다. 여기서 성장기의 추억은 기억의 수동적 종합을 통해 수축되는데, 성장기의 많은 추억 중에서 단 하나로 요약된 것은 "그대"를 기다렸던 일이다.

"그렇게 흔들리는 세연(世緣)의 가지를 붙잡고 속이 시커멓게 타들어 가고 쭈글쭈글 말라비틀어질 때까지 죽어라 손을 놓지 못하던" 것은, 그대를 만남으로써 성장 과업을 완성할 수 있기 때문이다. 어딘가에 있을 그대를 그리워하며, 풋것인 사과를 공중에 주렁주렁 매달고 있다. "한 번도 본 적 없는 그대"이지만, 현생의 업으로 어른이 된 언젠가는 "그대"를 만날 수 있을 것이다. 그러나 그 만남은 오직 "인연의 그물" 안에서만 이루어질 수 있으니, 무작정 그 시간을 애태우며 기다릴 수밖에 없다.

> 어디선가 줄지어 힘차게 날아온
> 다섯 마리 기러기 가족,
> 제일 뒤쳐져 따라온 막내가 좀 비실거린다.
>
> 비실거려 내가 가끔 물 뿌려주고
> 맑게 닦아놓은 하늘 길을 일렬로 통과중이다.

반갑게 손 흔들며
올해도 어김없이 찾아주어 참 고맙다는 말 건네려는데
기럭기럭,
소리 없는 그 향기 허공에 그득하다.

「난꽃」 전문

초끈이론은 양자역학적으로 10차원의 시공간에서만 성립될 수 있다. 그런데 우리가 거주하는 우주는 4차원으로 초팽창을 하고 있는데 비해, 그에 초대칭되는 나머지 6차원은 그 1/10의 크기로 우리 곁의 어느 곳에 함께하고 있다고 한다. 즉 너무 작아서 보이지 않은 곳에 6차원의 물결을 만들며 또 다른 시공간이 존재하고 있을지 누가 알 수 있으랴!

허공에 깊이가 다른 차원이 존재한다면, "난꽃"을 통해 기러기가 날아가는 겨울 하늘을 상상하는 것은 어렵지 않다. 난꽃이 기러기의 형상으로 공중에 피어 있기에 상상을 통해 두 겹의 공간을 병렬시킬 수 있을 것이다. 이때 난꽃은 줄기에 매달려 피는 것이 아니라 허공의 어느 틈으로 날아온 것이 된다. "맑게 닦아놓은 하늘 길을 일렬로 통과 중이다."라고 했을 때 정물인 난꽃이나 화자 자신, 그리고 지구조차도 궤도를 그리며 우주의 중력장을 타고 기러기처럼 끝없는 시공간 속을 여행하고 있는 것은 아닐까. 우리가 문득 허공에서 향기를 맡게 될 때, 숨겨진 6차원의 시공간에 꽃이 피고 있을지도 모른다. 바로 우리 곁에 숨겨진 공간에서 말이다.

물질 상상력에서, 흔히 꽃은 열량이 높은 불의 이미지와 등가적으로 연결된다. 꽃은 공중에서 심지를 물고 있는 불꽃이다. 봄을 맞이하여 상승하는 나무의 기운은 건조한 하늘에 불이라도 그어댈 기세로 폭발하듯 타오른다. 불꽃이라는 우리말에 꽃이 갖는 가연성의 의지가 함축되어 있는 것은 우연이 아니다.

비사표 당성냥 한 줌씩 들고 위태로이 서서
화악, 불 싸질러버릴 태세다

난 그 성냥개비 하나 호주머니에 찔러 넣고
오래 만지작거린다

일어나지 않은,
말없이
말 할 줄 아는 충동마저 깡그리 태워버릴
얼음덩이 같은 화염을 생각하며

「선암매」 전문

성냥개비는 가연성의 의지를 집중시키고 있다. "화악, 불 싸질러버릴 태세"로 긴장하고 있는 것이 또한 꽃망울들이다. 그 둥근 망울들이 방사되면서 진한 향기를 코피처럼 쏟아낼 때, 꽃잎은 건조한 하늘 아래 불꽃처럼 너울거린다. 이것을 바라보는 화자의 내면에도 꽃핌에 대한 열망이 깃들어 있음을 알 수 있다. 그런데 왜 "오래 만지작거"리기만 하는 것일까. 그것은 "말없이/ 말 할 줄 아는 충동마저 깡그리 태워버릴"만큼 폭발력이 강하고 위험한 것이기 때문이다. 견고한 극기를 토대로 "일어나지 않은," 폭발이며, 그 폭발의 의지만을 "선암매"에 이입하고 있는 것이다. 마음을 허공에 펼쳐놓으면 화염처럼 선암매의 불꽃이 너울댈 것이다. 그러나 "일어나지 않은," "얼음덩이 같은 화염"이다.

고리(loop)

생명의 완성은 직선형으로 나가는 것이 아니라 순환형으로 둥글어진다. 둥글게 삶의 궤적을 그리면서 처음의 자리로 되돌려진 곳에 생의 처음이자 마지막인 죽음이 깃든다. 연어의 모천회귀는 이를 잘 보여준다. 이때 시간은 순환형으로 휘어지면서 끝과 처음이 만나는 고리를 이루게 된다. finish의 어원이 되는 라틴어 'finis'에는 끝냄, 완성 (complete)이라는 뜻과 함께 '목표'라는 의미가 포함되어 있다. 목표가 없을 때는 완성의 의미도 없어진다. 마찬가지로 '죽음'은 생의 끝마침과 동시에 생의 목표 달성을 의미한다.

> 항암에 좋다는 흰 민들레
> 우물가에서 깨끗이 씻어 마루에
> 가지런히 뉘어놓았다.
> 잎과 뿌리가 시들시들해질수록
> 힘겹게 고개를 들어 올리더니
> 꼭 다물었던 꽃망울을 터뜨리며
> 다급하게 둥근 우주 하나씩
> 세상에 피워놓는다.
>
> 사지가 깡마르고 심하게 뒤틀리는
> 생의 마지막 찰나까지
> 온힘을 다해 토해 놓은
> 아름다운 우주선들
> 한순간 바람에 힘껏 솟구쳐
> 민들레 주위를 빙글빙글 돌고는
> 새로운 세계로 환하게 날아간다.

「민들레 우주선」 전문

"민들레 우주선"은 민들레가 피운 꽃으로, 그 하얗고 솜털 같은 씨앗들이 바람을 타고 우주적 시공간의 그물을 향해 날아간다. 이 시에서 민들레는 뿌리가 뽑히면서 말라가는 상태이다. 죽음에 임박해 있으면서도, "온힘을 다해 토해 놓은/ 아름다운 우주선들"을 통해 생명의 순환 고리를 완성시킨다. 그래서 민들레는 죽어가면서도 겹이 다른 차원을 향해 우주선을 날려 보내고 있는 것이다. 우주가 홑겹이 아닌 다중의 겹으로 이루어져 있다면 이전의 민들레는 아직 살아 있으며 우주선처럼 날아가는 씨앗들은 겹의 시간과 우주를 향해 날아오르는 것이 된다.

> 먼지 앉은 그것들을 만지작거리는데
> 작고 딱딱한 게 부딪히는 느낌
> 둥근 자궁 속에서 새근새근 잠들었다가
> 화들짝 놀라 깨어나는 소리
>
> 늙어서도 몇 개의 씨를 소중하게 품고
> 끈질기게 버티어낸
> 붉은 주머니
>
> 「붉은 주머니」 부분

　벽에 걸어둔 감이 탱탱한 속살을 지나 좋아들면서 주름지고 검은 반점이 생기면서 못 먹게 되는데, 그 "붉은 주머니"는 감의 온몸이자 씨앗을 품고 있는 주머니이다. "늙어서도 몇 개의 씨를 소중하게 품고" 있는 감 한 알을 통해 생명의 소리를 듣는 것은 시인의 상상력이 대지적 모성을 추구하기 때문이다. 이때 씨앗은 여성의 자궁에 들어있기도 하지만, 두 개의 주머니를 매달고 있는 남성에게도 내재되어 있다. 어떻게 보면 "붉은 주머니"라는 양성적인 상상력을 통해 몸을 가진 것들은 모두 씨앗을 품고 있으며, 또 그것을 통해 겹이 다른 시공간의 문을 열고자 한다.
　유기론적 생태계의 입장에서 볼 때, 만상의 조응이 이루어지는 것을 어렵지 않게 발견할 수 있다. 동박새는 동백나무와 공생관계를 통해 한 식구가 된다.

동박새가 매화가지 사이에서 날아오더니
쮸 쮸, 찌이, 찌이, 쮸 쮸
빠른 장단으로 옹알이하며
스스럼없이 동백나무 품으로 파고든다.
기다렸다는 듯이
푸른 옷섶을 여미며 받아 안는다.
눈썹 닮은 또 한 놈이
쮸 쮸, 찌이, 찌이 부리나케 날아와
함께 꿀을 빤다.
어리광부리듯이 이 꼭지 저 꼭지
돌아가며 꿀을 먹고는
만개한 벚꽃 속으로 장난처럼 사라진다.
그 뒷모습을 쫓는 동백나무의 무수한 눈동자가
스물네 시간, 사방팔방으로 열려있다.

「식구」 전문

동백나무는 어머니의 품을 벌려 동박새를 안아 들인다. "빠른 장단
으로 옹알이하며/ 스스럼없이 동백나무 품으로 파고"드는 것은 동박
새이다. 꿀을 머금은 동백꽃은 어머니의 젖꼭지처럼 동박새를 향해 열
려 있다. 그러나 동박새는 아직 어린 장난꾸러기여서 이곳저곳을 날아
다니며 장난을 치며 어머니인 나무를 걱정하게 만든다. "그 뒷모습을
쫓는 동백나무의 무수한 눈동자가/ 스물네 시간, 사방팔방으로 열려있
다." 동심적 발상을 보여주는 이 시는 나무를 어머니로 새를 자식으로
대응시킨 동화적 판타지를 통해 공유되는 생태계의 모습을 천진난만
하게 보여준다. 이를 통해, 뒤끝이 없는 시인의 성품과 함께 초등교직
생활이 그의 순수한 시세계를 뒷받침하고 있는 것으로 추론할 수 있
다.

떠도는 거처

우리의 시공간이 우주장 위에 떠서 흘러가고 있다고 생각하면, 생의 거처가 공기처럼 가볍고 허허로워질 것이다. 생명은 끝없이 순환하면서 처음이었던 것이 나중이 되고 다시 처음과 합해지면서 일회성의 주기를 마치게 된다. 이때 여행객의 은유를 빌려온다면, 현생은 어느한 역사(驛舍)에서 잠시 머물렀다 다른 곳으로 옮겨가는 것이며, 우주적으로는 무한수의 역사에서 각각의 생명이 머물렀다 다른 곳으로 떠나기를 반복하고 있다.

순천만의 갈대밭은 철새들의 안식처이다. 머물렀다 어디론가 떠나야만 하는 곳에는 여객의 은유가 깃들게 마련이다. 그 머무름은 생의 한 때를 상기시키며, 문득 떠나온 곳에 대한 질문을 가져온다.

순천만 비상하는 흑두루미를 배경으로
흐릿하게 찍힌 사진 속에서
불현듯 되살아나온다.
역전 콩나물국밥집 해월식당에 남은
이빨자국 하나 꽉 문 깍두기

그저 이렇게 저렇게 왔다가 가면서
폐허처럼 깊은 그리움을 남긴다.
무수한 발자국 위에 또 하나
지워지지 않는 인연의 흔적을 찍듯이

마음만큼 뜨겁던 세월의 뚝배기도
어느덧 바람처럼 뚝딱 비워지고
더러 보내고 남는다는 것이
몸 깊숙이 박힌 이빨자국 하나 품고
오래 견디는 일이거니

무리지어 날아와 혼자이듯 앉았다가
대오를 이루어 날아가는 철새처럼
우리는 늘
깊은 상처를 서로 어루만지며
서둘러 떠나가고 있는 것은 아닌지.

「순천역이 가슴 속에서 떠나갔다」 전문

"순천만 비상하는 흑두루미를 배경으로/ 흐릿하게 찍힌 사진"은 과 거를 회상하게 하는 단초가 된다. 들뢰즈는 현재의 지나감을 '재생'과 '반조'로 설명한다. 이 시에서는, 사진으로 찍힌 순천만의 풍경과 역전 의 해월집에서 국밥을 비우던 지난 일에 대한 기억과 재생이 있고, 이 를 현재화하면서 "만났다가 헤어져" 어딘가로 떠나가는 생에 대한 반 조가 있다. 서성시의 시간을 순수현재라고 하는 것은, 방금 막 지나가 고 있는 현존의 시간 위에 과거와 미래가 겹쳐지면서 집중된 이미지 로 나타나기 때문이다.

여기서 "순천역"은 깍두기에 이빨자국을 남기면서 국밥을 비우는 동안의 잠시간 머물렀던 시공간적 지점에 대한 표상이다. 대오를 이루 며 날아온 철새들이 머물렀다 가는 곳이 순천만이고, 시적화자가 누군 가와 함께 머물렀던 곳은 순천역 앞에 있는 해월식당이다. "더러 보내 고 남는다는 것이/ 몸 깊숙이 박힌 이빨자국 하나 품고/ 오래 견디는 일이거니"와 같은 아포리즘은 우리네 인생사가 철새와 같이 무리를 지어 살면서도, 결국은 나름의 "깊은 상처"를 안고 살아가는 개별적 존재자일 수밖에 없다는 인식을 보여준다. 이와 같은 쓸쓸한 상념의 끝에서, "순천역이 가슴 속에서 떠나갔다"와 같은 단언을 하게 되는데 이는 과거와 현존 간의 거리감에 바탕을 둔 것이다. 국밥을 먹던 순천 역이라는 시공간은 이미 현존의 때에 이르러서는 이미 존재할 수 없 는 대상이 되었으며, 시간적으로도 자아는 정태변화를 거치면서 다른 지점에 도달해 있기에 이전의 나를 찾을 수도 없게 되었다. 거처도 없이 떠도는 것은 뭇 생명체가 직면하는 숙명적인 업연이며 생의 보편적인 속성이다.

함평군 해보면에 이름이 문장(文章)인 마을이 있다. "밤실", "입석" 등과 같은 자연적인 특성이 가미되거나 "순천"과 같이 가치가 개입된 지명이 아닌, "문장"은 그 자체로 가치중립적이며 추상적이다. 괄호 안에 무엇이든 집어넣으면 "문장리"의 문장이 된다. "사람들은 짧은 문장 안에서 산다."는 서두의 선언을 통해서, 마을 사람들은 알지도 못하는 사이에 문장이라는 장소적 경계 내의 삶을 영위하게 된다.

사람들은 짧은 문장 안에서 산다.

잠시도 문장을 벗어나 본 적 없는 명사들이
서툴게 쓴 문장 길을 어슬렁거리고
문장의 크기만큼 열리는 오일장에는
싸고 풋풋한 언어들이 넉넉하게 팔린다.
몇 대째 한 문장에서 함께 사는 이들
고치고 고쳐도 허술한 생을 베개 삼아
저녁이면 30촉짜리
밝은 주제 하나 켜놓고 잠든다.

개구리 떼도 긴 문장 속에서 운다.

어쩌다 문장을 펄쩍 뛰쳐나간 놈들은
소문처럼 아침 안개로 떠돈다.
별들마저 새까만 밤하늘의 첫 페이지에
세상에서 가장 아름다운 문장으로
세상에서 가장 슬픈 전설을 수놓는
이 문장 안에서, 문장 사람들은
서로 뜻이 잘 통하는 한 구절 문장일 뿐.

부대끼며 힘들게 살다 보면
눈인사만 나누어도 금방 친숙해지듯이
짧고 간결한 내용의 문장들이
다시 태어나고 새롭게 고쳐 쓰이다가
결국은 삶의 비틀린 얼룩 자국처럼
세월의 비누로 깨끗이 지워져 가는 것이다.

짧고 긴 문장 안에 사는 것들이 많다.

「문장리」 전문

    이 시에서 "문장"이라는 지명이 환기하는 뜻은 중의적이다. 즉 장소적 영역으로서의 "문장리"의 의미와 글 혹은 진술단위로서의 "文章"의 의미가 상호 교차되면서, 공동체적 생활사의 한 단위를 그려내고 있다. "개구리 떼도 긴 문장 속에서 운다.", "짧고 긴 문장 안에 사는 것들이 많다."와 같이 1행의 독립된 연은 서두의 첫 행과 의미가 결속되면서, "文章"이 말이 되고 생활이 되는 개체와 공동체를 아우르는 생활사의 한 장면을 은유한다. 여기서 "문장"은 공동체 혹은 개체적 삶의 의미나 단위로써 기능하다가, 마침내 이 추상명사와 같이 전형화되면서 "문장 안"이라는 한계적 상황을 내포하는 알레고리로 바뀌게 된다. "이 문장 안에서, 문장 사람들은/ 서로 뜻이 잘 통하는 한 구절 문장일 뿐"이라고 한다. 그런 점에서 문장리 사람들의 삶은 실체가 없이 추상화되면서 실체와 환상 간의 구별도 모호해진다. "다시 태어나고 새롭게 고쳐 쓰이다가" 마침내는 소멸을 향해 기울어지면서 "세월의 비누로 깨끗이 지워져"가는 것으로 문장리 사람들의 생애가 요약된다. 이로써 짧은 문장 안에서의 개체적 현실은 사라지고 문장이라는 추상적인 행위소들만 마을을 떠돌게 되는 것이다.

환(幻)이라는

시공간이 결합된 4차원의 감각으로 보면, 3차원의 공간과 실재는 그림자와 같은 것이다. 모든 존재하는 것들은 현기증처럼 흔들리고 있다. 지상의 숱한 건물들과 나무들은 솟아올랐다 쓰러져 사라지기를 반복한다. 십년 전에 벌판이었던 곳에는 아파트 단지가 들어서 있고, 또 얼마의 시간이 흐른 뒤엔 그곳은 벌판으로 되돌려질 것이다. 눈앞의 현상계는 구름그림자처럼 다가왔다가 재빨리 사라져버린다. 우주적 시간에서 보면 현상계의 모든 존재들은 그림자처럼 순식간에 지나가버리고 어느덧 흔적도 남아 있지 않게 된다.

> 시시로 변해가는 저문 풍경을
> 귀에 담아두려고
> 뜰에 흔들의자를 내놓고 있는데
> 나무들이 꽃들이 나를 중얼거리기 시작한다.
> 대추나무 사이로 내려앉는 새도
> 저희끼리 무어라 속삭이며 중얼거린다.
> 강조할 점이 있다는 듯이
> 내 이마에 한참을 머물다 방점을 찍는
> 흰나비 한 마리
> 일어났다 흩어지는 구름이나 무심히 바라보다가
> 대숲을 뒤적이는 바람소리
> 조금 엿듣고 있을 뿐인데
> 도대체 무슨 내용이 쓰여 있기에
> 나를 읽고 또 읽으려 애쓰는 것인지.
>
> 「경經, 중얼거리다」 부분

겹의 우주에서는 시적화자도 공중에 떠서 흘러가는 존재이다. 그 우주적 질서를 예감하고 생태적 그물에 걸려 있는 화자나 다른 차원에서 날아온 나비 한 마리나 간에 서로가 서로를 응시하면서 이해되지 않은 다른 세상을 엿듣고 읽어내려고 한다. 이해한다는 것은 다른 겹의 차원을 열어보아야 하는 것인데, 지상의 현상계에서 한 차원만을 허락받은 존재자는 다음의, 혹은 다른 겹을 열어볼 수 없는 것이므로 다만 예감으로써 다른 차원의 존재자가 나를 들여다보고 있다는 것을 직관할 따름이다.

> 이 세상 여기저기에서는
> 물방울들이 끊임없이 태어나서 자라고
> 잠시 매달려 살다가
> 순식간에 떨어져 흔적도 없이 부서져 갈 것이다.
>
> 내 살아온 만큼의 무게로 떨어져
> 가 닿아야 할 저 천장 너머 무궁한 바닥,
> 아득하게 깊다.

「물방울」 부분

현상계를 넘어선 근원적인 시공간은 지각할 수도 없는 깊이를 갖기에 아득해서 도달할 수 없다. 무한의 심연을 느끼고 바라보는 "나"는 추락에 대한 공포와 두려움을 느낄 수밖에 없다. "잠시 매달려 살다가" "저 천장 너머 무궁한 바닥"으로 추락하면서 한 존재자가 여기에 머물렀다는 사실조차 망각할 때가 있을 것이다. 이와 같이 생각하면, 우리의 일과적인 현생은 하나의 환(幻)이므로 그가 있었다는 사실조차도 환상이 되고 만다.

이상으로 이상인 시인의 이번 시집 『툭, 건드려주었다』를 몇 가지 소주제로 나누어 읽어보았다. 지금까지의 독해는 한 독자가 그의 시에 나타난 특징과 시인의 연대기를 참고하여 읽어본 것일 따름이다.

눈 밝은 독자는 그의 시를 통해 다른 세계를 열어볼 수 있으리라. 이번 시집에서 필자가 특별히 주목한 것은 시공간의 경계인 '여기'와 '저기'에 대한 관념이 두드러지게 나타난다는 점이었다. 이러한 시인의 지향에는 우주적인 관념이 내포되어 있다고 판단하여, 우주가 10차원의 진동으로 존재한다는 물리학의 '초끈이론'을 그의 시에 대응시켜 보고자 하였다.

그의 시를 표면적으로 읽으면 윤회설이나 장자의 호접몽을 떠올릴 수 있을 것이다. 그러나 그의 상상력은 차원을 넘어서는 곳에 있다고 보았다. 밤중에도 가끔씩 그는, 현상계의 질서를 초월하기라도 한 듯이 경계를 넘어 떠돌 때가 있다. 이때는 아무도 그를 막아설 수 없을 정도로 정처 없이 떠돌지만, 다음 날은 소처럼 순한 눈을 껌벅이며 다가오는 것이다. 그의 시가 우주적인 상상력을 밑바탕에 깔고 있는 것은, 이처럼 한밤중에도 경계를 초월하여 다른 겹의 세계를 엿보고 오기 때문은 아닐까? 그의 시에서 사용된 부사어 "딸깍"은 보이지 않는 세계에 대한 노크이며, "툭"은 그 세계와의 접선의 신호이다.

끝으로 시집 『툭, 건드려주었다』의 상재를 축하드리며, 그의 우주적 상상력이 더욱 깊고 유현해지기를 기대해본다.

제4부
새의 **영혼**
- 우리 시대의 시인들 2

山길, 몸의 길

- 이성부, 『지리산』, 창비, 2001.

1.

80년대 초반 필자는 『백제행』과 『평야』의 열렬한 애독자였다. 군데 군데 밑줄을 긋고 메모를 해둔 볼펜의 색깔이 좀 바랬다. 그만큼 세월도 흘렀다. 이번에는 『야간산행』에서 읽기 시작하여 『지리산』에 이르렀다. 지리산 능선이 보여주는 그 길고 유장한 줄기는 시를 따라 면면이 이어졌다. 흑백으로 시집 곳곳에 자리하고 있는 지리산의 아름다운 풍경들과 첩첩 능선들은, 내가 떠나온 산골짜기 고향 마을에 대한 아련한 향수마저 불러 일으켰다.

시집 『지리산』은 편집에 있어서 좀 특이하다. 시의 끝에 주석을 붙이고 시집의 말미에 지리산 지도를 붙여 놓아, 독자로 하여금 시집을 들고 지리산을 찾아가서 현장을 확인하는 꿈을 꾸게 한다.(현행 국어 교과서는 주석을 첨가하여 편집하는 경우가 많다.) 시의 독자가 시인들과 시 지망생들로 한정되어 가는 시대에, 독자의 층을 넓힌다는 점에서 매우 의의 있는 일로 받아들여진다. 문학교육이 예술교육 영역이 아닌 인문교양교육에 편입되어 있는 현행 학교교육과정 체제를 논외로 하더라도, 시인들은 심미적인 측면에서 예술가로서의 역할뿐만 아니라, 세계 인식의 탁월성에서부터 부조리한 세계의 점검과 모색에 이르기까지 선지자적 체험과 삶의 궤적을 제시하는 역할도 수행해야 한다는 생각이다.

2.

　시집을 읽으면서 주목한 것은 길에 대한 인식이었다. 들판의 길이 생활상에 근접해 있다면 시인이 산을 향하여 내어놓은 길은 역사 맥락적인 측면이 강하다. 그가 80년 광주 이후, 잠행하듯 외롭게 산을 찾았던 이유도 그러하다. 어쨌든 길은 인간의 발길이 닿아 그 결과로 생겨난 보행의 장소라는 물질적 속성을 일차적으로 갖는다. 그리고 길에서의 보행은 결코 삶과 분리할 수 없다는 점에서, 길은 바로 우리의 삶과 분리될 수 없는 작용태가 되기도 한다. 「무엇에 쫓기듯 살아가는 이들도/힘이 다하여 비칠거리는 발걸음들도/무엇 하나씩 저마다 다져놓고 사라진다는 것을/뒤늦게나마 나는 배웠다」(「산길에서」). 그러므로 길은 몸으로 남겨 놓은 흔적인 셈이다.

　그러나 물질문명의 발달로 인하여 들판의 길은 불결해졌고, 몸의 흔적으로 만들어진 야성의 길은 산에서만 찾아 볼 수 있게 되었다. 「토방 위에 놓였던 짚세기 지까다비 검정고무신/그 위 마루끝 걸레 빗자루 처넣던 자리에/아무렇게나 던져진 무영베 발싸개 따위/나를 말없이 안으로 울게 하는 손짓들이 있다」(「전적기념관」). 시인은 말없이 안으로 울게 하는 허술한 발들, 남루한 생애 속에서도 야성의 허파로 백두대간을 뛰어넘던 발들을 향하여 마음이 쏠린다. 그리하여, 시의 행간에 모습을 드러내는 인물들의 생애는 그 헐거운 발이 만드는 길이라는 상징으로 환치되고, 시인이 산으로 난 길을 애써 찾아 나서는 일은 그 상징을 해석해 내는 작업이 된다.

　그러나, 이성부 시인의 시를 읽어 가고자 하면 주눅이 드는 것이 사실이다. 「벼가 떠나가며 바치는/이 넓디넓은 사랑,/쓰러지고 쓰러지고 다시 일어서서 드리는/이 피묻은 그리움,/이 넉넉한 힘……」(「벼」)에서 보듯 그의 시는 일단 건강한 생명성을 긍정하는 힘으로 가득 차 있기 때문에 나약함으로부터 늘 비켜 서 있다. (고백하건데, 참으로 부끄럽게 80년 만 스무살이던 그때 나는 광주를 도망쳐 나와 버렸던 것이다. 그 점에 대해서 나는 아무 할 말이 없다.) 시인은 맏형이 가지고 있을 만한 당당함과 힘을 가지고 있었다. 나는 그의 '당당한 남성성의 시(오세영)'를 읽으면서, 산줄기를 훌쩍 넘어서버리는 남성들이 가졌던 이데아 같은 것이 그리워졌다. 나는 그 이데아가 옳은가 그른가가 문제가 되는 것이 아니라고 본다. 누구도 그 이데아의 본질을 보여줄 수는 없는 일이 아닌가? 차라리 몸으로써 그 길을 만들며 가는 것, 그 자체가 숭고하다는 생각이 든다.

> 내가 걷는 산길이 새롭게 어렴풋이나마
> 나를 맞이하는 것 알아차린다
> 이 길에 옛 일들 서려 있는 것을 보고
> 이 길에 옛 사람들 발자국 남아 있는 것을 본다
> 내가 가는 이 발자국도 그 위에 포개지는 것을 본다
>
> 「그 산에 역사가 있다」 부분

> 새로운 길에 들어설 때마다
> 우리는 가슴 두근거림으로 날개를 단다
> 날개 달린 가슴이
> 우리의 어머니인 대지의 품을 더듬어 가고
> 아버지인 시간의 바다를 향해서 간다
>
> 「우리를 감싸고 가는 길」 부분

「내가 걷는 백두대간」의 줄기를 이어가는 처음과 끝의 시이다. 1에서 81번 시에 이르기까지 위 두 시의 내포에서 크게 벗어나지 않는다. 「산은 피란처이자 은둔처, 또는 저항의 기지였다.」는 시인의 말대로, 은둔자이자 피란자이며, 저항이었던 이름들이 그 내포의 공간 안에서 떠오른다. 멀리로는 정장군, 최치원, 도선국사, 김종직, 김일손, 휴정, 남명, 김개남, 매천, 하준수, 이현상, 정순덕, 이태, 이름 없는

204

유골들, 가깝게는 양수아, 고정희, 남난희 및 지리산 자락에서 만나 인연을 갖게 된 사람들에 이르기까지 그들의 삶이자 터전이었던 지리산 자락의 유구한 삶과 이야기들이 질박하게 서술된다. 「예전에는 나도 잘 손질했던 글들을 업고 다녔으나 요즘은 갈수록 손질하지 않은 놈들이 좋아 함께 드러눕는다」(「세석고원이 옷을 입었다」)에서의 언명처럼, 시적 의장은 난해함에서 벗어난 설명의 힘을 지니고 있다.

대지는 어머니의 품이고 백두대간은 어머니의 몸 가운데 척추에 해당한다. 그 대지의 신성에 다가설 때, 그 신성으로 뚫린 길의 비밀한 등산로를 만났을 때, 가슴이 설레게 되고, 「내가 걷는 산길이 새롭게 어렴풋이나마/나를 맞이하는 것 알아차린다」. 그러나 그 길은 전혀 처음인 길은 아니다. 『야간산행』에서, 「외딴길이 입을 벌리고 기다린다/무서우면서도 싱싱한 길이다/우리가 원시성을 그리워하거나/그 내음에 나를 온통 담그고 싶어지는/그 까닭을 오늘에사 알겠다」, 「비로소 완전한 자유가 나를 가로막는다」(「바위타기 2」)와 같이, 외딴 길에서 만나는 역설적인 자유와 기쁨을 노래했다면, 『지리산』은 역사적 통로로서의 의미를 구축한 채 민족적 삶의 연원을 이어가는 길에 대한 집착을 보인다. 예컨대, 산길을 걷는 것이 「이 길에 옛 일들 서려 있는 것을 보고/이 길에 옛 사람들 발자국 남아 있는 것을」 확인하는 것과 유사한 의미를 지니게 된다. 그리고 길 위에서 「내가 가는 이 발자국도 그 위에 포개지는 것을 본다」고 이야기하는, 길의 확인과 그 길에 내 몸을 겹치기, 이것이 지리산 시편들의 이야기라 하겠다.

그러나, 그가 걸어감으로써 큰 기쁨을 느끼는 길은 늘 새롭고 낯선 곳이다. 「새로운 길에 들어서는 일은/우리들 모두 꿈과 희망을 가득 채우고 가는 일/우리의 발걸음으로 두 손으로 뜨거운 만남으로/그 꿈과 희망을 우리들의 땅에 실현시키는 일」(「우리를 감싸고 가는 길」)이다. 지치고 힘들어도 그가 '일떠서서' 굳이 길을 걸어가는 이유이다. 그렇다면, 길의 의미는 보행 공간으로서의 물질적 의미를 넘어선다.

이런 의미에서 보면, 그나 우리가 지금까지 관습적으로 지나온 길은 이데아의 본원에 근접해 있지 못한 셈이다. 그러면 길이 지향하는 이데아의 도착점은 무엇인가, 독자인 나는 애초에 출발지도 없고 도착지도 없다는 생각이다. 백두대간의 남단에서 북쪽까지 남김 없이 길이 이어지고 그 길 위에 민족의 생애를 펼쳐 놓는 것, 끊임없이 새 길을 만들고 뜨거운 만남을 이루는 것, 생생한 몸으로 길을 이어가는 것이 바로, 시에서 이야기하는 산행의 출발점이자 도착점이 아니겠는가.

그 새롭고 낯선 길을 먼저 걸어간 이들이 있다. 그는 신생의 길을 걸어갔던 사람들의, '자유와 고독과 야성의 삶', 그리고 그 체취와 마음을 단풍빛에서 찾아낸다.

> 오늘은 단풍 물들어
> 물끄러미 나를 내려다본다
> 산천초목 어디인들
> 그들이 갔던 발자국마다 길을 만들었으니
> 그들이 숨죽이며 눈짓했던
> 마음속 뜨거운 불꽃
> 오늘은 골짜기마다 이글거리는 눈빛으로
> 피워올라
> 온통 선연한 핏빛 파도 일렁이는구나
>
> 「단풍이 사람을 내려다본다」 부분

마음속 뜨거운 불꽃과 이글거리는 눈빛으로 신생의 길을 걸어갔던 이들은 사라지고 없지만 그들이 걸어갔던 길은 흔적으로 남아 말없이 산을 열어주고, 그 길 위로 단풍 물들어 핏빛 파도로 일렁인다. 그 일렁이며 물들어오는 산의 의미를 만나는 것이 그가 산행을 하는 이유 가운데 하나이다. 또한 그 길을 걷는 것은 스스로에게 짐을 지우는 가혹한 채찍과도 같다. 스스로를 가혹한 신체적 고행 속에 몰아넣음으로써 자기를 완성하는 불교적 수행방법과도 유사하다. 산행을 통해 점차 정신은 상승되고 마침내 그러한 정신으로만 남은 뼈다귀의 육신을 고사목 군락지에서 만나게 된다.

> 내 그리움 야윌 대로 야위어서
> 뼈로 남은 나무가
> 밤마다 조금씩 자라고 있음을
> 나는 보았다
>
> 「고사목」 부분

시련을 통해서만 완성되는 삶, 「뼈로 남은 나무가/밤마다 조금씩 자라고 있음을」 보게 되는 것은 하나의 역설에 해당한다. 여기서 조금씩 자라는 것은 육체적인 질서가 아니라 정신적인 상승의 기운을 일컫는 것이 될 터이다. 가혹한 시대를 몸으로 걸어가버린 사람들, 몸은 소멸되었지만 그 몸들이 남기고 간 길은 상징으로 남아서 산을 키우고 있는 것이다.

3.

지난해 이맘때, 달궁 마을을 들른 적이 있다. 그곳이 '마한'의 마지막 근거지였다는 것과 빨치산 아들과 딸을 두었다는 마고할미가 살아 있다거나 하는 이야기들이, 불과 엊그제의 일처럼 생생하게 살아서 돌아다니는 것을 보고 역사는 실종된 게 아니라 사람들 마음속에 여전히 살아 있음을 느꼈다. 나는 멸망한 왕조와 이념의 그루터기에 앉아 잠시 묵상을 하고 나서, 햇살이 그 깊은 산자락을 넘지 못하고 휘어지면서 갈매빛으로 능선과 산자락을 가득 채워 버리는 것을 보았다. 그리고 나는 내 몸속에 큰 느낌을 갖지 못하고 있는 야성과 고독에 대해서, 반면에 크게 자리하고 있는 탐욕에 대해서 짐작하고 슬펐다.

그리고 올해, 산자락을 타고 금방 산에서 내려온 듯한 『지리산』을 만난 것이다.

몸의 말이 시이던가, 그때 멧새 후두둑 날아올랐던가

– 이지엽, 『씨앗의 힘』, 세계사, 2001.

1.

긴 가뭄 끝에 비가 내렸다. 풀과 나무들은 생기를 얻어 땅의 거름 기를 빨아들이며, 짙푸른 생명의 빛깔로 물든다. 나는 한 뼘 화단을 손질하며, 밀식된 나무들이 앙당거리며 팔을 펼치고 한 줌 햇살을 움켜쥐려고 애쓰는 것을 본다. 나는 그들의 안간힘에 마음을 빼앗겨 가지를 쳐내고 뿌리를 뽑아 땅이 너른 다른 집에 넘겨준다.

잠시 비 그친 사이에 숲으로 가 본다. 숲은 온통 생기로 물들어 있다. 그러나 내가 생기에 찬 그 숲으로 진행하고자 하면 발 디딜 틈이 없이 무성한 것들로 가득 차 있다. 내가 숲에 있고자 하면 그들과 한 몸이 되어야만 한다. "횟가리 푸대같이 거친/ 할머니 손등을 가"리며 떨어질 상수리 한 잎이 여기에도 있다. 나는 그 거칠고 반질한 이파리를 잡아본다. 두툼하게 부피가 느껴진다. 씨앗들은 지상의 빈틈을 용납하지 않고 가득 채워 버린다. 애초에 넓고 한적한 곳이란 없는 것이다. 이렇게 보면 지상의 한 평 땅도 결코 내 것이란 없는 것이 된다. 일차적으로 땅은 식물들의 몫이다.

2.

가령, 시인의 입을 빌어 "말의 몸"을 사물이나 생의 현실이라 한다면, "몸의 말"은 몸의 감각 형상들이 주조해 내는 기억이라든가 현상들이 가져다주는 질감들로 이루어진 기호로서의 시가 될 터이다. 달리 말하자면, 현상들은 세계로부터 흘러나와 나에게 소여(所與)되고 나는 그들과 더불어 한 몸이 된다. 이윽고 나는, 한 몸이 되어버렸으므로 '결국 나의 다른 이름인 세계(대상)'를 만져보고 질감을 느끼고 의미를 부여하여 몸의 말인 시를 빚어내는 것이 아닐까?

> 겨울 눈밭에 묵은 실잠자리 한 마리 앉아 있다
> 발끝 차가운 저 희디흰 순수의 가슴을
> 한 걸음씩 옮길 때마다
> 산 전체가 부르르 떨린다
> 역사는 말이 아니고 언제나 몸이던가, 몸이던가
>
> 「말과 몸」 전문

「말과 몸」에서 그가 인식하는 세계는 가벼움과 무거움 사이에서 아슬한 균형을 잡고 있다. 시인의 마음은 둘 중에서 가벼움에 닿아있다. 전체적으로 보면, 겨울과 산과 역사는 거역할 수 없는 실체로서 압박해온다. 여기에 비하면 개체인 실잠자리 한 마리의 순수는 미약하기만 하고 바람에 날려가 버릴 것처럼 위태롭다. 그러나 시인은 그 신산스런 표정에 눈길이 머문다. 부르르 떨리는 개체의 몸부림과 절명의 순간을 산이나 역사보다도 크게 보는 것이다. 시인의 몸속에서 산 하나만큼의 역사가 진동을 하는 것이다.

이때 시인은 "역사는 말이 아니고 언제나 몸"이라고 주장한다. 몸은 언제나 움직이며 강물처럼 흘러가 땅 위에 흔적을 남긴다. 그러나 말은 몸의 뒤에 간신히 붙어 다니기만 한다. 그러므로 말의 본질은 몸이 되는 것이다. 이러한 인식의 방법은 그의 다른 시에서도 나타난다. 예컨대, 사랑이라는 언명보다도 몸으로써 느끼는 사랑의 정황에 그의 눈길이 오래 머무는 것이 그것이다. "하르르 무너질 듯 하늘까지 일시에 흐려지는데/ 발 가랑이에 와 닿는 물소리는/ 더 희고 여물게 살아납니다"(「꽃터널에서 길을 잃다」끝 부분)에서와 같이 구체적인 단언으로 시를 맺지 않는다. 그래서일까 정황은 그대로 정황이어서 그 뒤쪽을 열어놓고 무한으로 독자의 상념을 이끌고 가는 효과를 거둔다. 시의 끝이 열려 있으므로 마침표도 좀체 보이지 않는다.

3.

무릇 「몸의 말」가운데 가장 아리따운 것이 사랑에 관한 말일 것이다. 그 사랑 중에서도 가장 애잔하고 적막감을 주는 것이 유년기의 추억이리라. 왜냐하면 그 유년으로는 결코 돌아갈 수 없기 때문이다. 그래서일까 시인은 「가벼워짐에 대하여」라는 연작명을 붙이고는 그 첫 장에 뽕나무밭에 쪼그리고 앉아 있는 웃뜸의 영심이를 불러내고 있다(「뽕나무 아래」). 그 영심이는 "살끈한 엉덩이", "짜글짜글한 오디 입술" 등으로 사춘기적 소년의 마음에 큰 파문을 일으킨다. 이때 소년의 마음은 "몰라몰라 그때 마침 노을빛 콩당콩콩/ 방아 몇 섬 찧었다던가"로 표현되면서, 그 순간의 황홀함과 망설임을 짐짓 노을빛으로 전가시킨다. 부끄럼 때문이다. 그러나 실상 그 떨리고 황망스러워 「달싹이다 끝내 아무 말 않고 돌아선」순간의 이쪽과 저쪽의 마음이 노을빛 그 자체가 아닌가. 그래서 "그후로 내 가슴 뽕밭이 하두 환해와서 환해는 와서……"와 같이 잊히지 않는 기억으로 남아 있는 것이다.

서투른 사랑이야기 속에 나오는 웃뜸의 영심이, 작고 낮은 것들, 서른여덟의 노총각 준석이, 천안으로 시집간 누나, *女僧*, 어머니 등이 만들어내는 세계는 작지만 아름답고 순수하며 자연 친화적이다. 무엇보다도 시인의 눈이 유년기의 맑음과 천진함을 잃지 않고 있기 때문이리라.

> 별들은 휘는 댓가지 끝마다
> 파르르한 울림으로 떨어져
> 네게로 가는 길, 날마다 이리 환하고 서늘하다
> 　　　　　　　「네게로 가는 길-가벼워짐에 대하여 9」 부분

「그 明窓淨几의 밤바다, 푸른 물결 소리」, 그리고 또 다른 의미의 층에서 明窓淨几의 방 가득히 댓잎의 "푸른 물결 소리"가 밀려드는 듯한 이 시는 우주적 기운으로 충만하다. 그 우주적 기운이라는 것이, 시인의 마음에 나부끼는 추억의 물소리이거나 소슬바람 한 줄금에도 웃음 쏟아져 내리는 "山가시내"의 봌우물이거나 어머니의 나직한 목소리이거나 간에, 그것을 생각하는 시인의 마음이 댓가지처럼 휘어질 수 있다는 것, 휘어지면서 별빛을 파르르한 울림으로 머물게 하는 데서 생성된다.

> 나는 그 자리 붙박이로 서서 그녀를 바라보았네
> 작은 가슴에 애써 잠재운 개쑥부쟁이의 가는 꽃대들,
> 흰 동정의 물살 분별 없이 휘어지는 것을
> 　　　　　　　「내 마음의 山寺-가벼워짐에 대하여 12」 부분

그렇다면 그의 몸속에는 자연이 들어앉아 있는 셈이다. 개쑥부쟁이가 휘어지는 것은 결국 시인의 마음이 휘어지는 것이 된다. 그러므로 그가 짐짓 의뭉을 떨면서 시의 끝에서 "그때/ 막 찢어지기 시작한 붉은 산의 샅 한 자락 물고/ 멧새 후두둑 날아올랐던가"라고 말하더라도, 왜 그때 멧새가 후드득 날아올랐는가를 곰곰이 생각해 볼 필요가

있다.

그렇지만, 그의 가벼워짐이 원초적인 사랑의 향기인 "후끈한 살냄새"나 "오살놈의 밤꽃 향기"에만 머물러 있는 것은 아니다. 그러한 유정한 세월을 이어가는 데는 삶의 쓰라림이 늘 겹쳐져 있다.

마른 땅 위에 한나절 비가 내리고
트랙터 지나간 뒤
깊게 패인 바퀴 자국들!

세상의 모오든 길들은 상처가 남긴 살점이다
「아름다움의 한가운데」 전문

세상의 모든 것들은 몸으로 말한다. 그 몸으로 길을 만들고 생을 영위하고 그 몸으로써 지나온 길을 보여준다. "구신구신 앙당앙당"거리며 어머니와 다투던 누이도, 생의 가파른 길을 걸어 "식당 주방에서 애들 학비는/ 거뜬히 번다며 웃"는 신산스런 몸의 길을 보여주게 된다. 마른 땅을 질펀하게 적셔주는 한나절의 비처럼, 시의 인물들은 유정하고 헐거운 나날들로 몸을 물들인다(「반쪽에 관한 명상」, 「유년의 房」, 「매형」, 「손 2」 등). 그 위로 생의 거간꾼인 시간이 지나가고 씁쓸하고 곡진한 생의 일면들도 건너간다. 그래서 "세상의 모오든 길들은 상처가 남긴 살점"이고, 길은 곧 몸이 된다.

그리고 또한, 몸에서 길이 풀려 나와 말이 되고 이윽고 시가 된다. "몸은 징검다리 뛰면서/ 마음은 늘 개울에 빠져 발이 시렸구나/ 아직까지 하늘의 뜻을 어기지 않고 기다리는/ 사람들이 있다니! 때로 사람이 사람을/ 한 그루 나무 되게 한다"(「내 마음의 곡선」)에서처럼 몸을 펴서 나무로 서 보는 직립형 기다림의 길도 있고, "입혀져서 누더기/ 누더기가 될 때까지/ 기꺼이 한 몸으로 섬길 수 있다면"(「交感」)에서 보여주듯 그녀의 살갗과 직조된 나의 몸이 은밀히 만나는 애로

틱하고 마조히즘적인 길에 대한 지향도 있다.

  이지엽 형은 서울에서 내려온 후 10여 년의 시간을 통과하면서, 남도의 몸과 유년기의 추억을 불러오는 데 이 시집을 바치고 있다. 「자서」의 다음 구절은 그의 시를 이해하는 데 큰 도움이 된다. "나는 남도를 사랑한다. 붉은 황토와 보리와 대나무와 낮은 구릉과 갈라터진 손등과 개펄을 사랑한다. 소리 없이 무너지는 오래된 풍경이지만 그것들은 여전히 내 울음이고 나무이고 배꼽이다." 그는 이제 남도와 다시한 몸이 된 것이다.

새의 영혼, 일상과 환몽(幻夢)의 겹주름

- 장대송, 『섬들이 놀다』, 창비, 2003.

1. 이를테면,

첫 시집 이후, 거의 5년 만에 출간된 장대송 시인의 두 번째 시집, 『섬들이 놀다』를 펼쳐본다. 내 기억은 그와 만난 적이 없었던 것으로 판단한다. 일면식도 없는 그의 시집에 서평을 다는 것은 아주 무모한 일이다. 그러나 내가 그의 시를 건너가 보지 않고는, 아무 것도 아는 것이 없는 폭 잡아야 한다는 좀 해괴한 위기감을 느꼈음을 고백하지 않을 수 없다. 그의 텍스트는 간결하고 통제된 상황 제시로 의미 통로의 많은 부분을 독자의 몫으로 떠넘기고 있다. 시를 통해 말을 걸어오는 시인과 소통할 통로를 찾아내는 것은 독자의 책임이다.

이 시집을 한번 더 통독한 것은 시골집에 내려가서이다. 뻘밭이라고 전혀 찾아볼 수도 없는 산촌의 어둠을 뚫고 수탉 소리가 들려왔을 때, 나는 까무룩한 잠결에서 깨어나 다시 이 시집을 읽고 있는 중이었다. '어둠을 파다닥 펼쳐서 햇볕에 널고 싶은 수탉?' 아니면, '새벽마다 조금씩 혼을 뜯어내 하늘로 띄워보내는 새!' 하는 등의 장대송식(?) 구절을 만들어 보았으나, 저놈의 닭대가리가 '새'의 상징을 가져오기에는 너무도 벅차게 생활의 체중이 나가는 것이었다. 적어도 새의 심혼을 터득하기 위해서는 '황조롱이'나 '박새'만큼 날렵한 날개를 가지고 있어야 한다. 즉, 날개의 영은 커야 하고 그 날개가 품고 있는 몸피는 작아야 하는 것이다. 날렵하고 자유로운 영혼은 적어도 장 시인의 것이었지 내 것은 아니었다. 이것이 『섬들이 놀다』를 읽으며 새벽을 맞이했을 때 다가온 깨달음이다.

2. 놀이

데리다에 의하면, 텍스트의 의미화 작업은 실과 실이 만나면서 직물이 짜여지듯이 독자의 독서 행위에 의해서 결정되므로, 의미의 중심에 대한 확정은 유예되고 텍스트는 시간과 독자를 향하여 미끄러져 들어가는 기표(signifiant)로 주어질 뿐이라고 한다. 시 또한 하나의 텍스트 기표물로서 의미를 지시하고, 여기에 초대된 독자는 의미화의 '놀이'에 참가하여 이를 즐기거나 고통을 당한다.

표제시로 사용된 「섬들이 놀다」는 '놀이'의 중층적 사건들을 야기한다.

> 빈 벽에서 먼 바다의 섬들을 보았다
> 섬들이 놀고 있다
> 우울했다가 심심했다가 깔깔대다가 눈물 흘리다가
> 사는 게 노는 것이라고 했다
> 집이 되었다가 용이 되었다가 상여가 되었다가 구름이 되었다가
> 바람이 되었다가
> 즐겁게 노는 게 곧 비가 오려나보다
> 비 오면 떠날 듯한 사람이 그립다
>
> 「섬들이 놀다」 전문

시적 화자는 "빈 벽에서 먼 바다의 섬들을 보았다"고 한다. 이는 시인의 행위를 유추하게 하는데, 시인은 도시의 건물과 대면 중이다. 건물은 빈 벽만 보여주고 있으므로, 전망을 제한 당한 존재가 면벽의 시간에 들어 있는 셈이다. 그는 비어 있는 무한의 내면을 향해 섬들을 불러내고 그 섬들이 놀고 있다고 생각한다. 그런데, 실상 사는 게 노

는 것이므로, 그 섬들은 인간 실존을 지칭하는 것이 된다. 섬들이 노는 모습은 참으로 다양하여 정서적, 형상적 양자 모두 순환적 속성을 가진다. 이는 '노는 것은 즐거운 것'이라는 일상적 등식을 가볍게 넘어선다. 즉, '집→용→상여→구름→바람' 등의 인공과 자연의 순환을 거친 후, '즐거운' 놀이의 끝은 '비'가 된다. '비'는 그의 시집에서 중요한 심상을 형성하고 있는데, 비를 통해서 순환적 사유를 끝내는 것, 그리고 사유의 무거움을 벗어나기 위하여, 무언가를 말리고 싶은 의지가 그것이다. 이 시의 끝에서 갑자기 "떠날 듯한 사람이 그립다"라고 언명을 내리는데, 그렇다면, 그 사람은 이 놀이의 참여자인가 아닌가. 아마도 여러 섬들 중이 하나일 수도 있다는 생각이 든다.

그의 심상들은 너무나 견고하고 간결하여 독자로서 의미의 틈을 채우기가 벅차기도 하거니와, 의미화의 중층성은 또 다른 도전 의식을 불러일으킨다. 왜냐하면, 시인이 '빈 벽'과 놀고 난 다음, 독자인 나는 다시 면벽의 수행 정신으로 그의 시와 놀아야 하기 때문이다. 이중의 놀이를 거친 연후에야 시인과 약간의 소통감을 맛볼 수 있는 셈이다.

이에 대해서 위로를 받으려면 가다머(Gadamer)를 동원해야 하리라. 가다머에 의하면, 텍스트가 이해되는 것은 저자이거나 독자이거나 간에 텍스트가 전달하고자 하는 주제에 함께 참여하는 놀이를 통해서이다. 수행자들이 놀이의 구조를 만들지는 못하지만, 놀이는 비로소 수행자를 통하여 구체적인 모양이나 존재를 형성하게 된다. 즉, 놀이의 수행자인 독자는 어떤 의미에서는 놀이의 창조자가 된다.

솔직하게 말하면 나는, 「섬들이 놀다」와 쉽게 친해지지 못했던 것이다. 그래서 가다머의 위로가 필요했을까. 이 시의 진술은 매우 독특해서 내가 익숙하지 않은 방식으로 놀이를 요청해 왔기 때문이다. 즉, 섬의 환유로서 갈매기나 바다 혹은 포구나 어촌의 생활상 등, 이런 것들을 대 놓고 이야기하는 것이 아니라, 아예 벽을 대 놓고 섬이라고 우기면서 놀아줘야 하기 때문이다. 이쯤에서 나는 현실과 가상공간이 뒤섞여 버리는 영화 「메트릭스」가 이 시와 연결될 수 있을지 아닐지 매우 고민스러웠음을 고백할 수밖에 없다. 환몽으로 통하는 입구 찾기는 평범한 상상력으로는 가당치도 않은 일이었으니…….

3. 분리

그의 시집에서 시어 '빛', '새', '비', '말리다' 등은 매우 중요한 의미부이다. 이 가운데 '새'는 시인의 현실과 환몽을 매개하며, 자아의 대유물이자 경계의 사유를 넘어서 초월적 비전을 가져오는 존재이다. 즉, 첫 시집 『옛날 녹천으로 갔다』의 후기를 참고하면, 몽상 속에서 생겨난 새들이 시인에게 엄격한 뉘우침의 순간을 가져다 준다.

> 담벼락 보호를 위해 우둘투둘 뿌려놓은 날카로운 시멘트 뭉치들이 수만 마리의 철새떼로 변해 날아가는 것을 보았다. 철새들은 먼발치에 서 있는 겨울 물빛의 눈빛을 가진 사람들한테로 날아갔다. 그들은 다시 철새를 몰고 와서 내 뒷골을 후려쳤다. 시를 그렇게 쓰는 것이 아니라고
>
> 「후기」 부분

그러니까 깨달음의 순서는 이러하다. '시멘트 뭉치'에서 환몽처럼 철새들이 날아오르고, 그 철새들의 기착지에 "겨울 물빛의 눈빛을 가진 사람들"이 있다. 그리고 그 '눈빛 맑은' 사람들과 함께 되돌아와서 '시인의 뒷골을 후려'친다. 시집의 후기는 다음 시집에 대한 다짐일 수 있으므로, 그가 다가간 '겨울 물빛의 눈빛을 가진 사람들'의 표정이 궁금하게 된다. 여기에 해당하는 사람들로 '띠동갑 상훈이'이나 '벙어리 할배', '인수제 할머니', '후인(後寅)'이나 '누이' 등, 가난하지만 마음만은 한량없이 따뜻한 사람들이 되겠다.

「두 개의 해」에서는 사물의 형상이 분리되어 드러나고, 이 예비된 분리는 종국에는 하나로 겹쳐짐으로써 대상에 대한 인식의 폭을

깊게 한다.

> 시계(視界)가 잘린 아파트 능선에 겨울해가 떠오른다
> 이중유리창에 흐린 해가 겨울해를 따라 떠오르고 있다
> 겨울해의 여린 빛이 만들어낸 흐린 해, 한걸음 물러서서 서로 견제
> 하여 움직인다
> 두 개의 해를 자유롭게 날아다니는 상상을 해본다
> 종교와 인간, 현실과 허상, 어둠에 익숙한 나…… 아침이 시작되자
> 색깔과 명암이 너무 선명해
> 겨울해가 떠오르는 곳에서 한마리 새가 흐린 해를 향해 날아들고
> 있다
> 새가 날아들자 유리창 속의 흐린 해가 사라졌다
> 빛 없는 해, 이중창 속에 갇혔다
>
> 「두 개의 해」 전문

아파트 능선에 겨울해가 떠오르면, 이중창의 안쪽에 그림자인 흐린 해가 따라서 떠오른다. 이들의 관계는 현실과 허상의 차이인데, 이들은 서로 견제하듯 떠올라, 어느 한 쪽도 자신의 가치를 굴복시키지 않는다. 즉, 아직 어둠인 새벽녘에는 "종교와 인간" 혹은 "현실과 허상"이 중복되어 아늑한 전체를 이룬다. 그러나 색깔도 선명한 분별의 아침이 오면, 새 한 마리 날아들어 흐린 해를 사라지게 한다. 이로써 겨울해는 빛을 잃고 이중창 속에 갇히고 만다. 이 풍경은 허상이 사라져 버린 뒤의 좌절과 삭막함이다. 즉 첫 시집의, "그림자로 자신을 또렷이 만들어낼 줄 아는 부유는 아름답다/바람 불면 그림자 만들러 가야지"(「수타사 계곡」)에서 보았던, 형상을 받들어서 존재를 밝혀주는 그림자에 대한 긍정이 훼손되고 만 것이다.

도시적인 삶의 틀을 거치면서, 존재의 중요한 부분이 결여되고 있다는 인식은 「새의 영혼」에서도 나타난다.

새벽 방송을 위해 방송국 건물로 들어설 때 새의 주검을 보았다
푸른 새벽빛이 반사된 유리창, 어떤 나라이기에 영혼을 날려보냈
을까
영혼을 내보낸 새의 몸은 새벽이다
삶의 울타리를 벗어나면 새의 몸으로 들어갈 수 있을까
아침이 되기 전 새의 몸속에 있고 싶다

「새의 영혼」 전문

　새벽은 아직 선명한 명암의 시간이 아닌, '영혼과 몸'이, '현실과 환
몽'이 전체를 이루며 껴안고 있는 시간이다. 이 시간에 출근하면서 새
의 주검을 보게 되는데, 여기서 중요한 것은 새의 주검이 환기하는 영
혼의 문제이다. 날아다니는 새만이 영혼을 날려보낼 수가 있다. 왜냐
하면 현실(몸)과 허상(영혼)은 서로 분리될 수 없는 전체이므로, 하나
는 다른 한쪽에 의지하기 때문이다. 그러므로 영혼을 날려버린 새의
몸은 자유이고, 새벽의 시간이므로 아직은 전체를 회복할 여유를 가지
고 있다. 이에 시적 화자는 삶의 울타리를 벗어나 "새의 몸속에 있고
싶다." 이쯤에 이르면 시인의 영혼은 사람의 몸보다는 새의 몸에나 어
울릴 듯하다. 자꾸 날아가 버리고 싶은 충동, 휘발성의 영혼을 간신히
견디고 있는 것이다.
　이러한 분리에의 의지는 「사자들의 저녁 식탁」에서 두드러지게
나타나는데, 결국 이러한 분리는 '일상과 환몽, 몸과 혼, 물기와 마름'
등의 대립적 세계가 결국 서로 겹쳐진다는 것인데, 시인은 현상을 넘
어선 세계를 심안으로 환히 내다본다. 그래서 보이지 않은 마음의 흉
터까지 빨아먹고 혼으로 살아남는다.

썩은 달이 몸을 가두고 있다
썩으면서 마르는 개복숭아에 붙어 진액을 빨던 벌레가 떨어졌다
평상에서 버러지처럼 누워　낮잠에 들다

몸을 쪼아먹을 새는 어디서 날아오고 있을까
바람이 와서 왜장쳐 몸과 혼을 분리해놓다

사자(死者)들의 저녁, 먼지나 앉을 만한 조용한 식탁에 몸이 올려
졌다
가지런히 눕혀진 몸, 몸에 난 상처들, 흉터가 있는 고기처럼 누구
도 건드리지 않았다

바람 부는 포구 다다미 여인숙 구석방에 남겨진 혼, 밤새 쏟아지는
빗소리를 빼놓지 않고 듣는다
빗소리에 혼은 사막화되고 있다
비 그치면 비에 팬 혼이 종유석처럼 솟구쳤다가 부서져내리겠지

사자들은 마음의 상처를 혼에 먹인다
상처가 혼을 살렸다

「사자들의 저녁 식탁」 전문

여기서 '새'는 환몽의 세계를 주관하는 자이다. 그러나 새는 날아오
지 않고 상처투성이의 몸만 식탁 위에 눕혀져 있다. 흉터가 많은 이
고기를 누구도 건드리지 않는다. 분리된 혼은 여인숙 구석방에 눕혀져
빗소리를 듣고 있다. 이 혼도 결국 사막화된 끝에 종유석처럼 솟구쳤
다가 곧 부식될 처지이다. 그러므로 분리된 몸과 혼은 모두가 상처투
성이고 상호성 있게 상대를 강화시킨다. 그러므로 곧 일상에서 몸의
상처는 마음 상처가 된다. 그러나, 일상과 환몽은 결국 뒤섞여 있으므
로, 마음의 상처는 환몽의 혼을 강화시켜 "사자들은 마음의 상처를 혼
에 먹인다/상처가 혼을 살렸다"는 언술을 가능하게 한다.

4. 겹주름

이 시집의 시들은 세부적인 의미부들이 서로 물고 물리면서 의미의 겹주름을 만들고 있다. 시에서 이 주름들은 펼쳐져서 길게 이야기하기보다는 수축되고 아물려서 서로 만나고 있다. 이로써 시가 상징을 획득하게 되고 중층적인 의미의 자장을 형성하기에 이른다. 이러한 판단은 아래 인용된 해설을 참고로 한 것이다.

> 모든 문학이 그렇듯 시의 아름다움은 열망과 좌절 사이의 복합적 상호작용에서 나온다. 장대송의 시 역시 마찬가지이다. 그의 시적 여정이 드러내는 것은 이야기의 결핍, 결여의 이야기를 대가로 그 결핍을 비추는 복합적 응시의 체계를 이루어냈다는 것이다.
>
> 정과리의 해설「섬들이 노닐 참의 빌딩들」에서)

이러한 해석을 참고하면, 그의 시를 해독하는 마땅한 방법은 복합적인 응시의 체계를 확인하여 상호간의 의미를 중첩시켜 보는데 있을 것이다. 이 중층성은 또한 독자를 향해 열려 있어서 이중의 독법을 요청한다. 우선적으로, 한 편의 시에서 각각의 이미지가 만드는 주름들의 의미를 파악하는 일이다. 다음 단계로는, 주름들 간의 교차를 확인하고 수긍하는 단계이다. 물론 이러한 일들은 복합적으로 발생하는 것이어서, 마침내 시의 주름에 독자인 나의 삶의 주름까지도 겹쳐지면서 시의 의미가 총합적으로 파생되는 것이다.

> 강에 나간 어부네 집 푸른 함석지붕에 눈이 소복하다//
> 할멈과 손주가 싸워대는 소리에 내리던 눈들이 놀라 공중으로 튀어오른다//
> 싸우다 지친 할멈이 마루로 나와 쌈지에 넣어두었던 양귀비 열매를 씹는다//

광란이 일어났던 아랫배가 따스해져간다//

함석지붕 쌓인 눈이 녹아내린다//

「강어부네 집」 전문

위의 시는 강어부네 집 함석지붕 밑에서 일어난 일과 눈이 내린 풍경이 대비적으로 나타나 있다. 적어도 인간사와 자연사는 상호 포용적이다. 즉, '눈이 소복하다가, 튀어오르다가, 녹아내리는' 일련의 과정은 순환적이며 자연스럽거니와, 집안에서 일어난 일인 '함멈과 손주의 싸움이 있고, 양귀비 열매를 씹고, 아랫배가 따스해져 가는' 일련의 과정은 각박하기보다는 오히려 일상적인 편안함이 있다. 특히, "아랫배가 따스해져간다"와 "함석지붕에 쌓인 눈이 녹아내린다"에서 몸의 형상과 자연의 형상이 조응을 이루며 풍족하고 유연한 의미공간을 만들어 낸다.

「황조롱이 1」에서도 '비둘기를 낚아챈 황조롱이'와 '기류를 타고 온 전파'의 대비적 진술, 그리고 "나뭇가지에 매달린 눈발들이 질투처럼 빛났다"는 구절과 "배회하던 시간들, 거미줄에 매달린 이슬처럼 날카롭다"의 대비적 진술들은 가운데를 접어 찍은 데칼코마니처럼 상호간의 의미를 확장하고 나열한다. 이로써 사건들의 처음과 나중은 모호하게 뒤섞인다. 그 접는 선 가운데 위치한, "공원에서 밤을 새운 행려자가 두리번거린다"와 같이 독립된 2연은, 앞뒤 1, 3연의 의미를 절연시키면서, 한편으로는 행려자의 두리번거림이나 다름없이 엉뚱한 현실 혹은 환몽의 상태를 지시하는 시 전체 의미와 겹치게 된다.

5. 이른바

엘리어트는, 사상과 정서를 예술적으로 표현하는 유일한 방법으로, 이에 상응하는 객관적 상관물을 발견하는데 있다고 하였다. 이 언급이 여전히 설명력을 가지고 있다면, 『섬들이 놀다』의 많은 구절들은 객관적 상관물의 입장에서 해석되어야 하리라고 본다. "모래언덕의 마른눈들은 몸에 바람무늬를 새긴다", "여인의 마른눈 속으로 염전 노을 지다"(「바람아래」)에서, '마른눈:'과 '마른눈'은 서로 다른 의미를 가지고 있으면서도, 이미지가 중첩되며 효과적으로 의미를 확장시킨다. "여인의 마른눈 속으로 염전 노을 지다"의 독립된 연은 그 서술이 깡말라 있다. 그러면서 이 부분이 환기하는 정서적 핍진성은 독특하며 강렬하다.

결론적으로 장대송 시인의 이번 시집은, 매우 간결하고 단단한 이미지들을 중첩시킴으로써 그 의미 확장력을 높이고 있다. 시에서 자주 만나게 되는 여백과 틈새들은 독자로 하여금 텍스트 읽기의 자유로움을 주지만, 그만큼 허방에 자주 빠지게 하기도 한다.

지금까지 본 서평에서의 자유분방한 오독의 태도는, 모두 본 독자의 무능과 무책임 때문이다. 시인에게 누가 되지 않기를 바라는 마음 간절하다.

몸의 우주율

- 박순선, 『버블데이스』, 시와산문사, 2008.

자서를 읽으며 추론한 바, "가시의 집에서 나오는 길은 가시나무를 통과하는 길뿐임을 제 마음에 새겨 놓고", "가시나무 새를 꿈꾸"는 것이 박순선 시인의 시가 헤쳐 나가는 길임을 알 수 있다.

필자가 이 글의 제목으로 '몸의 우주율'이라 했을 때, 박순선 시인의 시 문법(poetry grammar)을 찾기 위해 전편을 통독한 결과로 붙여진 것이다. 즉, 알코올이 좀 섞여 흐를 것 같은 핏줄을 가진 몸의 가시 돋침, 독서, 음악, 자연사미술관 등이 모두 서로 뒤섞여 시의 정신을 고문하는 '위리안치'의 형국을 그려내고 있다고 보았다.

하루치의 묵언 잘 보았습니다. 줄포항에서 격포로 들어가다 보면 조약돌 길의 한쪽에서 내려다 보아야만 보이는 항구 소나무로 등을 두른 소담한 항구에 기대어서 보았습니다. 하늘과 바다를 하나로 물들인 금빛 침묵 송구스런 마음으로 보았습니다. 다시 만날 기약, 기슭의 가슴에 부딪히며 잔잔하게 흐느끼며 소금물로 자작자작 적셔두어야만 속내 억누르며 적운(赤雲)으로 적셔두어야만 하는 약속, 그나마 더디 그린 숨결, 붉게 염장해둔 숨은 터치, 남은 장식 함께 하고 싶습니다.

「자연사미술관 관람기- 모항 일기」 전문

위의 시에서 시적화자가 토로하는, 모항의 풍경과 적운의 하늘 가, "자작자작 적셔"서 염장을 해두어야 하는 풍경들은 감각적 어휘를 빌

225

어서 표현하는 몸의 다른 이름이다. 자연의 풍경들이 몸 안에 붓으로 터치하듯 감각적으로 스며드는 까닭이다.

이 시집에서 몸은 여성성을 특징적으로 보여주고 있는 주요 시어들을 찾아보면, 자궁, 양수, 손톱, 가슴, 숨결 등이다. 이들 중 일부는 부드럽고 일부는 폭발적으로 노출된다. 「자연사미술관관」 연작들이 전자에 해당한다면, 시집의 표제작인 「버블데이스」와 같은 작품은 후자에 속한다. 아마 추측컨대 이런 시들은 '백세주'를 한 병 정도 혈액 속에 녹여 흐르게 한 다음 쓴 것도 같다. 그래서 음악의 기운과 알콜의 기운이 몸속에 혼재되면서 몸의 시를 쓰게 되고, 그 당시의 몸이 폭로 되면서 동시에 생의 통점조차 민감하게 사유하는 시의 형상을 보여주게 되었다고 본다. 그래서 음악은 구원의 방식이 아니라, 나탈리 망세가 몸으로 연주하는 누드첼로의 새로운 형상을 보여주었듯이, 음악의 선율은 다름 아닌 몸의 감각으로 다시 살려내고 있다는 느낌이 들게 되는 것이다.

> 들어갈까?
> 손을 잡고 방문 앞을 지날 때
> 눈꺼풀이 떨리고 있었다
> 아주 오래 전부터
> 화산의 중심
> 그리하여 아무도 모르게 속 탔을
> 붉게 물든 잎을 본다
> 고운 나뭇결에
> 태양빛 쓸리는 소리 듣는다
> 잠시 우리들을 보는 듯
>
> 「단풍나무 여인숙」 전문

시인은 단풍잎을 잠시 머무르는 여인숙으로 은유하면서, 실상 내부에 잠복한 욕망의 문제를 제기한다. 시인의 내부에 잠복되어 망설임과 심리적 방황을 가져왔을 붉은피톨의 문제, 즉 욕망으로 인한 갈증의 문제를 「단풍나무 여인숙」으로 대체하여, 삶의 한 정황을 보여준다.

> 기네스맥주 한 병을 또 들이킨다
> 쌀쌀맞은 물고기가 거품 속으로 뛰어든다 노오란 잠수함이 되어
> 서로를 통과하지만 부레를 잃은 인어처럼 우리는 왜 숨막히는가
>
> 기네스맥주 한 병을 들이키며 음악이 흐르는 나만의 상자 속으로
> 돌아온다 생을 미행하는 음악을 듣는다
>
> 기네스맥주 한 병을 더 들이킨다
> 몽롱하고 우울한 언어 밖에 조종 못하는 우리를 알아보려 하지 않
> 는다
> 기네스맥주 한 병을 또 들이킨다
>
> 아지 우리들의 입술에는 기네스맥주 거품이 묻어 있다
>
> 　　　　　　　　　　　　　　　　　　　　　　　「버블데이스」 후반부

위의 시에서 보듯, 시인은 대상에 다가가고 뭔가 폭로할 듯한 생의 위태함 속에, 술과 의식과 음악이 혼재된 상태에 있다. 각각은 서로 퍼져 흐르면서 생의 한 국면을 보여주고 있는데, 대상들이 몸속으로 녹아 흐르면서 서로를 강화시켜준다는 점에서 시의 진폭을 크게 한다.

시가 생활의 대부분은 차지하는 박순선 시인이다. 그에게 있어 시는 생이자 음악이자 혈액 속에 녹아 있는 알콜처럼 독한 어떤 것이다. 그와 같은 행보대로 열심히 살아서 계속해서 더 좋은 시집으로 보여줄 것을 기대하며 이 글을 마친다.

사물의 본성을 찾아가는 따뜻한 긍정의 힘

– 강경호, 『휘파람을 부는 개』, 시와사람, 2009.

강경호 시인의 이번 시집은 일상 세계 속에서 주체와 객체가 함께 어우러지는 따뜻한 긍정과 성찰의 힘을 보여준다.

시인의 생활 세계 속에서 어우러져 피붙이 살붙이로 살아가고 있는 대상은 아내, 아이들, 어머니, 아버지, 누님, 동생, 아이들이다. 특히 간절하게 눈길이 가는 것은 아버지나 돌아가신 누님, 그리고 남동생인데, 평소의 단정했던 모습은 영혼들의 상실이나 쇠잔과 함께 순간적으로 빛을 잃어버리거나 퇴색된 생활상으로 나타나기 때문이다.

아래의 「어우러지다」는 치매에 걸린 아버지가 분별력이 떨어져 빨래한 옷을 뒤섞어놓음으로써 일어나는 일을 서술하고 있다.

　　　이제 내 옷, 내 양말 챙겨 입기를 포기했다
　　　속옷을 갈아입을라치면
　　　내 것들은 아이들 서랍에 있고
　　　아이들 것이 내 서랍에 있다
　　　마른 빨래 담당하는 아버지 총기 흐려져
　　　내 것 네 것 구분하지 못한 탓이다

　　　일생을 논밭에서 피와 잡초를 뽑으시던
　　　아버지, 소일거리 하시던 밭 두어 마지기
　　　이제 곡식과 잡초가 어우러져 한 세상인데

　　　젊은 날 깔끔하고 셈이 분명했던
　　　아버지, 이제 때없이 마음 가는대로

세상 눈치 보지 않고
경계란 경계를 허물어 간다

당신, 할멈 속옷도 입고
나와 아이들 속옷도 나눠 입다보니
온갖 것들이 섞여 자라는
산야의 초목이 된 듯하다.

「어우러지다」 전문

젊은 날 아버지는 총기가 있고 셈이 분명하고 사물을 잘 분별하고 매사에 절도가 있는 분이셨다. 그러나 정신력(영혼)이 쇠잔해지면서 사물들을 잘 분별하지 못하고, 마른 빨래를 개켜서 분배하는 일도 잘 못하게 된다.

아버지의 이와 같은 경계 허물기로 인해, 식구들은 섞여진 속옷들을 나눠 입다보니 "내 것 네 것"의 분별이 없어지게 되었다. 더구나 속옷을 나누어 입으며 좀 더 넉넉한 품이나 약간 좁혀지는 듯한 느낌은 원래 옷의 임자를 느껴보는 일이기에 오히려 피붙이간의 살가움을 보태는 역할을 한다. "당신, 할멈 속옷도 입고/ 나와 아이들 속옷도 나눠 입다보니/ 온갖 것들이 섞여 자라는/ 산야의 초목이 된 듯하다." 와 같이 경계를 허문 자리에서 자연의 섭리나, 있는 그대로 두어도 (Let it be!) 자연스럽게 서로 어울리며 살아가는 순리 같은 것을 깨닫게 된다. 이 시는 경계를 허물어 "내 것과 네 것"을 분별하지 못함으로써 갖게 되는 자유나 해방감, 오히려 이를 통해 어우러지게 되는 세계에 대한 따뜻한 긍정의 힘을 보여준다. 치매에 걸린 아버지의 분별력이 떨어진 행동에 대해서도 아들로서 따스한 긍정의 시선을 보내는 것은 지나온 아버지의 생에 대한 이해와 보답의 마음이 함께하고 있기에 가능하다. 또한 다른 식구들도 분별없이 옷을 나누어 입는 일을 즐거움으로 여길 수 있는 다정다감한 성품을 가졌기 때문에 가능한 세계이다.

나무들이 그냥 잎을 틔우고
꽃을 피우는 줄 알았습니다
아무 생각 없이 열매가 익는 줄 알았습니다

새소리가
울음소리인지 노랫소리인지
알아보게 된
지천명에 이르렀을 때에야

나무들이 무슨 생각이 있어
잎을 틔우고
노란 색이건 붉은 색이건
꽃을 피워올리는 것을 알았습니다
가지를 동쪽으로건 서쪽으로건 뻗어
길을 내는 것도 알았습니다
손을 들어 무엇인가를 가리키는 것도
알았습니다

봄날, 아무도 없는 땅 속에서
나무는 무슨 생각이 있어
손가락을 가리키며
우주를 바라보는 것입니다.

「생각」 전문

나이가 들어가면서 천명을 헤아리다 보면 존재의 축소를 가져올 법
도 한데, 오히려 강 시인은 나뭇가지가 낸 길 혹은 새 소리를 통해서
허공에 놓인 길을 찾아나선다. 그 길을 향해 나뭇가지가 손가락처럼
가리키고 있다고 여기고, 그 가지 끝을 눈으로 좇아 "우주를 바라보

는" 시선을 터득한다. "가지를 동쪽으로건 서쪽으로건 뻗어/ 길을 내는 것도 알았습니다"라는 대목은, 사물인 나무의 성장과 가지 벋기가 결국 우주의 총체성 속에 이루어지는 것이며, 이를 바라보는 시적 화자도 그 나무의 함께 우주를 바라보는 방식을 택함으로써 현 존재로서의 각성을 보인다.

우주적인 기운 속에 사물의 본성을 파악하고, "집 나간 개"나 "휘파람 부는 개"를 인정하고 추억하는 것은 그들이 우주적 본성 속에 유한한 생의 길을 함께 가는 동행자라고 생각하기 때문이다.

사물과 삶의 본성을 성찰하고 주변의 사물들에 대해 따뜻한 긍정의 시선을 보이는 이번 시집은 『휘파람 부는 개』라는 이상한 시집 표제에서 드러나고 있듯, 예사롭지 않은 사소한 일들 혹은 평범한 일상들 속에서 삶의 비의를 포착하는 일에 시인의 지향점이 놓여 있음을 보여준다.

그의 시 문법(Grammar)을 밝힌다면, 대상 세계가 타자로 경계 밖에서 머무르지 않고 주체와의 대비적 관계에서 출발하여 주체의 내면화를 이루고 종국에는 적극적으로 긍정되는 방식으로 시상이 전개된다고 하겠다. 시집의 표사에 나오는, "엄격한 봉헌의례 그리고 경건성과 정직함"(김남조), "명상가로서의 시인"(오세영), "생명의 경건성에 대한 슬픔과 연민"(송수권)이나, 해설로 붙은 "겸손의 미덕과 경계를 허무는 삶"(이성혁) 등은 그의 시적 성취에 대한 논평들인데, 이들은 그의 시 문법(Grammar)에 내재된 세계관에 대한 가치평가라는 점에서 동일한 의미역을 지칭하는 것으로 읽힌다.

시작의 방법 면이나 내용면을 아울러 정리하면 다음과 같다.

대상 세계가 시인 자신과 함께 연합하여 우주적 생의 고리를 순환시키는 일에 동참하는 과정에서, 내적 성찰의 세계와 관조를 통한 외부 세계가 혼용되는 지점에서 시적 발상이 점화된다. 즉 "사물의 본성을 찾아가는 따뜻한 긍정의 힘"은 그의 시적 방법론이며 주제이자 세계관이다.

생의 본향을 향한 다층적(多層的) 목소리

- 범대순, 『산하山下』, 문학들, 2010.

*

범대순 시인의 근간 시집 『山下』는 매우 다채로워서 어느 한 주제로 포괄하기에는 벅찬 감이 있다. 老莊의 유연함이 담겨 있는가 하면, 고대 그리스와 가톨릭의 인문적 지식이 곁들여 있다. 어릴 적 순수한 동화의 세계와 더불어 노년의 달관된 인생, 그리고 풍자와 서정이 함께 자리하고 있다. 미학적 측면에서 기승전결을 향한 4행 4연 구성이 두드러지게 나타나는 시와 당시처럼 행간의 여백을 넓힌 시, 그리고 산문시 등이 어우러져 다양성을 변주해내고 있다. 어찌 보면 이 시집에 담긴 91편의 시는 반세기에 가까운 시인의 내력을 총집결하고 있다는 느낌이 든다.

이 글에서는 『山下』를 '생의 본향을 향한 다층적 목소리'라는 다소 포괄적인 제목을 내세워 시인의 다채로운 시적 비전 중에서 몇 가지만 살펴보고자 한다.

1. 山下의 그늘에서

표제 시 「산하」에는 소월, 두보, 셰익스피어 등의 시인과 예수, 공자, 석가모니 등의 성인들의 이름이 거론된다. 시인은 매우 큰 뜻을 품고 있는 듯하다. 시적화자는 이들과 같이 유명 시인들이나 성인들의 세계를 인문적 감수성으로 섭렵하고 이해한 바 있지만, 그들을 이해한다고 해서 그들이 되는 것은 아니라는 태도를 보인다.

속(俗)이 하늘인 산하에서 필부필부의 운명을 살아가지만 뜻하는
바는 이들 성인과 시인들의 세계를 충분히 이해하고 있으며, 이들과
별도로 자립적인 한 세계를 온전히 구축하고 있음을 설파한다.

> 비행기로 갈까
> 기차나 버스로 갈까 하다가
> 걸어서 가기로 하였다
>
> 소월로 갈까
> 두보로 갈까 하다가 셰익스피어로 갈까 하다가
> 걸어서 가기로 하였다
>
> 예수그리스도로 갈까
> 공자나 석가모니로 갈까 하다가
> 걸어서 가기로 하였다
>
> 걸어서 가기로 하였다
> 속俗이 하늘인 산하山下를
> 맨발로 걸어서 가기로 하였다

「산하山下」 전문

"걸어서 가기로 하였다"고 선언하였을 때, 자립적이고 자족적인 한
시인의 세계가 나름의 질서를 구축하고 있으며 세상을 바라보는 비전
을 성취하고 있음을 나타낸다. 특히 "맨발로 걸어서" 가고자 하였음은
온 몸으로 세계를 만나서 생생하게 살아가는 곳에 길을 놓고 있음을
말한다. 이는 예수나 석가의 종교적 계율을 따라가지 않고 스스로 한
존재를 완성하여 나가는 길 찾기에 몰두하고 있음을 보여준다.

2. 광대함의 실루엣- 헛소리

시집에서 '헛소리'나 '미친 소리' 등의 시어들이 나오는데 이는 진리나 세상의 무한성에 대한 강한 역설을 담고 있다.

세상은 이외에도 헛소리
천금을 내고 찾아간 곳일수록 헛소리
고비사막 둔황 명사 산모래 바람이 헛소리
만년이 손안에 든 우물을 살렸다 지웠다
머리 풀고 미친 재미로 사는 헛소리
진실은 건기침 같은 눈 다문 안 속
속에 들어 만리를 따라와
곤한 아내의 깊은 속에 자리 잡은 모래알이여
「사막의 경험」 전문

이 시에서 "고비사막 둔황 명사 산모래 바람이""헛소리"라고 선언된다. 실크로드의 길목에 있는 둔황의 유물과 사막의 모래들, 그리고 순간 스치는 바람이 명명(冥冥)한 시간을 일깨우고 간다. 그 시간적 길이와 몰락의 역사는 현실적으로 그 실체를 감각적으로 구체화 할 수 없다. 그래서 삶의 범주 내에서 인식할 수 없는 시간과 공간의 깊이는 "헛소리"라 명명하는데 이는 심원의 세계에 대한 역설로 받아들일 수 있다.

우주와 진리는 유한성의 개체가 가지고 있는 실존의 범주를 넘어섬으로써 감각적으로 인식되기에는 어려움이 있다. 따라서 만년을 인식하거나 둔황의 역사를 실존적 자장 내에서 구체적으로 감각한다는 것 자체가 미친 소리이자 헛소리에 해당하는 것이다. 오히려 "만리를 따라와/ 곤한 아내의 깊은 속에 자리 잡은 모래알이여"라고 호명함으로써 암암한 시간성이 현존 내에서 자리를 잡을 수 있게 되는 것이다.

3. 몸 안에 담긴 우주

시집 곳곳에 생의 본향에 대한 그리움이 짙게 배어 있다. 특히 어린 시절의 기억으로 남아 있는 어머니와 할머니의 모성적 가치와 더불어 '그 아이'는 순수한 맨발의 모습을 간직하고 있다.

> 바구니는 머리에 애기는 등에 그리고 황토 삼십 리를 가는 여자가 성모마리아다 그때 성모마리아는 맨발이어야 한다 옛날 그런 어머니가 있었다 어머니를 생각하면 푸른 하늘 아래서 지금도 오래오래 물구나무서고 싶어진다
>
> 「물구나무」 전문

> 가을 날 제비들이 공중 주유를 하고 있다 할머니가 나의 입안에 우주를 주유하듯 이 없는 할머니의 입술은 너무 달고 너무 매웠다 지금 할머니 나이 면 우주여행같이 스스로 입술이 달고 맵다
>
> 「할머니 입술」 전문

"어머니를 생각하면 푸른 하늘 아래서 지금도 오래오래 물구나무서고 싶어진다"고 말하는 「물구나무」에서 어머니는 양육의 가치를 실현하는 성모마리아와 같은 존재이다. 물구나무를 서면서 어머니에게 자랑을 보이던 성장기의 추억은 아주 강렬한 기억으로 남아서, 여든이 넘은 노시인을 지금도 동심을 간직한 소년의 모습으로 되살아나게 한다. 이처럼 어머니에 대한 기억은 성장기를 개인적인 신화로 채색하게 하고 동심의 시간과 공간을 현존 속에 불러들여 되살게 한다.

「할머니 입술」은 몸이 우주이다. 가을 날 보이지 않는 허공에서 제비들이 "공중 주유를 하고 있다." 허공에 우주로 통하는 길이 있어 제비들에게 양식을 물어가게 한다. 그처럼 먼 옛날에 "너무 달고 너무 매"옵게 할머니가 이 없는 입술로 화자에게 주유하여 준 적이 있다.

이때 할머니는 양육의 가치를 지닌 우주가 된다. 그리고 오랜 세월 후에 화자인 나는 할머니의 나이가 되어 "스스로 입술이 달고 맵다"고 한다. 이를 "먼 우주여행같이"라고 동화적으로 표현하는 것은 아득하게 느껴지는 성장기의 추억이 여전히 밝고 아름답기 때문이다.

4. 심안(心眼)으로 생의 본질 들여다보기

지난 50년간 무등산행을 1000번 이상 하였다고 토로하는 시인은 앞으로도 한 해 안에 100회를 더 채울 것이라고 한다. 이처럼 완전수를 훨씬 넘어서는 산행의 이유는 무엇일까. 먼저 긍정적이며 낙관적인 전망을 가지고 있기에 가능하다고 본다. 광활함이나 우주적 보편성에 대해 헛소리라고 pun을 날리면서도, "나는 낙엽이란 말을 사랑하지 않는다/ 헛소리가 아니기 때문이다"(「천상천하」)라는 언급에서 보듯 유한성을 가진 실존자에게 마음이 깊이 닿아있다. 추측하건데 산에 오르는 일은 헛소리의 세계와 헛소리가 아닌 세계가 공존하고 있기 때문이라고 생각한다.

> 눈이 깊은 무등산 서석대
> 구름에 닿는 큰 바위
> 자세히 보니 작게 열린 창
> 창안에 나를 보는 눈
> 그때 가까이 빨간 산새가
> 하늘을 닮은 소리로 울며 지나갔다
>
> 「산새」 전문

화자는 눈 깊은 서석대를 오르면서 산새 한 마리를 본다. 아니 그 산새의 눈(眼)을 들여다본다. 눈은 세계와 교통을 이루는 신체적 통로이다. "자세히 보니 작게 열린 창/ 창안에 나를 보는 눈"에서 주체와 주체는 서로 교섭하게 된다. 한 존재를 인정하고 불러내는 일은 '바라봄'을 통해 가능하다. 그런데 역으로 "창안에 나를 보는 눈"이 있다. 이로써 '바라봄'의 주체는 나를 건너서 상대에게 넘어가게 된다. "그때 가까이 빨간 산새가/ 하늘을 닮은 소리로 울며 지나갔다"는 마무리는 한 존재가 다른 존재를 인식하고 놀란 상태를 나타내는데, "하늘을 닮은 소리"는 놀람보다는 주체의 각성과 깨달음의 느낌이 강하게 드러난다. 이 시는 서석대의 큰 바위가 열어 놓은 창과 화자의 창 그리고 산새의 작은 창이 서로 교섭을 하면서 존재 간의 넘나듦을 보여준다.

*

'생의 본향'이라고 했을 때, 그 기원 중 하나를 성장기적 동화에서 찾을 수도 있고, 이와는 달리 광대한 우주에 깃들어 있는 즉자적인 유기체의 생명성에 대한 긍정에서 찾을 수도 있다. 더 나아가 이 둘의 결합을 통해 생의 본향 찾기가 가능할 수도 있다.

『山下』에 실린 시들이 그냥 화자의 입담에 기대어 가볍게 읽혀질 수 없는 까닭은 각각의 시들이 넌지시 '생의 본질'을 투사해내고 있기 때문이다. 영문학자인 시인의 이력을 통해 미루어 볼 때 세계의 문예사조를 의식하여 나름의 출발점과 지향점을 설정하고자 노력하였음을 알 수 있다. 전체적으로 동양적 합일사상을 기저에 깔고 있으면서, "맨발로 걸어서 가기로 하였다"고 선언한 것은 세상의 주류에서 비켜서더라도 한 목소리를 온전하게 하는 것이 시인의 사명이라는 것을 자각하고 실천하고자 하였기 때문이리라. 시인이 세상이 몰라준다고 말한 것은, 시인의 이와 같은 작업에 대한 가치 평가가 아직 이루어지지 않은 까닭이다.

몸을 통과하는 생의 은유

- 전숙, 『눈물에게』, 시와사람, 2011.

전숙 시인이 첫 시집 『나이든 호미』에 이어 『눈물에게』를 발간하였다. 이번 시집 『눈물에게』는 '광주PEN문학상' 수상의 영예를 안겨준 작품집이다. 필자가 두 시집에서 찾아낸 주제는, "몸을 통과하는 생의 은유 찾기 혹은 사물의 몸에서 빌려온 은유를 생의 매순간에 겹쳐 보이기"이다. 한마디로 그녀의 말 부림은 단순하지 않다. 각각의 작품들이 몸의 내밀한 감각을 통하여 정서적 감응력을 보여줄 뿐만 아니라, 생의 순간들을 가치 있는 이미지로 포착하는 인식의 힘을 보여주기 때문이다.

레이코프는 "영적 경험을 정열적으로 만들고 거기에 치열한 욕구와 고통 그리고 환희를 가져오는 것은 몸"이라고 하였다. 몸이 소유한 감각들은 삶의 현실을 분명하게 인식하고 정신적 개념과 연합하여 인식의 상태를 상승시키는 주체자 역할을 한다. 몸의 기표를 활용한 모티프 찾기는 표제작인 「눈물에게」를 통하여 확인할 수 있다.

눈물은 태초에 가시였단다

순한 눈을 지키라고 하느님이 선물로 주셨지

발톱을 세워 달려드는 적들을
가시는 차마 찌를 수 없었단다

마음이 너무 투명해서
적들의 아픔까지 유리알처럼 보였거든

세상의 순한 눈들은
가시의 방향을 바꾸어
제 마음을 찌르고 말았단다

도살장의 소

마음이 흘린 피
그게 눈물이란다.

「눈물에게」 전문

"가시"는 적을 방어하는 무기의 일종이다. 고슴도치의 털처럼 가시는 타자의 접근을 차단함으로써 적을 물리칠 수 있는 힘이 된다. 즉 상대의 공격을 차단하고, 자신 또한 상처를 입지 않으려는 수동적인 방어 방법이 바로 가시인 것이다. 그런데, 이 시는 역발상에서 출발하고 있다. 가시는 "순한 눈을 지키라고 하느님이 선물로 주"신 것이다. 그 순한 눈으로는 적을 물리치지 못한다. "마음이 너무 투명해서/ 적들의 아픔까지 유리알처럼 보였거든"에서와 같이 타자에 대한 연민이 앞서면서 자기희생을 감내하게 된다. "세상의 순한 눈들은/ 가시의 방향을 바꾸어/ 제 마음을 찌르고 말았"다는 것은 적의 아픔을 나의 아픔으로 품어서 더 큰 아픔이 되는 것, "마음이 흘린 피"와 같이 자신의 희생을 감내하는 것이 눈물의 의미이다. 이로써 눈물은 자신을 찌르는 가시가 되고 아픔이 되고 피가 된다. 눈물이 가시가 되는 까닭은 타자 연민에서 출발한 아픔이 주체로 전이되어 내면에 독한 상처를 만들기 때문이다. 즉 눈물은 "도살장의 소"처럼 자신을 공여하면서 흘리는 고통을 통해서만 진정성을 갖기에 가시처럼 아픈 것이다.

가슴을 파고드는 눈물은 「고비의 어미」에서 새끼낙타의 냄새를 기억하는 "어미"를 통해서 재확인된다. 여기서는 "칼이 된 그리움이 있다"고 한다.

칼이 된 그리움이 있다

고비에서는 사람이 죽으면 죽은 자리에 풍장을 하고
어미의 앞에서 새끼낙타를 칼로 찔러 죽인다
어미는 새끼의 냄새를 일 년도 넘게 기억할 수 있어서
하루에도 몇 번씩 얼굴을 바꾸는 고비에서
풍장한 곳을 찾기 위해 어미낙타를 데려가려는 것이다

고비의 낙타는 속눈썹이 두 겹이고
혹도 쌍봉이고
가슴에 품은 그리움의 주머니도 두 개여서
새끼를 찾고 그리워하는 정이 가축 중에 제일이다

기억하는 한 살아있다며
안아볼 수도 만져볼 수도 없는
불가촉천민 같은 서러운 냄새를
사막의 지독한 모래폭풍에도 놓치지 않고
세상을 온통 새파랗게 물들이는 고비하늘,
그 시원의 파랑에도 물들지 않고
잘근잘근 음미하던 야생화의 향기도 젖히고
밤이면 거침없이 쏟아지는
미리내의 빛줄기에도 흘려보내지 않고
건초의 뼈보다 더 질긴
모래폭풍의 손아귀보다 더 억센
주머니에 각인시켜서

한해 전에
부풀어 오르는 목젖을 넘어간
그 비린 그리움을 퍼 올리며
어미는 망망한 고비를 건넌다.

「고비의 어미」 전문

이 시는 고비의 쌍봉낙타를 통해서 어미의 새끼에 대한 사랑과 그리움을 풀어 놓는다. "어미는 새끼의 냄새를 일 년도 넘게 기억할 수 있어서/ 하루에도 몇 번씩 얼굴을 바꾸는 고비에서/ 풍장한 곳을 찾기 위해 어미낙타를 데려가려는 것이다"와 같은 상황은 어미에게 가해지는 폭력의 실체이다. 어미는 이 폭력 앞에 무방비일 수밖에 없는데, 새끼를 그리워하는 마음은 일 년이 넘게 그 냄새의 기억을 지우지 않는다. 이를 이용하여 날마다 지형을 바꾸는 고비에서 죽은 이를 풍장 해 놓은 좌표를 찾아낼 수 있는 것이다. 그래서 일 년 뒤에 죽은 새끼낙타를 찾아가기까지의 기간 동안 어미에게는 형벌이자 가혹한 고통의 길을 짐 지우게 되는 것이다. 끝에서 "그 비린 그리움을 퍼 올리며/ 어미는 망망한 고비를 건넌다."고 했을 때, 후끈하게 끼치는 살 냄새는 생명을 가진 것들의 그리움이면서 우리 인간의 원형적 그리움으로 확대된다. 안으로 칼질을 해대듯이 진행형으로 애가 타면서 그리움을 붙들고 사는 것은 모든 어미들이 겪는 천형이자 사랑의 방식이라 하겠다.

개썰매를 몰아 방향을 찾는 이누이트들은
눈의 주름을 보고 길을 찾는다고 한다

설원을 쓸고 간 바람의 발자국이
주름을 만든다는 것이다

나는 머리카락을 추켜올리고

이마의 주름을 활짝 드러내었다

내가 걸어온 바람 같은 길이
생의 설원에 석 줄 깊은 발자국을 찍어놓았다

내 뒤에 오는 누군가
이 주름을 더듬어 가면
생의 크레바스를 무사히 비켜갈 수 있으리라.

「주름」 전문

　이 시에서 이누이트들은 바람의 발자국인 "눈의 주름"을 보고 길을
찾는다. 그와 같이 우리 몸에도 길이 있는데 그것은 이마에 그려진 주
름이다. 이 주름을 따라 길을 찾으며 생의 곡진함에 닿았던 날들이 있
었기에, "나는 머리카락을 추켜올리고/ 이마의 주름을 활짝 드러내었
다"고 생의 순간들을 긍정한다. 그리고 그 주름에는 발자국들이 찍혀
져 있어 "내가 걸어온 바람 같은" 날들이 얼비친다. 더구나 "내 뒤에
오는 누군가/ 이 주름을 더듬어 가면" "생의 크레바스를 무사히 비켜
갈 수 있으리라."라고 말할 정도로, 지나온 삶에 대한 자신감을 표현
한다.
　앞의 시들을 통해서 살펴본바, 전숙 시인이 형상화해낸 시세계는
몸 이미지로 빚어낸 생의 상징이자 감각적 기억들로 가득하다. 막스
셸러는 우리 몸의 구조 속에서 자아와 타자가 구별 없이 존재하고 있
으며, 각 개인의 정체성은 사회적 관계에 의해서 형성된다고 말한다.
여기서 사람이 자기 안에서보다는 먼저 타자 안에서 산다고 말할 때,
타자의 시선, 그리고 공동체의 시선 속에서 자기를 발견하고 자기 정
체성을 확립해 나간다는 의미이다. 그리고 무엇보다도 기억의 흔적을
가장 잘 드러내는 것이 몸이다. 「고비의 어미」 나 「주름」 에서 보는
바, 몸에 "각인"된 기록만큼 확실한 것은 없다. 몸에 남겨진 기록은

생의 매순간 참조되면서, 현실이 결국 과거의 지속임을 끊임없이 깨우쳐 준다.

전숙 시인의 시에서 화자는 품 넓은 마음으로 이웃들의 삶을 보듬는데, '반지', '살이라는 것', '항아리', '옷걸이', '선지 국밥', '사과', '어미물떼새의 셈법' 등의 시를 통해서 읽게 되는바, 지상의 사물들은 모두 몸을 가진 존재들이다. 그 몸들을 불러 앉히고 어루만져 의미를 부여함으로써 상호간에 대화적 상대로서 인격적 만남이 이루어진다. 시인에게는 몸을 가진 존재는 모두 소중하다. 그래서 그 소중한 그 모습대로 쓰다듬고 어루만져 주는 것을 좋아한다. 시인의 품성 또한 사람들에게 그늘이 되어주는 후덕함을 가지고 있다.

> 모두가 내 그늘에서 쉬어가길 바랐다
> 머리 희끗해진 겨울산에서
> 발밑을 바라보니
> 오히려 내가
> 누군가의 등을 딛고 서있었다.
>
> 「정자나무가 되어」 전문

"모두가 내 그늘에서 쉬어가길 바랐다"는 것은, 아프고 피곤하고 쓸쓸한 사람들의 말벗이자 치유자로 살아왔던 생의 역정과 일치하는 바가 있다. 그런데 "머리 희끗해진 겨울산에서" 바라보니 사실은 내 그늘에서 그들이 쉰 것이 아니라 내가 "누군가의 등을 딛고 서" 있는 것과 같이 내가 그들을 의지하고 있었다고 해석한다. 즉 내 그늘에서 쉬는 사람들로 인해 나 스스로 치유되고 위안 받는 것과 같이 상생의 길을 걸어왔음을 나타낸다. 봉사자가 봉사활동으로 인하여 스스로 활력을 찾아 치유 받는 것과 같은 이치이다.

『눈물에게』는 김종 화백의 그림과 함께 시화집으로 엮어졌는데, 그림의 폭발할듯한 강렬한 색채는 시에서 은유적으로 빚어내는 몸 이미지와 잘 어울리며 시적인 몽상을 부풀린다. 수상을 다시금 축하드리며, 몸 이미지를 더욱 진전시켜 시와 삶의 양면에서 더욱 확장될 수 있기를.

존재의 깊은, 그곳

- 오소후,『한 점 블루』, 발해그래픽스, 2013.

　오소후 시인은 2001년 등단한 이후로 3권의 시집과 영한 번역시집 『세상은 꿈꾸는 것보다 돌연하다』 등을 발간하면서 시 창작과 시낭송전문가로서 활발한 활동을 벌여왔다. 이번 시집 『한 점 블루』는 '광주PEN문학상' 수상의 영예를 안겨준 작품집이다. 필자가 이번 시집과 신작에서 찾아낸 주제는, "존재의 깊은, 그곳 - 들여다보기"이다. 『한 점 블루』는 시와 김상연 화백의 선(禪)적인 그림, 그리고 힐링과 명상에 관한 시인의 말, 도해자료 등을 통해 기존의 시집에서 볼 수 없는 다채로운 장면들을 제공하고 있다. 더구나 명상 세계에 익숙하지 못한 필자로서는 그 존재의 그늘에 쉽사리 다가서기 힘든 면이 있다. 우리의 일상적인 언어와는 다른 차원의 의미가 개입되어 있을 것이기 때문에 필자의 입장에서는 조심스러울 수밖에 없다.

　처음에는 소후(素篌)라는 필명이 중국 고사와 연관된 것이 아닌가, 하고 막연히 생각했으나, 이 글을 쓰면서 사물의 근본이 되는 원리인 '원형이정(元亨利貞)'을 궁구(窮究)하는 불교적 수행법과 관련되어 있음을 알게 되었다. 따라서 오소후 시인의 시세계는 불가의 진리 찾기나 선적인 수행의 방법과 결부하여 이해하는 것이 옳을 것이다.

　『한 점 블루』는 서문에서 밝히고 있듯이, 자은도(慈恩島)를 다녀와서 쓴 시들을 묶은 작품집이다. 하늘과 바다 빛이 만들어내는 시원(始原)의 블루는 자유의 탈출 의지로 언급된다. 또한 블루의 의미는 「자은, 불루의 다의성」이라는 시에서 변주를 보이는데 "adagio, care economy, anonymous, editorial, Masquerade"등과 같이 음악의 곡조 혹은 익명성, 편집된, 가면 등의 다양한 형태로 현상계를 통해서 드러나는 바, 광활한 바다와 하늘이 맞닿아 있는 블루에 수렴한다면 "그 사랑도 한 점 블루로" 명상될 수 있는 것이다.

언어의 힘으로 다 해량할 수 없다 시인은 모래에게 그것도 백길 해
안가 하얗다는 건 물들일 수 있다는 내색이지만 백길 하얀 모래는 누
구도 물들일 수 없으니 언어로도 삼가 할 일이다

진흙의 세상길과 걸을 수 없는 물길 사이에서 너는 어엿한 아라한
과를 증득한 수도자, 모래알처럼 많은 억겁의 시간을 벗고 여기 바닷
가 누웠는가

아무도 찾지 않은 이른 여름 바닷가 길 한 사람 시인이 모래에게
말을 건다 어디선가 섬 위로 섬광이 쏟아지고 이럴 때 내 그리운 이
를 만난다면

얼마나 뜻 깊으랴 호르호르 물새가 울고 어제까지 내리던 비도 그
치고 청송나무그늘도 시원하다 모래는 노래한다 파도소리를 들으며
명상하는 일이 얼마나 평화롭고 고요한 것인지 노래하는 모래의 하얀
길

백길은 언어를 넘어선 유형의 그림이다

「백길」 전문

이 시는 신안 자은도의 백길 모래 해변에서 억겁의 시간, 흰 모래
알갱이들을 상념하면서 쓴 시이다. 섬 이름조차 자은도(慈恩島)이니
불가적 명상을 이어가기에 풍족한 공간이다. "백길은 언어를 넘어선
유형의 그림이다"라고 언급하는 만큼, 여기서 느끼는 감정을 언어로
다 해량하기에는 어려움이 있다. 즉 거침없이 풀리는 타고르의 시와
같이 「백길」은 언어로 이미지화하기 전의 백길 해변의 무한성이 가
져오는 압도감을 시로 쓴 것이다. 바닷가 모래알들이 파도에 휩쓸려

밀려다니는 것과 같이, 주체가 대상으로의 몰입하려는 찰나에 현존의 상태를 망설이듯 중얼거리게 되는 것이다. 이는 시인이 명상의 순간에 계시적 느낌을 시낭송 하듯 읊고 있는 모습을 연상시킨다. 명상과 시낭송의 방법이 서로 합치되는 부분이다. 즉 주체의 현존에 대한 탐사와 무한성에 대한 동경을 줄글로 거침없이 시낭송 하듯 중얼거리면서 '백길'을 서성이는 것이다. 이 모습은 현실을 완전히 탈각한 상태가 아닌 것으로, 진흙 세상길과 무한의 양면에 걸쳐놓은 다리 위에서 완보하는 형국이다. 여기서 초월에 대한 기대는 "어디선가 섬 위로 섬광이 쏟아지고 이럴 때 내 그리운 이를 만난다면"과 같은 어떤 계시적 순간을 통해서 가능하다. 따라서 현존은 명상하는 삶 그 자체로서 즐거운 것이고, 계시적 순간은 영원이 다가올 수 있도록 자아를 개방해둔 과정적인 어느 지점이다. 이 과정적 삶은 현존을 기쁘고 충실히 사는 것, 진리는 영원이라는 초월적 세계에 있기에 집착을 느슨히 풀어두는 것과 같은 상태를 유지하는 것이다.

길하다거나 불길하다거나 둘 중 어느 하나를 택해도 좋다

흙이었을 때 기억은 흔적도 없다

불이 물을 사루어 먹고 물이 불을 집어 먹고

그래, 차라리 소금을 뿌려라

성정의 온도가 최고로 오를 시각을 봐서

반목은 끊이지 않았으나 불바람은 잤다

제 살을 태우던 긴 수고에 경건함이 고이면 태석태석 운다

저를 태우며 피우는 연(煙)을 뒤집어쓰고 조용히 운다

눈물 자욱도 어딘가 어리우나 성가신 일들은 개월식 중

속 텅 비우라는 말만 가득한 빈 독 속

푸르죽죽 잿빛 뺨에 배흘림으로 갤러리에 놓일 줄이야

가끔 성에 낀 창 앞에선 불 지피던 장작목을 떠올리며

한 오백년은 견뎌야 한다고 생각한다

완전한 소성은 끝내 돌아갈 수 없지만

나의 불완전한 소성은 꿈을 버릴 수 없다

나의 푸른 빛 발광은 아직 지속되고 있다

다시 기억의 저 편으로 돌아갈 수 있으리

설령 깨진다해도 다시 기억 저 편으로 돌아갈 수 있으리

나, 푸레독, 꿈을 발효하고 있는 중이다
「푸레독과 나란히 서서」 전문

　푸레독은 전국에서 고운 흙을 채취해 3년간 발효시킨 뒤에 1,300도의 불길에서 구워낸 도기이다. 흙에도 숙성의 시간이 있듯, 사람에게도 인격적으로 발효되어 생의 깊이를 더해가는 나이가 있다. "푸레독과 나란히 서서" 명상을 이어가는 것은, 생을 숙성시켰던 시간의 분량

인 살아온 날들을 긍정하고, 한때의 고난과 역정(歷程)이 고온의 불길로 자아를 담금질 했던 기간이었음을 은유하는 것이다. "소성은 꿈"으로 언급되는 자아완성의 도정은 연륜이 깊어질수록, 배흘림의 몸처럼 완만해질수록 완성도가 높아지는 것이다. 그러나 "완전한 소성은 끝내 돌아갈 수 없지만/ 나의 불완전한 소성은 꿈을 버릴 수 없다"에서와 같이 아직 진아(眞我)에는 이르지 못하였기에 자아 찾기의 도정은 끝이 있을 수 없다. "나, 푸레독, 꿈을 발효하고 있는 중이다"에서 그 꿈은 영원성에 대한 존재론적인 깨달음에 있다.

진정으로 사물을 본다는 것은 사물을 주체의 통제 하에 두는 것이 아니라, "보는 주체에서 벗어나 보이는 사물로 달아남(스며듦)"을 의미한다고 퐁티는 말한다. 이 경우 주체의 일부는 대상에 투사, 분할됨으로써 몸은 주체의 균열을 감수한다. 즉 바라보는 지각의 주체와 지각되는 주체로 분할되는 것이다. 이와 같은 지각의 이중성을 「푸레독과 나란히 서서」가 보여준다 하겠다.

사족은 없앴다

땅에서 한 줄기 뽑아 올렸다

하늘 향해 한 주먹 내밀었다

시 한 편,

알리움 기간티움*이 피었다

그림자를 안은 호수

마음 가득 출렁이는 물소리

눈썹 끝에 매달린 눈물꽃

내가 꽃인가 꽃이 나인가

「알리움(Allium)」 전문

식물 알리움 기간티움은 잎과 줄기가 각각 뿌리에서 직접 나오는 꽃이다. 줄기에 둥근 모양을 이루며 수 십 개의 꽃을 피운다. 이처럼 줄기와 잎이 분리되어 각자의 역할을 담당하는 식물을 보고, 시인은 시를 "알리움"의 꽃으로 비유한다. 그것은 형용어와 같은 수식어들을 버리고 줄기에 핀 꽃과 같이 직접적으로 시적 계시를 전달하겠다는 다짐이다. "하늘 향해 한 주먹 내밀었다/ 시 한 편"이라고 했을 때, 일체의 구속을 떠난 상태로서 시적인 발화를 진행하겠다는 것이다. 그럼에도 "마음 가득 출렁이는 물소리/ 눈썹 끝에 매달린 눈물꽃/ 내가 꽃인가 꽃이 나인가"와 같이 자기점검 질문을 던지는 것은 삶, 수행, 시 창작이 삼위일체로서 꽃핌을 지향하고 있음을 말하는 것이다. 즉 시작과 시낭송은 글말과 입말로써 내 몸으로 빚어내는 알리움이자 수행이자 삶 그 자체인 것이다.

서두에서 언급한바, 시집 『한 점 블루』는 김상연 화백의 그림과 함께 시화집으로 엮어졌는데, 그림의 담백한 색채와 절제된 선은 시에서 존재를 호명하는 명상적인 세계와 어울려 깊은 사색의 순간을 부여한다. 특히 형상을 통과하는 실선들과 채도가 낮은 색 등은 존재의 끝없는 유전과 희박함을 명상적으로 암시한다.

오소후 시인의 수상을 다시금 축하드리며, 존재의 깊이를 더욱 진전시켜 힐링과 명상의 계기를 부여하는 치유의 시로서 더욱 깊고 유현(幽玄)해지기를 기대합니다.

대지적 모성, 그 애틋한 감쌈

– 최봉희 시집, 『엄마라는 말』, 투와이스, 2014.

1.

최봉희 시인은 1958년에 등단하였으니, 대략 60년에 가까운 시력 (詩歷)을 가진 원로이다. 시집으로는 『지금 나의 창에는』(1986), 『비를 뿌리려거든』(1990), 『북상하는 봄』(1995), 『연꽃을 보이시니』(2003) 등을 발간하였다. 지난해에는 『엄마라는 말』(2014)을 발간하였으니, 존재의 본질을 투시하는 시적 모색이 중단 없이 진행되어 왔음을 확인할 수 있다.

원탁시(2009) 특집에서 지주현 평론가가 "존재의 본질을 현현시키는 탐색의 노정"이라고 명명했던 것처럼 생활서정에 기반을 둔 존재론적 자기 응시와 더불어 타자에 대한 관심이 두드러지는 것이 최봉희 시인의 시적 특성이라고 하겠다. 특히 지난해에 상재한 시집 『엄마라는 말』은 그동안 천착해온 시적 역량을 총괄하고 있는 것으로 보인다.

2. 타자에 대한 응시와 자기화

타자는 나의 외부에 존재하는 개별자로서, 나는 그에 대해 지각적으로 인식할 수 있을 뿐 그의 내부에 틈입하여 생각과 감정을 공유할 수는 없는 대상이다. 나는 나에 머무르고, 너는 너일 뿐이다. 설령 내가 앞에 있는 너에게 '너'라고 부를 때라도 너는 단지 내 의식의 영역에서는 내 경험의 일부로만 떠오르거나 존재할 따름이다. 방바닥을 기어가는 "자벌레"를 바라보는 시선은 대상을 내 경험의 일부로 불러들이는 일이며, 이는 내 경험의 자장 내에서 대상인 "자벌레'를 통해 자신이 지닌 삶에 대해 문제를 야기하고 점검하는 기제가 된다.

> 머리맡에서 자벌레 한 마리 기어가고 있네요
> 그 걸 본 순간 징그러워서가 아니라
> 까맣게 방바닥에 눌어붙어서
> 일직선을 쭈욱 느리게 긋고 나서는
> 동그라미 하나 만들고 있네요.
> 가만 두면 오늘 밤 내내
> 그 짓을 되풀이 할 것이지만
> 어찌하여 그 일직선이 원형의 우주를 빚으며
> 한 태양 동두렷이 떠 올려서
> 어둠 속에 또 다른 수평을 펼치는 지요
> 그 걸 찬찬히 들여다보다가
> 작은 우주 하나 만들지 못하는
> 내가 부끄러워서가 아니라
> 그 게 온 몸을 오소소 소름끼치게 하네요
> 아닌 밤중에 자벌레 한 마리
> 나를 메다치다 벌떡 일으켜 세우네요.

「자벌레」 잔문

　방바닥을 자로 재듯이 기어가는 자벌레는 그 일직선이 "수평을 펼"치다가 몸을 동두렷이 올려 "원형의 우주를 빚"는다. "가만 두면 오늘 밤 내내/ 그 짓을 되풀이 할 것이지만", 이 자벌레가 몸으로 이어가는 형상을 통해 의미를 발견하고 이를 통해 삶의 자기조정에 이른다. "아닌 밤중에 자벌레 한 마리/ 나를 메다치다 벌떡 일으켜 세우네요."와 같은 각성의 계기를 부여하여, "작은 우주 하나 만들지 못하는" 나에 대한 반성과 함께 개별자로서의 현존을 직시한다.

252

3. 대지적 모성

상상의 영역에서 대지는 비옥한 바탕으로부터 거둬들이는 풍요와 에너지의 원천으로 인식되어 왔다. 신이 한줌의 흙으로 아담을 창조하기 이전에 대지는 그 자체로서 존재할 뿐 인간에게 탯줄을 이어주지 못하였다. 성경에 언급된 최초의 여자인 하와(이브)는 배꼽이 없었을 것이다. "최초의 탯줄은 그 여자의 음부, 배꼽이 없는 여자의 음부에서 나온 거야. 성경에서 나온 말대로라면 거기서 다른 줄들도 나왔어, 줄 끄트머리마다 작은 남자나 여자를 매달고서."(밀란 쿤데라, 『무의미의 축제』에서) 쿤데라의 해석을 참고한다면, 대지와 인간 사이에 끈을 이어주는 것은 여자의 자궁에서 생긴 탯줄이고 그 끈의 기원은 생명의 원천인 대지의 뿌리를 내리고 있다. 그런 면에서 여자의 몸은 생명의 끈을 이어가는 대지이자 생성의 혹은 생성된 몸들이 깃들어 있는 몸의 사원이 된다.

> 햇볕이 천지를 꼭 안아 올립니다
> 나도 햇살에 몸이 닿아있는 동안
> 작년 이맘때 서울로 시집간 막내딸의 전화를 받습니다
> 천리타향 머나먼 곳에서 날 부르는 딸의 목소리가
> 내 귀에 찰싹 달라붙습니다.
> 엄마! 하고 날 불러놓고 잔뜩 굼뜨더니
> 아무 말이 없습니다
> 한 참이나 있다가
> 엄마! 하고 또 그렇게 날 불러놓고
> 아무런 말도 잇지를 못합니다.
> 나는 가슴이 철렁 내려앉아
> 뚫어져라 거실의 흰 벽을 바라봅니다.
> 말이 끊긴 사이로 혼자 있는 많은 시간들이
> 소리가 끊긴 사이로 혼자 할 수 없는 많은 말들이

우레 같은 침묵 속으로 한꺼번에 흘러듭니다.

아무 때나 엄마라는 말 듣는 내가 미안합니다

아무 때나 엄마라는 말 듣는 내가 고맙습니다

「엄마라는 말」 전문

「엄마라는 말」에서 "엄마"라는 호칭 속에는 저 땅 속으로부터 불러내는 근원에 대한 메아리가 있다. 탯줄이 잘리면서 개별적 주체가 된 이후에도 그 연원을 상기시키는 흔적은 배꼽이다. 배꼽은 물질적인 본향으로부터 멀어진 연후에도 개체의 정신적, 정서적인 본향을 환기시키며 이에 대한 그리움을 불러일으킨다. "작년 이맘때 서울로 시집 간 막내딸의 전화"는 분리된 개체이자 가정을 이끌어가는 주체로서 떠나온 본향에 대한 그리움을 드러낸다. "천리타향 머나먼 곳에서" 전화선을 타고 이어지는 "엄마"라는 호명은 *끈끈한* 정신적 유대감을 바탕으로 서로에게 반향된다. "말이 끊긴 사이로 혼자 있는 많은 시간들이/ 소리가 끊긴 사이로 혼자 할 수 없는 많은 말들이" 우레처럼 흘러든다. 대지가 그 비옥한 젖가슴에 인간을 흙으로 다시 불러들이듯이, "엄마"라는 호칭 속에는 모든 몸된 고난과 정신적 우여곡절을 하나로 불러들여 스스로 녹아들게 하는 부드러우면서도 따스한 대지적 포근함이 함축되어 있다. 이러한 의미에서 시적화자는 "아무 때나 엄마라는 말 듣는 내가" 감당하기 벅차서 미안하면서도, 고독한 단독자의 입장으로 돌아가 모든 말의 본향인 "엄마"라는 말을 통해 생의 연원을 떠올리며 고맙게 생각하는 것이다.

4. 애틋한 감쌈

무릇 모성적 힘이나 사랑은 자녀에 대한 연민에서 발생하는 것이다. 애틋하게 감싸는 것은 연민의 다른 이름이다. 이때 연민은 두 가지 측면에서 발생할 수 있다. 하나는 제 몸을 가누지 못하는 불완전한 존재자로서 양육 받아야 하는 자녀에 대한 사랑과 보살핌의 연민이다.
다른 하나는 자궁에 이어진 탯줄을 끊고 개별자가 된 이상, 생로병사
를 거치면서 단독자로서의 생을 영위해야 하는 데서 오는 자기변민에
대한 연민의 감정이다. 전자는 어린아이가 어머니의 품에 있을 때, 보
살핌을 받는 동안 어머니로부터 받는 사랑과 연민이다. 따라서 누구나
그러하듯이 노스탤지어의 최초의 지점은 어머니의 품안이다.

치매를 앓는 백발의 어머니가
반백의 야윈 아들의 등에 업혔습니다
아들은 말했습니다
"우리 어머니를 자주 업어드릴 적마다
눈물이 나요 너무나 가벼워서요"

고무 다라이 통에 따슨 물을 채우고
마른 장작개비 같은 어머니의 몸을 씻겨 드리며
아들은 말했습니다
"내 새끼 이쁘다 이쁘다 날 그렇게 씻겨주신 걸요
그런데 보셔요, 우리 어머니가 참말로 이쁜 거라요"

두 귀가 꽉 막힌 어머니 앞에
저녁 밥상을 들고 와서 어머니의 입 안에
구운 생선 살을 발라 넣어 드리며
아들은 말했습니다
"내 새끼 밥 잘 먹는다 날 그렇게 키우신 걸요
그때는 비릿하다 고개 좌우로 돌리시더니
인자 보니까 인자는 우리 어머니가 잘 잡숴요
참 잘 잡숫는 거라요"

「비로소 알게 된 일」 전문

그러나 그 어머니나 자식도 늙어간다. 다만 어머니가 먼저 늙어서 생로병사의 길을 몸소 보여줄 따름이다. 이로써 상호간에 연민의 감정을 공유하게 되고, 쇠약해진 어머니를 보살피는 아들을 통해 어렸을 적 어머니가 보살폈던 방식을 재확인하게 된다. "그때는 비릿하다 고개 좌우로 돌리"시던 것은 자신의 몸을 나누어 주었듯이, 내 먹을 것을 줄여 자식을 풍족하게 먹이고 싶었기 때문이다. 이러한 "애틋한 감쌈"을 통한 모성의 실현은 자식으로서는 전에는 알 수 없었던 것이고, 양육자의 처지가 바뀌면서 "비로소 알게 된 일"이다. 키에르케고르가 말한 바, 인간은 누구나 신 앞에 단독자로서 고독한 존재일 수밖에 없다. 노년에 이른 아들이 어머니와 연대의 감정을 통해 상호연민에 이르게 되고 이를 통해 생을 회복하는 힘을 얻게 된다. 즉 어머니에 대한 연민과 공감이 나를 치유하는 힘으로 바뀌는 것이다.

5. 양말 두 켤레

길을 오래 걸으려면, 떠나기 전에 두 발을 감싸는 두껍고 부드러운 양말을 신어야 한다. 그 부드러운 감촉이 길을 가는 데 힘과 위안을 가져온다. 지금까지 최봉희 시인의 근간 『엄마라는 말』에 "대지적 모성, 그 애틋한 감쌈"이라는 제목으로 필자 나름의 해설을 붙여보았다. 서두에서 언급한 바와 같이, 이번 시집의 특성은 "생활서정에 기반을 둔 존재론적 자기 응시와 더불어 타자에 대한 관심"이라고 정리할 수 있다. 이는 시창작을 이어가는 상상력이 타자에 대한 연민과 이를 모성적 가치로 감싸는 대지적 상상력에 바탕을 두고 있음을 말한다.

7년 남짓 전에 필자가 첫 시조집을 출간하였을 때, 최 선생님께서 예쁘게 포장한 양말 두 켤레를 편지글과 함께 주셨다. 그 중 한 켤레는 세상을 향해 걸어갈 때 신고, 다른 한 켤레는 시를 향해 걸어갈 때 신으라고 하셨다. 필자는 이 양말을 연구실 서가에 올려놓고 그동안 마음으로 수십 차례 신었던 것이다. 얼마 전에야 그 양말을 신고 걷게 되면서 서랍 속 다른 양말들과 함께 섞이게 되었다. 이로써 모든 내 양말들이 시를 향해서도 걸어가고 세상을 향해서도 걸어가게 되었다.

필자의 이번 서평이 최 선생님 양말 선물에 대한 십분의 일의 보답이라도 되기를 바란다. 끝으로 최봉희 선생님의 건강과 건필, 그리고 댁내 행복을 기원 드리며 이 글을 마친다.

살아간다는 말 속의 스산한 풍경들

– 이지담, 『너에게 잠을 부어주다』, 문학들, 2021.

비가 내리는 6월의 화요일이다.

공사장의 분진이 풀썩 가라앉을 정도로 비가 내린 것은 다행일까. 대로변 5층 건물의 한쪽 벽이 길바닥을 향해 내동댕이쳐진 뒤로, 일주일이 채 못 지났다. 사고 후, 4일 만인 어제의 마지막 발인은 고 2 학생의 죽음이었다. 공사장은 부서진 건물의 잔해 더미를 풀이 마구 자란 봉분처럼 어지럽게 쌓아두고 있다.

우리의 타자연관은 어디까지 진행될 수 있을까. 신덕룡의 해설에서, 이 시집을 통과하는 "시선의 힘은 비극적인 상황이되 그것을 과장하거나 축약하지 않은 채 담담하게 바라보는"데 있다고 하였다. "어떤 의미도 덧씌우지 않고, 상황을 진술하는" 방식으로, 시인이 불러내는 비극적인 사건은 내 눈앞에서 생생하게 재현된다. 과장되지 않게 타자의 비극을 내면으로 끌어들이는 힘을 얻고 있음이다.

타자의 상처를 소란스럽지 않게 내 실존 영역으로 끌어들여 함께 아파하는, 실존적 동참의 방식은 이지담 시인의 시적 논리의 기본형이라 할 수 있다. 그러나 익명적 존재자인 우리는, 이웃의 아픔을 내 실존의 영역에 끌어들여 함께 아파하기란 쉽지 않은 일이다.

여기에 고통 받는 한 아이가 있다. 사회는 한 아이의 죽음에 대해 양육의 의무가 있는 보호자의 책임으로 돌리지만, 미하일 바흐친은 누구든 이들의 고통에 무차별적인 책임이 있다고 한다. 우리가 같은 사회에 구성되어 있는 한 이웃과의 연관성에서 빠져나갈 수가 없기 때문이다.

옷 속에 숨기고 있는 몸에는 검은 멍이 돋아 올랐다
음식이 들어왔다 나간 지 오랜 표정
알 수 없는 힘으로 벽을 뛰어넘고
숲속으로 들어가면 영영 잊혀질 수 있을까
아빠의 망치
엄마의 프라이팬
바스락거리는 나뭇잎들이 뒤를 쫓아온다
새들처럼 이 나무에서 저 나무로 날아다니고 싶었다
맨발이었다
빵 냄새에 이끌려 걷다가
편의점 문을 열고 들어갔다
움츠린 손에 쥐고 있는 건 공기뿐이었다
공포를 우걱우걱 씹어 먹으며 두리번거린다
사람을 보고 재빨리 진열장 아래로 숨는데
짧은 바지와 흙먼지를 둘러쓴 발을 숨기지 못했다
가시에 긁히고 찢겨 핏물이 흐르고 있었다
퍼낼 수 없는 눈 속의 불안
발을 내려다보고 있다

「맨발」 전문

아이는 "검은 멍이 돋아 올랐"고, "음식이 들어왔다 나간 지 오랜 표정"이다. 왜? 라고 탓하기 전에, 시인의 마음은 아이가 되어 고통의 순간을 함께 살아낸다. 3행에서부터 곧바로 이어지는 내용은 아이와 함께 살아가는 공포스런 실존의 겪음이다. 살기 위해 도망치고 편의점으로 뛰어들었으나, "핏물이 흐르"는 맨발까지 감출 수는 없다. 다시 발각되고 되돌려지면서 아이는 죽음을 향해 걸어간다. 여전히 "맨발"이다.

공동체적 삶이 무산되고 사회적 연대의 힘이 느슨해지면서, 타자의 삶에 더 이상 관심을 갖지 않게 되었다. 굶주린 자는 더 굶주리고 학대받는 자는 구출의 통로를 찾지 못한다. 익명성의 개인화된 삶이 갖는 비극이다. 폭력은 더욱 폭력적이 되어가면서, 은폐된 채로 서서히 우리 생활 속으로 잠복해 들어온다. 이지담의 이번 시편들에서는 이를 코드화 하는 바, "우린 이 질긴 고기를 잡아 뜯어 먹어야 한다"(「형제」), "컬러풀한 색을 입고 팔뚝에 매달려가는 악어들/ 흔드는 대로 흔들린다 핏물이 흐른다"(「악어」), "빨간 동그라미가 덧 씌워진 날짜에 둥그렇게 모인 사람들/ 통돼지 바비큐를 장작불 위에 뜨겁게 돌리고 있다"(「달력」) 등에 산견되는 것처럼 현대인의 생활 방식 자체가 폭력적이다.

우리의 연애는
아무것도 자르지 않을 것처럼 시작된다
얼굴을 비추는 각도로
떨고 있는 오감을 안심시킨다
파프리카 양파 당근 잘게 썰어 놓는다

칼날의 춤
무디게 반응하는 마음 위에
엑스트라버진 올리브 오일을 뿌려준다

불을 다루는 유혹적인 솜씨
상대의 빈틈을 찾아 뜨거워진다

쌓여가는 내면의 떨림들
관능적인 더듬이와 매혹 사이에서
손잡이를 놓치고
칼날에 손이 베인다
접시 위
불꽃 튀는 구절들이 담겨있다

우리는
난도질 속에서 뜨거워진다

「칼의 자세」 전문

위의 시에서 "우리는/ 난도질 속에서 뜨거워진다"고 한다. 서로에게 칼이면서도, 칼날을 숨기고 있다. "불을 다루는 유혹적인 솜씨/ 상대의 빈틈을 찾아 뜨거워진다", 그러나 그 뜨거움은 기습을 위한 잠시간의 기다림일 뿐이다. "접시 위/ 불꽃 튀는 구절들이 담겨있다"고 한다. 그렇다면 "칼날에 손이 베"이는 것은 살아가기 위한 방식이다. 칼날에 다치면서도 끝까지 버텨내야 '요리'가 만들어지고, 생활이 지속된다. 이러한 원리는 "연애"와 같은 개인적인 관계에서나 사회적 관계에서나 동일하다. "꿈쩍도 하지 않은 차별 앞에서/ 목숨을 깎아 심지를 드러냈다"(「연필을 깎는다」)고 했을 때, 이러한 공격성은 상대를 다치게 하기 위함이 아니라, 자신을 지키기 위한 최후의 방어수단이다.

누구든 그와 같은 전투를 치르면서 살아가고 또 살아왔다. 그렇게 살다가 어느 순간에, 한숨 푹 꺼지듯 시들어버린다.

어제 수십 번 들은 말을 오늘 또 반복하여 듣는다
축 늘어진 음에서 바늘이 툭 튀어 오른 음반처럼
설거지를 끝내고 창문을 열었다

한 생애 동안 바라보는 소나무 한 그루
가족이라는 이름으로 송두리째 헌신하고 남은 껍데기

익숙한 길에서 이방인처럼 혼자 서성이게 하고
뚝뚝 부러진 나무인 듯 서 있는 기억들

저 텅 빈 눈 속에서 나고 자랐는데

내 뒤를 따라다니며 쏟아낸 말을 잔에 담아 마신다

꼬옥 안아드렸을 때
나무 둥지처럼 꺼내볼 수 없는 심지들이 허물어지고 있었다

아, 내가 없는 나무속의 고요
　　　　　　　　　　　　　　　　　　　「고요한 나무」 전문

　노년을 겪고 있는 타자인 어머니는 껍질만 남은 소나무로 은유된다. "가족이라는 이름으로 송두리째 헌신하고 남은 껍데기"이다. "꼬옥 안아드렸을 때/ 나무 둥지처럼 꺼내볼 수 없는 심지들이 허물어지고 있었다"고 한다. 타자 중에서도 생애의 내력을 들여다볼 수 있는 대상이 가족이다. "저 텅 빈 눈 속에서 나고 자랐"던 나의 내력도 담겨있을 터인데, "아, 내가 없는 나무속의 고요"이니, 그의 생애에서 '나'라는 연관성은 지워지고 있는 중이다.
　그와 같은 방식으로, 사고사한 이웃들과 만 17세의 죽음은 어떻게 기억될 것인가. 잔해를 치우고 수직 절벽으로 솟아오를 아파트 건축물들, 그 그림자 아래에 서는 사람들은 무엇을 기억하고 또 망각할 것인가. "기름때 묻은 수첩 속에서 마르지 않은 꽃잎 한 장이 떨어진다" (「망각」)에서 보여주는 것처럼, '너'라는 익명적 존재자는 소리도 없이 사라지려고 한다. "표현도 중요하지만 시인들의 시선이 어디에 머물러야 할 것인가에 대해서 전하고 싶었다"는 작가의식은, 세계의 고통들을 찾아내어 우리의 기억 속에 각인시켜주려는 듯하다.

　현 광주·전남 작가회의 회장인 이지담 시인이 이번에 펴낸 『너에게 잠을 부어주다』는, 『고전적인 저녁』과 『자물통 속의 눈』에 이은 세 번째 시집이다.
　「시인의 말」에서 "코로나19가 우리의 일상을 바꾸어 놓았습니

다./ 사람과 사람은 거리를 두어야 하지만/ 꽃은 꽃들끼리 어울려 피고/ 나무는 나무들끼리 어깨를 부딪치며 자라고/ 하늘은 조금씩 맑아져갑니다./ 시는 나에게로 와서 눈을 맞추고/ 그 눈을 들여다보며/ 나를 볼 수 있었습니다."고 한다. 타자를 바라보던 눈은 되돌려지면서 나를 바라보게 한다. 그가 가진 시의 원리이다. 조금씩 넘겨가면서, 우리가 망각 속으로 밀어 넣었던 이웃들, 상처들, 그리고 인간중심주의적 폭력성이 살아나는 곳인, 그의 시선이 머무르는 곳을 함께 따라다녔다. 창밖의 빗줄기가 점차 엷어지더니 설핏한 저녁이 다가왔다. 빗물에 젖은 맨발이다.

남겨진 자의 회한 같은, 길

– 최승권의 신작시에 대하여

    최승권의 신작시 5편은, 텍스트 간에 상호 연결되면서 전체적으로 하나의 서사를 떠받치고 있다. 즉, 우체국이 있는 충장로의 풍경과 무등산에 놓여 있는 등반로, 그리고 도시와 산을 연결하여주는 시내버스 노선번호가 서로 조응하면서, 21세기 광주라는 공간에 위치한 시인의 지향과 내적 의지를 독백조로 들려준다.

    시인이 대학 2학년 무렵에 광주민주항쟁이 일어났던 것인데, 이 와중에 시인이 지향했던 이데아가 송두리째 비탄과 좌절감으로 흔들려 버렸던 것이다. 역사적 현장에서 한 젊음이 소임을 다 하지 못하고 살아남았다는 것은 자책과 부채 의식으로 남게 되고, 이후의 삶의 정향에 지속적인 영향을 주게 된다.

    그의 신춘문예(중앙일보, 1986년) 당선작인 「겨울 手話」는 80년 광주 이후의 근황을 보여준다. 대학 졸업 이후 그는 시골 중학교 교사로 근무하게 되는데, 그의 시선은 늘 춥고 고단한 사회 현실 쪽에 붙들려 있었다. 광주라는 소외된 공간에서도 멀리 떨어진 섬 학생들의 가난한 삶이 핍진하게 그려진 「겨울 手話」는 서정성이 매우 풍부한 시로 알려져 있다.

> 몇 몇은 보이지 않았다
> 졸업식 송사의 마지막 구절이
> 키 작은 여학생들을 일제히 흐느끼게 할 때
> 서울 어느 목공소에 조수로 취직했다는 광오와
> 상급학교에 진학을 못한 상동이의 얼굴은

금간 유리창 너머 갈매기 두 마리로 날아오르고
교정 구석 단풍나무 한 그루로 선
나는 노을이 지는 바다를 훔쳐보았다.

「겨울 手話」 1연

시인은 졸업식장에서 보이지 않는 "몇 몇"에 해당하는 "광오"와 "상동이"에게 마음을 빼앗긴다. 그들은 남들이 진학하는 고등학교에 가지 못하는 슬픔을 안고 있고, 그중에 "광오"란 놈은 아예 서울 목공소에 취직하여 생활 전선에 뛰어든 아이다. 그렇지만 그의 이러한 투신은 적어도 현실상황을 긍정하는 것이 아니다. "서울의 낯선 어둠을 깎는 대패질소리와/ 절망마다 강하게 내리박는 못질소리가/ 짧은 편지 가득 들려오는데"와 같은 언급은 광오가 가정 경제의 역할 분담 차원에서 취직한 것이고, 그의 내적 모색도 성장에 대한 강렬한 의지를 "절망마다 강하게 내리박는 못질소리"와 같이 눌러 죽이는 형상이다. 즉, 두 학생은 성장기의 잠재적 가능성을 학교 교육으로부터 실현시킬 수 없게 된 절망적인 상황으로 의미화 되어 나타나고, 이들은 모두 박탈감을 느끼는 상태이다. 시인은 이들 소외된 세계에 대하여 강력한 일체감을 가지고 바라보게 되는데, 그가 이후에 전교조 교사 활동에 열중하게 된 것은 필연적인 선택이라 하겠다.

최승권 시에서 데뷔 당시에 나타나는 특징은 「겨울 手話」에서와 같이 대상 세계에 대한 동조 내지는 일체감을 통한 강렬한 정서적 상호작용이다. 졸업식장에서 학생들에게 축하의 악수를 나누기보다는 교실에 남아 "나는 빈 칠판에 갈매기 두 마리를 그리고/ 유리창 밑에 숨어 바다를 보며 울었다."와 같은 소외된 세계에 대한 정서적 동질감은 그의 초기 시 「가을 편지」, 「선생님 집에 다녀오겠습니다」 등에서 서정성을 떠받치는 형상화의 방법으로 작용한다.

그러나 그는 문단 데뷔 이후 곧바로 전교조 활동에 열성이다가 해직이 되었고, 서울에서 학원 강사 생활을 하면서 한동안 호구를 하였다. 복직이 된 이후에는 대학원 공부에 몰두하면서, 지금까지 십수 년 간의 시적 공백기를 거쳤고, 등단 20여년 만에 시 5편을 들고 나타나 새로운 출발을 다짐하고 있다.

그만큼 신작시 5편의 세계는, 교사 체험과 서정성을 바탕으로 하였던 출발기의 시작 방식에서 멀리 벗어나 있다. 특히 대상에 대한 가치 판단이 즉각적으로 이루어지면서, 이에 따라 시의 의미가 선언적으로 드러난다는 점이 신작시들이 갖는 특징이다. 이는 그의 데뷔기인 80년대 후반과 00년대 후반 사이의 시간적 거리만큼이나, 시인의 세계 대응방식에 있어서 확연히 구별되는 점이라 하겠다. 초기의 대상과의 일체감 형성에 따른 정서적인 여가與價 작용, 이와는 달리 신작에서의 대상에 대한 즉자적인 가치 판단에 따른 의미 선언, 이 양자간의 거리는 그가 거친 공백기만큼이나 간격이 있어 보인다. 물론 시인의 취향이 변한 까닭이기도 하겠지만, 이는 20대 후반의 교사상과 40대 후반의 교사상만큼이나 세대 차이가 나는 것으로, 그의 직업적 추구와도 일정한 상관성이 있다고 본다.

이 글에서는 그의 신작시 5편이 보여주는 세계를 상호 연관성에 따라 세 부류로 나누어 해설을 붙여 보기로 한다.

향일성向日性의 길- '광주'라는 전설

흔히 언급되는 바, '광주'의 순 한글풀이는 '빛고을'이다. 이 도시의 동쪽에는 크고 밋밋한 능선으로 이루어진 무등산이 자리 잡고 있다. 도시의 아침은 무등산이 오른쪽 어깨 틈으로 열어주는 아침빛을 받으면서 깨어난다. 도시는 무등산을 바라보면서 눈을 뜨고, 시민들은 출근길에 무등산에서 흘러나오는 햇살을 등에 지거나 마주하며 일터로 향한다.

광주에서 하루 또는 사계의 번갈음에 대한 인식은 무등산을 바라보는 일만으로도 가능하다. 즉, 일광성日光性의 생활은 무등산을 바라보면서 시작되는데, 광주의 아파트는 남향으로 짓기도 하지만, 무등산을 바라보기 위해 애써 동향으로 몸을 돌리기도 한다. 시민들에게 무등산은 신성함이 깃든 성지이자 도시의 정신을 형성하는 거점 같은 곳으로 여겨진다. 광주 시민들의 생활을 노래할 때조차 일부러 무등산을 호명하는 까닭이다. 그러므로 너무도 흔히 무등산은 광주의 정신을 나타내기 위한 하나의 상징으로 사용되어 왔다.

최승권 시인은 광주 출생으로 광주에서 태어나 성장하였고 현재는 이곳에서 직장생활을 하고 있다. 그가 생의 전반을 영위하는 공간은 광주이다. 더구나 80년 광주의 고통스런 체험은 심리적 외상을 안겨준 것으로 보인다. 왜냐하면, 김덕령 장군이나 5·18의 희생자처럼 비극적 패배가 가져다주는 숭고함을 실현시킬 수도 없었던 일개 소시민이었을 따름이기 때문이다.

이로써 광주라는 지명은 시인의 공간정위에 있어서 강렬한 장소애(topo-philia)를 형성하는 동인으로 작용하게 되었을 것이다. 이는 그의 시작 모티프로 광주 근방의 지명들이 주요하게 사용되고 있음을 통해 유추할 수 있다.

시 「새인봉이」와 「1187번 무등산行」은 빛의 근원인 무등산으로 향하는 향일성向日性의 의지를 보여준다.

> 응달진 단풍나무숲 비탈길을 비지땀으로 오르며
> 오르기는 힘들고 내려가기는 더 어려운
> 등산의 법칙을 생각한다,
> 둘이 함께 갈 수 없는 외길의 생리를 생각한다.
> 반짝이는 임금님의 옥새란 그런 것.
> 그걸 여태 모르냐고 홀로 솟아오른 새인봉,
> 어디에선가 아하 아하! 소리치니
> 어허 어허! 되치는 메아리 한 소절이 뒤늦을 뿐,

어디 까닭 없는 전설이 있다 하더느냐.
오르기 쉬운 산이 어디 있다더느냐.

「새인봉이」 부분

시적화자는 수직 절벽의 새인봉 앞에 서 있다. 내용으로 보아 새인봉 가는 길은 오르기 힘든 외길이며, 한 번 올라갔다하면 내려가기는 더 위험을 감수해야 하는 길이다. 우뚝 솟은 바위 봉우리 앞에 서 있는 화자의 상황, 그리고 '새인봉'이라는 명칭이 가져오는 전설이 맞물리면서, 권력의 속성에 대한 인식의 지점을 통과하게 된다. 즉 외길의 생리가 보여주듯 양립불가이면서 오르기만 할 수 있고 내려갈 수는 없어서 추락의 공포가 늘 도사리는 것이 권력임을, '새인봉'이라는 바위 봉우리의 등산로와 절대 권력이었던 임금의 옥새가 상징적으로 맞물리면서 깨우쳐주는 것이다.

그러면 여기서 시인은 권력 지향의 의지를 말하는 것인가. 그렇지는 않다. 전설이란 민간에 전승되어 온 이야기 중에서 증거물을 가지고 있는 영웅들의 이야기이다. 민간설화의 대부분이 그렇지만 이야기 속에는 세상사의 이치와 교훈이 담겨 있다. "그걸 여태 모르냐고 홀로 솟아오른 새인봉,/ 어디에선가 아하 아하! 소리치니/ 어허 어허! 되치는 메아리 한 소절이 뒤늦을 뿐,"에서 나타나듯 '새인봉'이 간직한 전설은 권력이 양립불가이므로 필연적으로 배척과 음모, 살해의 욕구 등이 개입되어 있음을 일깨워 준다. "그걸 여태 모르냐고", "되치는 메아리 한 소절이 뒤늦을 뿐,"이라고 말하는 화자의 선언은 권력의 비정성에 대한 부정이자 고발에 해당하는 것이라 하겠다. 화자가 이 시에서 지향하는 것은 온몸으로 밀고 올라가는 건강한 노동의 세계이자 모두 함께 어우러져도 부족함이 없을 만큼 넉넉하게 품을 벌리고 있는 무등한 정상에 오르기 위해서임을 말할 필요도 없을 것이다.

얼마 전부터 도시에서 산으로 향하는 지선버스는 녹색G 1187로 불린다. 1980년 대동세상을 만들었던 금남로 "문화전당역"(당시, 전남

도청) 정류장에서 녹색 지선 버스 1187번을 타고 산장(전당역 동쪽 승차)이나 증심사(전당역 서쪽 승차) 방향으로 접근할 수가 있다. 즉, 신성한 무등산은 또 하나의 기표를 갖게 되는데 그것은 1187이라는 숫자이다.

> 11월에는 충장로 함성소리 모두 타고 올라와
> 늦재 솔 잎잎마다 콧날 세우게 하더니,
> 5월이면 금남로 도청 앞 샐비어 향기 가득 싣고
> 구절양장 전망대길을 한달음에 올라 와
> 산장 뻐꾸기 울음을 붉게 끓어오르게 하더니.
>
> 1187번 버스는 해거름이면
> 산수오거리에 장불재 억새 바람을 풀어놓고 간다.
> 그러더니 너덜겅 물 한 됫박 농장다리에 뿌려주고 가고
> 예술의 거리 지날 땐 꼬막재 이팝나무 초록빛깔로 물들이고
> 마침내 도청 앞 광장마저 서석대 눈보라로 뒤덮고 가더구나.
> 동네 처마다마다 의기의 햇발로 서서 반짝이더구나.
> 빛고을 사람들 너른 가슴에 순정처럼 자랑처럼 빛나더구나.
>
> 「1187번 무등산行」 부분

버스는 시민들을 실어 나를 뿐만 아니라, 도시의 정신과 산의 정신을 내통시키는 작용을 한다. "5월이면 금남로 도청 앞 샐비어 향기 가득 싣고/ 구절양장 전망대길을 한달음에 올라 와/ 산장 뻐꾸기 울음을 붉게 끓어오르게 하더니."와 같이 5월의 정신은 여전히 현재형으로 살아서 산의 마음이 되게 한다. 반면 산에서도 도시에 화답을 하는데 "1187번 버스는 해거름이면/ 산수오거리에 장불재 억새 바람을 풀어놓고 간다./ 그러더니 너덜겅 물 한 됫박 농장다리에 뿌려주고 가"면서 시민들에게 생기를 불어 넣는다.

시민들은 1187번 버스를 타고 무등산을 오르내리면서, 생의 의욕과

환희를 느낀다. 이러한 인식 작용을 거쳐 화자는 마침내 "날마다 1187미터 무등산이 내려 와서 한 바퀴 돌아야/ 빛고을 사람들이 퍼뜩 일어나는 이유가 거기 있었구나."와 같이, 도시와 산의 정신이 서로 내통하고 있음을 발견한다. 이로써 이 도시에는 강렬한 장소애 (topo-philia)를 가진 사람들이 많다는 것을 느낄 수 있다. 이 시에서는 이러한 애착들이 시민들을 동지적 유대로써 결속시키는 긍정의 힘으로 표현되고 있다.

남겨진 자의 회한 같은- 외로움

길가기는 삶의 한 형상이다. 사람들은 하루하루 그날 분량의 길을 살아간다. 여기서 '길을 살아간다.'라고 말하는 것은 길 위의 행위가 바로 '살아 감' 그 자체이기 때문이다. 따라서, 아무리 다사다난 하지 않은 생활이라 할지라도 모든 생활은 미로迷路, 즉 길을 지나가는 행로로 볼 수 있다. 율리시즈가 참아낸 수난과 시련은 신화적인 이야기이긴 하지만, 어떤 사람이나 집으로 돌아온다는 것은 율리시즈가 이타카로 돌아온다는 사실이 갖는 것과 상응하는 가치를 갖는다고 엘리아데는 지적한 바 있다.

시 「산장 가는 길」에서 화자는 삶이 길 자체의 형상으로 굳어버리기를 바란다.

가도 가도 끝이 나지 않았으면 하는 길이 있다.
백 리를 날던 새매도 멈출 때가 있고
산배꽃 향기도 저절로 떨어지는 때가 있지만
그곳으로 가는 길은 순간에서 영원으로 이어진다.
그곳에 가는 길은 고요만이 느티나무처럼 서 있다.
함께 걸어도 혼자 돌아오고 싶은 그 길에서
추억은 단풍 들어 후두둑 길가에 떨어지고

오래된 솔숲 바람만이 인생의 뒤끝을 식히고 있다.
혼자 걸었어도 함께 걸어간 것처럼
다 왔다 싶으면 처음 길로 돌아가고 싶은
가도 가도 끝나지 않았으면 하는 길이 있다.

「산장 가는 길」 전문

시의 문면을 따라 읽어가면, "가도 가도 끝이 나지 않았으면 하는 길이 있"다. 그 길은 결국은 "그곳으로 가는 길"이며, "순간에서 영원으로 이어"지는 길이다. 따라서 이 시의 중요한 해석소는 "그곳"이라는 부정칭의 장소에 있다. 시인은 "그곳에" 이르고자 하는 열망으로 끝없이 이어지다가 마침내 처음으로 순환하는 미로 상황을 스스로 선택한다.

그러면 그가 끝내 회한처럼 돌아가고 싶은 그곳은 어디인가. 대립항을 만들어 해석해 보면, 지금 여기(길의 현실)는 함께 혹은 혼자 걷는 길, 이미 단풍이 들어버린 추억들, 오래된 솔숲 바람, 인생의 뒤끝이 보이는 시간 등과 같이 이미 시간적으로 추억을 낙엽처럼 후두둑 떨어뜨리는 지점에 다다라 있다. 심층적으로 보면, 지금 여기의 길에는 이미 지나가 버린 시간들이 겹겹이 쌓여 있다. 지나온 길은 순간이며 소멸이자 상실이다. 그러나 그곳으로 가는 길은 고요와 영원으로 통하면서, 마음에 따라 생성적으로 다시 시작하는 길이다. "혼자 걸었어도 함께 걸어간 것처럼", 마음속에 묻어둔 사람과 대화를 할 수 있는 시간이 열려 있는 길이며, 무한 몽상이 펼쳐질 수 있는 길이다. 이 길은 추억의 회복이며 지나가 버린 것에 대한 추모의 마음이다.

그의 시를 컨텍스트적(context)으로 무등산 등산로에 대입하여, 「산장 가는 길」에서 보이는 무한히 순환하면서 반복되는 길을 찾는다면, "1187번 버스 → 산장(버스에서 하차) → 꼬막재 → 장불재 → 서석대 → 늦재 → 산장"과 같은 순서로 산행을 한 것으로 보인다. 그러므로 "추억은 단풍 들어 후두둑 길가에 떨어지고/ 오래된 솔숲 바람만이 인생의 뒤끝을 식히고 있다."의 세부적인 점경은 시 「꼬막재를 넘으며」와 겹쳐 읽을 수 있겠다.

　　　뒤 돌아보지 말라.
　　　후회는 이미 져 내린 산목련 꽃잎 같으니,
　　　지난 오월의 태양만으로도
　　　나를 괴롭히기에 충분했다.
　　　산 아래 뻐꾸기 소리 잡혔다 안 잡혔다 하듯
　　　난 너의 이름을 외친다.

　　　그래도 뒤 돌아보지 말라,
　　　서석대 위 서리꽃 지면
　　　져 내린 꽃잎은 오늘 다시 피리니.
　　　북 장구소리 서녘에 붉게 슬리듯
　　　넌 저 골 산벚꽃 그늘처럼 슬퍼하지 말라.
　　　흩어진 너의 휘파람새 같은 웃음소리도
　　　봄비 한 방울에 잎새 끝마다 간지러울 것이니
　　　이 봄의 짧디 짧은 사랑을
　　　다시는 뒤 돌아보지 말라.

　　　　　　　　　　　　　　　「꼬막재를 넘으며」 전문

　추억은 후회를 동반하고 있으며, 혼자 걸어도 너의 이름을 마음속에 안고 함께 가는 길이 되고 만다. 추억은 나를 괴롭히기에 충분하며, 그 추억은 오래 전에 있었던 "오월"에 걸려 있다. 또 그 오월의 풍경은 "북 장구소리 서녘에 붉게 슬리듯"에서보듯 비극적 요소를 애초에 담고 있다. 화자는 이 비극적 추억으로부터 벗어나려 안간힘을 한다. "뒤 돌아보지 말라.", "그래도", "다시는"에서와 같이 점층적으로 강조되면서, 추억의 막강한 구속으로부터 달아나려 한다. 그렇지만 "흩어진 너의 휘파람새 같은 웃음소리도/ 봄비 한 방울에 잎새 끝마다 간지러울 것이니"에서처럼, 그는 결코 그 후회와 자책으로부터 자유로울 수는 없다. 다만 그 추억의 힘을 다시 길과 사계의 순환으로 불러들이고 함께 하면서 점차적으로 다가오는 시간성 속에 묻어 두고 싶어 하는 것이다.

삶의 형상으로서 '길가기'는 보통 두 가지 형식으로 나누어 볼 수 있다. 먼저 전래의 '소 길들이기'를 생각할 수 있다. 멍에를 지고, 무거운 돌멩이를 끌며, 고행의 입사식을 치루는 이 '길들이기' 모티프는 피투된 존재가 어떻게 스스로를 세상에 적응시키는가를 보여준다. 이 무거운 보행 연습의 끝에는 전혀 새로운 보행 방식이 기다리는데, 그것은 삶의 규칙과 조화를 이루는 보행이다. 한편 바릿대를 걸머진 승려의 '길가기' 모티프는 끊임없이 세계 속에 자신을 기투시켜, 새로운 정위定位를 이루려는 고행의 방법이다. 우리는 여기서 전자의 문화 습득과 상동 관계를 갖는 보행과 후자의 초월적 비전과 상동 관계를 갖는 보행으로 대비시켜 볼 수 있을 것이다. 그러므로 본질적으로 인간의 보행은 이 두 가지 가운데 한 가지나, 또는 둘 모두를 포함하는 상징적인 의미를 갖게 된다고 볼 수 있다.

물론 앞의 두 편 시에서 보여주는 '길'의 모티프는 '길가기'의 고행에 해당하는 것으로 현실적 삶의 억압을 벗어나서 초월적 비전을 성취하여 본질적 자유를 성취하고자 하는 방법론적 추구이다.

응시하는 자의 침묵 같은- 추억의 깊이

시「첫눈을 기다려 본 사람은 안다」는 그의 초기시의 특징과 가장 근접해 있는 작품으로 읽혀진다. 이 시의 의미 구조를 떠받치는 사물들로는 "충장로에 있는 우체국 앞 계단과 우체통, 첫눈, 편지" 등이고, 주된 정조는 추억과 기다림, 서성임이라는 행위를 지탱하는 "그리움, 설레임, 혼자 남겨진 외로움" 등이다. 실상 이 시의 기본 발상이 잊지 못할 첫사랑에 대한 추억에 닿아 있으며, 그 추억의 장소가 특별하게 충장로 우체국 앞 계단이라는 점에서, 이 시도 80년대적 상황과 공유하는 부분이 많다. 즉, 당시에는 충장로 우체국 앞 계단 근처를 '우다방'이라 하여, 가난한 학생들이 다방에 들르지 않고도 만남을 기약하는 장소로 애용되었던 것이다. 시인의 나이로 보면 첫사랑이 발생했던 시간과 공간이 꼭 그 쯤 될 법하다.

첫사랑을 잊지 못해
충장로 우체국 앞에 서 있어 본 사람은
안다.
왜 눈은 우표도 붙이지 않고
남들 다 자는 밤에
우체통 위에 그리움처럼 하얗게 오는지

첫사랑을 기다리기 위해
충장로 우체국 계단에 쪼그려 앉아 본 사람은
안다.
왜 눈은 전보 한 장 때리지 않고
새들도 다 돌아간 밤에
우체통 위에 설레임처럼 호올로 쌓이는 지

첫눈을 기다리는 사람들은 안다.
사람들은 왜 충장로 우체국 앞에서만 서성거리는 지,
편지를 보낼 줄만 알고 받을 줄도 모르는
빨간 우체통이 되어 서 있는지,
기다리다 기다리다 군밤장수 돌아가고
막차 떨어지고 별도 떨어진 밤에
눈사람이 되어 목도리도 없이 모퉁이에 서 있는지

우체통 속의 주소 잃은 꽃편지들이
편지 속의 수많은 흘려 쓴 글씨들이
하늘에서 소리 없이 하얀 눈발로 쏟아지는 거
첫눈을 기다려 본 사람들은 안다.

「첫눈을 기다려 본 사람은 안다」 전문

위의 시에서, 예고 없이 홀로 내리는 첫눈을 "편지 속의 수많은 흘려 쓴 글씨들"에 비유하고 있다. 만남을 기약하고 첫눈을 기다리는 것이나, 우체통 속 주소 잃은 꽃편지들의 사연을 따라가서 읽어보는 것이나 모두 시적화자의 내면에서 이루어지는 일이다. 설레임 다음으로 따라오는 간곡한 기다림의 시간과 이별의 아픔 중에서도 첫사랑만큼 애잔한 것도 없을 것이다.

그러나 이 시는 현재형의 첫사랑이 아니다. "첫사랑을 잊지 못해/ 충장로 우체국 앞에 서 있어 본 사람은/ 안다."고 하는, 그 "아는" 시점에 첫눈은 내리는 것이다. 첫눈이 내리는 밤에 첫사랑의 애틋한 기억이 떠오른다면 그 사랑이 실패로 끝났을지라도 축복할만한 일이다. 첫사랑의 기억만큼이나 몽상의 시간을 현재형으로 되살아나게 하는 기억은 드물다. 첫사랑에 대한 기억은 즉각적으로 감성적 반응을 야기하면서, 기억의 힘 가운데 으뜸이라 할만한 반향을 불러일으킨다.

첫눈이 내리는 풍경으로 인해 화자는 추억의 몽상으로 진입하지만, 이 몽상은 애초에 소통될 수 없는 그리움이라는 단서를 달고 있다. 즉, "왜 눈은 우표도 붙이지 않고/ 남들 다 자는 밤에/ 우체통 위에 그리움처럼 하얗게 오는지"에서와 같이 회복될 수 없는 추억의 시간들은 몽상 속에서 부풀어 오른다.

물방울의 가장 가벼운 상태는 구름이고 그 다음이 눈이다. "첫눈을 기다리는 사람들은" 그 가볍고 자유로움에 대한 몽상을 부풀리는 사람들이다. 이윽고 눈이 내려서 쌓이면 이들은 뭉쳐져서 질척거릴 터이지만, 마침내 편지를 보낼 줄만 아는 우체통처럼 "눈사람이 되어 목도리도 없이 모퉁이에 서"서 무거워진 자신의 존재를 자각할지라도, 첫 눈을 기다리는 동안 부풀어 오르는 몽상만은 누구도 반대할 수 없다. 그것은 마음으로 확장시키는 우주의 한 영역이기 때문이다.

이상으로 최승권의 신작시 5편을 세 개의 항목으로 나누어 살펴보았다. 새 출발을 다짐하는 신작들이 여전히 80년대의 공간과 상황이 가져다주었던 부채 의식에서 자유롭지 못함을 확인할 수 있었다. 또한, 시대정신에 대응하려는 견고한 의지로 가득 차 있었을 지나온 삶의 정향에 대해서도 유추하여 보았다. 그럼에도 불구하고, 그가 창작한 시의 지형도가 광주나 한반도라는 지형학적 상상력에 몰두하고 있음에 대해서는 앞으로 고민이 따라야 할 것으로 보인다. 시인의 시적 지평이 더욱 확장되고 세련되어 새로운 서정시의 영역을 개척해 나가기를 바란다.

이승과 저승의 경계 허물기, 혹은 하나 되기

– 이상인의 신작시

경계를 지워버린 삶이 어디 있으랴?
누군들 쉽사리 경계를 지워버릴 수 있으랴!

그러나 시인은 경계를 넘나든다. 쟈크 샤보(Jacques Chabort)가 말한 바, 아래의 언술은 이상인 시인에게 직접적으로 원용이 된다.

> 진정한 작가란 사물과 언어, 현실과 상상, 이승(神話, 文化)과 저승
> – 이 양자 사이의 바로 경계에 천막을 치는 유랑인으로 남아 있는 자
> 이다. 그의 주된 덕은(그의 유일한 덕이 아닐지라도) 이 양자의 어느
> 쪽에도, 사물에도 언어에도, 현실에도 상상에도, 이승에도(放棄에 의
> 해서) 저승에도(豫期에 의해서) 자리를 잡지 않으려 하는 데 있다.

그만큼 이상인 시에 나타나는 상상력의 진폭은 전 우주에 걸쳐 있다. 그곳에는 강물이 있고, 경계를 넘나드는 다리가 있고, 꽃눈이 있고, 하늘 물고기인 버들붕어가 푸른 하늘빛 사이로 헤엄치고 있다.

1. 푸른 그녀, 푸른 강물

오래 전부터 여성의 상징으로 물 이미지가 차용되어 왔다. 여인들은 물로부터 생명을 실어오고 젖으로써 생명을 키워내고, 그러한 생의 의식을 치르다 카롱의 배를 타고 죽음의 영토에 이르지 않는가. 그런 점에서 여인들의 앞에 '푸른'이라는 수식어를 붙이지 않을 수 없다.

277

깊이의 원근법 속에서 '푸른 강물'은 소리 깊은 울음 지니고 있다.

> 아내는 푸른 강물이었네
> 날마다 내 곁에서 흐르고 있었지만
> 가 닿기에는 너무 먼 강물이었네.
>
> 가만히 들여다보면
> 은어며 눈치며 잉어들이
> 반짝이는 추억을 퉁기며 헤엄치고 있지만
> 내가 뛰어들기에는 너무 깊은 울음이었네.
>
> 「아내는 푸른 강물이었네」 1, 2 연

그렇다면 시적 화자인 나는 어찌하여 아내의 강물에 다가가지 못하며, 함께 섞여 흐르지 못하는가. 그것은 시적 화자가 아내의 강물과 자신의 강물이 본질적으로 다르다는 인식을 견지하고 있기 때문일 것이다. 아내의 강물은 "뛰어들기에는 너무 깊은 울음"을 가지고 있다. 여기서 강물이 '너무 깊다'고 판단을 내릴 수 있는가. 그러한 인식의 저변에는 아내의 깊이에 빠지는 것에 대한 두려움과 공포가 있다. 이 강물은 바다에 가까이 다가서는 무의식의 심연과 같은 깊이를 가지고 있다. '깊다'라고 판단할 때는, 모성적인 생성의 목소리와 함께 죽음이라 불길한 목소리의 양가적인 망설임을 가져오게 된다. 이러한 판단 하에서 그는 결코 아내와 함께 흐를 수 없게 된다. (텍스트 외적인 측면에서 말하면, 그는 불순하고 타락한 물인 술과 너무 친하다. 아내의 강물에 섞이는 것만이 그의 타락한 물을 정화시킬 수 있겠으나, 그는 이를 죽음과 같은 공포로 인식하고 있는 듯하다.)

아내의 강물은, "은어며 눈치며 잉어들"과 또 그들의 추억까지도 반짝이게 하는 생성력을 소유하고 있다. 여기서, 강물은 왜 깊은 울음을 울고 있는가. 그것은 이 시의 끝에서 보여주는 "그러나 어이하랴"와 같은 시적 화자의 자기 방기적 태도 때문일 것이다. 그는 본질적으로 아내의 강물로 삼투하는 것에 대한 두려움을 가지고 있는 것이다.

앞의 시에서 보여준 아내와 나의 分離에 대한 반성적 인식은 「푸른 그녀」에서는 합일에의 지향으로 전환된다.

> 아침안개 같은 푸른빛에 휩싸여 있는 다리
> 나는 오늘도 건넌다 날마다
> 건너고 또 건너도 건넌 적이 없는,
> 푸른 그녀는 그 다리를 건너서
> 얼마쯤 가면 있다.
> 늘 햇살들이 노란 병아리처럼 종종거리는
> 다리 위에는 시간의 강물이 흐른다.
> 나는 그 강물 앞에 멈추어 있고
> 그 강물은 끊임없이 다리 건너에 있는
> 푸른 그녀 속으로 흘러 들어가고 있다.
> 머리를 빗고, 화장을 하기도 하고
> 어딘가에 낀 때를 비벼 빨기도 하는
> 푸른 그녀는 하염없이 책장을 넘기고 있다.
> 숨가쁘게 넘어가고 있는 페이지마다
> 내 낯익은 일상들이 적혀 있다.
> 나는 이미 다 내 삶을 살았던 것일까?
>
> 나는 오늘도 다리를 건넌다.
> 건너서 푸른 그녀에게로 간다.
> 노란 병아리처럼 종종거리며 햇살들이 뒤따라오는
> 그 다리는 내 마음의
> 이 쪽과 저 쪽의 경계를 허문지 오래다.
>
> 「푸른 그녀」 전문

이 시에서 강물의 흐름이라는 시간성은 다리 건너에 있는 그녀에게 또는 책장 속으로 빨려든다. 블랙 홀과 같은 이 우주적인 상상력은 모성적인 물의 이미지와 지속적인 시간의 흐름을 뛰어넘는다. 「아내는 푸른 강물이었네」에서, 아내의 강물이 끊임없이 흘러가며 깊은 울음소리를 통하여 시적 화자인 나에게 꾸지람을 하는 잔소리 많은 어머니의 원형을 지니고 있다면, 「푸른 그녀」에서 그녀의 강물은 모성적인 물길을 거두고 나의 일상들은 책장처럼 넘겨보고 있다. 그녀는 "머리를 빗고, 화장을 하기도 하고/어딘가에 낀 때를 비벼 빨기도 하는" 매우 일상적인 모습을 하고 있다. "내 낯익은 일상들은" 그녀의 손가락 사이에서 책갈피처럼 숨가쁘게 넘겨진다. 이 시에서도 시적 화자에 대한 그녀의 점검(또는 감시)의 원형이 드러나지 않는 것은 아니지만, 나는 다리를 매개로 하여 익사의 두려움을 떨쳐버리게 된다. "나는 오늘도 다리를 건넌다./건너서 푸른 그녀에게로 간다." 푸른 그녀는 책장처럼 나를 넘겨보지만 나는 다리를 '건너'서 그녀에 닿게 된다. 그리고 "이 쪽과 저 쪽의 경계를 허"물어 버린 초월적인 시간에 도달하게 된다.

2. 하늘 물고기의 꿈

생사의 경계가 지워진 적멸(寂滅)의 순간에, 시간은 흐름을 멈추고 역동적으로 솟구쳐 올라 공간화 된다. 아래 시 「풍경(風磬)」에서 들려오는 노 젓는 소리는 시간성을 초월한 신비스런 공간에서 들려오는 소리이다.

> 적멸보궁을 돌아나오자
> 머언 하늘가에서 노 젓는 소리가 들렸다.
> 문득 고개 들어 찾아보니
> 그때 그대가 푸른 강물에 풀어놓았던

버들붕어 두어 마리
종소리를 울리며
마지막 이승을 건너고 있었다.

「풍경(風磬)」 전문

버들붕어가 강물 속에서 지느러미로 물살을 헤치듯, 이승을 초월한 삶은 하늘 연못에서 노 젖는 소리로 들려온다. 그것은 또한 찰랑찰랑한 바람결에 버들붕어 두어 마리가 풍경을 울리는 삶의 한 순간에 겹쳐져 있다. 그렇다! 이승과 저승의 경계는 머나먼 하늘가에서만 찾아볼 수 있는 것이 아니라, 우리 생의 한 순간에 겹쳐져 있다. 시인은 비로소 생의 갈피마다에서 이승과 저승의 경계를 찾아내는 혜안을 가짐으로써, 시를 통하여 영원한 현재에 거주하게 된다.

여기서 초월적인 삶이 문제가 되는데, 랑거는 서정시의 세계가 본질적으로 무시간적 현재에 있다고 설파한 바 있다. 현실적 삶의 코드에서 초월적인 순간을, 삶의 현상들 속에서 온전히 죽음 이후의 저승을 바라보는 일 등을, 시인은 시라는 몽상의 영토에 거주함으로써 이루어낸다.

그러나 하나의 강을 품는다는 것은
모든 강들을 차례로 버리는 일임을
결국은 품었던 그 강 하나마저도
파닥이는 잉어처럼 방생해야만 하는 일임을
미처 깨닫기도 전에
해가 지고 날 저물었네.

「섬진댁 - 꽃상여는 강으로 간다」 일부

강을 품는 것이 실상은 버리기 위해서라고 말하고 있다. 강물은 흐름을 멈추지 않고 지속적으로 흘러 마침내 잠자는 물이 된다. 일상적인 죽음은 하늘을 화살로 꿰뚫는 불의 발랄한 죽음이 아니다. 바슐라르에 의하면, 가장 일상적인 죽음은 물의 죽음이다. 물은 항상 흐르며, 물은 항상 떨어지며, 그리고 항상 수평적인 죽음으로 끝난다. 그러나 물의 잠은 죽음이자 완전한 죽음이 아니다. 물은 다시 영겁회귀의 순환에 들기 때문이다.

그러므로 끝없이 강물을 품었다가 방생하는 일이 이승과 저승의 경계에서 이루어진다. 시인은 노을빛깔로 출렁이는 강물에서 꽃상여의 행적을 찾아내게 되는 것이다. 그리고 무수히 쌓이고 쌓여 반짝이는 저 모래알들에서 '사리'와 같은 깨달음의 의미를 해석해 내는 것이다.

> 어느 때부턴가 그녀를 만나는 파도들이
> 먼저 허리를 굽히고
> 손이 몇 개가 되도록 빌곤 했다.

「대하(大蝦)」 부분

시인은 왕새우의 구부러진 허리에서 仙島 왕할매의 퇴적된 삶의 기구를 해석해낸다. 그 기구의 시간만큼이나 자연물들도 몸을 비우고 함께 구부러진다. 마침내 파도들이 먼저 허리를 굽히고 그녀에게 손이 몇 개가 되도록 빈다고 하는 언술은, 안팎의 경계가 지워지고 시적 자아와 대상 세계가 일체가 된 초월적 순간에 대한 언명이다. 이는 서정 갈래의 상상적 기질인 세계를 자아화시킴으로써, 자아의 내부에 온전한 세계의 운행과 우주적 질서가 담아내는 것과 일치한다. 그런 점에서 서정시의 세계는 외적인 현실인 동시에 그 현실에 대한 시적 자아의 내적인 변용 의지에 의해 새롭게 탄생되는 공간인 셈이다. 이와 같은 측면에서 이상인의 시는 대단히 서정적이고, 우주적이다. 「대하」의 구부러진 허리 속에는 파도 소리와 파도 주변에서 생을 영위하는 바닷사람들의 신산스런 삶의 모습이 충만하게 담겨져 있다.

전일하고 충만한 우주적 상상력은 또한 역동적일 수밖에 없다. 왜냐하면, 우주의 운행은 잠시도 멈추지 않고 우주적 율동으로 출렁거리고 있기 때문이다. 그렇다, 우주는 춤추는 무희처럼 출렁거린다. 「여수항 함박눈」은 정지되어 있는 우주가 아니라 충만하게 넘치는 우주적 상상력을 보여 준다.

> 기럭기럭 기러기
> 이승에 짊어지고 온 희디흰 사랑 중에서
> 아무도 몰래 해와 달 속에 숨겨두었던
> 그 비밀한 이야기들을 모두 꺼내어
> 여수항 출렁거리는 푸른 눈썹 위로
> 포근히 내려주고 가네요.
>
> 「여수항 함박눈」 전문

흰 눈이 내리는 것도, 해와 달에 아무도 몰래 숨겨둔 비밀한 이야기가 있었기에 가능하다. 그 이야기는 다름 아닌 사랑 노래이고, 죽어서도 버릴 수 없어 이승에서 짊어지고 온 것이다. 그런데 이승에서 떠메고 온 사랑노래를 기러기가 풀어놓고 가자, 그 이야기는 드디어 함박눈으로 내려 여수항 출렁거리는 푸른 눈썹과 한 몸이 된다. 그러므로 희디흰 사랑은 이승과 저승의 경계를 넘어 우주적 합일을 이룬다 하겠다.

「풍경」에서 하늘 연못으로 올라간 버들붕어의 꿈은 흰 눈이 되어 내림으로써 지상과 하늘의 경계를 하얗게 허물고 시인의 가슴에 쌓인다.

3. 우주의 홀러그램, 그 인과의 망(網)

시스템적 세계관에 따라 생과 사를 무도(舞蹈)의 특징이 되는 연속적인 자기 갱신으로 즉, 무한한 윤회의 연속으로 본다면, 현존의 한 시점에도 우주적인 생이 겹치게 된다. 이러한 상상의 전통은 불교적 우화나 비유로, 또는 시적 비전 속에서 이야기되어 왔다. 이러한 이야기의 전통 속에는 복잡한 의식의 계와 미묘한 진동의 패턴들이 있어, 부분 속에 전체를 되비춰주고 내포하는 우주의 홀러그램(hologram)이 작성되는 것이다.

> 한사리 무렵
> 먼바다를 보여주는 후박나무 속에서
> 방울새가 울었다.
> 따라서 하얀 파도들이 부시시 눈을 뜨고 있었다.
> 　　　　　　　　　　　　「방울새 울음소리」 부분

　생과 사의 순간 순간들은 그 자체로서 전일(全一)하지만, 이 전일한 우주들은 상호 역동적인 망에 의하여 긴밀히 짜여져 있다. 바다의 아들인 수삼이의 죽음은 황폐한 물질 세계에서의 패배이지만, 그의 죽음은 그 자체로 단절되지 않고 자연과 더불어 사는 삶을 호명해 낸다. 방울새의 울음은 서정적 자아의 내면에서 출렁이는 바다의 울음이자 역대 바다 아들들의 울음이다. 이 시에서 서정적 자아는 손 큰 후박나무처럼 깊은 정서적 울림의 힘을 가지고 있다. 그의 내면의 잎새는 마침내 "빨간 피를 토하며 떨어져 내리는 동백꽃만큼이나/깊고 가슴저"리다. 방울새 울음은 우주적 비유로 말하면 '찰나 중의 찰나'이지만, 그 찰나 가운데 우주적 시간이 가득 차서 숨차게 출렁거리고 있는 것이다.

　아래 되새떼의 행렬은 작은 우주들이 모여 어떻게 하나의 강을 이루고 행렬을 이루며 생의 순간들을 비행하는가를 아름답게 보여준다.

> 추운 겨울하늘 한 끝에서 흘러나와
> 하나의 큰 강을 만들며 밀려가는 몸 가벼운 낙엽들
> 수 천 수 만의 작고 까만 점들이 이룩해내는
> 저 장엄한 물길이여 !

"수 천 수 만의 작고 까만 점들"은 바닷가 모래알처럼 작지만, 그들이 모여 장엄한 물길을 열고 드디어는 우주를 이루게 된다.

그러나, 시인은 그 행렬의 무리 중에서 우주의 일부에 해당하지만 그 자체로서 하나 우주를 떠메고 가는 작은 되새 한 마리의 형상을 예사로이 지나쳐 버리지 않는다. 사실 되새 한 마리의 삶은 되새 전체의 그것과 다름없지 않는가.

> 흩어지지 않게 흩어지지 않게
> 그러나 손바닥같은 두 개의 날개는 따로 붙이고
> 손뼉 치며 발을 구르며
> 아득하게 캄캄한 저 세상 속으로
> 쉬임없이 지루한 여행을 계속하고 있는 것은 아닌지.

"흩어지지 않게 흩어지지 않게" 모여드는 일을 제외하고는, 되새떼의 군무는 결국 개체가 만들어 내는 파동의 집합이 아닐 수 없다. 이 시의 끝 부분에서 세계에 대한 비극적 인식이 드러나는데, "손뼉 치며 발을 구르며/아득하게 캄캄한 저 세상 속으로/쉬임없이 지루한 여행을 계속하고 있는 것은 아닌지."가 그것이다. '아득하게 캄캄한 저 세상'이라는 인식은 시인의 눈이 근원적으로 삶의 경계를 넘어선 곳에 있음을 보여준다. 이는 어떻게 보면 삶에 엄숙성에 대한 비극적인 인식에 해당된다. 삶은 결코 잠들거나 휴식할 수 없다. 우리가 쉬거나 잠든다고 할 때조차도 우리의 생은 머무르거나 정지하지 않는다. 그는 이승의 경계를 넘어 아득한 저 세상으로 날아가는 것조차 생이 끌고 가는 운동의 연장으로 파악하는 것이다. 이러한 우주적인 인과나 관계의 망에 얽힌 삶의 국면들을 시인은 「되새떼」를 통하여 여실히 보여주고 있다.

　그러므로, 우주는 시인의 마음에 들어앉아 있는 셈이 된다. 양자물리학에서 데이비드 봄(David Bohm)이 지적한 대로, "우주는 거대한 기계가 아니라 거대한 사상(思想)"임을 입증하고 있는 것이다. 이는 예전부터, 시적 비전에서 '시적 진실'이라는 말로 언급되어 왔다. 물질적인 현실은 결국 우리 의식의 장 안에서 재구성되기 때문이다.

　　　선암사 한 채 마음 속에 구겨 넣으면서
　　　선암사 간다.

　　　세월처럼 이어지는 물소리를 따라 올라간다.
　　　그 물소리가 끝나는 곳에 멈추어
　　　배추흰나비애벌레처럼 잠시 두리번거리다가
　　　바짓가랑이에 묻은 생각 털고
　　　한 줌 햇살로 뛰어들면
　　　선암사, 쉼 없는 물소리가 되어
　　　흘러가고 있었구나.
　　　흘러간 만큼 선암사는 다시 지어지고
　　　대웅전 뜰에 우두커니 서 있는
　　　바람도 다시 지어지고
　　　박새 울음소리, 와송의 잔기침소리도
　　　스님네의 독경소리도, 풍경소리도
　　　늘 다시 지어지고

　　　그 새롭게 지어지는 마음들 속으로
　　　둥근 낮달 하나
　　　두둥실 떠 간다.
　　　　　　　　　　　　　　「선암사가 다시 지어지고 있다」 전문

긴 설명을 붙이지 않더라도, 서정시 한편이 시인의 의식 속에서 어떻게 발아를 하고 형성되어 시가 되는지를 잘 보여 준다. 절 하나를 마음 속에 구겨 넣고(혹은, 꺼내 보고), "세월처럼 이어지는 물소리를 따라 올라"가서 그 절을 다시 만난다. 여기까지가 기억을 더듬어 절의 현존을 확인하는 작업이다. 그러나 다시 만나는 것이 세월의 물굽이에 따라 다시 지어지고 있는 새로운 절임을 인식한다. 우주적 운동의 장 안에서 선암사도 먼 미래를 향하여 늘 새롭게 지어지면서 흘러가고 있는 것이다. 그러다 마침내 시인은 새로 지어진 절조차 내려놓고 낮달 하나를 둥실 띄워 올리게 된다. 이러한 인식의 세계는, 생과 사의 경계에 피어 있는 우주적 秘意를 알아챈, 즉 '우주가 내 몸(마음) 안에서 지어지고 있구나!'와 같은 깨달음에 도달해 있다.

그러한 우주적 질서는 소쇄원의 산수유 꽃눈 하나에 온전히 담겨 있다.

소쇄원 정원 가득 묵은 시간들이 일렁이고 있다. 수묵처럼 번
지는 시간의 어둠들 어디선가 古書를 펼쳐든 푸른 기침소리가 들
린다. 그 기침소리를 자신도 모르게 따라가보면 서 있는 나무며
마른 풀이며 정자며 구경 온 사람들의 발소리 마음의 소리까지도
뜰 안의 늙은 산수유 그 깊은 꽃눈 속에 있음을 알리라. 문득 자
신이 산수유의 꽃눈 속에 앉아서 화면처럼 밝아오는 바깥 세상을
내다보고 있음을 깨닫고 깜짝 놀라게 되리라.

「소쇄원의 산수유」부분

소쇄원 정원 가득 묵은 시간들이 일렁이고, 전과 후의 시간이 겹쳐지면서 이윽고 산수유 꽃눈 하나에 그 시간들이 집중되면서 나의 시간과 다섯 살짜리 아이의 시간과 젊은 엄마의 시간까지 집중된다. 그 집중은 마침내 구경꾼이나 셔터를 눌러대는 연인들까지도 산수유 꽃눈과 같은 찰나의 한 생에 집약된다는 인식을 바탕으로 하고 있다.

"문득 자신이 산수유의 꽃눈 속에 앉아서 화면처럼 밝아오는 바깥 세상을 내다보고 있음을 깨닫고 깜짝 놀라게 되리라."

그렇다! 산수유 꽃눈 속으로 들어가 버리는 생, 그 가엾음과 그물처럼 얽혀 있는 우주적 생의 한순간, 그 한순간을 위해 시인은 잠들지 못하고 시를 쓴다.

이상인 시인은 대학 시절부터 이미 시의 일정한 경지에 도달해 있었다. 지금까지 그가 게으름을 피웠거나 엄정한 자기 연마의 시간을 가졌거나 간에, 이제 한 권의 시집으로써 자신의 시적 홀러그램을 보여줄 때가 왔다는 생각이다.

빈 사원에서 이삿짐을 풀다

- 강만의 신작시

에른스트 블로흐에 의하면, 낮꿈(몽상)을 밤꿈에 대한 보충사항으로 평가하는 것은 불합리하다고 한다. 낮꿈은 오히려 자기 검열의 상징을 사용하지 않음으로써 정직할 뿐만 아니라 상상력을 발휘한다고 한다. 여기서 낮꿈이란 '앞질러서 나타나는 생각' 혹은 '예견(豫見)'이나 다름없다. 시인이 몽상 속을 산책할 때 현실적인 개념들은 참조사항에 불과하게 되고, 의지를 가진 자아는 삶의 지향점을 낯선 곳에 마련하고 변화와 동경의 세계를 펼쳐 보인다. 사회 유토피아 내지는 아름다움의 유토피아, 심지어는 빛나는 모습의 갈망은 오직 낮꿈이라는 안식처에 머물고 있을 뿐이다.

블로흐의 낮꿈은 예술뿐만 아니라 한편으로 혁명적 세계에 대한 낙관적 비전에 연결되어 있다. 강만의 신작시 세계로 진입하기 위해서는 이 지점에서 블로흐와 결별하여야 한다.

「가벼운 이사」는 현실 세계에서 초월적 세계로 이어지는 리좀(rhizome, 뿌리줄기)적 사유를 보여준다. 흔히 말하는 이사는 삶의 거처를 다른 곳으로 옮기는 것을 말한다. '이사'라는 단어에는 '이동과 정착', '결핍과 충족', '탈출과 모색' 등의 상호 모순된 의미들이 겹쳐 있다.

요즘 이사 철인가보다

그저께는 깨복쟁이 친구 복만이가 건어물 장사나 해보겠다고 부산

으로 이사를 가더니 오늘은 초등학교 동창인 칠구 녀석이 나비처럼
가볍게 거처를 옮겼다는 소식이 왔다

　　그래 때 되면 민들레 홀씨처럼 흩어지는 것이 우리네 삶의 순리라
지만 무척 서운타

　　아무리 바쁘더라도 흰 국화꽃 한 다발 사들고
　　칠구 녀석 찾아가 봐야겠다
　　소나무 숲 사이
　　그 아담하고 둥근 초옥(草屋)으로.
　　　　　　　　　　　　　　　　　　　「가벼운 이사」 전문

　　이사철에 사람들은 이사를 한다. "친구 복만이"와 "동창인 칠구 녀
석"이 이사를 갔다. 이사를 갔으므로 이 친구들을 앞으로는 쉽사리 만
나 볼 수 없게 된다. 복만이는 "건어물 장사나 해 보겠다고" 떠났으므
로, 그동안의 생활 여건이 변변치 않았음을 쉽게 유추해 볼 수 있다.
그의 이사는 생활의 무게를 고스란히 새로운 거처로 이동시키는 행위
이다. 그런데, 칠구 녀석의 이사 방식이 예사롭지 않다. "나비처럼 가
볍게" 이사를 떠난다. 작별의 인사도 없었다. 소식으로만 그의 떠남을
확인할 수 있다.
　　시인은 겨우 두 명의 친구를 떠나보내고 "이사철"이라고 지레 호들
갑이다. 왜냐하면 떠남에 대한 인식이 강하기 때문이다. 더구나 두 친
구가 각각의 방식으로 떠나고 있으니, 시인 자신도 얼핏 "떠나야"할
때가 아니냐는 반성적 의식에 다다를 수 있다. 특히 제목으로 "가벼운
이사"를 택한 이유도, 칠구 녀석의 떠남이 더 마음에 걸렸기 때문이
다. 그래서 작별의 인사도 없이 떠난 동창을 생각하고, "칠구 녀석 찾
아가 봐야겠다/ 소나무 숲 사이/ 그 아담하고 둥근 초옥(草屋)으로."
라고 말하는 것이다.

딸기가 뻗어나간 줄기에서 새 뿌리를 내리면서 포기를 나누듯이, 사람들은 현실의 거처를 떠나 "둥근 초옥(草屋)"에 뿌리를 내리면서 영원한 거처를 마련한다. 시인은 사유의 뿌리를 초월적 세계까지 밀고나가 그곳에 영혼이 거처하는 사원의 뿌리를 내리고자 한다. 이때 죽음은 예견(豫見)될 뿐 소멸로 인식되지 않는다.

"영혼 속에 사원 하나를 지었다"고 시작하는 「빈 사원」은, 몽상의 방식이 순수한 영혼의 문제와 관련되어 있음을 보여준다. 세속적인 신앙이 아니라, 순수 본질 직관으로서 나를 낮추어 마침내 나를 발견하는 것이 그의 기도 방식이다. '빈 사원'에는 애초에 신이라고 부를 만한 존재는 없으므로, 그야말로 비어 있고 비어 있으므로 강압하지 않는 무용의 공간이다. "정갈한 무명 옷소매로 눈물 닦아주는 신, 고추장도 손가락으로 찍어 먹는 신"은 어찌 보면 신답지도 않다. 지극히 한국적이며 인간적인 모습을 한 어머니의 모습과 다름이 없는 신이다.

> 신이 없는 빈 사원이 홀로 늙어갔다
> 뜨락의 붉은 꽃들도 시들어갔다
> 빈 사원의 문설주에 기대어 신을 간절히 열망하는
> 참 쓸쓸한 석양녘, 문득
> 등 뒤에 이미 와 계신 어느 따뜻한 분의 손이 내 어깨를 다독여주었
> 다.

「빈 사원」 3연

그래서 신도 늙어가고 나도 늙어간다. 나를 낳아주신 어머니는 나의 신이지만 세월이 흐름에 따라 늙어가고, 마침내 이 세상 사람이 아니다. 그 신을 모시는 시인도 나이가 들고 "참 쓸쓸한 석양녘"을 마주하고 있다. 이때 한참이나 나를 바라보면서 이와 같은 석양녘을 지나가셨을 어머니의 시간을 함께 살게 된다. 그리고 이 초월적 시간 속에서 '어머니 시간과 나의 시간'이라는 두 정지 장면이 합쳐지면서 "이미

와 계신 어느 따뜻한 분의 손이 내 어깨를 다독여주었다."는 위로의 순간을 완성한다. 석양빛의 조명 아래 몽상이 부풀어 오르면서 따뜻했던 과거를 불러오고, 그 순간을 현존재 속에 불러내어 다시 살게 함으로써 치유가 이루어지는 것이다.

실상 영혼은 육체의 현존을 기반으로 하고 있으므로, '빈 사원'은 내 몸에 들어앉은 묵상의 장소이자 정신적 여백이라고 볼 수 있다. 「도서관」에서도 현상 너머를 직관하고자 하는 '사원'의 이미지를 찾아볼 수 있다. 그곳에서 시인은 먼지가 되어 "안경 너머로 책갈피를 뒤적이고 있는" 오래된 영혼들을 만나게 된다. 여기서 먼지가 된 영혼들을 만난다는 것은 도서관에서 책들을 저술했던 이들의 정신적 발현을 느낀다는 말이다. 현시대의 베스트셀러 목록을 지나쳐, 오래된 흔적과 그 정신적 산물들에 애정을 갖고 있는 시인의 태도가 잘 드러나 있다.

강만 시인의 데뷔 당시 작품들은 이미지 구사에 있어서 각별한 데가 있었다. 특히 화가로서의 예술적 배경을 보여주듯, 시각적 이미지를 언어로 선명하게 재현하는 점이 그의 특장이었다. 이번 신작시 5편은 이미지의 형상성보다는 존재의 본질에 대한 천착이 두드러지게 나타난다고 본다.

「바늘」과 「호랑가시나무 열매」는 시인의 존재론적 고통을 치열하게 보여주는 시이다.

> 몸 전체가
> 나는 촌철살인의 무기지만
> 전쟁을 일으켜본 일은 없다
> 사람과 사람
> 나라와 나라 사이에
>
> 한평생 내가 한 일은

상처 받은 자들의 고통을 꿰매고
조각난 세상을
하나로 만드는 일이었다 그러나 나는
그 공덕을 스스로 말해본 일이 없다
공명을 좇는 눈과
탐욕의 혀가 사는 입이 없으므로

오직 나는 귀 하나를 가졌을 뿐이므로
마음이 가난하다면
고래도 통과시킬 수 있는.

「바늘」 전문

위의 시는 '바늘'의 사물적 이미지에서 의미를 가져와 분할과 다툼이 아닌 접속과 통합의 세계를 이야기한다. "오직 나는 귀 하나를 가졌을 뿐이므로" 세상에서 가장 어렵고도 힘든 일을 수행할 수 있다. "공명을 좇는 눈과/ 탐욕의 혀가 사는 입이" 없는 귀 하나만으로 듣기만 할 수 있기 때문에, "상처 받은 자들의 고통을 꿰매고/ 조각난 세상을/ 하나로 만드는 일"을 할 수 있는 것이다. 여기서 '바늘귀'를 '귀'라는 신체적 은유로 사용하고 있는데, 이 '귀'는 다시 '마음에 의한 통과 장치'로 연속되면서 비유적 연쇄를 이루고 있다. 따라서 "고래도 통과시킬 수 있는" 듣기만 할 수 있는 '귀'의 문제는 '마음의 수양'과 관련되어 있다. 겉모습으로는 팔팔하여 청년 같지만 연륜으로는 벌써 이순을 넘긴 강만 시인의 달관된 생의 일면을 보여주는 시이다.

「호랑가시나무 열매」는 다른 작품들에 비해 시각적 이미지가 선명하게 드러나 있으며 내적 추구도 치열하다.

길눈 어두워
자꾸 길을 잃더니
낮달은 오늘 또

호랑가시나무에 걸려있다

무릎 뼈 가시에 찔려 흐르는 피
아롱아롱 흐르다 맺혀버린
저 붉은 열매들
회한의 문양 낙관처럼 찍혀있다

내 깊은 곳 오래된 상처가
왜 이리 아픈 것이냐.

「호랑가시나무 열매」 전문

생이 아프지 않은 사람이 어디 있으랴.

낮달처럼 하늘에 파리하게 걸려 있는 생의 정처 없음을 따라가다, 목숨의 어느 지점에선가 지난날을 돌아다보면, 기쁨보다도 슬픔이나 상처 같은 것이 붉게 열매 맺혀 스스로를 기억하게 만든다. 여기서 낮달은 몽상을 이어가는 시인의 대유물이고, 그 모습은 자꾸 길을 잃고 가시에 찔리는 형국이다. 넘어지고 혹은 가시에 찔려 피를 흘린 게 한두 번이 아니었을 것이다. 이 같은 일은 점차 내면화되어 "내 깊은 곳 오래된 상처"로 남게 된다. 기쁜 일이나 고마웠던 일들은 흔적도 없이 날아가 버리고, 다만 아프게 기억해야 할 일들이 "회한의 문양 낙관" 찍히듯 거듭 붉은 열매로 맺히면서 현존하는 아픔이 된다. 이러한 인식의 방식으로 삶을 관조한다면, 상처를 사랑하는 것이야말로 생을 사랑하는 것이라 할만하다.

이상으로 강만 시인의 신작시 5편을 소략하게 읽어 보았다. 전체적으로 '빈 사원'에서 이삿짐을 풀고 여기에 영혼을 거처를 마련하고자 하는 시인의 태도가 분명하게 드러난다고 하겠다.

끝으로 강만 시인의 원탁시 입회를 진심으로 환영하면서, 원탁이 강 시인으로 인해 더욱 풍족해지고 역동적으로 발전할 수 있기를 바라마지 않는다.

제5부

시의 현장과
원탁시 동인

절대 고독에 빠진 시인들

- 한하운, 김현승 시인의 시세계와 유적지

*

한하운 시인은 한센병(나병)이라는 운명적 한계 상황에 부닥쳐 인간 세계로부터 철저한 소외를 경험하지 않으면 안 되었다. 그는 이러한 상황이 던져주는 좌절과 고통을 고스란히 시로 형상화하였다. 김현승 시인은 기독교적 세계에 몰두함으로써 스스로 고독과 대면하면서 수도승적인 기도의 시간을 시로 형상화하였다.

이들 시인은 삶의 고귀함을 실현하는 한 방법으로서 예술적 추구를 선택했다고 본다. 따라서 시적 형상화의 과정을 살피는 것은 삶의 조건에 대한 심화와 지향이 어떻게 이루어지는가를 알아보는 일이 된다.

두 시인은 모두 인간이 지닌 숙명적인 한계 상황 속에서 고독과 투쟁했다는 점에서 공통성을 지닌다. 이들 두 시인은 서로 다른 방식으로 고독과 대면할 수밖에 없었는데, 이들이 처한 현실과 가치 지향이 어떻게 시로 변용되었는가를 살펴보고자 한다.

1. 한하운(1920~1975): 천형의 감옥에 갇힌 시인

함경남도 함주 출생으로 본명은 한태영이고 하운(何雲)은 호다. 1936년 전북 이리 농업학교를 졸업하였고, 일본 동경 성계고등학교를 수료하였으며 1942년 중국 북경대 농업원 축산학과를 졸업하였다. 1949년 『신천지』의 "한하운시초" 기획에 「전라도길」 등 12편의 시를 발표하여 문단의 주목을 받았다. 1960년 음성나병 판정으로 사회에 복귀하였으며, 1964년 월간 『새빛』을 창간하였다.

시집으로는 『한하운시초』(정음사, 1949), 『보리피리』(인간사, 1955), 『한하운시전집』(인간사, 1956), 『가도 가도 황톳길』(지문사, 1989), 『보리피리』(미래사, 1991) 등이 있다.

한하운 시인은 자신이 겪었던 한센병을 소재로 하여 거기에서 오는 고통과 절망감을 그렸다. 충격적인 소재로 독자의 심금을 울렸으며, 자신의 한계 상황을 리얼하면서도 간곡하게 시를 통해 형상화하였다.

시인의 생애에 대한 간략한 소개에서도 나타나듯이, 한센병(문둥병)으로 판명되기 전까지 그는 전도유망한 신지식인이었고, 스포츠로 신체가 단련된 패기에 넘치는 청년이었다. 해방 후 대다수의 유학생 출신의 지식인들이 혼란한 정국에서 나름대로 자신의 역할에 충실했던 것에 비하면, "모두들 성한 사람들 저이끼리만/ 아우성 소리 바다 소리.// 아 바다 소리와 함께 부서지고 싶어라/ 죽고 싶어라 죽고 싶어라/ 문둥이는 서서 울고 데모는 가고// 아 문둥이는 죽고 싶어라(「데모」)"에서 보듯, 목숨을 건 데모대의 행렬에도 문둥이는 함께 동참할 수 없는, 철저히 소외된 존재이다. '함흥학생사건에 바치는 노래'라는 긴 부제가 달린 시 「데모」는 신지식인으로서 느끼는 소외감이 극에 달해 있다.

그는 여러모로 사회와 역사를 위해 앞장서 나갈 능력이 있는 패기에 찬 젊은이였다. 그러나 「데모」에서 나타나듯이 그는 사회운동이나 혁명에 가담하여 고귀한 피를 흘릴 기회조차 주어지지 않은 '문둥병'으로 인해 격리된 존재이다. 그래서 마지막 연에서 "아 문둥이는 죽고 싶어라"라는 단 한 줄로, 시인이 느끼는 숙명적 비참을 부르짖고 있는 것이다. 죽음을 무릅쓰고라도 사회운동에 동참하고 싶지만 이마저도 철저히 거절당하고 마는 그의 고립상황은 점차 자기 인식의 심화로 이어진다.

「리라꽃 던지고」에서는 사랑을 받아들이고 싶지만, "이 너무나도 또렷한 문둥이 병리학은/ 모두가 부조리한 것 같"기만 하고, 이에 대한 뼈저린 인식으로 사랑을 거부해야 하는 상황이 차마 인정하고 싶지도 않다. P양을 생각하면 울음이 터지고 비탄에 잠길 수밖에 없다. 정작으로 생각해도 문둥병이라 것은 "이 세상에서는 안될 일이라"는 생각, 그 누구라도 정말 못할 일이라는 생각이 드는 것이다. 여기서 리라꽃은 첫사랑을 의미하는 꽃이고, 라일락이나 수수꽃다리의 다른 호칭이다. 이 시에서 리라꽃은 첫사랑의 상처를 나타내는 비유물이다. 한하운 시인은 한마디로 "운명으로부터 감금당한 수인(囚人)"이었다. 그의 의욕과 패기나 용기조차도 그 감금의 테두리로부터 한 발짝도 벗어날 수 없는 것이었다. 「리라꽃 던지고」는 운명에 예속된 슬픈 사랑의 모습을 보여 준다.

아무래도 한하운의 시는 문둥이 병이 가져오는 충격적인 육체적 경험 세계, 문둥병 환자로서 자아 인식, 그러면서도 생명을 가진 한 존재자로서의 의지 표출 등이 그의 시에서 특징적인 면으로 부각되어 왔다. 이 가운데 「손가락 한 마디」는 시인의 세계를 보여주는 작품 중에서 가장 비극적이지만 그것을 극복하는 장면을 아름답게 보여준다.

간밤에 얼어서
손가락이 한 마디
머리를 긁다가 땅 위에 떨어진다.

이 뼈 한 마디 살 한 점
옷깃을 찢어서 아깝게 싼다
하얀 붕대로 덧싸서 주머니에 넣어둔다.

날이 따스해지면
남산 어느 양지터를 가려서
깊이 깊이 땅 파고 묻어야겠다.

「손가락 한 마디」 전문

"이 뼈 한 마디 살 한 점/ 옷깃을 찢어서 아깝게 싼다/ 하얀 붕대로 덧싸서 주머니에 넣어둔다.// 날이 따스해지면/ 남산 어느 양지터를 가려서/ 깊이 깊이 땅 파고 묻어야겠다." 떨어져 나간 손가락은 이미 내 밖에 있는 물질화된 존재이지만, 내 몸에 붙어 있는 동안의 나였고 나를 구성하고 있었다. 손가락은 떨어져 나감으로써 나와 결별하게 되지만, 그것이 함께하는 동안 내가 할 수 있는 일들을 감당했던 소중한 분신이었다. 따라서 쓸모가 없게 된 것이지만, 이별은 슬프고 안타까운 것이다. 그래서 "남산 어느 양지터를 가려서/ 깊이 깊이 땅 파고 묻어"주기로 결심한다. 실상 손가락을 묻는 행위는 내 자신을 묻는 행위이다. 문둥이라는 천형으로 내 몸의 거듭된 죽음을 목격하고, 스스로를 장례지내는 제의적 행위이다. 이 시는 안타까움과 슬픔을 건너서 운명적인 것을 차라리 수용함으로써, 재생과 회복의 의지를 다지고 있음을 눈물겹게 보여준다.

그의 시 가운데 가장 널리 알려진 시가 「全羅道길」인데, 문둥병으로 인한 유폐의 과정과 고통을 극명하게 보여준다. 이 시에는 소수자인 한센병 환자에 가하는 사회적 폭력의 일면을 보여준다. 알다시피, 문둥병은 사회인 모두가 꺼리는 병으로 일제강점기 이래로 이들을 보통의 인간과 격리시키기 위한 방편으로, 소록도라는 유폐의 공간을 설정한다. 이는 사회구성원들이 소수자인 한센병 환자에게 가했던 폭력의 상징이다.

"가도 가도 붉은 황톳길/ 숨막히는 더위 속으로 쩔름거리며/ 가는 길……"은 아무리 걸어도 병자의 몸으로 멀기만 한 길이다. 더구나 붉은색 황톳길은 죽어서 떠나는 '황천길'과 동일한 이미지를 연상시킨다. 이 길에서 만나는 시적화자의 길동무인 "우리들 문둥이끼리 반갑"지만, 그 얼굴들이 흙빛을 연상시키며 삶과 죽음의 경계선에 서 있는 인간 군상들처럼 비쳐지는 것이다.

이병헌은 한하운의 시를 평하는 자리에서 그의 시가 충격적인 육체적 경험세계로만 이루어져 있지 않음을 강조하면서, 향수의 정이 가득

한 시, 꽃 같은 소녀들의 아름다움을 그린 시, 어머니나 애인을 그리는 시, 젊음의 열정이 사그라진 뒤 인생을 관조하는 듯한 여유 있는 태도가 나타나 있는 시 등이 있다고 하면서, 그의 시의 외연을 일방적으로 몰고 가는 것을 경계하였다.(이병헌, 1991: 134 참조)

시인에게 가장 아름다웠던 시·공간은 유년기의 고향 땅이었을 것이다. 이는 인간 본연의 노스텔지어에 해당하는 것이지만, 무엇보다도 천형의 병을 앓고 있는 시인에게 가장 아름답게 기억될 수 있는 시절은 발병 이전의 풍족한 유년의 시·공간이었음에 틀림없다.

「보리피리」는 그가 인간 세상에 속해 있었고, 아무런 거리낌 없이 자연의 아름다움 속에서 어떤 고통도 소외도 없었던 시절을 떠올리는 소도구이다. 시인은 보리피리 소리를 따라서 시공간을 초월하여 인간 세계로 몽상을 이끌어간다. 그곳에는 어린 시절이 있고, 성장기 후에는 함께 섞일 수 없는 인간 세상이 있다.

> 보리피리 불며
> 봄 언덕
> 고향 그리워
> 피―ㄹ닐니리.
>
> 보리피리 불며
> 꽃 청산(靑山)
> 어린 때 그리워
> 피―ㄹ닐니리.
>
> 보리피리 불며
> 인환의 거리
> 인간사(人間事) 그리워
> 피―ㄹ닐리리.

보리피리 불며
방랑의 기산하(幾山河)
눈물의 언덕을 지나
피—ㄹ닐리리

「보리피리」 전문

고향 산천은 누구에게나 그리운 것이지만 어머니의 무덤이 있고, 애인과 동생이 살고 있을 고향길이 분단으로 가로막힌 한하운에게는 더욱 간절한 그리움의 대상이 된다. 그것은 3연에 이르러 인간의 세상, 인간사에 대한 그리움으로 이어진다. 탐욕과 비리, 갈등과 고뇌로 가득 찬 세상, 어지러운 인간사로부터 벗어나고 싶다는 것이 대부분의 시인들의 오랜 꿈이었지만 세상으로부터 소외된 그였기에 오히려 그는 부대끼며 사는 시정의 거리, 일상의 세계가 그리워지는 것이다. 이처럼 어린 시절 혹은 고향에의 그리움과 인환의 거리, 인간사에 대한 그리움이라는 상호 모순된 감정과 어울림으로써 의미의 폭이 확대된다. 이윽고 4연의 피리가락 속에는 갈 곳 없는 방랑자의 눈물이 얼룩지고 있다. 끊어질 듯 끊어질 듯 무한히 이어지는 피리 소리에는 안타까운 그리움의 정과 함께 세상에의 한마저 어려 있음을 느낄 수 있다.(이병헌, 1991: 135~136 참조)

하운(何雲)은 그가 붙인 자호(自號)이다. 이를 풀이하면 '어찌 구름 같을까'가 될 것이다. "아 구름이 되고파/ 바람이 되고파(「何雲」)" 자신 호를 빌려 쓴 시에서 육체적 한계를 벗어나"뗏목처럼 창공으로 흘러 보고파진다."라고 초월적 의지를 표현한다.

이와 같은 초월적 의지를 가장 잘 표현한 시가 「파랑새」이다. 죽어서나마 그는 자유를 속박하는 운명적 굴레를 벗어나서 자유롭게 창공을 날아다니고 싶은 원망(願望)을 표현한 것이다. 한하운 시인은 시를 통해서뿐만 아니라, 일반인들이 갖고 있는 나병 환자에 대한 편견을 깨기 위해 노력했던 실천적 사회운동가였다. 그 자신이 일생을 나병에 고통 받으면서도, 불치의 병이라고 절망에 빠져 있는 환우와 또 그들을 저주하는 세상에,'나병은 낫는다'는 확신을 위해 직접 구나사업에 힘을 쏟기도 했다.

한하운 시인은 1975년 2월 26일에 그의 한 많은 생을 마감하였다. 우리는 현재 우리가 직시하고 있는 현실을 고통스럽고 불합리하다고 생각한다. 그렇지만 한하운 시인은 이 누추한 세상 삶에 동참해서 함께 살아가고자 하는 희구의 노래를 버리지 않았다. 한하운 시인은 시를 통해서 자신을 구원했을 뿐만 아니라, 그의 시를 읽는 일상의 인간들까지 구원하고 있다고 보아야 한다.

2. 김현승(1913~1975): 구도자의 절대 고독과 기도

호는 다형(茶兄)·남풍(南風)이다. 광주에서 출생하여 목사인 부친 김창국씨를 따라 평양에서 성장하였다. 1932년 숭실전문학교에 입학하였고, 재학시 양주동의 추천으로 동아일보에 「쓸쓸한 겨울저녁이 올 때 당신들」을 발표하면서 문단에 데뷔하였다. 1946년 광주 숭실중 교감으로 취임하면서 일제강점기말 7~8년간 중단되었던 시작(詩作)을 다시 시작하였다. 1951년부터 1959년까지 조선대 교수로 재직하였고, 이 때 계간지『신문학』을 주재하면서, 향토문화운동에 전념하였다. 1960년 이후 숭전대학교 교수를 역임하였다.

시집으로는『김현승시초』(사상사, 1957),『옹호자의 노래』(선명문화사, 1963),『견고한 고독』(관동출판사, 1968),『절대고독』(성문각, 1970),『김현승전집』(관동출판사, 1974),『마지막 지상에서』(창작과비평사, 1975) 등이 있다.

김현승의 시세계는 전기와 후기로 나누어질 수 있다. 전기의 시적 경향은『김현승시초』와『옹호자의 노래』에 나타난 시세계이다. 여기서는 주로 자연에 대한 주관적 서정과 감각적 인상을 표출하였으며,

점차 사회 정의에 대한 윤리적 관심과 도덕적 열정을 표현하였다. 그가 추구하는 이미지들의 특징은 가을의 이미지가 많이 나타나는데, 덧없이 사라지는 비본질적이고 지상적인 가치를 상징하는 꽃잎, 낙엽, 재의 이미지와 본질적이며 천상적인 가치를 상징하는 뿌리, 보석, 열매의 단단한 물체의 이미지가 이원적 대립으로 표현된다. 그가 표현한 시적 방법의 특징은 절제된 언어를 통하여 추상적 관념을 사물화하거나, 구체적 사물을 관념화하는 조소성과 명증성에 있다고 할 수 있다. 후기 시세계로 전환은 『견고한 고독』에서 이루어지는데, 이 시집과 더불어 『절대고독』의 시세계는 신에 대한 회의와 인간 고독을 시적 주제로서 형상화하였다.(김혜니, 2002: 217~218 참조)

김현승 시인의 전기 시세계를 대표하는 작품은 「플라타너스」이다. 이 시에서는 플라타너스와 시적화자 사이의 교감과 조응이 잘 드러나 있다. 이 시는 시인이 조선대학교에서 근무할 때, 플라타너스가 심어져 있는 가로수 길을 걸으면서 쓴 것으로 알려져 있다. 플라타너스는 시적화자와의 대화적 관계로 나타나 있지만, 실상 여기에 의미부여된 것은 자아가 대상화된 모습이다.

꿈을 아느냐 네게 물으면,
플라타너스,
너의 머리는 어느덧 파아란 하늘에 젖어 있다.

너는 사모할 줄을 모르나,
플라타너스,
너는 네게 있는 것으로 그늘을 늘인다.

먼 길에 올 제,
홀로 되어 외로울 제,
플라타너스,
너는 그 길을 나와 같이 걸었다.

이제 너의 뿌리 깊이
나의 영혼을 불어 넣고 가도 좋으련만,
플라타너스,
나는 너와 함께 신이 아니다!

수고론 우리의 길이 다하는 어느 날,
플라타너스,
너를 맞아 줄 검은 흙이 먼 곳에 따로이 있느냐?
나는 오직 너를 지켜 네 이웃이 되고 싶을 뿐,
그곳은 아름다운 별과 나의 사랑하는 창이 열린 길이다.

「플라타너스」 전문

"꿈을 아느냐 네게 물으면,/ 플라타너스,/ 너의 머리는 어느덧 파아란 하늘에 젖어 있다."에서 나무는 하늘을 향해 가지를 올리고, 그 윗부분은 "머리"로 의인화됨으로써 인간적 속성을 구비하게 된다. 여기서 나무를 의탁된 자아라 할 때, 고독한 시적화자는 결국 하늘에 몽상 중인 머리를 들이밀고 있는 셈인데, 그로 인해 "파아란 하늘"빛에 온전히 물들게 된다. 이윽고 "홀로 되어 외로울 제,/ 플라타너스,/ 너는 그 길을 나와 같이 걸었다."와 같은 표현에서는 그의 사색과 산책이 결국 고독한 자기 탐구 과정이었음을 알려준다. 따라서 자연 친화적인 사색과 몽상이 결국 단독자로서의 자아 찾기 도정이었음을 인정한다면, 시적 모색이 제1차적인 관계로서의 만남을 추구(부버의 철학에서)할 수밖에 없는데, 이 도정에서 필연적으로 신(神)과 대면하게 된다. "플라타너스,/ 나는 너와 함께 신이 아니다!"와 같은 단언이 예사롭지 않은 까닭이 여기에 있다.

그의 대표작 「가을의 기도」는 「견고한 고독」, 「눈물」, 「고독의 끝」으로 가는 도중에 자리 잡고 있다.

「가을의 기도」는 총 3연으로 구성되어 있고, 이들 각각의 연은 독립적인 의미 단락을 형성하며 전체적으로 통합된다. 1연에서는 가을이 환기하는 서정이 주가 되어 있다. 그것은 "가을에는/ 기도하게 하소서……"라는 메시지를 핵심으로 하여 "낙엽"과 "모국어"의 이미지를 소도구로 결합시킴으로써 시적 경건감을 유발시킨다. 2연에서는 참된 사랑의 의미가 무엇인가에 대한 탐구가 담겨져 있다. 가을이 사랑의 의미로 집중되어 있는 것이다. 사랑의 라틴어 어원은 Amor, 즉 A(anti)+mor(morte)라 한다. 사랑이란 죽음에 대한 거부의 몸짓이며 저항의 몸부림이란 뜻이 담겨져 있다. 따라서 2연도 가을 및 낙엽이 의미하는 떨어짐, 즉 생명의 소멸을 바라보면서 스스로 살아있음을 자각하고 더욱 열심히 성실히 살아가겠다는 다짐이 "가을에는/ 사랑하게 하소서……"라는 표현으로 나타난 것이다. 3연에서는 자신과의 본질적인 대면, 즉 내향에의 의지가 드러난다. 2연이 밖으로 향한 "사랑"에 관심이 놓여 있다면, 여기에서는 내면으로 향하는 "고독"의 문제에 핵심이 맞춰져 있다. 모든 나무들이 잎을 떨구고 원상만 남듯이, 인간도 온갖 욕망을 떨치고 자신의 본질로 회귀해야 하는 시간이 바로 가을인 것이다.(김재홍, 1990: 294~297 참조)

「가을의 기도」에서의 내면으로 몰리는 "고독"에 대한 추구는 마침내 「고독의 끝」에 이르러 맨몸으로 "고독"과 대면하게 된다. "거기서"라는 부정칭의 장소는 시간적 관념을 벗어난 곳으로, 나의 끝을 직시하고 마침내 나의 처음조차도 대면할 수 있는 곳이다. "거기서/ 나는/ 옷을 벗는다."로 시작되는 이 시는 신과 한없이 작아진 인간 사이의 절대 대면의 시간을 마련한다. 신 앞에 나의 알몸을 보이고, 기도를 올리는 시간은 나의 끝을 바라보는 일이다. "거기서" "신은 무한히 넘치"나, 나는 "너무 잘아서" 신의 눈에 "끝내 보이지" 않을 지도 모른다는 우려감이 앞서는 곳이다. 그러면 "거기"는 죽음에 이르러 비로소 닿게 되는 "무덤"인가? 그렇지 않다, 옷을 벗고 육신이 닿는 공간은 "무덤"처럼 "잠깐 들렀다" 가는 곳일 뿐이다.

거기서
나는
옷을 벗는다.

모든 황혼이 다시는
나를 물들이지 않는
곳에서.

나는 끝나면서
나의 처음까지도 알게 된다.

신은 무한히 넘치어
내 작은 눈에는 들일 수 없고,
나는 너무 잘아서
신의 눈엔 끝내 보이지 않았다.

무덤에 잠깐 들렀다가,

내게 숨막혀
바람도 따르지 않는
곳으로 떠나면서 떠나면서,

내가 할 일은
거기서 영혼의 옷마저 벗어 버린다.

「고독의 끝」 전문

"거기"는 "바람도 따르지 않는/ 곳"이이면서 궁극으로 내가 그곳을
향해 떠나야 할 곳이다. 그리고는 마침내는 "영혼의 옷마저 벗어 버
리"게 된다. 육체적인 죽음을 넘고, 영혼의 탈각을 넘어서 마침내 절
대자와 대면하는 "거기"는 신앙인이 궁극적으로 지향하는 거처이다.

308

"거기"는 내 마지막과 처음인 전부를 바라볼 수 있는 곳이고, 지상적인 영혼마저도 벗어날 수 있다는 점에서 존재자로서는 "고독의 끝"점이 되는 것이다. 존재자로서 지상적인 생명을 끝내고 절대자와 대면하게 되는 "거기"는 극한의 고독과 절대자 앞에서의 두려움이 엄습한다. 아무도 이 고독의 극한을 벗어날 수 없으므로, 수도승은 이 고독의 시간을 위해 끝없는 기도로써 신을 위해 몸과 영혼을 바칠 준비를 해야만 한다.

「견고한 고독」과 「눈물」은 신 앞에 간절히 기도를 올리는 수도승적인 태도를 보여준다. 이들 후기 시의 경향은 그를 "고독의 시인", "가을의 시인"이라는 이름을 붙여주게 되었다. 앞에서도 살펴본 바와 같이 "가을"은 제의적인 시간으로서 묵상과 존재의 성찰을 가져오는 기간이다. 또한, 신과 마주하는 시간에 갖추는 "기도"의 자세는 자신의 신체를 가장 낮게, 최소한으로 축소시켜 자신의 본연을 들여다보도록 하는 "고독"의 끝점에 자신을 위치시키는 방식이다. 그 가운데 가장 내밀하고 순수한 반성 의지는 정화된 형태인 "눈물"로 나타나게 된다.

3. 유적지

1) 한하운 시인의 경우

한센병 환자들이 병의 치료를 위해 어린이를 잡아먹는다는 잘못된 속설로 인해, 또는 전염에 대한 두려움으로 인해, 한센인들은 오랫동안 일반인들의 기피 대상이 되어 왔다. 약물치료로 99% 완치될 뿐 아니라 유전성이 없다는 사실을 증명하기까지는 오랜 시간이 필요했다. 이와 같은 한센인들에 대한 부정적인 인식을 바꾸기 위해 한하운 시인은 분투하였다.

한하운 시비 「보리피리」 - 소록도

고흥 녹동에서 수시로 오가는 도항선을 타면 10분 거리에 소록도가 있다. 뱃길로도 짧은 거리이지만, 예전에는 이곳을 방문하기 위해서는 특별한 허가의 절차가 필요한 곳이기도 했다. 현재는 소록도를 잇는 연륙교가 개통되어 차량으로 입도할 수 있다.

오랜 격리의 시간이 무상하게 흘러가버린 섬 중앙에 있는 언덕을 올라 서남쪽으로 내려가면 중앙공원을 가리키는 푯말을 볼 수 있다. 소록도 국립 나병원 두 병동을 잇는 구름다리 밑을 지나 조금만 올라가면 중앙공원이 나온다. 이 중앙공원 언덕에 독특하게 누운 채로 화강암 시비가 놓여 있다. 이 시비에는 한하운 시인의 대표작 중 하나인 「보리피리」가 새겨져 있다. 1974년 4월에 소록도 나병원 전 직원과 환우들의 정성으로 세워진 것이다. 한하운 시인의 묘는 경기도 김포군 장릉유원지 옆 장릉묘원에 위치하고 있다.

2) 김현승 시인의 경우

김현승 시인은 해방 후 광주에 거주하면서, 광주문단을 이끌어온 장본인이자 대부의 역할을 하였다. 그러므로, 현존 원로 시인들의 대다수가 김현승 시인의 문하생이었다고 볼 수 있을 정도이다. 해방 후, 광주에서 거주하고 있던 김현승과 서정주 시인에게는 지역 문학지망 청년들이 모여들었는데, 이 두 스승으로부터 지도를 받은 후 문예지에 추천 절차를 거침으로써, 문인으로 등단할 수 있었다. 다시 말하면, 이들 두 스승으로부터 지도를 받는 것이 문인이 되는 지름길이었던 셈이다. 당시 문인들과 김현승 시인을 따르는 문학청년들이 자주 찾아가 만남을 가졌던 곳이 충장로의 제일극장 근처에 있었던"신성다방" 이었는데, 지금은 없어지고 그 자리에 다른 건물이 들어서 있다.

김현승 시인은 1960년 이후 숭전대학교로 직장을 옮겼기 때문에 그의 유적지를 찾는다면, 1946년부터 1959년까지 그의 젊은 시절 대부분을 보냈던 광주 양림교회와 시(詩) 구상의 주요 무대가 되었던 교회 주변의 산책로를 찾아갈 수 있다. 학강초등학교 옆으로 난 골목길을 들어서면 바로 오른쪽으로 양림교회로 올라가는 길이 나온다.

김현승 시비는 무등산으로 오르는 길목에 세워져 있다. 이 시비에는 「눈물」이 새겨져 있다.

최근에는 그의 문학적 산실이었던 양림동 양림산 언덕에 새로운 시비가 세워졌다. 무등산이 한눈에 바라다 보이는 곳에 세워진 시비는 주 조형물과 부 조형물 등 3기로 구성돼 있다. 주 조형물은 3m 높이로 펜촉과 횃불을 상징하는 모양으로 만들어졌다. 책 모양의 부 조형물에는 대표작 「가을의 기도」가 새겨졌고, 또 하나의 조형물은 유난히도 차를 좋아했던 시인이 차를 마시는 모습과 함께 연보와 문학세계·제자 문인 명단 등이 담긴 "평설비"로 꾸며졌다.

김현승 시비 「가을의 기도」 - 호남신학대학교

시비의 펜촉 모양의 가운데 틈으로는 무등산 정상이 보인다. 이곳 시비에서는 시인이 살았던 집(양림동 78번지, 90번지)과 다니던 교회(양림교회), 학교 터(숭일학교·현재 무등파크), 근무했던 조선대는 물론, 생전에 선생님께서 자주 드나들던 광주도심의 다방 등이 한눈에 내려다보인다.

*

인간은 고독 거처에서 영혼의 자유를 얻을 수 있다. 우리의 영혼은 여기에 초대받아 먼저 단독자로서 극한적으로 존재가 축소되는 경험을 하게 되고, 드디어는 존재마저 초월하여 자기 자신을 조망할 수 있는 계기를 마련할 수 있다. 즉, 대다수의 영혼들은 고독에 감싸이게 되면서 영혼의 빈한함이 풍부함으로 바뀌는 충일한 생체험이 가능하게 되는 것이다.

한하운 시인은 음성나병 판정을 받고 40세에 사회에 복귀하였다. 당시로서는 청춘의 모든 시간들을 운명적으로 나병과 대면해야 했던 것이다. 그에게 주어진 고독의 시간은 운명적으로 가혹한 것이었지만, 그는 이를 통해 소수자인 한센병 환자들에 대한 사회적 인식을 바꾸기 위해 노력하였다. 그에게 주어진 가혹한 고독의 시간이 결국 다른 이웃들의 삶의 양식을 마련하는데 도움이 되었다. 김현승 시인은 수도승적인 구도자로서 고독과 대면하였다. 그가 대면하는 방식은 제의적 경건함과 종교적 엄숙성에 바탕을 둔 것으로, 존재자로서 갖게 되는 필연적인 순수 고독감이었다. 그는 기도의 시간을 마련하여 존재의 유한성이 가진 고독의 시간을 초월하고자 하였다.

1975년, 같은 해에 이 두 시인은 절대고독의 시간을 거쳐서 하늘나라로 돌아갔다. 두 시인이 서로 고독과 대면하는 방식이 달랐을지라도, 지상적 삶에서 전존재로서 자신과 대면하는 일의 고귀함을 시를 통해 일깨워준다.

문학동인회 「원탁시(圓卓詩)」의 전개 과정*

- 범대순 시인의 논평을 중심으로

1.

한국 현대시단은 동인지의 역사와 함께 시작하였다고 보아도 과언
이 아니다. 종합문예 동인지 『창조』(1919),『폐허》(1921),『백조』
(1922),『조선문단』(1924),『영대』(1924) 등이 차례로 발간되면서
여기에 수록된 시작품이 '최초'라는 수식어를 동반한다는 점에서 동
인 활동을 통한 시의 양식적 탐구가 이루어지는 이 시기를 현대시로
의 전환기1) 혹은 출발기로 상정할 수 있게 한다. 1920년대의 시전문
동인지로 서울에서는『薔薇村』(1921)과 『金星』(1923) 등이 발간되
었으며, 지역에서도 『시단』(1926, 진주), 『개척』『습작지대』
(1927, 인천),『신시단』(1928, 진주) 등의 동인지가 출간되며 외연을
확대해 나갔으며,2) 1930년대에 이르러 『시문학』, 『시인부락』,『삼
사문학』, 『시학』 등의 동인지와 순문예지 『문장』,『인문평론』 등

---

* 이 글은 동명의 제목으로 『어문논총』 제28호(전남대학교 한국어문학연구소, 2015),
39-70쪽에 실렸던 것을 일부 수정을 거쳐 전재한다. 평설을 벗어난 논문 형식이지만
광주·전남 시단의 총체성을 확보하기 위해서는 필요하다고 보았다.
1) 오세영은 "1920년대 耀翰, 岸曙, 象牙塔 등의 작품에 이르는 기간은 정형시에서 자유
시로 전환하는 과도기"로 보고, 현대시의 기점을 "1926~7년경 정지용 등이 이미지즘
계열의 모더니즘시를 발표한 이후"로 보고 있다.
오세영, 「근대시·현대시의 개념과 기점」, 『한국 현대시사의 쟁점』, 시와시학, 1991,
36-39쪽.
2) 손진은, 「한국 시 동인지의 성격과 전망에 관한 연구」, 『경주대학교 논문집』 제11
집, 경주대학교, 1999, 618-619쪽 참조

이 발간되며 현대시로서의 미학적 성취를 보이는 작품들이 발표되기 시작한다.

이상에서 살핀 바와 같이, 1920년대는 출판문화가 활성화되지 못한 상태에서 몇몇 신지식인이 중심이 되어 문학 활동에 참여한 것이 불가피하게 동인지의 형태로 나타났으며, 이를 통해 시가문학에서 현대시로의 이행기의 역할을 담당하였다고 볼 수 있다. 이 시기를 제1기 동인지의 시대라고 한다면, "1960년대는 제2기 동인지 시대라고 할 수 있을 만큼 많은 동인지들이 시 장르를 중심으로 태동"하게 된다.[3] 등단제도가 정착되면서 시인의 호칭을 부여받은 작가들이 시적 경향성의 추구와 표현의 기반을 마련할 목적으로 시도된 것이 동인지 활동이다. 이에 대해, 김현은 습작 모음이 아닌 동인지로서의 진정한 특성과 모습을 보여준 시기라고 평가한다.[4] 이 시기는 4월 혁명 이후 주체들의 자유로운 표현 욕구가 점증되고 있음에도 불구하고 5·16 쿠데타 직후의 언론통제 상황은 시인들의 작품 발표 지면을 제약하였고, 이에 비해 시인들의 숫자는 늘어나고 있었다. 1963년 『자유문학』이 폐간되고 문학전문지로 사실상 『현대문학』만이 남아 있는 상황에서 대부분의 문인들은 지면 확보에 제약을 받았으며, 이의 타개책으로 젊은 시인들을 중심으로 동인지 창간이 활발하게 이루어졌던 것이다.[5] 이 시기를 대표하는 동인지로 『60년대 사화집』, 『현대시』, 『사계』, 『신춘시』, 『산문시대』, 『시단』 등이 있었으며 지역에서 활동하는 동인지까지 합하면 40여종이 넘을 것으로 추정된다. 그리고 제3기 동인지 시대라 일컫는 1980년대 초반에는 문예진흥원 당시의 집계에 따르면 120여종의 동인지가 발간되었다.

물론 이러한 전국적인 흐름에 부응하여 광주·전남 지역을 연고로

---

3) 박대현, 「1960년대 동인지 「신춘시」의 위상」, 『상허학보』 제39집, 상허학회, 2013, 251쪽.

4) 김현, 「무크지와 동인지에 대하여」, 『두꺼운 삶과 얇은 삶-김현문학전집 14』, 문학과지성사, 1994, 294쪽.

5) 박대현(2013), 앞의 글, 252쪽 참조.

하는 동인지가 출발하여 나름의 시사적 위치를 차지한 것은 사실이다. 1930년대의 『시문학』은 한국 현대시의 미학적 완성을 알린 바 있고, 50년대 후반 광주고 학생들이 주축이 된 『영도』, 67년에 출범한 『원탁시』, 그리고 『목요시』, 『오월시』, 『5세대』 등이 이 지역을 기반으로 하여 활동을 하면서 한국시사에 활기를 불어넣었다. 특히 『시문학』은 '시문학파'로 불릴 정도로 한국 서정시의 구축에 성공적인 역할을 하였고, 『오월시』는 1980년대 민주화의 과정에 민중적 소통 능력을 보여주었다.

1920년대의 동인지가 불과 2~3회 내외의 짧은 발행을 끝으로 동인이 해체되었던 것은 경제적, 정치적인 상황이 열악했을 뿐만 아니라 동인 결성의 동기도 확고하지 못하였기 때문이다. 이후의 다른 동인회도 10년 이상을 지속하지 못하였던 것은 젊은 시인들이 모여서 동인을 결성한 이후로 결혼 및 직업 선택 등의 사회경제적 여건에 예속되면서 문학 모임이 더 이상 구심적 힘을 견지하지 못하였기 때문이다.

여러 동인지 가운데, '원탁시회'는 광주·전남 지역을 연고로 하여 1967년 1월에 창립하여 그해 5월 1일자로 동인지를 발간 한 이후로 2016년 현재까지 50년 동안 총 61집의 동인지 『원탁시』6)를 출간한 한국 최장수 시전문 동인회이다. 범대순 시인은 「원탁」 발기인으로서 창립을 주도하고 초대 대표를 맡는 등, 작고 직전까지 거의 반세기 동안 동인회를 주도하고 향방을 결정해 왔던 시인이다. 그의 동인 활동에 대한 애정과 의욕은 '원탁시회'의 기본적 동인으로 작용하여 왔기에, '원탁시회'의 전개과정은 범대순 시인의 문학적 생애와 밀접한 연관 하에서 검토될 필요가 있다. 그동안 중앙의 중합문예지와 시전문지 등에 '원탁시회'의 활동 상황이 틈틈이 소개되어 왔으나, 동인지로서의 『원탁시』에 대한 시사적 의의를 규명한 연구는 아직 이루어진 적이 없다. 이쯤에서 '원탁시회'의 좌장으로서 적극적으로 의견을 개

---

6) 이 글에서 동인회의 명칭은 「원탁」, 「원탁시」로, 동인지의 명칭은 『원탁문학』, 『원탁시』 등과 같이 구분하여 표기한다.

진하고 대표 선출이나 회원 영입에 영향력을 갖고 있었던 범대순 시인의 작고와 더불어 '원탁시회'의 한 세대가 마감되었음을 인정하고, 그동안의 공과를 정리하는 연구 작업이 필요하다고 본다.

이 글은 범대순 시인의 문학관과 동인회 활동을 중심으로, 지역 문학동인지 『원탁시』의 전개과정을 심층적으로 재구성해보는 데 목적을 둔다. 이를 토대로 한 시인이 지역 사회에서 어떻게 문학 그룹을 주도하며 소통의 공동체를 이루어 가는지를 추론해 볼 수 있을 것이다. 또한, 에콜(ecole)을 전면화하지 않은 채 소셜(social) 문학그룹을 지향했던 '원탁시회'의 한계와 가능성도 점검해 볼 수 있을 것이다.

2. 「원탁시」의 전개 과정과 의미

2.1. 「원탁시」의 출발: 평등과 구원

동인회의 명칭은 구성원의 특성이나 에콜을 함축적으로 보여주는 경우가 많다. "현대시"가 시의 기법적인 측면에서 현대성을 강조한다거나, "신춘시"가 신춘문예 등단자로 구성되어 있다는 점, "오월시"가 광주의 5월 항쟁을 정신적 거점으로 두고 자유 민주의 실천을 강조하는 등이 나름의 에콜이나 특성을 보여주는 대목이다. 그렇다면 "원탁"이라는 이름 자체는 중세 기독교적 영웅담이나 세계관을 떠올리기 쉽다. 그러나 「원탁」의 시정신은 방법적인 면에서 원탁회의가 갖는 구성원 간의 평등성과 민주적인 절차에 연결되어 있다. 아래는 그 명칭은 제안하고 그 '원탁'의 정신을 제고하고자 노력하였던 범대순의 회고담이다.

1966년 10월 광주 관광호텔에서 특이한 하나의 원탁 토론회가 열려 주목을 받았다. 영국 종합잡지 이코노미스트가 후원하고 한국에서

시인 조지훈 선생이 위촉받아 운영한 민주정치라는 주제의 전국적인 순회 시사포럼이었다. 〈……〉

동인지 '원탁'의 명칭은 그런 연고로 67년 1월 광주 YMCA 소회의실에서 열린 발기인 모임에서 나의 제의에 의하여 만장일치로 채택되었다. 원탁은 아사왕의 전설로 영문학적 개념이다. 로마의 침략을 물리친 130명의 원탁의 기사는 원탁에 앉아 상하 없이 자유롭고 민주적으로 동등하게 토론하였다는 전설에 입각한다. 또한 원탁에 대한 영국적 전설은 상기 민주적 개념 말고도 성배를 찾는다는 기독교적인 정신을 가진 인간 구원을 목표로 이상적 미래에 대한 염원이 들어 있다. 이것은 본질적으로 시의 이상과 일치한다.[7]

범대순은 몇 편의 글에서 「원탁」 출발의 동기와 과정을 소상하게 밝히고 있다. 「원탁」 45주년을 기념하는 이 동인지에서, 이전의 글에서 서술했던 사연들이 다시금 회고될 만큼 그 과정에서 주체적 역할을 다 했던 것에 대한 자부심이 묻어난다. 스승격인 김현승의 지지 발언대로 「원탁」 은 정신적인 면에서 평등이자 구원을 상징하지만, 한편으로는 서양의 영웅담을 기초로 한다는 점에서 문화적인 면에서 외래 사조에 대한 민감성과 동경을 담고 있다. 이는 범대순 시의 전개 양상을 스타일리스트(stylist)의 측면에서 살펴봐야하는 요인이기도 한다.

그 뒤에 김현승 선생의 충고로 조직이 확대되어 우연히 내가 이름을 창안한 '원탁'(圓卓)으로 발전되었고 1967년 1월에 광주 YMCA에서 김현승 선생과 고재기 선생을 모신 가운데 그 발기인 모임을 갖게 되었다. 그때 모인 시인들이 앞의 세 사람(*범대순, 윤삼하, 정현웅) 외에 권일송, 박홍원, 문병란, 손광은, 김현곤, 송선영, 황길현, 박희연

---

7) 범대순, 「동인지 『원탁』 창간의 회고」, 『원탁시 57』, 시와사람, 2012, 86-87쪽.

등이 있었다. 그러나 중요한 사람들은 지금도 그렇지만 김현승 선생의 제자들이었고, 원탁(圓卓)에 대한 선생의 관심은 대단한 것이어서 동인회에 원탁의 전설이 상징하는 인간 구원의 이상과, 둘러 앉아 기탄 없는 민주적 자세라는 의미를 부여하는가 하면, 문예지 『현대문학(現代文學)』에 원탁(圓卓) 창간호를 비중 있게 소개하는 등 원탁(圓卓)을 문단에 정착시켰다.[8]

고려대 출신으로 조지훈의 지도하에 있었던 범대순을 제외하고, 대부분의 창립 동인들이 김현승의 제자로서 그의 추천을 받았던 등단 시인이라는 점에서, 처음부터 원탁의 출발은 김현승의 정신적 지지 하에 있었다. 「원탁」 출발 당시에 김현승이 말한 "원탁은 평등이며, 구원의 표상이다."와 같은 의미 부여는, 그대로 「원탁」의 잠재적 에콜로 작용하면서 각자의 개성을 존중하는 차원에서 동인 활동이 이루어지게 된 것으로 보인다. 더구나 동인들 중 절반 이상이 대학 강단에서 활동하던 연구자들이었으니, 이들을 하나의 이즘으로 묶어서 에콜을 형성한다는 것은 각자의 개성을 침범하는 일이기도 하였다.

범대순은 1966년 5월 이경남, 박희진 등의 권유로 「60년대 사화집」 동인회에 참여하였다. 그러나 이 동인회는 서울을 중심으로 하였기에 여러 가지 절차적 불편함이 따르는 것은 당연하였고, 더구나 이듬해에 이 동인회의 사화집은 종간을 선언하게 된다. 역량 있는 지역 동인의 규합이 필요한 까닭이었다. 이에 1966년 12월 윤삼하, 정현웅과 더불어 문학동인회의 창립에 뜻을 함께 하였고, 1967년 1월에는 범대순, 윤삼하, 정현웅, 박홍원, 문병란, 구창환, 손광은, 김현곤, 송선영, 황길현, 박희연 등 11인을 발기인으로 하여 동인회 창립 회의를 하였다. 이 모임의 주창자인 범대순이 초대 대표[9]를 맡아 소식 전달

---

8) 범대순, 「「원탁(圓卓)」 30년의 정자문화(亭子文化)」, 『트임의 미학』, 사사연, 1998, 211-212쪽.
9) 제12집 편집 후기에서 다음과 같은 언급이 보인다. 편집은 "范大錞"으로 표기되어 있

과 동인지 편집 등을 일을 하였다. 1967년 5월 1일자로 『원탁문학』 창간호를 팸플릿 형식으로 발간하였으며, 그 해 6월 3(토)일 한국문인 협회 후원으로 美公報院에서 "圓卓文學發表會"를 가졌다.

원탁(圓卓)은 1967년 5월 1일에 그 창간호를 팸플릿의 형식으로 출간하였다. 처음에는 계간으로 내다가 제10호 특집으로 한 번 크게 용트림을 한 뒤에 대체적으로 일 년에 한 호를 내면서 36집에 이르렀다. 창간한 뒤로 많은 회원들이 새로 참가하여 요즘은 오히려 그들이 주축이 되고 있다. 70년대까지만 하더라도 원탁(圓卓)은 전국적으로 주목 받는 명성을 가지고 있었다. 70년대의 시 전문지였던 『심상》과 『현대시학』 등의 중요한 고객이었다. 80년대 제1차 문예진흥원 선정 최우수 동인지로 뽑힌 적도 있었다. 그리하여 동인들은 그 연륜이 30에 이른 한국 동인지 사상 최장수의 관록을 오늘 스스로 자랑스럽게 생각하고 있다.10)

1967년 5월 1일자로 출간된 동인지의 명칭은 『원탁문학』이다. 동인회의 명칭이 '원탁시회' 혹은 '원탁시문학회'로 바뀌기 전까지는 소설과 평론을 아우르는 형태로 출간되었다. 창립원년인 1967년 9월 1일자 제2집까지 동인지에 작품을 발표한 동인들은 다음과 같다.

다. "「圓卓」詩會가 圓卓詩文學會로 名稱을 확정했다. 代表를 뽑아 한 해씩 돌려가면서 일을 맡기기로 하고 會合은 隔月로 有司를 定하여 家庭에서 會同하기로 했다. 훨씬 즐거운 모임이 되고 모두들 모임을 기다리기까지 한다." 이러한 언급으로 미루어보면, 대표는 총무를 겸한 것으로 나중에 두 사람이 대표와 총무의 역할을 분담하기 전까지 유효한 것이었다. 여기서 동인회의 명칭으로 기재된 「원탁시회」, 「원탁시문학회」는 의미상 동일한 것으로 예원, 시와사람에서 출판된 동인지에서는 "원탁시회"로 표기되어 오늘에 이르고 있다.

원탁시문학회, 『圓卓詩 12』 1971 여름호, 예문관, 「편집 후기」에서
10) 범대순(1998), 앞의 글, 212쪽.

시- 권일송, 문병란, 박흥
원, 박희연, 범대순,
손광은, 송선영, 윤삼
하, 정현웅, 황길현,
김현곤
소설- 안 영, 송기숙
평론- 구창환, 조성원(아
동문학 평론)

절대적으로 시인의 비중이
높은 것은, 당시 문단에서 시인
은 많으나 소설가나 평론가는
그 숫자가 적어 동인으로 규합
하기에 여의치 않았던 사정과
같다. 시는 신속하게 창작이 이

『圓卓文學』 1집, 1967. 5. 1.

루어져 발표를 대기하고 있으나, 소설 창작의 경우는 한 작품의 발표
를 위해 어느 정도의 시간적 경과가 필요하기 때문이다. 초기에 평론
을 했던 구창환의 경우도 범대순의 회고담에서 "떠난 사람"으로 언명
되는 것은 이 동인지가 평론의 발표 지면으로 적절하지 않았기 때문
일 것이다.

이로 인하여, 1969년 제10집에서 「「圓卓」 發言」을 게재한 이
후로 '원탁시회' 혹은 '원탁시문학회'라는 명칭으로 정착되면서 시인
중심의 동인회가 되어 오늘에 이르게 된 것이다. 한편으로, 원탁이
"평등과 구원의 이상"에 목표를 두고 있었더라도, 활동 자체는 당시
다른 동인들과의 차별성 확보를 위해 노력하지 않으면 안 되었을 것
이다. '원탁'은 그 명칭만으로 볼 때, 시인 각각의 개성과 독립성을 존
중하는 동인 활동을 지시하며, 그 운영의 방법에서도 모두에게 이의가
없는 만장일치의 보편성과 약간의 보수성을 의미하는 형태를 암시한

다. 이는 신세대적 구심점을 형성하면서 변모해 가기에는 어려운 점이 많다. 동인들 대다수가 문인협회에 가입하여 보수적인 전통을 유지하여 온 것도 이와 무관하지 않을 것이다.

원탁시회(圓卓詩會)가 창립된 지 30년이 되었음에 남다른 감회가 깊다. 최초에 의논을 같이 한 윤삼하 시인이 중도에서 그만 두고 정현웅 시인은 요즘 시단에서 스스로 이름을 지워버렸다. 윤 시인의 하숙집에 모여 이 거사를 모의할 때, 우리 세 사람의 머리 속에는 두 경쟁자가 있었다. 하나는 50년대 광주 연고의 전국적인 시동인지 『영도(零度)』이고, 또 하나는 서울 중심의 『60년대 사화집(詞華集)』이었다. 개인적인 시인으로는 박재삼, 박성룡, 성찬경, 박희진 시인 등이 타켓이었다. 그들은 우리와 동년배로 여러 가지 능력과 배경에서 우리를 앞서 나갔다. 힘을 같이 하여 그들을 무너뜨리자는 것이 심층에 있었던 것이다.11)

위의 서술을 심층적으로 헤아려 볼 때, 광주고를 중심으로 출발한 풋풋한 『영도(零度)』 동인들12), 그리고 같은 연배이나 먼저 출발하여 60년대의 획을 그은 『60년대 사화집(詞華集)』 동인들이 부러움

---

11) 범대순(1998), 211쪽.

12) 「영도」 동인에 대해서는 두 가지 언급을 찾을 수 있는데, "그에 앞서 「영도」 동인지가 박봉우, 박성룡, 윤삼하, 손광은, 이성부 등으로 1960년에 출범"했다는 강인한의 글과 전동진의 다음 글이 있다. "한국전쟁이 끝난 후 1950년대 광주에서 문학을 주도했던 이들은 '영도' 동인들이었다. 1955년 결성해 동인지 『영도》를 2호까지 발간했다. 박봉우, 박성룡, 강태열, 김정옥, 주명영, 정현웅, 장백일, 이일, 박이문 등이 참여하였다. 이들은 광주의 아카데미 다방에서 모임을 갖고 문단에 등단하지 말고 순수문학 활동만을 할 것을 결의한 후 활동을 시작했다고 한다. 1960년대에 들어 영도 동인들은 문화계 전반으로 영역을 확장하면서 활동 무대도 대부분 서울로 옮겨 간다. 영도 동인 중에서 원탁문학회에 참여한 이는 정현웅이 유일하다."
강인한, 「다만 바다인 원탁」 『원탁시 37-30주년 기념호』, 원탁시회, 1997, 4쪽.
전동진, 「한국시단의 등뼈, 동인 ⑫ 원탁시(圓卓詩)- 원탁은 평등이며 구원의 표상」, 『유심』 80집, 만해사상실천선양회, 2014. 12월호. 239쪽.

의 대상이자 목표였으며, 그들에 비해 출발로 보면 한 발 늦었다는 자각을 보여준다. 그래서 「원탁」의 출발을 서두르지 않을 수 없었고, 지역의 역량 있는 회원들 모집에 열성을 보인 것이다. 이 과정에서, 당시 문단인구로 보아 광주지역에서 거주하는 시인들 중에서 중앙에까지 입지를 굳힌 사람들이 거의 총괄된 것으로 보인다. "원탁은 평등이며, 구원의 표상이다."는 김현승의 지지 발언대로, 각 동인들은 개인적인 우주를 가지고 있었고 지향점에서 벗어난다는 이유로 침해당하지 않았다. 이는 「원탁」이 가진 장점이자 단점이었다.

　이때 동인지는 전 시대의 습작기에 있었던 동인지와 달리 기성시인들의 동인지가 대부분이었다.
　그 가운데서도 이름 있는 시 동인은 「60년대 사화집」, 「현대시」, 「청미회」, 「여류시」, 「시단」, 「원탁시」, 「신춘시」 … 등이었다. 이들 대부분의 시 동인회는 2~3년을 못 넘겼다. 동인지는 여러 사람의 힘을 합해 운영하기 때문에 성격상 어렵게 되어 있다.
　여기에 비해 좀 길었다고 하는 것이 「60년대 사회집 동인회」였다. 모두 다 인내하는 마음으로 서로 경쟁하듯 작품을 발표하며 12집까지 끌고 나갔다. 만 6년의 역사였다. 중앙문단에서는 이것이 최고였는데 지방 광주에서 나오는 「원탁시」는 완전히 그것을 초월하여 큰 나무로 자라고 있다.[13]

　위의 인용은, 광주고 출신인 임보(본명 강홍기) 시인이 밖에서 본 '원탁'의 면모이다. 회고담의 특성상 장점만 부각되었음을 인정한다면, 그 장점은 쉽게 포기하지 않고 끝가지 동인회를 유지하여 온 시간적 역사의 몫이다. 만장일치제로 회원을 영입함으로써 새로운 회원에 의해 침해받는 일이 생기지 않으며, 각 개성을 평등하게 바라봄으로써

---

13) 임보, 「원탁시의 큰 역사 앞에」, 『圓卓詩 52-창립 40주년 기념호』 52, 시와사람, 2007, 46쪽.

시적 자질에 대한 시비에서 비켜나 있다는 점에서 회원들은 매우 안전하고 편안하게 동인 활동을 할 수 있게 된다. 그러나 역으로 이 점은 동인회가 역동성을 잃게 되는 결과를 초래할 수 있다. 어떤 집중적인 의제가 없이 각자 익숙한 대로 창작을 진행한다면, 문학적 성취나 진전이 없이 평균율 그 자체로 만족하고 말 것이기 때문이다. 그래서 최장수의 동인지이자, 한때 최우수의 동인지로 선정되었지만 동인의 특징적인 면을 전면화 시키지 못했던 것이다. 이는 출발기에 영입된 회원의 대다수가 교수이자 교사였기에 서구적 사조에 대한 나름의 선험적 인식을 가지고 있었으며, 이러한 개성을 포기하고 하나의 에콜에 집중하기에는 서로의 자존이 허락하지 않았으리라는 점이다. 이러한 관점에서 보면 「원탁」은 동인회의 명칭으로 아주 적합하다.

2.2. 「원탁시」의 발언: 잠재된 에꼴르

『원탁문학』은 1969년 겨울 제10집에 이르러, 이전까지 이어져 온 구창환의 평론이 빠지고 시 회원인 정재완의 「밖에서 본 「원탁문학」」이라는 평론을 통해 개별 작품에 대한 논평을 붙이고 있다. 이로써 10집에서부터 『원탁문학》의 구성은 시전문 동인지로 변모하게 되며, 동인지의 명칭도 제11집에서부터 『원탁시』로 바뀌어 60집 (2015)에 이르게 된다.

> 창간 뒤 2년 동안 동인지를 내는 일, 연락하는 일 등 주로 내가 잔일을 맡았다. 그러다가 윤삼하가 서울로 가고 정현웅이 아무 이유도 없이 「원탁」을 버렸다. 그러는 가운데 69년 9월, 10호 특집을 내면서 종래의 팜프렛 형식을 탈피하고 약진의 모습을 보였다. 그리고 비로소 '원탁 선언'을 하면서 분명한 목소리를 냈다. 그 다이나믹한 선언문은 김현곤이 썼다. 원탁 절정의 시기였다. 김현곤의 선언문은 원탁의 성격을 분명히 하면서 우리의 젊음과 패기를 잘 표현한 것으로

우리는 지금도 그를 자랑스럽게 생각한다.[14]

『원탁시』 제10집 이후로 작품 발표가 중지된 회원은 구창환, 조성원 등의 평론가를 비롯하여 안 영, 송기숙 등의 소설가와 권일송, 윤삼하, 정현웅 등의 탈회 시인들이다. "1969년 11월 15일 원탁문학회" 명의로 발의된 「「圓卓」 發言」은 『원탁시』로 재구성되었던 당시에 원탁시 동인회 회원들의 입장과 태도를 분명히 밝히는 것이었다.

> 그러기에 우리 『圓卓』은 처음부터 非에꼴르의 에꼴르를 그 出發點으로 하였었다. 혹자들이 짚어 얘기하듯이 단순한 發表 목적의 集團이 아니다. 潛在된 에꼴르이며 에꼴르 이전의 에꼴르이며 그것을 초월한 에꼴르… 그러기에 온갖 것들이 비롯될 수 있는 不定形이다. 이것이 우리가 쉽사리 共同의 과녁을 決定할 수 없었던 所以이다.
> 「「圓卓」 發言」 부분(1969년 11월 15일. 圓卓文學會)[15]

전남대 불문과 교수인 김현곤은 시 창작과 함께 『원탁문학』 7~9집에 세 차례에 걸쳐 평론으로 「藝術論-天國이마즈의 原形과 그 變形」을 연재하였으며, 창간호에 산문시 「不定形」을 발표하였으니, 이 선언에는 원탁시의 기본 취지와 함께 김현곤의 개인적 태도가 담겨 있다고 볼 수 있다. "非에꼴르", "잠재된 에꼴르"는 하나의 중심을 거부하는 것이며 이는 '원탁'의 정신대로 각자의 개성을 보호하고 존중하여야 한다는 회원들의 입장을 드러낸 것이다. "不定形"은 어떤 객관적이며 고정된 진리치가 있을 수 없다는 구성주의적 입장을 일찍이 표현한 것으로 이즘이나 에콜을 선언하지 않았던 지적인 맥락을 함축한다. 이러한 언급은 포스트모더니즘 비평 이후로 지지를 받는 것이지만, 한편으로는 '책임'이라는 인문적 정신에 다가서지 못하는 것

---

14) 범대순, 「「원탁」을 버리고 그리움을 남긴 사람들」, 『圓卓詩 40』, 시와사람, 2000 상반기, 166-167쪽.
15) 원탁문학회, 「「圓卓」 發言」, 『원탁문학 10』, 1969, 예문관, 4-5쪽.

이었다. 선언하지 않은 중립적 태도는 시비의 문제에 연연하지 않기에 "초월한 에꼴르"가 되겠지만, 한편으로는 혁신의 주창자는 될 수 없다.

그런데 이러한 중립적 태도는 가능성을 지닌 것이기도 하였다. 특정의 문학 작품이 갖는 미덕은 하나의 미적 자질로만 해명할 수 없는 복합적인 것이다. 각각의 요소들이 조화와 균형을 추구하는 것이 미적 창작의 과정이기 때문이다.

> 「純粹」와 「參與」를 상이한 次元에서 인식해보려는 妄想은 史觀의 缺如 내지 混迷에서 나온다.
>
> 神話와 觀念과 理念 …… 요컨대 종래의 抽象 전반은 이제 實證과 合理와 技術에 의하여 具象化되어 가고 있다. 하늘의 무지개는 地坪의 工場에서 만들어지고 있다는 말이다. 혹은 創造的 女性의 胚胎性을 띠운 神話 一般은 精神발전의 必然性으로 말미암아 지금까지의 그 純粹한 處女性을 男性的 數 理性과 交接시킴으로써 文明이라는 놀라운 産物을 分娩해 놓은 것이라 진단된다. 따라서 우리는 봄의 꿈을 어루만지고 있는 것이 아니라 가을의 成熟을 어루만지고 있는 것이다.
>
> 그러나 이러한 추상적 時空間의 具象的 變形을, 다시 말하면 지금껏 우리가 겨누어 달려온 彼岸 그 자체이며 나아가 다시금 새로운 時空間 형성의 歷史的 契機가 될 오늘의 現實을 성급하게도 否定과 忌避의 疑惑으로 대면한다는 것은 史觀에 대한 盲目이나 色盲現象임이 분명한 것이다.
>
> 「「圓卓」 發言」 부분(1969년 11월 15일, 圓卓文學會)16)

미학적 입장에서 숭고미, 비장미, 우아미, 추미, 골계미 등을 언급할 때 예술로서의 순수와 참여는 대립적인 것이 아니라 미적 요소의 범주 중에서 강조점을 달리하는 방식의 문제이다. 여기서 "史觀"은 예술

---

16) 원탁문학회, 「「圓卓」 발언」, 『원탁문학 10』, 1969, 원탁문학회, 4쪽.

적 입장에서 "思潮"로 바꾸
어 이해할 수 있을 것이다.
"이러한 추상적 시공간의
구상적 변형을, 다시 말하면
지금껏 우리가 겨누어 달려
온 피안 그 자체"라는 표현
으로 볼 때, 당시 서구에서
원형 및 구조주의 비평의
사조가 우세하였던 것에 비
해 당시의 문단은 그와 같
이 근원적 모티프와 눈앞에
보이는 현상을 관련지어 해
석하고자 하는 비평적 깊이
가 부족하다는 비판적인 논

「「圓卓」 發言」 부분, 1969. 11. 15.

평이다. 이를 "사관의 결여 내지 혼미"라고 평을 하며, 회원들의 개별
성과 균형적 사고를 긍정한다. 전동진은 이에 대해, 「圓卓 발언」에
서도 밝히고 있듯이 참여문학이니 순수문학이니 하는 것들을 일종의
경향이나 취향으로 보고, 오직 문학만을 추구하고자 했다. 하지만 그
들의 의도와는 상관없이 '현실 참여'에 관심을 두지 않는다는 점에서
순수문학파로 분류되곤 하였다."고 해석한다.[17]

이와 같이 시 창작을 하면서, 외국문학을 전공한 대학 교수로서 사
조에 민감하게 반응하며 창작에 연결시키고자 한 회원은 범대순, 김현
곤이다. 범대순은 제3집(1968. 봄호)에서 「詩論-詩에 있어서 데포르

---

17) 전동진(2014), 앞의 글, 242쪽. 이에 대한 근거는 다음과 같은 것이다.
　　문예진흥원에서 선정한 우수동인지로 뽑힌 5개지는 『원탁시』, 『청미』, 『목마』,
　　『경북 수필』, 『전북아동문학』 등인데 이들에 대하여 "이번에 선정된 동인지들은
　　순수문학 활동을 지향하고 향토적인 문학적 성격이 반영되고 장르가 뚜렷한 동인지"
　　라고 평하고 있다.(『경향신문』 1983년 1월 6일자)

마숑」을 발표하며, 적극적으로 자신의 시관을 옹호한다. 비슷하게 김
현곤도 「藝術論-天國이마즈의 原形과 그 變形」을 통해 "천국"의
원형과 그 "변형"인 물질세계를 연결시키고자 노력하였다. 정재완의
경우도 앞의 「밖에서 본 『圓卓文學』」을 통해 그의 감식력과 시적
태도를 분명히 하고 있다. 그런데 이와 같이 시적 논리가 앞서는 경우
에는 독자와의 소통 이전에 자신의 인식론적 범주에 갇혀 예술적 탐
구를 소홀히 할 위험이 있다. 흔히 말하는 언어 예술가로서 장인정신
을 추구하기보다는 선제적 이론의 옹호 하에 창작이 진행됨으로써 시
의식이 전면화 되어 나타날 우려가 있다는 것이다. 이는 일반적으로
교수 혹은 연구자로서의 작가들이 빠질 수 있는 것으로, 교술성이 작
품 전면에 직접적으로 노출될 위험을 말하는 것이다.

> 고집을 접는 것은 개성을 죽이는 것이고, 자기를 속이는 것이다.
> 그런 점에서 원탁을 떠난 사람들 가령 정현웅, 윤삼하, 송선영, 황길
> 현, 구창환, 송수권 등이 훨씬 개성적인 사람들이었다.
> 남은 사람들은 하나의 친목계원들이다. 일 년에 한 번 작품집을 내
> 는 것 말고는 하는 일이 없다. 어찌 생각해보면 스스로 매너리즘의 사
> 슬에 묶여 있는 사람들이다. 〈……〉 이것은 분명 자학적인 아우성이
> 다. 〈……〉 하나의 문학 운동으로서의 「원탁」은 새로 태어나든지
> 아니면 작크 데리다의 해체론을 연구하든지 하는 기로에 서 있는 것
> 이다.18)

「원탁」이 "잠재된 에꼴르"를 지향한다고 해서 시대와 사조를 비
켜갈 수는 없는 일이다. 특히, 한국시의 특수한 지형도로 인하여 시단
이 확대되어 왔는데, 이러한 고유의 문화적 소통체제 내에서는 암묵적
인 비평적 심의경향이 주도하게 마련이다. 언어, 비유와 상징, 함축

---

18) 범대순, 「「원탁」을 버리고 그리움을 남긴 사람들」, 『圓卓詩 40』, 시와사람,
    2000. 상반기, 166-168쪽.

등의 기법적인 세련이 가치 평가의 기준이 되는 현실에서 시 정신을 직설적으로 표출하는 시인들의 작품은 좌절하기 쉽다. 이는 외국에서 각광받았던 표현의 자질이 한국에서 통용되기 어려운 이유이다. 한국어라는 언어적 영역 내에서 작가이자 독자인 시인들이 고유한 문화 집단을 이루며 창작의 경향성을 형성하여 나가는 것이다. 위의 인용에서도 보이듯, 원탁에서 활동하다가 탈회한 회원들이 나름의 자기 세계를 형성하며 문학 활동을 전개하고 있으나, 남은 회원들은 동인지(회지)를 내는 것 말고는 별다른 활동을 보여주지 못하고 있다는 자성을 보인다. "하나의 친목계원"이라는 자조적인 탄식은 이후 몇몇 동인들의 반발에 따른 탈회로 이어졌지만, 새로운 구심점을 형성하기에는 신입회원들의 패기가 부족하였고 발기인들의 세대는 벌써 원로시인으로 자리를 물린 상태였다. 이와 관련하여 범대순은 사석에서 조태일과 고재종을 영입하지 못한 것이 체질 개선에 실패한 까닭이라고 하였지만, 이들은 벌써 지향점이 다른 유형의 문학 활동을 견지하고 있었으며, 이러한 경향성을 「원탁」 동인들이 만장일치로 수용할 수 있을 만큼 개방적이지도 못하였다. 이로써 광주 시단은 범대순 등의 「원탁」 동인들을 따르는 문인협회와 조태일, 김준태 등을 따르는 작가회의의 두 그룹으로 분리되어 지금까지 이어져 오고 있다.

　　정식으로 『원탁시』에 들어간 건 1979년이었다.
　　그리고 내가 동인지의 편집에 관여하게 된 것이 재작년까지이니까 무려 25년을 「원탁시」와 함께 시를 써온 셈이다. 내가 처음 「원탁시」에 들어갔을 때에는 회장이 따로 없었고, 문도채 선생님이 총무 일을 맡고 계셨다. 동인들의 모임 연락이며, 원고 수집이며 모두 문도채 선생님이 수고를 하셨다. 그리고 그런 연락은 거의 문도채 선생님의 유별난 글씨체가 보이는 우편물에 의해서였다.〈……〉
　　할 수만 있으며 「원탁시」 모임에서 뜨겁게 작품 합평회도 가지고 서로 분발하며 격려하는 계기를 가졌으면 싶었다. 그러나 나의 이런 소박한 생각은 한갓 실현될 수 없는 꿈에 지나지 않음을 깨닫고는 허무한 생각이 들었다. 내가 생각해 낸 사업 가운데 연초에 지역신문 의 신춘문예로 등단한 신인들을 한 자리에 불러 모임에서 축하해 주 는 일은 아마 올해에도 계속되었으리라 생각된다. 돌이켜 보면 30대 의 내가 「원탁시」에 참여하여 25년도 넘는 세월을 지나왔다. 세월 이 가면 사람도 늙고 시도 늙는다고 말한 어느 시인의 말이 떠오른 다.19)

『원탁문학』이 『원탁시』로 재구성된 이후에 입회하여 25년간 활 동한 강인한의 회고담이다. "나의 이런 소박한 생각은 한갓 실현될 수 없는 꿈에 지나지 않음을 깨닫고는 허무한 생각이 들었다."는 강인한 의 회고담처럼, 회원들은 연령이 높아짐에 따라 역동성을 잃고 동인지 를 묶는데서 만족하는 자족적인 형태에 머물게 된다. 이는 "세월이 가 면 사람도 늙고 시도 늙는다."는 말처럼, 그들의 제자였으며 후속 세 대인 광주의 젊은 시인들은 이미 작가회의와 「오월시」 쪽으로 집결 하고 있었던 까닭이기도 했다.

한편, 「원탁」은 회원 간의 평등을 구현하기 위해 회장이라는 명 칭 대신에 '대표' 혹은 '총무'라는 이름을 사용하는데, 이 모임의 실질 적인 추진은 총무에 의해 이루어진다. 범대순에서 시작하여 가장 오랫 동안 총무 겸 대표 일은 맡았던 회원이 문도채이고, 그 다음이 강인한 이다. 「신춘시」 동인으로도 활동했던 강인한은 살레시오고 국어교사 로 정년퇴임을 한 뒤 서울로 거주지를 옮기면서 25년 동안의 동인 활 동을 접었다. 조병기는 동신대 정년퇴임과 함께 서울로 활동 범주를 옮겼고, 활동적이었던 허형만도 목포대 정년퇴임 이후 서울로 거주지 를 옮기면서 「원탁」에 나오지 않게 된다. 이와 비슷한 시기에 손광 은, 김현곤, 진헌성, 문병란 등은 탈회하였다. 이처럼 타계하였거나 타

---

19) 강인한, 「청춘으로 살았던 시절의 「원탁시」」, 『圓卓詩 52-창립 40주년 기념 호》, 시와사람, 2007, 50-51쪽.

지역으로 이사, 자발적 탈회 등으로 회원의 수는 줄어들었으며 2014년 범대순의 타계 이후 창립 당시의 회원은 한 명도 남지 않게 되어, 「원탁시」의 제1세대는 공식적으로 막을 내렸다고 본다.

3. 소셜(social)²⁰⁾문학그룹 「원탁시」: 좌장 범대순 시인

지금까지 「원탁」의 명칭을 유럽 중세기사담의 평등 정신과 성서적 구원의 이상에 연결 지어 살펴보았다. 한편으로는 평등과 상호존중의 인문정신은 우리 문화에도 내재된 것이었다. 시서화(詩書畵)가 상층의 고급문화를 대변하던 조선 후기에는 지역적으로 이와 관련된 모임이 활성화되어 있었다. 여기에 가담하여 활동하는 것이 사회적 관계를 진작시키고 자신의 품위를 높이는 일이었다. 그 한 가지 방법이 전국적인 분포를 보였던 시계(詩契) 혹은 시회(詩會)를 열고 여기에 참여하는 것이었다.

> 그때 아버지는 50대의 은퇴한 관리였는데 한학도 무던해서 인근 고을에서 한시 모임의 중심인물이었다. 지금도 기억나는 것은 춘추로 개최되는 시계(詩契), 하나의 백일장(白日場)에 아버지가 좌장이 돼서 행사를 진행했던 일이다. 지금은 절이 되어버린 생룡동 커다란 제각에서 수십 명의 촌락시객이 모여, 오전에 시를 짓고 오후에는 술잔을 돌리면서 그 시(詩)를 읊고 하는 것이었다. 1966년 '원탁문학회(圓卓文學會)'를 윤삼하, 정현웅과 더불어 발기했을 때 나의 머리속에는 어렸을 때 아버지가 이끌던 생룡동시계(生龍洞詩契)가 모델이었다.
> 부친은 그 모임에 빠짐없이 나를 데리고 가신 것이었다. 오전 그들

---

20) 에콜(ecole)은 학파, 학교 등에 어원을 둔 것으로 어떤 학문적, 예술적 강령이나 태도를, 소셜(social)은 어떤 특정의 사회적인 관계의 형성과 강화를 우선으로 한다는 점에서 차이가 있다. 그러나 이 양자는 집단적 사유를 바탕으로 공동체적 연대(community)를 강조한다는 점에서 공통점이 있다.

이 시(詩)를 구상하고 쓰는 동안 무릎을 꿇고 아버지 옆에 앉아 있어
야 했다.21)

시계(詩契)에서 좌장은 모임을 주선하고 절차에 따라 행사를 진행
하는 역할을 맡았다. 시계(詩契)는 식자층이 모여서 유파를 이루어 글
을 쓰며 친교를 이루는 사교의 장이었다. 특별한 스포츠나 오락이 없
었던 시대에, 시계(詩契)는 문화적 맥락을 중심으로 하여 품위 있는
소셜 커뮤니티를 구축하는 방법 중의 하나였다. 덜 깨우친 젊은이에게
는 학습의 장이 되었고, 노년층에게는 가르침의 장이 되어 세대 간의
소통을 이루는 한편, 세대를 초월한 경연을 통한 문예 커뮤니티를 형
성한 것이었다. 이때 최고의 영광은 백일장(白日場)에서 장원을 하는
것이었고, 이러한 절차는 과거제도의 축소된 형태로 이루어졌다. 이러
한 전통이 유효하게 계승된 것이 대중 매체로서 신문이 등장한 이후
의 등용문인 "신춘문예" 제도라고 할 것이다.

시계(詩契) 혹은 시회(詩會)는 방법적인 측면에서 주례회, 월례회,
격월회, 분기회, 연례회, 신년하례회 등과 같이 시기별로 나눌 수 있
는데, 계(契)의 운영이 각 계원들이 계금을 갹출하여 사용한다는 점,
그리고 농경사회의 생활 여건 등으로 미루어 볼 때, 분기회나 연례회
가 지배적이었을 것으로 보인다. 경연의 절차적인 면에서는, '시제(詩
題)'의 출제, 창작의 시간, 그리고 합평을 통하여 장원, 차상, 차하 등
의 등급에 따라 수장작을 결정하는 순서로 진행되었다. 이후 당선작을
화제로 하여 음주와 가무를 즐기는 뒤풀이가 이루어진 것이다.

정자문화의 장(場)은 역사적 조건과 문화적 조건을 공유하는 장이
었다. 이를 단순히 영가 무도(詠歌 舞蹈)의 안이한 장으로 인식해서
는 안 된다. 정자문화는 사무사(思無邪)의 장이며, 사무사를 주자(朱

---

21) 범대순, 「나의 시(詩) 나의 시론(詩論)-삼대(三代)에 걸친 슬픔」, 『트임의 미학』,
    사사연, 1998, 243쪽.

332

子)가 성야(誠也)라 해석한 데서 그 의미가 더욱 분명해진다. 선비들은 거기 모인 이유로 하여 고난의 역사를 가지고 있다. 「원탁」은 1971년과 1980년 등이 포함된 그들의 전성기에 역사적 고난을 같이 하였다. 그리고 그 고난은 그들의 정신적 심층 속에 면면히 살아 그들의 인생과 예술로 끊임없이 일어서고 있는 것이다.[22]

범대순은 「원탁」의 활동 형태를 정자문화의 장(場)과 연결시켜 해석하고 있다. "「원탁」은 자기도 의식하지 못하는 구조의 그 심층에 정자문화(亭子文化)의 맥을 잇고 있는 것이다."는 자기점검의 말처럼 당초에 "「60년대 사화집」을 타겟"으로 하였다는 경쟁의식은 사라지고 은연중에 지역적 정서와 문화에 뿌리를 둔 소셜(social) 문학그룹 「원탁」으로 정착하게 된 것이다. 이는 중앙 집중적인 당시의 사정에 비추어 소권역의 자생적 문화를 추구하고 나름의 터전을 확고히 하는 의미를 지니고 있다.

> 月例로 뜻 있는 몇사람이 모여 이야기 해 오던 合評會를 이해부터 規模있는 文學 全般의 會合으로 擴大하는데 뜻을 모았다. 우리의 이러한 모임에 대한 하나의 痕迹을 남기고 資料를 만들고저 조그만 會報쯤 발간해 두는게 필요한 것 같다.
> 앞으로 얼마든지 뜻 있는 會員을 늘릴 수도 또한 많은 일을 하기 위하여 우리의 『圓卓』은 擴大 될 수도 있을 것이다.[23]

『圓卓文學』 창간호(1967. 5. 1.)에 수록된 「圓卓余言」에서 찾아볼 수 있는 것처럼 처음에 모임을 발기할 때는 合評會를 통한 회원들의 작품성 향상에 목적을 둔 것으로 보인다. 그리고 합평회에서 제출된 작품들이 사장되지 않도록 會報 형식의 팸플릿으로 발행하다가 10집에 이르러 사화집 형태의 서적으로 발전한 것이다. 그러나 이러한

---

22) 범대순, 「「원탁(圓卓)」의 패러다임」, 『트임의 미학』, 사사연, 1998, 218쪽.
23) 『圓卓文學』 1집(1967. 5. 1.), 「圓卓余言」 전문

합평회의 분위기는 회원들이 모두 등단 시인으로 각자의 세계를 구축하고 있었던 까닭에 진작되지 못하고 소셜 커뮤니티를 형성하는 방향으로 진행되었을 것으로 본다. 즉 합평회도 진지한 토론보다는 의견 개진이나 논평 수준에서 머물렀을 가능성이 크다. 이러한 관점은 아래의 인용문을 통해서도 확인된다.

> 남녀노소가 각자 독립적인 개성과 역량을 가지면서 동그랗게 앉은 동등한 마당에서 오만하거나 건방떨지 않고 또 기죽지 않고 꾸준하게 자기의 향기를 뿜어내면서 전체를 이루는 하나의 원을 형성하는 소우주다. 이런 점에서 원탁은 동양의 큰 사상인 불교의 대승 원돈(圓頓)의 교리를 가르친 원각경(圓覺經)에 닿아있다.[24]

시적 성취보다는 상대의 세계를 존중하고, 제약받지 않는 가운데 각자의 개성을 발전시켜나가기를 바라는 심정이 담겨 있다. 백일장에서 장원을 하듯이 특출한 개성이 나타나면 그와 함께 내 일처럼 기뻐하고 자부심을 갖는 것이 원탁의 기본적 태도였다. 그러나, 원탁이라는 지역적 기반에서 특출한 개성으로 발전하기에는 자리 잡은 권역 자체가 너무나 변방에 치우쳐 있다. 서울로 거주지를 옮긴 회원들이 자연스레 그곳 동인회로 자리를 옮기는 까닭이다. 이런 점에서 이즈음의 대다수 동인회들이 에콜(ecole) 커뮤니티이기보다는 소셜(social) 커뮤니티에 가깝다고 볼 수 있다.

> 원탁시동인회의 취지는 이런 것이라고나 할까, 같은 연배의 시인들이 모여서 시를 이야기하고 기록해두었다가 동인지에 엮어서 발표해보기도 한다. 처음에는 월례로 회동하였다가 요즈음은 두 달에 한 차례쯤 有司會員宅에 모여 시적분위기속에 회식하고 가끔 가무 풍류도 겸하곤 한다. 별로 큰 야망도 없고 실망도 없다. 『원탁』 14집까지의

---

24) 범대순(2012), 앞의 글, 88-89쪽.

발표 중에 더러는 핀잔도 있었으나 그것들이 同人會의 운영에 별로 큰 영향을 미치지 않았었다. 다만 같은 지역의 같은 연배가 定例로 會同하다보니까 서로 화제가 공통되고 의견이 相合하는 경우가 많은 데 그것은 아무래도 우리들이 사는 지역을 중심으로 하고 있다. 文化에 있어서의 전라도, 역사상의 전라도, 경제·정치·사회면에 있어서의 전라도, 따라서 그것들의 애환이 우리들의 작품 속에 반영되는 경우가 많다.25)

위의 인용을 통해서 보면 시계(詩契)의 기본적인 형식이 그대로 전승되고 있음을 알 수 있다. 창립 초기에는 월례 모임으로 이루어지다가 격월 모임으로, 다시 2000년대 들어 분기별로 모이다가 현재 (2015)는 거의 반 연간으로 축소되었다. 그만큼 발표 지면이 넓어지고 IT 발달로 인하여 소통의 권역이 확대되면서, 한 회원이 여러 단체에서 활동하는 경우가 대다수가 되면서 「원탁」 활동에만 매달리지 않게 된 것이다. "다만 같은 지역의 같은 연배가 定例로 會同하다보니까 서로 화제가 공통되고 의견이 相合하는 경우가 많"은 까닭에 『원탁시』에 수록된 작품들이 소재나 지역적 정서의 측면에서 일정한 상사점을 형성하게 되었다고 볼

끝줄 –김 종 박순선 박주관
4열 – 오명규 고성만 허형만
3열 – 강인한 서춘기 김현곤 범대순
2열 – 진헌성 주기운 손광은
앞줄 왼쪽부터– 함진원 박혜옥 염창권
「박순선 회원 댁에서의 모임, 2002년」

25) 범대순, 「圓卓文學」, 『范大錞全集-詩論』, 전남대학교 출판부, 1994, 598쪽.

수 있다.

> 원탁은 명칭이 그래서 그런지 둥글둥글하고 모난 데가 없다. 잘난 척 하는 사람이 없다. 이것을 발판으로 뛸질하려거나 비약하려는 야심가가 없다. 〈……〉 원탁은 일 년에 몇 번, 돌아가면서 중국 요리 두어 가지로 음식을 나누는 문학적 친목을 도모하고 있어 매일 만나지 않으나 그런대로 사랑방과 살롱을 겸한 것이 분명하다. 〈……〉 그리고 대부분 교직과 겸직하여 그것이 또한 가장 이상적인 형태가 아닌가 생각한다. 단연 원탁의 장점을 물으면 나는 교직과 시를 겸하고 있는 회원이 90%를 점한다는 이것을 내세우고 싶다. 〈……〉 원탁은 옛날이나 지금이나 둥글둥글하여 상석이 없다. 모두 다 상석이고 대표이다. 곧잘 3대의 스승과 제자가 모여 하나의 장을 만들어 빛깔이 다른 시를 빚어낸다.[26]

위의 인용에서 나타난 바와 같이 원탁시회에서 대표나 총무는 심부름꾼이자 봉사자였다. 둥글둥글하고 모난 데가 없는 회원들의 성정으로 인하여 큰 무리 없이 최장수 동인지의 명망을 이어갔으나, 타계하거나 탈회하는 회원들의 빈자리를 채우지 않으면, 동인회는 지속될 수 없었다. 나가고 들어오는 회원들로 인하여 「원탁」의 모습이 바뀌어 가면서 회원들 모두가 확연히 소셜(social) 커뮤니티의 형태에 익숙하게 된 것이다. 범대순 시인이 작고하던 해에 그와 함께 원탁에 둘러앉았던 회원의 수는 19명이었다. 범대순은 '원탁시회'의 좌장이었고 처음부터 끝까지 문학 인생을 「원탁」과 함께 하였다. 좌장은 행사를 집행하는 집사와 같은 역할이었고, 신입회원 영입 등의 중대한 의사결정에서 똑같이 한 표를 행사했지만 만장일치였기 때문에 이 한 표의 역할이 중요하였다.

---

26) 문병란, 「나와 원탁- 上席이 없는 편한 자리」, 『원탁시 40』, 시와사람, 2000, 169-171쪽.

현재에 이르기까지의 '원탁시회' 회원들의 명단을 일람하여 다음과
같다.

○ 1967년: 시- 권일송, 문병란, 박홍원, 범대순, 손광은, 송선영,
   윤삼하, 정현웅, 황길현, 김현곤, 소설- 안 영, 송기숙, 평론- 구
   창환, 조성원
○ 2007년 『원탁시 52- 40주년 기념호》까지 입회 회원
   박희연, 김재흔(1968), 허연, 임효순, 문도채, 정재완(1969), 진
   헌성(1970), 김재희(1972), 주기운, 차의섭(1974), 오명규(1975),
   강인한, 김종(1977), 송수권(1978), 허형만(1979), 이한용(1981),
   최봉희, 이향아, 장효문, 백추자(1985), 조병기, 전원범, 박덕은
   (1988), 최재환(1989), 이진영, 김영박(1995), 국효문(1996), 박
   주관, 서춘기(1998), 신정숙(1999), 고성만, 박혜옥, 염창권, 최
   영숙, 함진원(2000), 박순선, 강경호(2001), 이상인(2002), 안정
   환(2004)
 - 『원탁시 52- 40주년 기념호》 수록 시인: 강경호, 김영박, 김
   재흔, 김종, 박순선, 박주관, 백추자, 범대순, 서춘기, 안정환, 염
   창권, 이상인, 전원범, 최봉희, 함진원, 허형만
○ 2014년 『원탁시 59》 수록 시인 - 이후 범대순 시인 작고
   강경호, 김 종, 김영박, 백추자, 범대순, 서춘기, 염창권, 전원범,
   최봉희, 함진원, 강만(2008), 전숙(2008), 백수인(2011), 서승현
   (2011), 오대교(2011), 허갑순(2011), 고선주(평론 발표, 2012),
   김은아(2012), 김정희(2012), 박판석(2012)
○ 2015년 『원탁시 60》 - 범대순 시인 추모 특집
 - 권두시론- 詩 에 있어서 데폴마숑/ 범대순
 - 특집 1- 범대순 시인 추모
   범대순 대표시 「불도오자」 외 7편, 범대순 연보
   회고담: 김종- 선생님은 닮고 싶은 '自然'이셨다.

시인론: 강경호- 아방가르, 혹은 보헤미안적 기질의 광기
○ 2016년 『원탁시 61》 수록 시인 - 현대시에 나타난 꽃의 상
  상력
  강경호, 강만, 김영박, 김은아, 김정희, 김종, 박판석, 백수인, 서
  승현, 서춘기, 염창권, 오대교, 전숙, 전원범, 함진원, 허갑순, 주
  소록: 고선주, 백추자

*

지금까지 주로 범대순 시인의 논평적인 글에 의존하여 동인지 『圓
卓詩』의 전개 양상과 그 의미를 논의하였다. "원탁시회"의 역사를
재구성하는데, 범대순의 글과 시적 생애를 대입한 것은 그가 처음부터
끝까지 변함없는 원탁시회의 옹호자이자 기록자였기 때문이다. 여타
회원들의 글에서는 단편적인 내용만이 간혹 언급되었기에 동인회의
역사를 재구성하는데 그의 글을 전제로 삼을 수밖에 없었음을 밝힌다.
  『원탁시』와 관련하여 이 글에서 논의한 사항은 다음과 같다.
  먼저 동인회 「원탁시」는 등단 작가를 중심으로 구성된 단체이며,
명칭 「원탁」은 평등과 구원의 이상을 표상한다. 범대순은 1966년
12월 윤삼하, 정현웅과 더불어 문학동인회의 창립에 뜻을 함께 하였
고, 1967년 1월에는 범대순, 윤삼하, 정현웅, 박홍원, 박희연, 문병란,
구창환, 손광은, 김현곤, 송선영, 황길현 등의 11인을 발기인으로 하여
창립 회의를 하였다. 이 모임의 주창자인 범대순은 초대 대표를 맡아
소식 전달과 동인지 편집 등의 일을 하였다. 1967년 5월 1일자로
『원탁문학』 창간호가 팸플릿 형식으로 발간되었다. 1969년 제10집
에 「「원탁」 발언」을 게재한 이후로 '원탁시회'라는 명칭으로 정착
되면서 시인 중심의 동인회로 재편되어 오늘에 이르고 있다.

제10집에서 수록된 「「원탁」 발언」에서 에콜을 명시화하지 않고 "잠재된 에꼴르"를 표방하였다. 여기서 "非에꼴르" 혹은 "잠재된 에꼴르"는 하나의 중심을 거부하는 것이며, 이는 「원탁」의 정신대로 각자의 개성을 보호하고 존중하여야 한다는 회원들의 입장을 드러낸 것이다. "不定形"은 어떤 객관적이며 고정된 진리치가 있지 않다는 사회구성주의적 입장을 일찍이 표현한 것으로 이즘이나 에콜을 선언하지 않았던 지적인 맥락을 함축한다.

「원탁시」는 에콜(ecole) 커뮤니티이기보다는 소셜(social) 커뮤니티에 가깝다. 소셜(social) 문학그룹 「원탁시」에서 범대순은 좌장 역할을 하였다. 2014년 범대순의 타계와 함께 동인회 「원탁시」의 제1세대는 막을 내렸다.

제6부

시가 만드는
풍경

네 아픈 몸을 껴안는 시간

나뭇잎이 떨어져 내리는 가을 저녁, "빨랫줄에 걷지 않은/ 다 마른 빨래"가 이슬에 젖고 있다. 빨래가 이슬을 맞고 있는 것은 그가 아직 귀가하지 않았기 때문이다. 여기서 속옷은 그에 대한 환유물이므로, 그는 지금 바깥에서 속옷처럼 이슬을 맞고 바람에 흔들리는 상태이다.

그리워라
이향아

해 저문 빨랫줄에
아직 걷어 들이지 않은
누구의 속옷인가?
이슬에 젖는다
한뎃잠을 자기에는 서늘한 가을 저녁
빨랫줄에 걷지 않은 다 마른 빨래
혼자서 천천히 흔들리고 있다
그 때문에 누군가 무릎이 시리고
어깨뼈가 신경통에 걸릴 것이다
어스름에 나뭇잎은 시나브로 지고
빨랫줄에 걷지 않은
다 마른 빨래처럼
나는 한편에 비켜 서 있다
이슬을 맞고 있는 알지 못하는 사람
그리워라,
이슬에 젖고 있는 심란한 사람

시적 화자는 그 고독한 사람의 실존을 들여다보면서, 그가 무릎이 시리고 어깨뼈에 신경통을 가지고 있으리라 여긴다. 속옷의 임자를 그리워하는 것은 주체의 고독한 한계 상황이 알지 못하는 타자의 속옷에 겹쳐졌기 때문이다. 속옷을 매개로 하여 실존의 틈을 엿보는 주체역시 "이슬에 젖고 있는 심란한" 상태이다. 여기서 "그리워라"고 언명하는 것은 나의 고독함으로부터 출발하여 타자의 고독을 인정하고 감싸 안으려 하기 때문이다.

쌀쌀한 가을 저녁, 나뭇잎은 떨어지고 지상의 존재들은 바람에 흔들리면서 어깨뼈가 시리다. 서둘러 귀가하지 못하고 방황하는 영혼들은 가엽다. 그리고 그 가여운 존재들이 그리워진다. 그래서 시인은 알지 못하는 누군가를 향해 "그리워라"고 호명하게 되는 것이다.

내 마음의 빈터에 자리 잡은 너, 라는 절은

봄이 되어서야, 지난겨울 어느 깊고 고요한 산 속에 묻혀 있었을 절 하나를 만난다. 달력을 넘겨 눈 오는 올 겨울 어느 때쯤 나도 한 번 만나볼까, 생각하며 고요한 산사의 풍경 사진 속에 미리 잠겨본다.

문인수 시인의 「설안사」에는 마음으로 만나는 절 한 채가 소슬하게 자리하고 있다. "산이 험할수록 고요의 자리는 깊"고, 더불어 마음의 자리도 깊다. 그 깊은 고요의 자리에 절이 지어지고, 그 절을 '설안사'라 한다.

설안사
　　　　문인수

이 거친 산악에
웬 평지가 하나 숨어있다.
밤새 내린 눈이 참 편안하게 깔려있다.
누가, 눈처럼 깨끗하게 다녀갈 수 있겠냐만
용서하시라
나는 거기다가 커다랗게 썼다.

　　雪安寺

산이 험할수록 고요의 자리는 깊다.
용서하시라, 내 마음 어디
절 지은 적 있다.

그렇다, 누구나 마음속에 고요한 절 하나를 짓고 싶다. 그걸 시인은 "용서하시라"고 한다. 왜일까. 너무도 깊은 고요에 묻혀 있어서일까, 아니면 편안하고 적막하고 애지고 또한 넉넉한 고요의 밥상을 혼자 받기가 미안해서일까. 그럴 것이다. 동행이 없는 고요한 풍경 속, 그 하얀 눈밭에 마음 자락을 깔아버린다면 그 마음은 참으로 허전, 허전 할 것이다. 그래서 시인은 눈밭에 커다랗게 쓸 수밖에 없다. "雪安寺"라고…. 그렇지 않다면 적막한 마음을 어디에다 기대어 볼 것인가. "누가, 눈처럼 깨끗하게 다녀갈 수 있겠냐"는 질문이 당연하게 들린다.

시인은 다시 "용서하시라"고 한다. "雪安寺"라고 크게 쓰면서 이미 절 하나를 마음속에 지어버렸기 때문이다. 시의 행간에서 다른 글자들을 멀찍이 밀어둔 '雪安寺' 주변의 여백이 참으로 넓고 호젓하다. 시인은 혼자서 절 하나를 독차지 한 것 같아 미안하다.

다른 시 「새벽」에서도 시인은 목탁 속에서 여백을 찾아낸다. 그 여백은 목탁의 길게 찢어진 구멍이자 이 구멍 속에 담겨진 허공이다. 이 구멍으로 파여진 "허공은 허공끼리 잘 흘러들고 나"는 것을 시인은 심안으로 바라보면서, 그 허공의 심연에서 "밤새도록 반짝반짝 어둠을 파내던 별들이, 저 香맑은 소리가 전부 목탁 속으로 들어"가는 순간을 짐작한다.

눈 내리는 새벽 살구나무로 깎은 목탁을 두드리는 노승의 예불이 있고, 널따란 마당에는 눈과 함께 예불소리가 깔린다. 그 때 시인은 마음을 주체할 수 없어 눈밭에다 '雪安寺'라고 크게 쓴다. 이로써 시인은 마음을 들켜버린 셈이다. 우리는 그 마음을 용서할 수 있다.

눈 내리는 겨울 설안사에 가려면, 혼자 가는 것도 좋지만 동행이 있어도 좋을 듯 싶다.

저기, 걸어가시는 분

양애경 시인은 아주 친근하여 마음을 편안하게 만드는 두 편의 시를 보여주었다. 하나는 인용한 「보통 골목길」이고, 다른 하나는 「때밀이 아줌마는 금방 눈에 뜨인다」(『현대시』 4월호)이다. 여기서는 「보통 골목길」에 대하여 이야기해 보기로 한다.

보통 골목길
양애경

한해의 마지막날
뺨에는 붉은 여드름이 몇개 붙었고(이 나이에!)
어제 감은 머리는
긴 누비코트 깃 아래에 감춰넣고서
코트 밑 체육복 바지에는 흰 강아지털을 숭숭 붙인 채로
연하장 한장 들고 우체국 가는데,

맞은편에서 남자 하나가 온다
에구, 쳐다보면 어쩌나
우스운 꼴일 텐데,
라고 걱정하다가

나는 대한민국의 보통 아줌마(?)
저 사람은 보통 아저씨
보통 여자와 보통 남자가 엇갈려 가는데
뭐 어때,

라고 생각하며 지나치고 나니

보통 여자와 보통 남자가
아무렇지도 않게 스쳐 지나가는 보통 골목길이

마악 좋아지기 시작하는 것이다.

"한해의 마지막날" 시적 화자는 외출한다. "연하장 한장 들고"서 말
이다. 그런데 스스로가 보기에 행색이 말이 아니다. 그게 마음에 걸린
다. 맞은 편에서 걸어오는 아저씨의 눈길을 의식하기 때문이다. 그러
나 실상 상대방도 보통의 아저씨일 따름이다. 서로가 상대방을 보통의
이웃으로 생각하고 아무렇지도 않게 지나가는 보통 골목길이므로, 이
골목길에서 사는 보통의 인생은 참 편안하고 그 편안한 삶을 정말 편
안하게 받아 주는 그 길이 "마악 좋아지기 시작하는 것이다."
    그렇다면, "마악 좋아지기" 시작하는 마음의 일이란 무엇인가. 여기
서 중요한 것은 강아지털을 숭숭 붙인 채 입고 나가는 체육복이나 스
쳐 지나가는 보통 아저씨보다도 이 보통 아줌마(?)가 들고 나가는 달
랑 한장인 연하장의 문제이다. 사실 연하장은 사적인 이야기가 진지하
게 기록되고 전달되기에는 터무니없이 간결하고 형식화되어 있다. 그
나마 딱 한 장이다. 그 한장을 우체통에 넣고 나면, 다시 보통의 골목
길을 걸어 흰 강아지가 기다리고 있을 집으로 돌아갈 것이다. 그러면
서 스스로를 물음표를 섞어 '보통 아줌마(?)'로 규정한다. 그렇다. 스
스로를 '보통 아줌마'로 명명하는 이 마음이 문제. 그러면서 또한
쓸쓸한 느낌까지 지워버릴 수 없는 '연하장 한장'이 다시 문제다.
    그래서일까, 시인은 보통의 여자들에게 시선이 머무른다. 그 시선의
다정함과 긍정적임은 이제 시인의 마음이 보통 여자의 무늿결을 닮아
가고 있음을 말한다. 다른 시 「때밀이 아줌마는 금방 눈에 뜨인다」
에서 "때밀이 아줌마는 때를 밀고 있지 않을 때도/금방 눈에 뜨인다/

온통 벌거벗은 여자들 속에서/검거나 빨간 비키니를 입고 있기 때문일까"라고 질문하면서, 그녀의 삶을 세세히 어루만지고 있다. 그 눈길이 다정하고 따뜻하기에 이제 시인은 보통 여자의 시대에 접어들었다고 보는 것이다.

동구 밖에 오래 서 있는 날은

썰렁한 그 겨울의 풍경을 회상해 본다. 그 겨울 날, 누구든 '동구에' 나가보지 않고는 마을의 풍경을 다 담아낼 수가 없다. 설날이지만 마을은 "세간살이 죄 들어내버린 이삿집 같"이 살풍경하기만 하다.

이 시에는 대립적인 구성 요소가 있는데, 하나는 오래되어 낡고 너덜거리는 '마을'의 풍경이고 다른 하나는 도망치듯 떠나는 '세단'의 뒷모습이다. 세단 뒤에는 '등 굽은 도막이'(시골 노인)가 오래오래 서서 바라보고 있으니 "강둑길을 지치는 세단"의 안색도 그리 평온한 것만은 아니다.

동구에서
　　　고재종

세간살이 죄 들어내버린 이삿집 같은 설 다음날
바람에 너덜거리는 강둑길을 지치는 세단 뒤에
등 굽은 도막이가 오래오래 서 있다

그 옆에 껀정한 미루나무 또한 수직(守直)의 활을 휜다

'등 굽은 도막이'와 '껀정한 미루나무'는 수직(守直)의 자세를 보여주지만 이들은 이미 낡아 있고 바람에 휘어질 만큼 병색이 완연하다. 그러므로 이 글을 읽는 독자는 아무래도 '세단'에게 혐의를 둘 수밖에 없다. 마을의 살림이 이삿집처럼 끌려가는 통로는 너덜거리는 저 강둑길을 지치는 세단과 같은 형태를 띨 수밖에 없기 때문이다. 그래서 마

을은 저 너덜거리는 강둑길을 통하여 속엣 것들을 죄다 실려보내고 설날 아침조차 속이 쓰린 표정이다. 이 설날 아침의 풍경 속에 등이 굽은 시골 노인이 서 있고, 이 노인을 안타까이 바라보는 시적 화자가 동구에 나와 있다.

　시 「동구에서」에 나타난 시골 마을은 설날 아침조차도 평화로운 모습을 보여주지 않는다. 그만큼 농촌 사회가 피폐해져 있기 때문이다. 또 다른 시 「추문(推問)」에서는 농촌사회의 절망적인 상황을 예리하게 보여준다. "개평술 몇 잔에 이 집 저 집/상갓집 개처럼 어슬렁거리다간 죽었다.//평생을 리자만 갚다 말었따!/모진 생만큼이나 쓰라린 유서 한 줄 남기고."에서 드러나는 가슴 아픈 사연을 통하여, 시인은 농촌 사회의 삶의 조건에 대하여 서늘하게 추문(推問)하고 있는 것이다.

복층의 시간성

이상인 시인의 「千手」를 통해서 천수관음의 이미지를 만나게 된다. 보성군 대원사의 티벳 불교박물관에 들렀을 때, 손이 한 쌍만 있는 것은 보살의 경지가 아니었다. 가만히 생각해 보면 나에게도 여러 쌍의 팔이 달린 게 아닌가. 언젠가 구걸하는 폼으로 벌렸던 팔, 포기하듯 벌렸던 팔, 그녀를 얼싸안았던 팔, 물건을 들어올렸던 팔, 오늘 철봉에 매달렸던 팔, 그리고 내일의 팔들, 이러한 여러 쌍의 팔들이 실상은 시간의 積分을 통하면 결국 나의 팔의 총합이 아니겠는가.

千手
이상인

어부 황복씨의 손끝에서 푸른 파도가 일고 있네.
그의 손바닥 안에서 큰바다가 하나 가득 출렁거리고
수많은 은빛 물고기들이 떼몰려 다니고
배들이 잉잉거리며 동으로 남으로 잘도 가고 있네.
매듭 굵은 엄지와 검지 사이로 떠올라
모든 섬과 꿈꾸는 수평선을 어루만지는 은은한 달빛이여.
마침내 새벽이 물밀 듯 밀려와 연해안에 눈부시게 부서질 때
그의 손금을 따라 펄떡펄떡 뛰어오르는 농어새끼 같은
千의 바닷길이 환하게 열리고 있는 것을 보네.

시를 전체적으로 포괄하는 공간인 큰 바다는 커다란 손바닥으로 은유된다. 인접성에 의거하여 손끝은 푸른 파도가 되고, 매듭 굵은 엄지

와 검지는 그 사이로 달빛이 솟아오르는 섬의 형상이다. 그리고 손금을 따라 千의 바닷길이 열린다. 그러므로 바다는 그냥 묵시의 대상이 아니라, 신체의 은유이자 생활이 숨쉬는 삶 그 자체가 되는 것이다. 어부 황복씨의 바다는 푸른 파도가 일고, 바다 그 자체로 출렁거리고, 은빛 물고기들이 떼몰려 다니고, 배들이 잉잉거리며, 농어 새끼들이 펄떡펄떡 뛰어오르는 등의 대단히 역동적인 모습이다.

한편, 좀더 찬찬히 들여다보면, 어부 황복씨의 이름이 예사롭지 않다. 그 이름 자체가 물고기의 이름을 닮아 있지 않은가. 그러므로 어부 황복씨는 물고기를 낚아 올리는 어부이자 바다에서 물고기처럼 생을 영위하는 어족으로서의 특성을 갖는다. 그의 다른 시 「메밀꽃」에서는 메밀꽃을 "허옇게 흔들리고 흔들리는/물고기의 슬픈 영혼들"로 은유한다. 그러므로 이를 다시 겹쳐 읽으면, 물고기의 슬픈 영혼은 황복씨와 같은 어부들의 슬픈 영혼도 되는 셈이다.

이런 점에서 바다의 영혼을 빌어 출렁거리는 이상인의 시들은 소금기처럼 진득하고 끈적인다.

쥐 이빨 자국으로 남은 추운 날들

댓잎 쏟아지는 소리가 살얼음 위로 내린 달빛을 문질러댔다. 우물가에는 쥐가 갉아먹은 비누가 돌처럼 딱딱했다. 그걸 내가 긁어 먹기라도 한 것처럼 뱃속이 아려왔다. 춥고 배고픈 밤, 토방 위에는 군데군데 다 막아내지 못한 구멍이 있었다. 아직 내 책임이 아니었던 아버지의 생계는 숭숭 구멍이 뚫려 있었다.

비누
　　　고진하

밤새 쥐가 이빨로 갉아먹은
비누조각
굽이치는 물결무늬가 곱네.

내가 지나오며 갉아먹은
세월의 허공,
돌아보니 아무 것도 없네.

쥐들은 무엇이 고파서 딱딱한 비누를 갉아 먹었을까. 자식 여럿이 마구 긁어 먹던 생활은 늘 어렵고 어려웠는데, 그게 세월의 물무늬를 이루었던 것인가. 수몰되어 사라진 우물가의 노란 비누 하나, 차고 딱딱하고 거칠거칠한 그것이 지금 내 손에 쥐어진 밥덩이나 되는 것처럼 부피감 있게 다가온다.

시 「비누」에 닿기까지 한 세대만큼의 시간이 흘러가버렸다. 손안에 쥐어진 것이 "세월의 허공!"이었다니, 희미해진 기억에 의존할 수밖에 없다. 세수를 하려고 "비누조각"을 바라보는데 쥐가 갉아먹은 자국이 선명하다. 나트륨이나 무기질 기운이 고팠던 것이다. 자세히 보면 "굽이치는 물결무늬"가 선명하다. 시적화자는 이를 "곱다"고 한다. 쥐의 발육과 섭생을 긍정함과 동시에 그리 살아왔던 세월을 그리워하는 것이다. 그 많던 쥐들은 어디로 가버렸는지, 배고픈 고양이가 아궁이 쪽으로 다가와 밥을 얻어먹고 간다.

추운 밤, 딱딱한 기둥을 갉아대는 소리가 잠결에 섞여 들려온다. 그래 저것들이 우리 기둥을 다 쏠아먹는구나. 아버지는 그 벌어진 틈에 탱자가시를 박아둔다. 바가지의 밑바닥처럼, 생활은 늘 거친 소리를 내며 긁힌다. 때로는 모질게 이웃과 거래하면서 마음을 갉아댔을 것이다. 그러나, "돌아보니 아무 것도 없네."라고 말한다.

기억은 물질성을 갖지 못하는 것이다. 그런 뜻에서 모든 존재자는 기억의 한계 내에서만 존재한다고 말해 두고 싶다.

아버지, 그 생의 내력을 향해

함순례 시인의 「아버지의 지포라이터」는 매우 서사적이다. 여기서 서사적이라고 하는 이유는 문체상의 특성이라기보다는 내용상의 문제로, 시를 통하여 한집안의 가족사를 오롯이 들여다보는 기분이 들기 때문이다.

이 시의 중심 제재는 아버지의 삶이자 그 대유물인 지포라이터이다. 아버지가 애지중지했을 라이터, 그 라이터를 서너 번은 열고 닫아 한숨처럼 담배를 붙여 물던 "완강하고 쓸쓸하던 당신의 뒷모습"을 시인은 회상하고 있다. 시인의 다른 시 「사랑방」에서도 "그렇게 맨몸으로 생을 일궜던 울 아부지, 성 안 차는 아들 두 놈 부려놓고 이젠 여기 없"다며 그 깊고 쓸쓸했던 아버지의 뒷모습을 그리워한다.

아버지의 지포라이터
함순례

중동이 잘려나간 흙벽
부엌 솥뚜껑 위로 자빠져 있었다
뼈대 드러낸 마른 수수깡
손대면 마른버짐처럼 흘러내리는데

당신이 늘 앉아 있던 자리
때절은 머릿기름, 설움처럼 늙어 있었다
알금알금한 쥐 오줌자국
잊혀질 수 없는 흔적처럼

미명 속 창호지문 마주하고
쓴 새마을 담배에 불 당기던
오른손 검지와 중지 따끔해질 때까지
서너 번 지포라이터로 몸 열고 닫을 때까지
독백처럼 정지해 있던 당신의 등……

차마 나는 오줌 누러 일어나지 못했다
완강하고 쓸쓸하던 당신의 뒷모습
얼마나 깊었는지 그때는 몰랐다

끝내 당신의 목숨 불붙인
뜰팡 위 은회색 지포라이터
오늘은 흙바람으로 고여 울고 있었다.

"맨몸으로 생을 일궜던" 아버지이듯, 지포라이터 또한 맨몸으로 불꽃을 확 피워 올린다. 그 지포라이터처럼 마침내 불꽃으로 타올라 생을 마감한 당신의 절망이 그 은회색 지포라이터에 고스란히 담겨 있는 것이다.

이 시에서 은회색 지포라이터는, 미국식 부박스런 생활 양식의 수입과 전통적 세계의 몰락이라는 시대상을 드러내는 상징물로 작용하고 있다. 그러면서 맨몸으로 불꽃같은 삶을 일구어낸 아버지의 생을 대유하기도 한다.

아버지를 대유하는 사물이 하나 더 있는데 그것은 무너져 내리는 집이다. "뼈대 드러낸 마른 수수깡/손대면 마른버짐처럼 흘러내리는데"에서 보듯 무너져 내리는 집은 점차 분해되어가면서 소멸의 길로 접어들고 있다. 그 집은 시 「사랑방」에서도 나타나는데 "울 아부지 서른, 울 엄니 스물 셋 꽃아씨, 아부지 투덕한 살집만 믿고 신접살림 차렸다는디, 기둥 세우고, 짚과 흙 찰박찰박 벽 다져, 오로지 두 양반 손으로 집칸 올렸다는디,"에서 보듯, 행복했던 신혼의 추억이 담긴 소

356

중한 공간이다. 그러므로 아버지의 죽음과 집의 몰락은 등가로 연결되면서 육체성의 폐허를 지시하고 있다.

그 시대, 여전히 기억 속에 은빛으로 우리 앞에서 딸각거리며 불을 붙이게 만들고, 마침내 우리 자신을 태워버리고, 드디어는 정신마저 아득한 혼미 속에 빠뜨렸던 지포라이터. 우리의 의식 속에 선명한 그 '지포'라는 유표소를 떠올리며, 우리는 지난 시대의 아버지를 묵념할 것인가, 아니면 다국적 기업에 예속된 생활을 하는 지금 우리 자신의 미래를 미리 묵념해버릴 것인가.

푸른 반점을 가진 종족의 이주사

이 시에는 원초적인 상상력의 세계가 풍부하게 펼쳐지고 있다. 다소 모호한 채로 상상력의 공간이 건너뛰기를 함으로써 의미 단위를 확정하기가 매우 어려운 시이다. 그 서사의 줄기는 대략 부족국가 시대의 종족 간의 투쟁과 출생의 내력을 시적 상상력으로 풀어내는 데 있다.

푸른 반점
고성만

사내는 딸의 몸에서 반점을 발견하자마자 탱자나무 울타리 아래 날카롭게 빛나는 사금파리를 주은 다음 우물가에 데리고 가 샅샅이 씻겼지만 지워지지 않는 얼룩

꼬리뼈 지나 허벅지로 기어간 줄장지뱀

바이칼 호수 근처에서 출발하여 아무르 강가를 따라 내려오다가 오줌 한 번 누고 몇 개의 구릉과 골짜기를 달리는 말발굽 소리가 들리는 것 같아 잠시 소스라쳤으나 셋째딸년의 몸에 난 얼룩을 수습하지 못했다

다섯 번째 낳은 아들 쪽으로 무게의 추가 기울었으므로

기다리는 수밖에 없었다 온몸을 돌아 입으로 들어간 얼룩이 마침내 내장 전체로 번질 때까지 아장아장 앙증맞은 딸년을 돼지우리 속

에 가두고 사는 게 죄악이라고 중얼거렸다 병든 피톨이 집 안팎을 휘
젓는 동안 또 다른 자식에게 난 반점을 찾으려 눈을 부릅뜨는 그는

아무르 강의 얼굴을 만지며 바이칼 호수를 향해 흰 구름을 날려 보
냈다

"푸른 반점"이라는 제목이 말해 주듯이 "지워지지 않는 얼룩"은 '몽
고반점'을 시적 모티프로 한 것이다. 시인은 "푸른 반점"을 가진 종족
의 기원을 멀리 바이칼 호수로 추적하고 있다. 그 바이칼 호수에서 연
원한 부족들의 원형질이 아무르강을 거쳐 사내의 마을에 이르기까지
부족들의 이동과 투쟁의 역사를 "탯줄 부정"의 서사로 독특하게 풀어
내고 있다.

아마도 바이칼 호수에서 발원했을 사내의 내력이 "병든 피톨"로 부
정되는 아무르강 유역 의 어느 지역에 도달하기까지 종족의 이동과
정착이라는 험난한 경로를 통과하였을 것이다. "꼬리뼈 지나 허벅지로
기어간 줄장지뱀"은 이러한 강을 거슬러 오르고 내리는 이동과 정주
의 역사를 '강'의 상상력과 결합시킨 것이다.

이 시는 설화적이다. 특히 종족 유전의 표시인 "반점"을 '씻을 수
없는 치욕 같은 내력'으로 의미화 한다는 점에서 충분히 독특하다. 이
러한 관점에서 "반점"은 "피정복자에게 찍힌 원형질의 낙인 같은 것
이거나, 이주민의 단서" 같은 부정적인 유표소로 작용을 한다. 부족국
가 시대에 종족 표시의 흔적은 집단으로부터 "수용과 추방"을 판가름
하는 매우 중요한 인식소로 작용하였던 것이다.

상처를 남기는 웃음

이 시는 웃음에 대한 우리의 기대를 배반한다. "아무리 참고 견디려 해도/ 웃음엔 민주주의가 없다"고 주장한다. 그러나 우리의 상식은 울음이나 웃음은 지극히 개인적인 감정 표시이고, 이들에 대해 우리는 평등하다는 의미를 부여하여 왔던 것이다.

웃는 사람들
최금진

웃음은 활력 넘치는 사람들 속에 장치되어 있다가
폭발물처럼 불시에 터진다
웃음은 무섭다
자신만만하고 거리낌없는
남자다운 웃음은 배워두면 좋지만
아무리 따라해도 쉽게 안 되는 것
열성인자를 물려받고 태어난 웃음은 어딘가 일그러져
영락없이 잡종인 게 들통난다
계층재생산,이란 말을 쓰지 않아도
얼굴에 그려져 있는 어색한 웃음은 보나마나
가난한 아버지와 불행한 어머니의 교배로 만들어진 것
자신의 표정을 능가하는 어떤 표정도 만들 수 없기 때문에
웃다가 제풀에 지쳤을 때 문득 느껴지는 허기처럼
모두가 골고루 나눠 갖지 않는 웃음은 배가 고프다
못나고 부끄러운 아버지들을 뚝뚝 떼어
이 사람 저 사람의 낯짝에 공평하게 붙여주면 안 될까

술만 먹으면 취해서 울던 뻐드렁니
가난한 아버지의 더러운 입냄새와 땀냄새와
꼭 어린애 같은 부끄러움을 코에 귀에 달아주면
누구나 행복할까
대책없이 거리에서 크게 웃는 사람들이 있다
어깨동무를 하고 넥타이를 매고
우르르 몰려다니는 웃음들이 있다
그런 웃음들은 너무 폭력적이다, 함께 밥도 먹고 싶지 않다
계통이 훌륭한 웃음일수록,
말없이 고개 숙이고 달그락달그락 숟가락질만 해야 하는
깨진 알전구의 저녁식사에 대한 이해가 없다
그러므로 아무리 참고 견디려 해도
웃음엔 민주주의가 없다

　시인의 말에 따르면 "웃음"이야말로 정말 잘 웃기가 힘들다는 생각
에 수긍이 간다. 오히려, "어깨동무를 하고 넥타이를 매고/ 우르르 몰
려다니는 웃음들이 있다/ 그런 웃음들은 너무 폭력적이다." 정말 남들
앞에서 자유롭게, 아무 눈치도 보지 않고 터뜨리는 폭소는 남들의 상
처를 건드릴 것이 뻔하기 때문이다. "말없이 고개 숙이고 달그락달그
락 숟가락질만 해야 하는/ 깨진 알전구의 저녁식사"에 대해 이해가
없는 이들이, 가난한 식사 앞에서 웃어젖히는 웃음이란 얼마나 폭력적
인가, 그래서 화자는 "함께 밥도 먹고 싶지 않다"고 주장하는 것이다.
　그렇다면 왜 모두들 편안하게 웃지 못한다는 걸까. "가난한 아버지
와 불행한 어머니의 교배로 만들어진", "열성인자를 물려받고 태어난
웃음은 어딘가 일그러져/ 영락없이 잡종인 게 들통"날 것이 뻔하다는
인식 때문이다. 결국 시인은 "웃음"을 매개로 하여 소외된 자들의 일
그러진 웃음에 내포한 비참성을 말하고자 하는 것이다. "웃다가 제풀
에 지쳤을 때 문득 느껴지는 허기처럼/ 모두가 골고루 나눠 갖지 않
는 웃음은 배가 고프다."

사회적 소수자의 웃음이 박탈되지 않고 함께 공평하게 웃음을 나눌 수 있는 사회, 웃음의 계보학 같은 것이 없는 사회는 이상 세계에서나 가능할지도 모른다. 그러나 현실 논리를 넘어서는 지향의 자세, 그 추구의 의지야말로 진정한 시정신의 발로가 아닐까.

불혹, 이라는 훈장

"불혹"은 흔히 나이 40으로 들어선 때를 지칭하는데, 육체적으로는 왕성한 생성의 시간을 멈추고 전 생애의 중간 지점을 좀 유턴한 지점으로, 정신적으로는 공자의 말대로 세간의 말에 쉽사리 휩쓸리지 않는 심리적 안정기로 표상되어 왔다. 그러나, 누구든 막상 "불혹"에 도달하면, 여전히 육체적 욕망에서 자유롭지 못하고 정신적으로도 충분한 안정감에 도달했다고 보기 어렵다. 오히려 "불혹"은 자신을 중간 점검하는 계기가 되면서 회오와 거부의 감각을 불러내기에 충분하다.

불혹
　　　　최정란

투정하고 보채는 세상 남자들이
내 젖 먹고 자란 아들 같다
꽃구름 들떠 바라본 사월 들판
잠시 가슴에 넣고 다녔든가
내 안에는 내가 알고 있는 것 보다
더 많은 입덧이 들어 있었다
변덕스런 서풍이 이마를 스쳐가고
낯익은가 하면 낯선 시선이 비켜간다
서늘한 눈썹이 삼나무 숲에 걸린다
수많은 상상임신 끝에 나는 마침내
많은 아들을 거느린 족장이다
누덕누덕 기운 나를 엄마라 불러다오

강 하나씩 건널 때마다 더 무거워지는
물 먹은 목화솜, 꽃무늬 이불을 걷어낸다
사십 년의 긴 헛구역질을 끝낸다

시 「불혹」에서는 세상을 생성하려는 욕망이 너무나 강렬하여, "수
많은 상상임신 끝에 나는 마침내/ 많은 아들을 거느린 족장이다"라고
선언한다. 물론 몽상을 통해서 말이다. 생래적으로 마음속에 품어 기
르다가, 마침내 밖으로 내 보이고자 하는 것이 시인의 본능이다. 이러
한 모색의 결과 "내 안에는 내가 알고 있는 것 보다/ 더 많은 입덧이
들어 있었다"는 자기 확인 과정을 거친다. 입덧은 생성의 과정에서 드
러나는 중독 증상이며, 몸이 말하는 고통의 표현이다.

내 몸의 일부를 떼어내어 또 다른 하나를 만들어 내는 일은 몸이
헐거워지고 느슨해지는 과정을 동반한다. 이리하여 꽃무늬 이불을 걷
어낸 뒤의 몸이란 물먹은 목화솜처럼 무거워져 있다. 이즈음에서, 시
인이 두려워하는 무게에의 공포, 혹은 익사에의 공포는 바로 시간이
가져다주는 무게에서 연유하고 있음을 알 수 있다.

생, 이라는 아찔한 높이

살아있는 동안, 우선은 불멸이(라고 생각한)다. 그 옆에 소멸이 걸려 있다. 「허공 높은 곳 거미가 집을 짓는 까닭」은 소멸을 끌어당겨 양식을 삼아야 하기 때문이다.

고공식사
이윤훈

불멸
거미가 가진 가장 슬픈 꿈
그러나 불멸
허공 높은 곳 거미가 집을 짓는 까닭

오랜 침묵 끝
날것들의 비상을 거머쥐고
오찬을 누리는 거미
날것의 죽음을 다시 빛실로 뽑는다

잡히지 않는 바람
그것을 자유로이 두어야
비로소 완성되는
텅 빈 집

아침 천 개의 이슬이 눈을 뜨는
찬연한 그러나 불멸을 위해

허물어야 하는 집

이 적막한 눈부심 속의
고공식사

어쩔 수 없는 거미의 슬픈 작업
거미의 흔들리는 높이다

　날마다 집을 허물었다 짓는 거미의 노역은 하루치의 생을 극한으로 끌어올린다. 그러면서, 「오랜 침묵」을 딛고 저격수처럼 너의 심장을 겨눈다. 「이 적막한 눈부심 속의/ 고공식사」를 끝낸 거미는, 「날것의 죽음을 다시 빛실로」 뽑아서 허공에 집을 짓는다.
　거미를 닮아가는 것인지 자본시장의 인간들은 자꾸 층수 높은 집을 찾아 이사한다. 언젠가 허물어야 할 집에 매달려 고공식사를 하며 불멸을 꿈꾸지만 그것은 일시적으로 소멸을 잔치 삼은 것일 뿐, 다시 새로운 소멸을 찾아 떠나야 한다. 언제나 나의 양식은 너에게서 흘러나오는 따뜻한 피일 것이니, 불멸은 잠시 소멸의 틈에 끼어 연명한다. 자본의 포충망을 펼쳐놓고 침묵 속에 도사리고 있는 은행가들, 개발업자들은 질기고 끈적한 실을 뽑아내어 허공의 집으로 우리를 유혹한다. 오늘 내가 그 집에 걸려 저 아래 낮은 것들을 바라보며 잠시간의 불멸, 혹은 소멸에 기대어 서 있으리라. 하루치의 밥이 이리 슬프다.

슬픔, 그 아름다운 갈망

우리는 종종 아름다움 속에 슬픔의 그늘이 섞여 있는 것을 보게 된다. 이 시에는 "벨라 로젠베르"의 고독과 슬픔이 샤갈의 그림이 갖는 몽환적인 분위기 위에 아름답게 덧칠해져 있다. 이 시는 이중의 의미망을 갖는데, 샤갈의 몽환적인 그림 세계가 그 하나이고, 다른 하나는 그의 아내 로젠베르의 물레를 돌리고 화덕에 불을 지피는 우수에 잠긴 겨울 풍경이다.

멀고 아득한 마을에 눈이 내리면 2
- 벨라 로젠베르

최기순

사랑이란 밤새 눈이 내리는 건지도 모릅니다

눈이 처마 끝까지 쌓여
아무 곳에도 갈 수 없는 날은
온종일 물레를 돌렸지요

화덕에 불을 붙이고
연기를 핑계 삼아 조금씩 아끼며 울었지요
아버지가 일하는
청어염장공장 지붕 처마에 겨울이 자라고
자작나무 흰 가지 사이에서

흐려지는 나를 손바닥으로 닦곤 했지요

어떤 밤에는 당신이
눈처럼 흰 드레스를 입은 나를 안고
높이 솟은 지붕들과 굴뚝 위를 가볍게 날아
몇 개의 나와 당신을 날아서
사라지는 당신에게 닿기도 하였지요

흰 소와 푸른 얼굴의 사나이와
울 줄만 아는 닭과 당나귀와
초록과 빨강 흰색을 잘 섞어놓은
삐에로 옆에 눕는 꿈을 꾸기도 하다가 잠이 깨면
물을 긷고
빵을 굽고
나무의자에 고개를 깊이 숙이고 앉아
양털실로 겨울의 고요를 기우면서

그렇게
나
눈 내리는 마을에 살고 있지요

*벨라 로젠베르 : 샤갈의 아내

실상 물레를 돌리고, 물을 긷고, 화덕에 불을 지펴 빵을 굽는 것은
로젠베르의 여성적인 삶의 표상이다. 그 모습은 참으로 우아하고 서정
적으로 보이나, "아무 곳에도 갈 수 없는 날"들의 일상이다. "사랑이
란 밤새 눈이 내리는 건지도 모릅니다"는 언술로 시작하는 이 시는
눈 내리는 세계의 풍경으로 인하여 아름답고 포근하게 '감싸임'을 느
끼게 하지만, 역으로 사랑하는 당신에게 "갈 수 없는 날"이라는 감금

의 상황을 가져오기도 한다.

샤갈의 그림 속에는 "청어염장공장 지붕에 쌓인 눈과 굴뚝과 흰 소와 당나귀" 그리고 그 위를 "날아가는 몇 개의 나와 당신" 등과 같은 착하기만 한 시골 풍경이 몽환적으로 그려져 있다. 그러나 "잠이 깨면"에서 의미가 역전된다. "사라지는 당신에 닿기도 하였"던 시간은 말끔히 가셔지고, "나무의자에 고개를 깊이 숙이고 앉아/ 양털실로 겨울의 고요를 기우면서" 일상의 곤곤한 생활과 당신을 기다리는 적막한 세계로 이전되는 것이다.

이 시의 중심 의미망은 착한 아내로서의 "나— 로젠베르"의 일상이 눈 내리는 겨울 풍경, 혹은 꿈속에서 그림으로 빠져 들어가 섞이는 장면과 당신을 기다리는 우수에 가득 찬 시간이 겹쳐지는 곳에 있다. 깊은 밤, 한 여성이 사랑하는 사람을 기다리며 "흐려지는 나를 손바닥으로 닦"아내 듯 맑은 불빛의 등불을 켜고 있을 것 같다. 그래서 이 시를 읽으면, 눈 내리는 멀고 아득한 마을의 풍경이 슬픔을 넘어서 아름답게 떠오르게 되는 것이다.

몸이 만드는 마침표

멸치는 시인 자신의 알레고리적 표상이다. 멸치는 냉장고에서 꺼내
지면서 감금의 시간이 풀리고 화자 앞에 일자로 몸을 펼쳐 보인다. 일
자일획의 **뺏뺏함**으로 굳어져 열반에 든 채로 화자 앞에 놓여 있는 멸
치의 자세는 지나온 시간을 반성케 하는 매개물로 작용한다.

멸치
　　　　　이지담

냉장고에서 꺼낸 멸치를 다듬는다

온몸을 쥐락펴락했을 머리부터 떼어낸다
팔딱이는 바다를 휘저은 지느러미는
물결들에게 두고 왔는지 없구나
상어의 큰 입을 피해 다니며
배든 날렵함이 은빛으로 빛나고 있다
뱃속에는 별똥별을 삼켰던 탓인지
까만 씨앗들이 슬퍼지지 않을 만큼 맺혀 있다
요 작은 몸으로 보시를 결심한 느낌표들!
바다를 놓아주고 열반에 드는가

똥들이 모여 마침표 하나 찍는데
머릴 맞대고 궁리에 골똘해 있는 머리들을 비웃듯
몸뚱이는 몸뚱이끼리 나누어 머리 위쪽에 놓는다
한 몸이었던 내 몸이 부위별로 쑤셔온다

귀가를 서두른 노을과 함께
　　몸이 프라이팬에서 볶아진다

　우선적으로 멸치의 시간들이 머리에서 몸통을 지나 뱃속의 똥 그리고 부서진 몸체로 향하면서 반성적 추구의 과정을 거친다. "온몸을 쥐락펴락했을 머리"→ "느낌표들!"→ "마침표 하나"로 이어지면서 멸치의 생애가 간략히 의미화 된다. "바다를 놓아주고 열반에 드는가"에서 의미가 드러나는 바, 미이라 같은 죽음의 형해가 삶의 터전이었던 바다를 놓아주고 생의 전부였던 "몸"을 바치는 희생 제의로 표현된다.

　이 멸치를 손질하는 행위가 예사롭지 않은 까닭은, "한 몸이었던 내 몸이 부위별로 쑤셔"오면서 이 멸치를 손질하는 과정에서 얻은 깨달음이 내 삶에 대한 의미화 과정과 맞물리기 때문이다. "귀가를 서두른 노을과 함께/ 몸이 프라이팬에서 볶아진다"의 끝연에서는, 앞의 멸치를 손질하는 것이 나의 생애를 다듬는 행위와 다름없었음을 확인한다. 지상 위의 대지적인 삶, 그 제한적 운명의 공간에서 들볶이는 생의 순간과 지속의 느낌들을 객관적 상관물인 멸치의 은유를 통하여 나타내고 있는 것이다.

마음이 부력을 잃고 침잠할 때

살면서 마음이 부력을 잃고 침잠할 때가 있다. 그럴 때면 포구에 나가본다. 어선들은 언제나 출항 준비로 바쁘다. 그 시간, "여윈 햇발에 누워 속살 말리" 듯이 나는 여기 서 있다.

출근길에, 갈대숲에 놓여있는 목선에 눈이 간다. 출렁이는 갈대밭 사이에 바람이 터놓은 길이 있다. 그 길이 칼바람에 뭉개지면서 뱃머리가 들리는가 싶더니 하늘로 날아갈 듯 움찔했다. 선측(船側)의 파란색 바탕 위에 쓴 '대양호'의 흰 글씨가 선명하게 갈대숲을 스치고 지나간다. 자갈길을 털털거리던 자전거는 어느덧 시골 초등학교에 닿는다. 귀갓길에, 모래먼지를 뒤집어쓴 둔덕 위의 배를 다시 본다. 바람에 찔려 부은 내 손등처럼 판재의 페인트자국이 갈라터지고 있다.

　　폐선
　　　　정영주

　　검붉게 드러난 속살 깊이
　　미친바람이 파고든다
　　바닥을 잃은 폐선의 흐린 몸짓이
　　바람에 밀리는 듯 허공에서 출렁인다

　　바닷물이 들어차기까지는
　　다만 몸짓일 뿐이다
　　허공을 떠도는 미친바람일 뿐이다

싱싱하게 깊은 바다를 감아 올리던
날이 언제였을까

기억은 바다의 몫일 뿐
저 대책 없이 드러난 바다의 정강이와 등뼈
여윈 햇발에 누워 속살 말리고 있다
검은 구덕 뻘 속 깊은 곳에
젖은 샛길로 누워 심해에 닿기도 전에
몸 여위고 뼈가 녹아 흘러내리던 날들

새살이 차려면 아직도 먼데
거친 바람이 빈 배 구석구석을
독한 염분으로 발라 풍장할 때까지
뻘처럼 으깨진 몸뚱어리로라도
충만한 만삭이고 싶다.

　　그날 밤, 지붕이 낮은 자취방 연탄구들 위에서 꿈을 꾼다. 그 배였다. "오오, 날아가는 배여! 그대는 바다를 등지고 하늘로 날아가는구나!" 내 20대의 망망한 하늘을 날아 어디론가 떠났다. 종적도 없는 먼 곳으로.

　　그 배를 다시 만난 것은 중국 옌타이 해변이다. 한용운선사가 『님의 침묵』을 쓴 40대 중반, 꼭 그만큼 나 또한 고독하다. 배는 선수와 선미의 현호(弦弧)가 모두 사라지고, 용골은 모래바닥에 깊숙이 박혀 있다. 위쪽에 있던 판재가 떨어져나간 뒤라 불쑥불쑥 솟은 늑재(肋材)는 허공을 움켜쥐려 구부린 손가락 같다. 한국어를 가르치는 1년 동안, 아침 바닷가에 나갈 때면 이 배를 사진으로 찍는다. 흐무러져가는 폐선에 내 미래의 형상이 조금씩 겹쳐진다. "독한 염분으로 발라 풍장할 때까지" 시간은 곁에서 천천히 흘러가리다. 파도에 씻긴 판재는 그 속살까지 투명하다. 갈라진 틈에서 허연 소금기가 묻어나고, 늑재와

용골의 뼈대만이 단단하고 날카롭게 지나온 시간을 증언하고 있다. "바다의 정강이와 등뼈" 같은 기억의 형해가 햇살 아래 반짝인다, 내 눈물과 함께.

　인생은 뱃길 위에 떠 있다. 만삭의 돛폭을 부풀려 하늘을 날기도 하고, 돌풍을 만나 기슭에 처박히기도 한다. 그러나 남김없이 몸을 허물고 심해에 가 닿으리라.

참고문헌 1

곽광수(1986), 「김현승의 「이별에게」 – 사라짐의 가치」, 김용직·박철희 편, 『한국현대시 작품론』, 문장.

권오을(2007), 「나의 좌우명, 나의 애송시」, 『현대시』 2007. 6월호, 한국문연.

권혁웅(2005), 『미래파– 새로운 시와 시인을 위하여』, 문학과지성사.

김열규(1997), 『한국문화코드 열다섯 가지』, 금호문화.

김영건(1991), 「미적 경험의 범주 분석」, 『철학연구』 28–1호, 철학연구회.

김재홍(1990), 「다형 김현승」, 『한국현대시인연구』, 일지사.

김현승(1975), 『김현승 시집 마지막 지상에서』, 창작과 비평사.

김혜니(2002), 「인간의 고독과 실존 방식에 대한 성찰– 김현승」, 『한국현대시문학사연구』, 국학자료원.

김혜니(2002), 「전통적 정서의 표출– 이동주」, 『한국 현대시문학사연구』, 국학자료원.

김혜정(2006), 「강강술래 부수놀이요의 음악적 특성과 생성 원리", 『한국민요학』 18, 한국민요학회.

나경수(1998), 『광주·전남의 민속연구』, 민속원.

박상배(1994), 「일상시와 포스트모더니즘」, 이승훈 외, 『포스트모더니즘과 문학비평』, 고려원.

박성현(1998), 「미적 범주 체계의 철학적 의미」, 『미학』 24–1호, 한국미학회.

송수권(2006), 「연기법에 의한 소리 이미지– 「산문(山門)에 기대어」를 중심으로 한 시 쓰기의 고백」, 『시로 여는 세상』 20호 2006 겨울호, 시로 여는 세상사.

염창권(1991), 「이호우 시조연구」, 『청람어문학』 4, 청람어문교육학회.

염창권(1999), 『집 없는 시대의 길가기』, 한국문화사.

염창권(2018), 『존재의 기적』, 고요아침.

오세영(2003), 『문학과 그 이해』, 국학자료원.

이경엽(2004), 『지역 민속의 세계』, 민속원.

이명원(2008), 『시장권력과 인문정신』, 로크미디어.

이병헌(1991), 「생명을 부르는 영혼의 노래」, 한하운 『보리피리』, 미래사.

이숭원(1998), 「서정시의 위력과 광휘」, 『시와 사람』 1998 가을호, 사와사람사.

이용득(1997), 「나의 좌우명, 나의 애송시」, 『현대시』 2007 10월호, 한국문연.

이용욱(2002), 「인터넷 시대의 서정과 언어」, 『시와 사람』 2002 가을호, 시와사람사.

이지엽(2001), 「마른 나뭇가지 위 까마귀 같이- 김현승」, 이지엽 외, 『광주·전남 현대시문학지도·1』, 시와사람사.

임 보(2007), 『장닭 설법』, 시학.

임재해(2004),『민속문화를 읽는 열쇠말』, 민속원.

정경운(2001), 「푸른 울음을 우는 파랑새가 되다- 한하운」, 이지엽 외, 『광주·전남 현대시문학지도·1』, 시와사람사.

표인주(2000), 『남도민속문화론』, 민속원.

한금란(1984), 「강강술래 춤 연구」, 이화여대 석사논문.

허혜정(2004), 「여자인가 죄인인가 광인인가」, 『현대시』, 2004 3월호, 한국문연.

아지자 외, 장영수 역(1989) , 『문학의 상징·주제 사전』, 청하출판사.

G. Dickie, 오병남 역(1982), 『현대미학』,

조르쥬 나타프, 김정란 역(1992), 『상징·기호·표지』, 열화당.

멀치아 엘리아데, 이동하 역(1983), 『성과 속- 종교의 본질』, 학민사.

R. S. Furness, 김길중 역(1985), 『表現主義 Expressionism』, 서울대학교 출판부.

인터넷 위키백과에서 만다라 사진 등

참고문헌 2(원탁시회 관련)

1. 자료 및 평설

범대순(1994, 1999), 『范大錞全集』 1~21, 전남대학교 출판부.
_____(1998), 『트임의 미학』, 사사연.
범대순 시인의 홈페이지:
    http://blog.naver.com/dsbom?Redirect=Log&logNo=140046901494

〈동인지〉
-『圓卓文學』 1~10, 원탁문학회
-『圓卓詩』 11~60, 원탁시회.

〈평설〉
강경호(2015), 「아방가르, 혹은 보헤미안적 기질의 광기-범대순론」, 『원
                탁시 60』 60집, 시와사람.
강인한(2007), 「청춘으로 살았던 시절의 『원탁시』」, 『원탁시 52-창립
                40주년 기념호』, 시와사람.
문병란(2000), 「나와 원탁- 上席이 없는 편한 자리」, 『원탁시 40』, 시
                와사람.
원탁문학회(1969), 「圓卓 발언」, 『원탁시 10』, 원탁문학회.
尹三夏(1999), 「詩의 限界- 圓卓文學 三輯 범대순 特輯을 읽고」, 『范大
                錞全集-隨筆 書簡 日記 其他』, 전남대학교 출판부.
임 보(2007), 「원탁시의 큰 역사 앞에」, 『원탁시 52-창립 40주년 기념
                호』, 시와사람.
전동진(2014. 12월호), 「한국시단의 등뼈, 동인 ⑫ 원탁시(圓卓詩)- 원탁
                은 평등이며 구원의 표상」, 『유심』 80집, 만해사상실천
                선양회.

2. 단행본

김용직(1991), 『한국현대시연구』, 일지사.
김 현(1994), 『두꺼운 삶과 얇은 삶-김현문학전집 14』, 문학과지성사.

김은전·김용직 외(1991), 『한국 현대시사의 쟁점』, 시와시학.
염창권(1999), 『집 없는 시대의 길가기』, 한국문화사.
유성호(2015), 『다형 김현승 시 연구』, 소명출판.
정한모(1983), 『한국현대시의현장』, 박영사.

3. 논문

강민희(2012), 「동인지 문학의 스토리텔링 방안 연구」, 단국대 대학원 박
           사논문.
김성수(2004), 「1980년대 동인지·무크 문학의 운동성」, 『국제어문학회학
           술대회자료집』, 국제어문학회..
박대현(2013), 「1960년대 동인지 「신춘시」의 위상」, 『상허학보』 제
           39집, 상허학회.
박슬기(2007), 「1960년대 동인지의 성격과 〈현대시〉 동인의 이념」,
           『한국시학연구』 18집, 한국시학회.
성찬경(1994), 「탐구와 회귀-범대순 시론집」, 『백지와 기계의 시학』
           (思"社研)」, 『范大錞全集-隨筆 書簡 日記 其他』, 전남
           대학교 출판부.
손진은(1999), 「한국 시 동인지의 성격과 전망에 관한 연구」, 『경주대학
           교 논문집』 11집, 경주대학교.
심선옥(2015), 「1970년대 문학 장과 시 동인지- 신감각 동인을 중심으
           로」, 『한국문학이론과 비평』 제67집(19권 2호), 한국문
           학이론과 비평학회.
유성호(2014), 「근대시 형성의 제문제」, 『한국시가연구』 제37집, 한국
           시가학회.
진설아(2014), 「1920년대 동인지 문학 연구」, 중앙대 대학원 석사논문.
최선미(2002), 「1920년대 동인지 문학의 예술 인식: 「창조」, 「백조」,
           「폐허」를 중심으로」, 동국대 대학원 석사논문.

후기

내가 시에 대해서 말하는 방법을 배운 것은 대학 1학년이던 1979년부터라고 생각한다. 도서관 게시판에 압핀으로 눌려 붙어 있던 『궁핍한 시대의 시인』의 겉표지를 보고 어떤 순박한 의무감 같은 것을 느꼈던 것 같다. 교과서나 참고서의 설명과는 다른 성숙한 세계에 입문한 것과 같은 경이감과 함께 처음 접했던 비평서이다. 물론 독서는 더디게 진행되었고, 전적인 이해에 도달한 것도 아니었다. 그럼에도 나는 이 책을 다 읽은 것처럼 행동했고, 시의 기준을 이 책에 근거를 두고 누군가와 대화를 시도했던 것 같다.

그로부터 10년 후인 1989년에 파견 형식으로 교원대에서 석사과정을 이수하게 되었다. 그리고 첫 학기 과제의 결과로 소논문 2편을 학회지에 연속해서 발표하면서 첫 말문을 틔우게 되었다. 이후 박사논문에 이르기까지의 과정은 일제강점기의 시대적 배경 하에 놓여 있었으니, 처음 마주쳤던 앞의 책이 가진 범주를 벗어나지 못한 셈이다. 그러나 그 과정에서도, 현대 시인으로는 송수권(시), 이호우(시조)를 대상으로 평론과 석사논문에 열중하였다. 평론에 관심을 둔 동기는 순전히 시를 잘 읽음으로써 시 창작에 도움을 받고자 하는 실리에 닿아 있었다. 은유나 상징의 힘을 믿고, 당시로서는 정점을 지나고 있던 원형비평이나 구조시학 등에 매료되어 관련 자료를 수집하고 무질서하게 읽었다. 연구보다는 내 시 창작에 소용되는 것을 우선으로 한 것이다.

따라서 연구를 벗어나면, 처음으로 대화를 시도했던 작품은 송수권의 시이다. 내 평론(시)에 가장 많이 등장하는 시가 그의 시이고, 스승의 연배로는 사적인 자리에서 가장 많이 뵈었던 분이다. 그의 작품을 대상으로 한 평론이 신춘문예에 최종심까지 올라갔고, 내 평론의 첫 번째 완성작이 되었다. 『집 없는 시대의 길가기』에 수록된 「흔적 찾기와 흔적 되살리기」가 바로 그것이다.

1990년 벽두에 『동아일보』 신춘문예에 시조가 당선되면서, 석사논문 작성을 위해 고 이호우 시인의 댁(한일관)과 시비가 있는 앞산공원을 방문하였다. 그 이전까지는 송선영의 시조를 모범으로 하여 공부하고 있었다. 논문 작성을 위해 공부한 구조시학은 이호우 시조를 해석하는 데 많은 도움을 주었다. 구조적으로 시의 의미단위를 분석하고 전체의 의미를 확정해 가는 방법은 이때 논문을 작성하며 터득한 것이다. 「이호우 시조 연구」는 부산에서 발행됐던 『시조와 비평』에 연재되었고, 이후로 시조 평론에서 청탁을 받는 본격 평론가의 입장에 처하게 되었다. 그러나 당시에는 지금처럼 시조 잡지가 많지 않았고, 내 자신도 여러 사태에 직면하여 늘 시간이 부족하였다.

1994년 2월에 박사학위를 받은 후로 시간강사 생활을 하였고, 신춘문예 최종심에 몇 차례 오르내리던 시가 1995년 12월에 당선 통보를 받았고, 이듬해 3월에는 교수 공채에 합격하여 모교에 정착하게 되었다.

이후 5년간의 적응 기간을 거쳐, 2001년 첫 시집 『그리움이 때로 힘이 된다면』을 간행하게 되었다. 이때 송수권 선생님의 열 번째 시집 『파천무』와 필자의 첫 시집 출판기념회를 부안 격포의 선상(船上)에서 공동으로 진행하였다. 내가 가진 정식 출판기념회는 이때가 처음이었고 이후로는 없으니 모두 송수권 선생님께 빚진 것이다. 이때 나는 시의 하늘로 날아갈 줄 알았다.

그러나 곧바로 소강 국면에 접어들었고, 시 창작보다는 다른 이들의 글에 날개를 달아주는 데 만족하여야 했다. 그래서 이곳저곳 청탁을 받기도 하고 또 사적인 부탁을 통해 한 땀 한 땀 글을 써 나가다 보니, 모인 것이 많아졌다. 이미, 시조 평론집 『존재의 기척』(2018)을 간행한 바 있으니, 이번에는 흩어져 있는 시 평론들을 모아 『몽유의 시학』이라는 이름으로 묶는다. 전체적으로는 시론에 해당하는 글과 시집 해설, 서평, 작품론, 단평 등을 비롯하여 논문 1편이 함께 묶였다. 앞에서 원형비평이나 구조시학을 언급한 것처럼, 필자의 글은 상호텍스트성에 바탕을 둔 주제비평의 성격이 강하다. 물론 심리 비평이나 문학의 사회사 같은 것은 이 일의 기본 바탕이 된다고 본다. 도구적인 면에서 공통의 도구가 사용되거나 내용상 중복된 경우도 있다. 또한 이러한 일을 30년 동안 일관성 있게 진행하여 오다 보니, 동일성을 중심으로 항목을 구성하여도 앞뒤 간의 차이가 별로 없다. 항목에 따라서는 시차가 혼재된 경우도 있으나, 전체적으로는 발표 순서에 따르는 것을 원칙으로 하였다.

내가 만난 시 중에서는 내가 좋아서 좇아간 것도 있으나 이러한 일은 결코 많지 않았다. 내가 게으르거나 바빴기 때문이다. 반면에 환경에 어울리다보니 나에게 스스로 다가온 시들이 더 많았다. 이들과의 인연을 소중하게 여기며 글을 썼고, 또 이러한 일이 내 글의 자양되는 순간을 기다려왔다. 이와 같은 방식으로 지나온, 지금 여기까지는 내가 가진 순수한 인간적 한계이자 나를 둘러싼 환경에서 비롯된 한계를 보여준다. 여기서 더 무얼 바라고 함부로 약속할 수 있겠는가.

한 편 한 편, 나의 의식 속에서 함께 말을 나누며 살아왔던 시들, 또 그 시를 낳은 시인들께 감사를 드린다. 앞으로 더 잘해 보겠다는 약속은 할 수 없으나, 이제부터는 다른 방식으로 사물과 환경, 그리고 시인들을 만나고, 또 어법이 다른 말을 새롭게 배워 보겠다는 다짐은 가능할 것이다. 이 책과 직·간접적으로 연결되어 있는 모든 분들께 감사드린다.

아꿈叢書 01 염창권 평론집

몽유의 시학
우리 시대의 시적 논리와 시인들

—

초판 1쇄 인쇄 2021년 12월 10일
초판 1쇄 발행 2021년 12월 15일

—

지은이 염창권
펴낸이 임성규
펴낸곳 아꿈

—

출판등록 2020년 12월 23일 제363-2020-000015호
주   소 62357 광주광역시 광산구 월곡산정로 20-49 101동 106호
전자우편 a-dream-book@naver.com

—

*책 가격은 뒤표지에 있습니다.
*지은이와 협의에 의해 인지는 생략합니다.
*잘못된 책은 교환해드립니다.

—

ISBN 979-11-973253-3-5 93800

ⓒ염창권, 2021